モリアーティ

アンソニー・ホロヴィッツ
駒月雅子＝訳

角川文庫
20903

モリアーティ

我が友、マシュー・マーシュへ
ヘンリー・マーシュ（一九八二～二〇一二）を偲《しの》んで

目次

一八九一年四月二十四日付〈ロンドン・タイムズ〉紙より

ハイゲイトで遺体見つかる

閑静な住宅街であるハイゲイトのマートン・レーンで発生した残忍な殺人事件は、いまだ真相究明に至っていない。被害者は二十代の男性で、両手をしばられたあとに頭部を撃たれていた。警察はこの点に着目して糸口を探るねらいだ。事件を担当するG・レストレイド警部によれば、これは処刑を意図した殺人であり、近頃ロンドン市民を脅かしている犯罪組織の関与が疑われるとのこと。なお、被害者の身元はアメリカ人のジョナサン・ピルグリム氏と判明した。商用でロンドンを訪れ、メイフェアの会員制クラブに滞在中だった。スコットランド・ヤードは被害者に関する情報をアメリカ公使館に照会したが、住所や家族などの詳細は不明。捜査は現在も続いている。

1　ライヘンバッハの滝

ライヘンバッハの滝で実際になにがあったのか、正確に知っている者はいないのだろうか？　諸説紛々として、大量の記事がまき散らされてきたが、どれも納得しかねるものばかりだった——真相だと信じる気にはとうていなれない。〈ジャーナル・ド・ジュネーヴ〉や〈ロイター〉の記事も然《しか》りだ。二紙とも隅々まで目を通したが、骨折り損のくたびれもうけだった。ヨーロッパの刊行物にはお決まりの、いかにも義務的な味もそっけもない文章を読まされたうえ、内容にもいたく失望させられた。結局のところ、そこに書いてあったのは、名探偵シャーロック・ホームズと彼の宿敵ジェイムズ・モリアーティ教授——巷《ちまた》では最近までその存在すら知られていなかった——が、両者とも一騎打ちの末に死亡した、ということだけだった。興奮を徹底的に排除して、いつもの無味乾燥な文章に押し込めているせいで、ありふれた交通事故の話を読まされているのとさして変わらない気分だった。見出しからして退屈である。

しかし、もっと驚いたのは、ジョン・ワトスン博士による手記を目にしたときだった。事の成り行きを詳しく綴《つづ》ったもの、すなわち、一八九一年四月二十四日に彼の医院のドアにノックの音が響いてからホームズと二人でスイスを旅するまでのいきさつや、現地での出来事に関する記録が、〈ストランド〉誌に掲載されたのだ。ことわっておくが、かの偉大な探偵にまつわる数々の冒険と思い出、事件捜査の経緯、そして功績を世に知らしめた伝記作家ワトスン博士の偉業には、深甚なる崇敬の念を抱いている。改良型タイプライター、レミントンNo．2（むろんアメリカ製だ）の前に座って、大作に着手したいま、一貫して正確性と娯楽性を保ち続けた彼の技量には脱帽せざるを得ない。自分には無理な芸当だ。それでも、胸のうちでこう問わずにはいられない――どういうわけで、彼はああもはなはだしい誤解を？　いったいなぜ、鈍感な警視総監でも気づくであろうあからさまな矛盾を見落としたのだ？　「嘘は死んだコヨーテみたいなもの」とロバート・ピンカートンはつねづね言っていた。確かに放っておけば腐臭はひどくなるばかりだ。奇《く》しくも、ライヘンバッハの滝の件に漂うきな臭さを真っ先に嗅《か》ぎつけたのはピンカートンその人だった。

もったいぶっていると思われるのは承知のうえで前置きを続けると、私の物語――本書のことだ――はライヘンバッハの地で幕を開ける。ここから先の内容には、事実関係の入念な検証が不可欠であろう。ところで、私は誰なのか？　これから長いつきあいになるのだから、自己紹介をしておこう。名前はフレデリック・チェイスと覚えてほしい。ニューヨークのピンカートン探偵社に所属する主任調査員である。くだんの出来事があった当時はヨーロッパに滞在していた。私にとって人生で最初の――そしておそらくは最後のヨーロッパ旅行だった。外見の特徴？　男は誰でもそうだろうが、自分の容貌《ようぼう》を説明するのは苦手だ。それでも、なんとかやってみよう。残念ながらハンサムではない。髪は黒。目は茶色のなかでもごく平凡な色合い。体格は細身。まだ四十代だが、多難な人生を送ってきたせいで、かなりくたびれて見えるだろう。未婚の独身。ひょっとすると、それは身なりに表われてしまっているかもしれない。よれよれの服ばかり着ているから。性格についてはこう表現しよう。ある部屋に男が十二人いたとしたら、最後まで口を開かないのが私だろう。

『最後の事件《The Final Problem》』と世間で呼ばれている例の対決があった五日後、私はライヘンバッハにいた。もっとも、あれが〝最後《Final》〟でもなんでもなかったことはいまや周知の事実だが。私に言わせれば、われわれに〝問題《Problem》〟を残していっただけのことだ。

　では、事態を最初からおさらいする。

　この世で唯一無二の偉大な諮問《コンサルティング》探偵シャーロック・ホームズは、命からがらイギリスを逃げ出す。彼を誰よりも知る、そして彼を批判するような意見は一度も口にしたことがないであろうワトスンがしぶしぶ認めているとおり、このときのホームズにいつもの精彩はなかった。絶体絶命の窮地に陥り、憔悴《しょうすい》しきっていた。無理もない。朝から立て続けに三回も命をねらわれたのだから。まずウェルベック街で二頭立ての荷馬車に危うく轢《ひ》かれそうになった。次にヴィア街で家の屋根から落ちた、もしくは投げ落とされたレンガにもう少しで頭を砕かれるところだった。さらにワトスンの家の玄関前で棍《こん》棒《ぼう》を手にした暴漢に襲われた。そういう状況で、逃げ出す以外に方法はあるだろうか？

あるとも、もちろん。答えはイエス。方法はほかにいくらでもある。だから、彼はいったいなにを考えていたのかと首を傾げざるを得ない。もっとも、一連の冒険譚《ぼうけんたん》のなかでも彼は決してわかりやすい人物ではなかったが――私はそれらを読んで、結末を予想できたためしは一度もない。彼の選択に疑問を感じる理由を述べよう。まず、母国よりもヨーロッパ大陸のほうが安全と判断する根拠はどこにあるのか？　大都会ロンドンは目の詰まった編み物のような密集地で、彼がその隅々まで知り尽くしている慣れ親しんだ土地でもある。また、本人が明かしたように、街のあちこちに秘密の潜伏場所を持っていたはずだ（ワトスンによれば、〝小さな隠れ家を五つ〟（『ブラック・ピーター』））。

具体的にほかの選択肢を挙げると、別人に化けるという手立てがあった。実際、彼はそれを翌日に披露している。ヴィクトリア駅に着いたワトスンは、ポーターと言葉を交わすイタリア人老司祭に目を留め、彼のために自ら通訳まで引き受けてやった。そのあと汽車で老司祭と向かい合って座るが、数分経ってからようやく親友の変装だったと気づく。ホームズの変装術はそれぐらい堂に入っているから、特別に勘の鋭い人間がまわりにいないかぎり、司祭として短くとも三年間は無事に暮らせたはずだ。イタリアの修道院かどこかに難なく潜りこめただろう。そうなれば、シャーロック神父にはどんな敵も手出しはできまい。安全な修道院で、前々から興味のあった養蜂かなにかの副業にでも勤しめばよかったのだ。

ところが実際に取った行動はというと、衝動的にさえ思える行き当たりばったりの旅に出ることだった。おまけにワトスンに同行を求めている。なぜだ？　彼の行く先には片割れも現われることくらい、どんなに頭の鈍い悪党でも気づくだろうに。ましてや敵に回している相手はそのへんのけちなごろつきとちがって、ホームズ自身が恐れると同時に敬服もしていた犯罪王だ。ホームズがモリアーティを見くびっていたとは思えない。よって、常識から考えて、彼がああいう行動に出たのはなにか腹積もりがあってのことだったのだろう。

シャーロック・ホームズの旅路は、カンタベリー、ニューヘイヴン、ブリュッセルを経てストラスブールに入る。そしてストラスブールのホテルで受け取ったスコットランド・ヤードからの電報で、モリアーティの子分は全員逮捕されたと知らされる。ただし、のちにそれは誤りだったと判明する。モリアーティの腹心の部下が一人、網の目をくぐって逃げていたのだ。いや、いまの表現は正確ではない。肥えた大魚のセバスチャン・モラン大佐は、警察が仕掛けた網には近づきもしなかったのだから。

ところで、ヨーロッパ随一の射撃の名手モラン大佐のことは、ピンカートン探偵社では知られた存在だった。破滅の原因となった例の犯罪によって、彼の名は世界中の法の執行機関に知れ渡ったと言っていい。かつてはラジャスタンで一週間に十一頭の虎をしとめたという猛獣狩りの名人で、その行動は狩猟家仲間を驚嘆させると同時に王立地理学会の怒りを買った。ホームズは彼をロンドンで二番目に危険な人物と呼んでいた――金で動く人間だから、よけいたちが悪い。たとえば、人徳のある高名な未亡人がローダーでブリッジの最中に頭を撃ち抜かれた〝アビゲイル・スチュワート夫人殺し〟は、バガテル・カード・クラブでの賭《か》けの借金を返済するためだけに請け負ったという冷酷ぶりだ。ホームズが座って電報を読んでいたとき、そこから百ヤードと離れていないホテルのテラスでモラン大佐がハーブ・ティーを飲んでいたとは、不思議な因縁と言うほかない。二人はじきに相まみえる運命だった。

ストラスブールを発《た》ったホームズはジュネーヴに到着し、それから一週間をかけて、雪を頂くローヌ渓谷の山々や美しい村々を散策する。道連れのワトスンはその部分を〝気持ちのいい旅〟と形容しているが、ゆゆしき状況を考えると私だったらそんな悠長な表現は使わない。ともかく、親友同士の二人がリラックスして水入らずの時間を過ごす様子には、誰もが恐れ入ったことだろう。それでもホームズは依然として身の危険を感じていた。現実にそれをいっそう強めるような出来事が起こる。鋼色をしたダウベン湖の水辺を歩いていたとき、山から転がり落ちてきた岩にもう少しでぶつかりそうになったのだ。地元のガイドはこの季節にはよくあることだと言ってなだめるが、実際そのとおりだったと私も信じている。複数の地図をもとに調べたところでは、ホームズの仇《きゅう》敵《てき》はすでにはるか前方で待ち伏せしていたはずだ。しかしホームズは落石を敵の襲撃だと思い込み、その日はずっと激しい不安にさいなまれる。

やがて、アーレ川のほとりにあるマイリンゲンの村に到着し、ホームズとワトスンは〈イギリス旅館《エングリッシャー・ホーフ》〉に宿泊する。ロンドンの〈グロヴナー・ホテル〉で働いていた元ウェイターが営むホテルである。ホームズにライヘンバッハの滝を見学するよう勧めたのはこの宿の主人ペーター・シュタイラーだから、本来ならば、警察は真っ先に彼をモリアーティに雇われた共犯者ではないかと疑うべきだ。スイス警察の能力がいかにお粗末か、よくわかるというもの。あくまで私見だが、彼らにとってはアルプスの氷河で雪片をひとひら探すくらい困難な事件で、完全にお手上げ状態だったのだろう。私は実際にそのホテルに泊まって、シュタイラーと話をした。彼は潔白というより、単純だった。仕事一筋の男で（実際に宿を切り盛りしているのは奥さんだが）、ああいう事態になるまで宿泊客が著名な探偵だとはまったく気づかなかった。ホームズの訃報《ふほう》が伝えられたあと、シュタイラーはすぐに宿で出すフォンデュ料理にその探偵の名前をつけた。

確かにホームズにライヘンバッハの滝へ行くよう勧めたのはシュタイラーだが、逆に勧めないほうが不自然である。もともと旅行者やロマンを愛する者たちのあいだで人気の観光名所なのだから。夏に現地を訪れれば、滝の苔《こけ》むした小道に点々と並んでいる画家たちの姿を目にするだろう。ローゼンラウイ氷河から溶け出した水が、三百フィート下の峡谷へ落下していく雄麗な光景を描き取ろうとしているのだ。挑戦と失敗の繰り返しにちがいないが。人を寄せつけないあの峻厳《しゅんげん》な場所には超自然と呼びたくなる特殊なものが宿っている。よほどの天才でないかぎり、パステル画だろうと油絵だろうと充分には表現できまい。ニューヨークでチャールズ・パーソンズとエマニュエル・ロイツェの作品を見たことがあるが、彼らはまずまずの成果をあげたと言えよう。描き出されていたのは、まさにこの世の終わりなき黙示録の図だった。瀑布《ばくふ》は蒸気のごとくもうもうと水煙をあげ、鳥たちはおびえて一斉に飛び立ち、太陽の光は遮断されていた。荒ぶる水柱を取り囲むのはごつごつした険しい岩壁で、その古めかしさにリップ・ヴァン・ウィンクル（十九世紀のアメリカ人作家ワシントン・アーヴィングによる同名の短篇小説の主人公。寝ているうちに二十年が経ってしまうことから日本ではアメリカ版浦島太郎と言われている）の気分になる。シャーロック・ホームズはもともと派手な演出を好む傾向にあったから、あの滝はさぞかしお気に召したことだろう。華々しいフィナーレを飾る舞台としてもあれ以上ふさわしい場所はない。人々の記憶のなかで、今後何百年にもわたって滝の轟音《ごうおん》さながらに反響し続けるだろう。

暗雲が垂れ込めるのはここからだ。

ホームズとワトスンはしばらくその場にたたずんだあと出発しようとするが、突然やって来た金髪でぽっちゃりとした十四歳の少年に呼び止められる。少年はもっともらしい理由を携えていた。しかも白いシャツとゆるやかな赤いチョッキを着て、ズボンの裾《すそ》を膝《ひざ》まである靴下にたくし込んだ伝統的なスイスの衣装に身を包んでいた。これについては私でさえ違和感をおぼえる。ここはスイスであって、パレス劇場の舞台ではない。例の少年は少しやりすぎだ。

それはひとまずおいて、少年は〈イギリス旅館〉から来た使いだと言い、宿泊中のイギリスの御婦人が重病で、しかもスイスの医者の診察をかたくなに拒んでいると伝える。そう聞かされて、もしもあなたがワトスンだったらどうするだろう？　そんな話はありえないとつっぱねてその場を動かない？　それとも最悪のタイミングで地獄めいた場所に友人を置き去りにする？　ところで、そのスイスの少年のことは世間に詳しく知らされていないが、じきに本書で再会できるはずだ。ワトスンは少年についてモリアーティの手下だったのだろうとのちに書いているものの、ホームズの前ではそれを口に出さず、いもしない患者のもとへと来た道を急いで引き返す。寛大な行動ではあるが、決定的な過ちだった。

ここで大事な注意がある。われわれはホームズの復活まで三年待たなければならない。つまり、この物語中では彼は世間から死んだと思われていることを心に留めていただきたい。顚末《てんまつ》を彼自身の口から説明するのはずっとあとのことだ（その内容はワトスンが『空き家の冒険』に記している）。ただし、私は執筆にあたって詳しく調べたのだが、数多くのありそうもない事柄を解き明かしてくれる筋の通った説明とは言いがたい。しかしホームズ本人がそう主張しているのだから、われわれはそれを真実として受け入れるしかないのだろう。

ホームズによれば、ワトスンがいなくなったあと、滝を半周する細い崖道《がけみち》の向こうからジェイムズ・モリアーティ教授がやって来る。道は途中でぷっつり途切れているため、ホームズはどこにも逃げられない……むろん、逃げようなどという考えはちらとも浮かばなかったはずだ。そこは信じよう。彼はつねに恐怖に立ち向かった勇敢な男だ。相手がたとえ嚙《か》まれれば命がない毒蛇だろうと、荒れ野《ムア》をうろつく獰猛《どうもう》な魔犬だろうと、決して尻込《しりご》みしなかった。ホームズの行動には率直に言って不可解なものがたくさんあるが、逃げたことだけは一度もない。

　宿敵同士の二人は言葉を交わす。ホームズは書き置きを残す時間がほしいとモリアーティ教授に頼み、許可される。この事実を裏付けるのは、大英図書館の収蔵品のなかでも最も貴重な資料であろう三枚の紙切れだ。閲覧室に展示されているのを以前見たことがある。さて、ホームズがワトスン宛のメモを書き終えると、二人はすぐさま相手につかみかかる。決闘というより自殺行為に近い取っ組み合いとなり、互いを轟々と逆巻く滝壺《たきつぼ》へ引きずり落とそうとする。本来なら二人とも転落して終わるところだったが、ホームズはひそかに奥の手を用意していた。バリツを習得していたのだ。私は寡聞にして知らないが、イギリス人技師があみ出した柔術の一種で、ボクシングや日本の柔道を効果的に混ぜ合わせたものだそうだ。

　モリアーティは不意をつかれる。はずみで崖から落下し、恐ろしい叫び声をあげて深淵《しんえん》へと突っ込んでいく。ホームズはモリアーティが岩に衝突したあと滝壺にのみこまれるのを見届ける。彼自身はまったくの無傷で。こう言ってはなんだが、この対決には少々解せない点がある。なぜモリアーティは一人でのこのこ現われたのだろう？　古風な英雄的行為は大変けっこうだが（実際にそういう潔い行為を選ぶ犯罪者は見たことがない）、わざわざ我が身を危険にさらす理由がどこにあるのだ？　少し乱暴な言い方をすると、単純にリヴォルヴァーを抜いて、至近距離で敵を撃ち殺せばよかったではないか。

モリアーティの行動も不可解だが、ホームズの行動はもっと不可解だ。勝負がついた瞬間、彼はこれを利用して自分は死んだことにしようと即座に決断する。そして道の後ろの崖をよじのぼって、ワトスンが戻ってくるまで岩陰に隠れている。確かにこの方法なら、地面に引き返した足跡が残らないので、生きていることを気取られずに済むだろう。しかし、目的はなんだ？　モリアーティは死に、イギリスの警察は彼の手下を残らずつかまえたと言っているのに、なぜホームズはまだ危険を感じているのだ？　これ以上なにを望むというのだろう？　私がホームズだったら、さっさと〈イギリス旅館〉に戻ってヌーシャテルで祝杯をあげ、うまい子牛肉のカツレツに舌鼓を打つが。

一方、だまされたと気づいたワトスンは大急ぎで現場へ戻ってくる。するとそこにホームズの姿はなく、登山用ストックと二組の足跡が残されているばかり。事情は一目瞭然《りょうぜん》だった。ワトスンはすぐに助けを呼びに行き、ホテルの従業員数名と地元警察のゲスナーという警官とともに現場を捜索する。ホームズはその様子を物陰から目にするが、この世で最も信頼する友人がどれほど嘆き悲しむかわかっていながら、隠れたままでいる。やがてホームズの書き置きが見つかる。それを読んで、もはや万策尽きたと知った一同はその場から立ち去る。ホームズのほうは再び崖を這い下りていくが、ここで事態は予期せぬ奇妙な方向へ舵《かじ》を切る。モリアーティはライヘンバッハの滝に一人で来たわけではなかったのだ。ホームズが崖を下るという大仕事に取りかかったとき、突如一人の男が現われ、ホームズに向かって岩を次々に投げ落とす。この男こそがセバスチャン・モラン大佐である。

彼はそんなところでなにをやっていたのだ？　ホームズとモリアーティが格闘しているとき、そばにいたのか？　もしそうなら、なぜモリアーティを助けなかった？　銃はどこへやった？　不世出《ふせいしゅつ》の射撃の名手が大事な商売道具を汽車に置き忘れでもしたのか？　そうした疑問にホームズとワトスンをはじめ誰一人として、満足な答えを出していないが、私はいまタイプライターを叩《たた》きながら、それは避けて通れない重大な問題だと感じている。しかも、ひとたび気になりだすと止めようにも止まらなくなる。信号を無視してニューヨークの五番街を突っ走る暴走馬車のように。

以上が、ライヘンバッハの滝に関してわれわれが知らされている事柄だ。私がどうしても伝えておきたい物語は、滝での一騎打ちの五日後、マイリンゲンにある聖ミヒャエル教会の地下室に三人の男が集まった場面で幕が開く。登場人物を紹介しよう。一人目はイギリス警察の頭脳であるスコットランド・ヤードから来た、アセルニー・ジョーンズ警部。二人目は私。

三人目は額が秀でた長身瘦軀《そうく》の男だった。狡猾《こうかつ》そうな落ちくぼんだ目は生気がかすかでも宿っていれば冷たい悪意をこめて世界を眺めるのだろうが、すでにどんよりとして、うつろだった。ウィングカラーのシャツに丈の長いフロックコートで正装した彼は、滝からだいぶ離れたライヘンバッハ川から引き揚げられた。左脚は折れ、肩と頭部にも重傷を負っていたが、死因は溺死《できし》にちがいなかった。胸の上で組み合わせた手に地元警察によって名札がくくりつけられていた。そこにこう書いてあった。〝ジェイムズ・モリアーティ〟と。

それこそが、私がはるばるスイスまでやって来た理由だった。あいにく遅きに失したようだが。

2　アセルニー・ジョーンズ警部

「本当に彼なのですか？」

「わたしはそう確信していますよ、ミスター・チェイス。しかし個人的な見解はさておき、証拠を検討していこうじゃありませんか。まず、遺体の状態と外見の特徴はわれわれがわれわれが得ているすべての事実に合致すると思われます。もしモリアーティでないなら、これはいったい誰なのか、なぜ死んだのか、そして、モリアーティはどうなったのか、という疑問が新たに生じることになります」

「見つかった遺体はひとつだけですか？」

「そのようですね。ホームズさんも気の毒に。どんな魂も安らかに眠りたいだろうに、キリスト教式の埋葬すらしてもらえないとは。しかし確かなことがひとつあります。彼の名前は永久に生き続けるでしょう。それがせめてもの慰めです」

　この会話が交わされた教会の地下室は、春の暖かさもかぐわしさも届かない陰気なじめじめした場所だった。ジョーンズ警部は私の隣に立って、汚染されるのを警戒するかのように両手を後ろで組み、前かがみの姿勢で溺死体《できしたい》をのぞきこんだ。彼の濃い灰色の目が死体を頭のてっぺんから爪先《つまさき》までひととおり眺めた。最後に足のところで視線が止まった。片方の靴が脱げていて、モリアーティは刺繡《ししゅう》入りのシルクの靴下を好んでいたことが見て取れた。

警部と私は少し前にマイリンゲンの警察署で顔を合わせた。山々に囲まれた山羊《やぎ》とキンポウゲだらけのスイスの田舎に警察署が置かれていること自体、私には驚きだった。しかし前述のようにそこは人気の高い観光地であるし、最近鉄道が開通したこともあって大勢の旅行者が訪れるのだろう。勤務中の警官は二人いた。どちらも紺色の制服を着て、表側の部屋の端から端まである木でできたカウンターの向こうに立っていた。一方は不運にも滝の捜索に駆り出されたゲスナー巡査部長だった――当人にすれば、パスポートだの汽車の切符だのといった遺失物への対応や、道に迷った人の世話をしているほうがはるかに気楽だったろう……要するに、殺人のような重大事件以外ならなんでも。

ゲスナーも彼の同僚も英語をほとんど解さなかったため、私はこの重要案件のために持参したイギリスの新聞を見せ、挿絵や見出しを指し示しながら用向きを説明するほかなかった。つまり、ライヘンバッハの滝の下流で上がったという遺体を見せてくれと伝えたわけだが、限られた権限しか与えられていない制服警官のご多分に漏れず、二人ともだめだの一点張りだった。彼らは互いに話し合ったあと、私に向かってさかんに身振り手振りをまじえ、次のように答えた。自分たちはイギリスからご足労願った警察の偉い人を待っているところで、決定権はすべてその人にあると。そこで私は、自分も火急の任務を負って、遠い国からはるばる足を運んできたのだと食い下がったが、あっさり断られた。「あいにくですが、マイン・ヘール、こればかりはどうにもなりませんので」

私は懐中時計で時刻を確認した。すでに十一時。午前の半分以上が無駄になってしまっていた。残りの時間もそうなるのではと不安をおぼえたちょうどそのとき、入口のドアが開いて、吹き込んできた風をうなじに感じた。振り返ると、陽光を背に一人の男が黒いシルエットを浮き上がらせていた。彼は無言のままなかへ入ってきた。見たところ私と同年代か、少し若いくらいの歳回りで、黒っぽい髪を撫《な》でつけ、すべてを疑ってかかるような灰色の目をしていた。生真面目そうな人物ではある。こちらへ近づくにつれ、前を開けたまま地味なオーバーコートをはおっているのがわかった。その下からのぞく茶色のスーツがだぶついているのは、近頃重病を患って、体重が急激に落ちたせいだろう。顔色も悪く、げっそりとやつれた感じがする。珍しい複雑なデザインの握りがついた紫檀《したん》のステッキを手にしている。彼は警官のいるカウンターの前で立ち止まると、ステッキで身体を支えた。

「ケネン・ズィー・ミール・ヘルフェン？」と男は訊《き》いた。すみませんが、という意味だ。話し方は流暢《りゅうちょう》だが、ドイツ語らしい発音を目指す気はないようで、耳ではなく目で学習した感じだった。続いて、「イッヒ・ビン・インスペクター・アセルニー・ジョーンズ・フォン・スコットランド・ヤード」と名乗った。

それから、彼は存在を確認する程度にちらりと私を見た。あとで必要になったときのために頭のファイルに保存したようだが、ほとんど無視に近かった。

彼の名前を聞いて、地元の警官たちは即座に反応した。「ジョーンズさん、ああ、ジョーンズ警部ですね」二人とも大仰に繰り返し、本人が差し出した紹介状をへつらった笑顔でうやうやしく受け取った。そのあと、「日誌に詳細を記録してきますので、少々お待ちを」と言って奥へ引っ込んでしまったので、私はその場にジョーンズ警部と二人きりで残された。

そういう状況で互いに無視しているのはかえって気まずかった。ジョーンズ警部のほうが先に沈黙を破って、英語で自己紹介した。

「アセルニー・ジョーンズです」

「スコットランド・ヤードの警部さんとおっしゃっていましたね？」私は尋ねた。

「そうです」

「フレデリック・チェイスといいます」

私たちは握手を交わした。彼のてのひらの感触は、手首からはずれかかっているかのようにぐにゃりとしていた。

「美しい土地ですね」と彼は言った。「スイスを旅するのは初めてなんですよ。外国へ来たこと自体、まだ三度目でしてね」床に置いてある私の船旅用トランクを見やった。宿泊先が決まっていないため、持ち歩いていたのだ。「着いたばかりですか？」

「ええ、一時間前に。たぶんあなたと同じ汽車だと思《guess》います」

「こちらへは仕事かなにかで……？」

　私は返事をためらった。マイリンゲンに来た目的を果たすにはイギリス警察の力添えがぜひとも必要だったが、性急に事を運ぶのは避けたかった。アメリカではピンカートン探偵社と警察のあいだに以前から縄張り争いのようなものがしばしば起こっている。ここでも同じ軋轢《あつれき》が生じる可能性は否めない。「いえ、個人的な用事で……」お茶を濁そうと決め、そう言いかけた。

　すると、彼はにやりと笑った。目には心痛とおぼしき不思議な翳《かげ》りが出ていたが。「さしつかえなければ、わたしが代わりに答えましょう、ミスター・チェイス」少し考え込んでから続けた。「あなたはニューヨークから来たピンカートン探偵社の方ですね？　先週イギリスへ向けて発《た》った。ジェイムズ・モリアーティ教授を追跡して。おそらく、彼はあなた方にとって重要な手紙を受け取ったんでしょう。それをなんとしても見つけ出したかった。ところが、イギリスに着くとモリアーティは死んだと知らされ、愕然《がくぜん》とした。その足でここマイリンゲンへやって来たというわけだ。ついでながら、あなたはスイス警察を無能と感じ……」

「待ってください！」私は思わず手を挙げて制した。「どういうことですか？　私を監視していたんですか、ジョーンズ警部？　それともピンカートン社に問い合わせたんですか？　イギリス警察が私の行動を裏でこそこそ探っていたのだとしたら、はなはだ遺憾と言わざるを得ませんな！」

「ご心配には及びませんよ」ジョーンズは再び意味ありげな笑みを浮かべた。「先ほど申し上げたことはすべて、わたしがこの部屋でおこなった観察に基づく推理です。お望みでしたら、もう何点か追加できますが」

「勝手にどうぞ」

「あなたは古めかしいアパートメントに住んでいる。上のほうの階に。それから、勤務先の会社の待遇に不満をお持ちらしい。抜きん出た優秀な調査員であるにもかかわらず、正当な評価を受けていないと。独身で一人暮らし。気の毒に、かなりつらい船旅だったとお見受けします。原因は二日目ないし三日目の悪天候のせいばかりではないようだ。それから、今回の追跡の旅は完全に無駄骨だったと考えていますね？　そうでないことをお祈りしますよ」

　そこで口をつぐんだジョーンズを、私はあらためてまじまじと眺めた。「ほぼ正解です」思わず声がうわずった。「しかし、どうしてそこまでわかるのか、さっぱり見当がつきません。詳しく説明していただけませんか？」

「単純明快ですよ」ジョーンズはそう答えた。「〝初歩的〟と言っておきましょう」さも大切な言葉のように強調した。

「ええ、確かにあなたにとっては単純明快でしょう」私は奥にある部屋の入口を気にしながら言った。ドアの向こうにはさっきのスイス人警察官たちがいる。ゲスナー巡査部長は誰かと電話で話しているらしく、彼のぼそぼそした声が聞こえてくる。誰もいないカウンターが彼らと私たちのあいだを壁のように隔てている。「お願いです、ジョーンズ警部。どうやって結論に行き着いたのか説明してください」

「いいですとも。ただしことわっておきますが、説明を聞いたとたん、なんだそんなことかと落胆なさると思いますよ」彼はステッキに重心を移し、なるべく楽な姿勢をとろうとした。「あなたがアメリカ人であることは、話し方や服装から明らかです。特にポケットが四つある縞《しま》模様のチョッキはロンドンではまず手に入らないでしょうからね。言葉遣いにも注目しました。〝思う〟と表現するときにイギリス人なら〝think〟を用いるところを、あなたの場合は〝guess〟だった。それから、アメリカ国内の土地訛《なまり》についてさほど明るいわけではないわたしでも、あなたの話し方が東海岸のものであることはすぐにわかりました」

「生まれはボストンです」私は言った。「現在は仕事でニューヨークに住んでいますが。どうぞ続けてください」

「わたしがここへ入って来たとき、あなたはちょうど懐中時計を取り出していましたね。指で隠れてはいたが、有名な図柄が彫られているのがたまたま見えました。目玉の絵と、その下に入った〝われわれは決して眠らない〟の文字。言うまでもなく、ニューヨークを本拠地とするピンカートン探偵社のロゴマークです。しかもあなたの乗船地がニューヨークであることは、トランクに貼られている税関の印紙から明々白々だ」彼はもう一度、壁際に置いてある私の船旅用トランクに目をやった。その上の壁には手配中の容疑者だろう、スイス人らしき強面《こわもて》の男の写真が貼ってある。「あなたがスイス警察を軽蔑《けいべつ》していると推察した根拠はこうです。この部屋にはあのとおり正確に動いている壁掛け時計があります。にもかかわらず、ご自分の懐中時計で時刻を確認していた。どうやらさっきの警官たちはあまりあなたの役に立ってくれなかったようですな」

「おっしゃるとおりだ。図星です。しかし、なぜ私が追っているのがモリアーティ教授だと？」

「はるばるマイリンゲンまでやって来る理由がほかにありますか？ 賭《か》けてもいい、先週の出来事がなかったら、あなたがこのありふれた村の名前を耳にすることは一生なかったでしょう」

「シャーロック・ホームズが目当てという可能性もあるのでは？」

「もしそうならば、ロンドンにとどまってベイカー街の調査に取りかかっていたはずです。ここマイリンゲンには死体しかないし、それはほかの誰であろうとシャーロック・ホームズではは絶対にありえない。あなたはサウサンプトンに向けてニューヨークを発ったんでしょう？ ほら、ジャケットの右側のポケットから折りたたんだ〈ハンプシャー・エコー〉紙がのぞいている。日付は五月七日木曜日。ということは、目的地サウサンプトンに到着した直後、波止場でその地元紙を買い、そのあと急いでヨーロッパ大陸へ移動したと思われます。新聞のどの記事があなたをそのような行動に駆り立てたのか？ 当日の重大ニュースはひとつだけ。よって、答えはモリアーティです」ジョーンズはにんまりして続けた。「顔をお見かけした覚えがないのは不思議ですね。さっきあなたが言ったとおり、同じ汽車でここへ来たはずなのに」

「モリアーティが手紙を受け取ったと考える根拠はなんですか？」

「すでに死んでいるので、本人の口から直接なにかを聞き出すことはできません。そもそも、あなたにとっては素顔すら知らない相手のはずです。モリアーティとじかに会ったことのある人間はごくわずかですからね。よって、あなたのねらいは彼が持っている物にちがいない。彼の足跡をたどってマイリンゲンまで乗り込んできた動機はそれ以外に考えられません。おそらくアメリカで発送された手紙か小包のたぐいでしょう。わたしがここへ入って来たとき、警官にかけあっていたのはそれに関することですね？」

「遺体を調べさせてほしいと頼みました」

「種明かしはだいたいこんなところです」

「あと少し。つらい船旅だったというのはどうやって？」

「あなたは相部屋で寝起きせねばならず――」

「よくわかりましたね」

「あなたの指の爪と歯を見たところ、喫煙者ではないようだ。にもかかわらず、服には強い煙草の臭いが染みついている。ということは、あなたの雇用主は今回の任務に最適な人物を選んで、地球を半周する旅に送り出したはいいが、個室の料金は負担してくれなかったらしい。煙草をのまない者にとって喫煙者と何日も同部屋で過ごすのが苦痛でないわけありません」

「ええ、実際にそのとおりでした」

「おまけに悪天候で、ますますつらい船旅になった」彼は手をさっと振って、私に口を開く間も与えず質問を退けた。「あなたの首の横にかなり大きな切り傷があります。船上でうまくひげを剃《そ》るのは難しいものです。海が時化《しけ》ているときはなおさら」

私は笑うしかなかった。「ジョーンズ警部、私は不器用な男です。これまでの成果はすべてこつこつ努力してきた結果です。あなたが披露なさったような素晴らしい技法は初めて見ました。イギリスの警部さんたちは特殊な訓練を受けているんですね」

「誰もができるわけじゃありませんよ」ジョーンズは静かに言った。「しかし、わたしが特殊な教えを授かったことは事実です。偉大な人物から薫陶を受けました」

「最後にもうひとつだけ。私が独り身であることやニューヨークでの居住環境については、なにをもとに判断を？」

「あなたは結婚指輪をはめていない。もちろんそれだけでは決め手になりませんが――失礼を承知で言いますと、もし奥さんがいれば、袖口《そでぐち》の目立つ染みやどう見ても修理が必要なほど磨《す》り減った靴をそのままにしておくはずがありません。お住まいのアパートメントについても、単純に観察と演繹《えんえき》法によるものです。あなたのジャケットは右袖の生地が極端に擦り切れている。金属の手すりをつかんで階段を何段も昇り降りする生活でないかぎり、そんなふうにはなりませんよ。勤務先のビルにはエレベーターがあるはずですから、住居が古いアパートメントなのだろうと推理したわけです」

彼はそこで口をつぐんだ。ステッキに寄りかかる姿勢がさっきよりつらそうなので、話し疲れたのだろうが、感銘を受けた私は棒立ちになって彼を純粋なる尊敬の眼《まなこ》で見つめた。と、そのとき突然奥のドアが開いて、二人の警官が再び現われた。彼らは早口のドイツ語でしゃべり出した。意味はわからなかったが、声の調子はさっきとは打って変わって、ていねいだった。スコットランド・ヤードの警部を遺体が安置されているところまで案内すると申し出ているのだな、と私は思った。その推測は当たったらしく、ジョーンズ警部は身体をまっすぐ起こして、戸口へ向かおうとした。

「ちょっとよろしいですか？」私は呼び止めた。「ジョーンズ警部、あなたにはあなた独自の方法がおありでしょうが、私がお役に立てることもきっとあるはずです。あなたがおっしゃったことは――さきほど披露なさった見事な離れ業のことですが――すべて当たっています。ここへモリアーティを追ってきたのは、三週間前に書かれた手紙が目的です。それはあなたにとっても深刻かつ重大な意味があります。ご指摘どおり私は彼の顔を知りませんが、遺体を確認させてもらえればそれでけっこうです。肝心なのはそこなんです」

スコットランド・ヤードの警部は立ち止まり、ステッキを握る手に力をこめた。「ご理解いただきたいのですが、わたしは上からの命令でここへ来ています」

「あなたの邪魔はしないと約束します」

二人のスイス人警官は話が終わるのを待っていた。ジョーンズは決断して警官たちに向かってうなずいた。「エァ・コムト・ミット・ウンス」それから私のほうを振り向いた。「いいでしょう。同行を許可します」

「なんと感謝したらよいか」私は礼を言った。「決して後悔はさせません」

大きなトランクは警察署に置いていくことになった。われわれ四人は村を横断する目抜き通りを進み、点在する家々の前を通り過ぎた。道中、ジョーンズ警部とゲスナー巡査部長は声をひそめてドイツ語で話していた。やがて目的地の聖ミヒャエル教会に到着した。どことなく風変わりなたたずまいで、重たげに鐘楼を頂いた真っ赤な屋根の小さな建物だった。ゲスナーは入口の鍵《かぎ》を開けて、私たちを先になかへ通した。ジョーンズ警部はそのままの姿勢でドアをくぐったが、私は頭を引っ込めなければならなかった。内部を通り抜けて地下室へ通ずる階段まで来たとき、ジョーンズはゲスナーに身振りで合図し、ここから先はミスター・チェイスと二人きりにしてくれと伝えた。巡査部長はあっさり了承した。分厚い石壁に囲まれた地下室へ下りると、ひんやりした空気にまぎれもない死臭が漂っていた。

遺体は私が想像していたとおりだった。生きていたときは長身でいかり肩だったたであろう男が目の前に横たわっていた。司書か大学教員を思わせる風貌《ふうぼう》だ。実際にジェイムズ・モリアーティはかつて教師だったわけだが。古風な黒い服が身体に海藻のように貼りついていた——まだ濡《ぬ》れているようだ。死に方はいろいろあるが、溺死ほど人体を醜く変形させるものはない。見るも無残なほど全身が膨張し、腐臭を放っていた。皮膚の色はおぞましくて、表現する言葉が見当たらない。

「この状態ではモリアーティ本人かどうか確認するのは難しいですね」私は言った。「さっきも言ったように私は彼の顔を知りませんが、あなたはどうですか？」

ジョーンズは首を振った。「じかに会ったことはありません。同僚たちも同じです。モリアーティの人生はほとんどが謎に包まれています。陰にひそんで悪事を重ねていたわけです。彼が数学教師をしていたときの同僚なら捜し出せるかもしれませんから、帰国次第取りかかりますが、いまはまず目の前のものを細かく観察するしかないですな。年齢はおおよそ一致、服は明らかにイギリス製。そこに懐中時計がのぞいているでしょう？　銀製で、〝ジョン・マイヤーズ　ロンドン〟の刻印がはっきり見えます。服装から判断して、ここへは田舎の風景を楽しむために来たのではない。しかもシャーロック・ホームズと同時期に死んでいる。どう思います？　モリアーティ以外に考えられないでしょう？」

「遺体の検分は済んでいますか？」

「スイス警察がポケットの中身まで調べましたよ」

「なにもなかったのですか？」

「硬貨が少しとハンカチ、それだけです。ほかになにを期待なさっていました？」

私はその質問を待っていた。だから少しも動じなかった。すべてが、とりわけ私の近い将来が、これからジョーンズに返す答えにかかっているのだ。死体を前にして暗い地下室で二人きりで立っているのを、いまさらながら強く意識した。「モリアーティは四月二十二日か二十三日に手紙を一通受け取っています」私は躊躇《ちゅうちょ》なく説明を始めた。「差出人はピンカートン探偵社がよく知る犯罪者で、モリアーティと同じくらい危険な極悪人です。そいつがモリアーティと会合の約束を取りつけるため手紙を書いたのです。モリアーティが死んだことは確かなようなので、彼の遺体か宿泊先を調べれば手紙が見つかると期待していました」

「つまり、あなたの目的はモリアーティではなく、その手紙を書いた人物なんですね？」

「そのとおりです」

ジョーンズはかぶりを振った。「ここへ来る途中に聞かされたゲスナー巡査部長の説明では、地元の警察が聞き込みをおこなったものの、モリアーティがどこに泊まっていたのかはつかめなかったそうです。別の村を拠点にしていたのかもしれませんね。その場合も偽名を使っていたはずですから、込み入った捜査を広範囲でおこなうのはわれわれには無理です。その手紙をモリアーティが持ち歩いていたと考える根拠がなにかあるのですか？」

「たぶん私は無きに等しい可能性にすがっているんでしょう」私は言った。「いや、はっきり認めます。私がやっていることは実際に悪あがきでしかありません。しかし、スイス人のやり方を考えると……ときどき身元確認がおおざっぱなので、手紙でもパスポート代わりになったのではないかと考えたのです。だとすれば、モリアーティが手紙を肌身離さず持っていた可能性は充分あります」

「お望みなら、もう一度われわれで遺体を調べてみますか？」

「ぜひお願いします」

正直なところ、実に気色の悪い作業だった。死体は冷たいうえに水分を含んでぶよぶよしていて、人間とは思えない手ざわりだった。おまけに仰向けの状態からうつぶせにしたとき、肉が骨から剝《は》がれる感触がはっきりと伝わってきた。衣服は汚れてぬるぬるしていた。ジャケットの内側に手を入れると、めくれたシャツからむきだしになっている白い肌に一瞬だが手が触れた。事前に打ち合わせたわけではないが、暗黙の了解で私は上半身を、ジョーンズは下半身を探った。先に調べた警察と同様、収穫はなにもなかった。ポケットは空っぽで、もともとなにか入っていたとしても、ジョーンズが言った小銭とハンカチ以外のものはすべてライヘンバッハの滝にさらわれてしまったにちがいない。私たちは終始無言だった。とうとう吐き気がこみあげて、私はよろめきながらあとずさった。

「なにもありません」私は言った。「あなたが正しかった。時間の無駄でした」

「ちょっと待った」ジョーンズはなにか見つけたらしく、手を伸ばして死体のジャケットをつかみ、胸ポケットの周囲を調べた。

「そこはもう見ました」私は言った。「なにもありませんでした」

「いや、ポケットではなくて、縫い目の部分です。これは仕立て屋がやったものじゃないな。別の者があとから縫いつけたんだ」彼は指で生地をつまんだ。「裏地のなかにな
にか入っている」

私は身をかがめてのぞき込んだ。ジョーンズの言ったとおり、縫い目はポケットの下から数インチはみ出していて、そのあいだが少しふくらんでいる。「ナイフを持っています」私はいつも携帯しているジャックナイフを出して、新しい友人に渡した。

ジョーンズは刃先を縫い目に差し込んで、ていねいに糸を切っていった。すると秘密のポケットが現われ、なにか入っているのがはっきりとわかった。ジョーンズがそこから取り出したのは四角く折りたたんだ紙だった。まだ濡れている。ジョーンズはいまにもちぎれそうな紙を慎重な手つきで扱った。ナイフの刃の平たい部分を使って、死体が横たえられている石の台にのせ、少しずつ広げていく。子供が書いたような文字で埋まった一枚きりの紙切れだった。

二人とも顔を近づけて読んだ。次のような内容だった。

HoLmES WaS CeRtAiNLY NOt A DIFFiCulT mAn to LiVe WItH. He wAs QuIeT iN HiS WAYs and his hABiTS wErE REgulAr. iT wAs RARE fOR HIm To BE up AfTeR TEN at nighT aND hE hAD INVariABLY breAKfasteD AND GoNE OUT BeFOrE i RoSe in The morNINg. SOMEtImEs He SPeNt hiS DAy At ThE ChEmiCaL lABoRatORY, SoMeTimes IN THE dIsSeCting ROoms And oCcAsionaLly iN lOnG WALKs whICH ApPeAREd TO taKE HIM INtO THE LOwEsT PORTioNs OF thE CITy. nothINg COuld exCEeD HiS ENErgY WHeN tHE wORkING FiT WAs upOn HiM.

ホームズは一緒に暮らしていくうえで少しも厄介な相手ではなかった。わりあい静かに過ごしているし、生活習慣も規則正しかった。夜は十時以降に起きていることはめったになく、朝は私が起きる頃にはすでに朝食を済ませて出かけているのがつねだった。丸一日、化学実験室や解剖室にこもりきりのこともあれば、長い散歩をしてロンドンの貧民街を歩き回ることもあった。なにかに熱中しているときは汲《く》めども尽きぬ活力をみなぎらせた。

内心ではどうかわからないが、ジョーンズに落胆の色は見られなかった。しかし手紙の内容は明らかに私が伝えたものとはちがっていた。悪党の会合とはなんの関係もないように見えた。

「これをどう思いますか？」ジョーンズ警部は訊いた。

「ううむ……わかりません」私はもう一度読み返してから答えた。「ただ、文章には見覚えがあります。ワトスン博士の語りの部分ですよ。そうか、〈リピンコット・マガジン〉に掲載された小説を書き写したんだ！」

「いや、〈ビートンのクリスマス年鑑〉でしょう」ジョーンズは私のまちがいを正した。「これは『緋色《ひいろ》の研究』第二章からの引用です。しかし、特にどうということのないものに思えますね。あなたが捜していた手紙ではないようだ」

「ええ、まったくちがいます」

「だとすれば不可解ですな。さて、そろそろ引き揚げるとしましょうか。こんな陰気な場所には長居したくない。地上へ戻って、元気づけにワインでも一杯いかがです？」

私は見納めに安置された死体をもう一度振り返ってから、ひどく足を引きずっているジョーンズとともに階段へ向かった。

3　ミッドナイト・ウォッチ

アセルニー・ジョーンズ警部の勧めで、私も彼と同じ〈イギリス旅館〉に投宿することになった。スイス人警官たちと別れたあと、雲ひとつない青空に太陽がきらきらと輝くなか、二人で宿への道をたどった。あたりは静寂に包まれ、私たちの足音と、近くの丘の牧草地で羊か山羊《やぎ》のつけているベルがときおり鳴るのを除けば、なにも聞こえなかった。ジョーンズは考え事にふけっていた。遺体のポケットから見つかった紙切れのことが気にかかっているのだろう。モリアーティはなんでまたシャーロック・ホームズ物語からの引用文を隠し持って、スイスへ来たのだ？　ライヘンバッハの滝での一騎打ちに先立って、敵の心理を洞察しようと試みたのか？　それとも、あの紙切れこそが、私がはるばるスイスまで旅してきた目的である悪党から悪党への連絡文なのか？　だとすれば、あの文章にはジョーンズにも私にもわからない暗号が含まれていることになる。ジョーンズの顔つきからすると、口にこそ出さないが、頭のなかではその可能性を充分認識しているようだ。

〈イギリス旅館〉はこぢんまりしたホテルで、窓辺に花がふんだんに飾られた、木造のしゃれた建物だった。三角屋根のデザインはまさにイギリス人があこがれるスイスの山小屋《シャレー》のイメージそのものだった。幸い空室があったので私も宿泊できることになり、従業員の少年がさっそく警察署へ私の荷物を取りに行ってくれた。ジョーンズと私は階段で別れた。例の紙切れは彼が持っていた。

「さしつかえなければ、しばらくこれを預かっておきたいのですが」と彼は言った。

「重要なものだとお考えなんですね？」

「それはまだなんとも言えませんが、詳しく調べてみたいと思いましてね」彼は疲労の色をにじませていた。警察署からの道のりはたいして長くはなかったが、高地のせいで息が上がったのだろう。

「かまいませんとも」私は答えた。「では、夕方にでもまた」

「夕食を一緒にどうですか？　八時くらいがいいでしょうかね」

「ええ、けっこうですよ、ジョーンズ警部。私はそれまで有名なライヘンバッハの滝をゆっくり散歩することにしましょう。それにしても、まさか自分がスイスの土を踏むとは思ってもみませんでしたよ。本当になんという美しい村だろう。まるでおとぎ話の世界にいるようだ」

「散歩ついでにモリアーティのことを近所の人たちに尋ねてみてはどうですか？　彼がホテルやゲストハウスに宿泊していたのでないとすれば、どこか個人の家に間借りしていたとも考えられます。ホームズさんとの直接対決に出発する前の彼を誰かが見ているかもしれない」

「村での聞き込みはすでにスイス警察がおこなったのでは？」

「ゲスナー巡査部長がね。まあ、彼なりに最善は尽くしたんでしょうが、念のためもう一度やってみても害はないはずです」

「そうですね。おっしゃるとおりだ。やってみます」

私は言われたとおり、村のなかをぶらぶらしながら英語のわかる住人に出会うたび話しかけてみた。実際には英語を話せる者はごく少数だったが、シャーロック・ホームズという名前は全員が理解した。それを耳にしたとたん、誰もが真剣な顔つきで立ち話に応じてくれた。有名な探偵がマイリンゲンを訪れていたとは驚きだ、しかしこの地で亡くなったことはもっと信じがたい、と異口同音に語った。皆、なんとか助けになろうとしてくれたが、あいにくモリアーティの姿を見た者は一人もいなかった。結局、見慣れない者が村人の家で部屋を借りたという話は誰からも出ず、村人たちから得られたのはつたない英語での同情の言葉だけだった。私はがっかりして、すごすごとホテルへ戻った。ライヘンバッハの滝を見に行く気力はすっかり失《う》せていた。往復すれば二時間はかかるのも理由のひとつだが、本心を言えば、滝のことを考えるだけでぞっとしたのだ。行ったところで、自分の知らない事実を発見できる見込みはないだろうとのあきらめの気持ちもあった。

その晩、アセルニー・ジョーンズと予定どおり夕食をともにした。元気を回復した様子の彼に、私はほっとした。ホテルのレストランはテーブルをぎっしり詰め込んだ感じだが実に居心地よく、壁には動物の剝製《はくせい》の頭が飾られ、暖炉では火があかあかと燃えていた。店の広さには不釣り合いなほど大きい暖炉だが、夜になると山々を吹き渡ってきた冷気にすっぽりと覆われる村ではありがたく頼もしかった。春の五月とはいえ、約二千フィートという標高ゆえにまだまだ寒い。レストランは空《す》いていて、数えるほどしか客がいなかったが、私たちはまわりを気にせず話ができるよう暖炉に近いテーブルを選んだ。

給仕してくれたのは小柄で丸々太った女性だった。袖《そで》のふくらんだエプロン・ドレスを着て、その上にショールを巻いていた。バスケットに入ったパンと赤ワインのピッチャーを運んできたあと、彼女はグレタ・シュタイラーだと名乗り、この宿の主人、ペーター・シュタイラーの妻だと自己紹介した。「今夜はスープとロースト肉しかないんですよ」すまなそうに言う。「厨房《ちゅうぼう》が夫だけなもんで。お客さんが少なくてよかった。もっと多かったら、料理が足りなくなるところでした」

「シェフはどうしたんです?」ジョーンズが訊《き》いた。

「ローゼンラウイに住んでる母親のところへ行ってます。加減がよくないそうで。予定では一週間前に戻ってきてるはずなんですけど、なんの連絡もなくて。どうしちゃったんでしょうねえ。ここに五年も勤めてる人なのに。そこへもってきて滝の事件でしょ? 警官やら刑事やらが何人も押しかけてきて、根掘り葉掘りいろんなことを訊かれましたよ。一日も早くマイリンゲンがもとどおりになりますように。こういう騒動は迷惑なだけですからね。静かな暮らしが一番」

宿のおかみがせわしげに去ってから、私はワインを自分のグラスに注いだ。ジョーンズはワインを断って、代わりに水を注いだ。「例の紙切れは……」私はさっそく話を切り出した。席に着いた瞬間から、なにかつかんだかどうか彼に訊きたくてうずうずしていたのだ。

「どうやら問題を解く手がかりが見えてきたようですよ」とジョーンズは答えた。「結論から言うと、あれはあなたが話していた連絡文と考えてまずまちがいないでしょう。書いたのはアメリカ人です」

「なぜわかったのですか？」

「紙をよく調べたところ、クレイコーティングした砕木パルプだと判明しました。十中八九、アメリカ製です」

「中身については？」

「それもすぐお話ししますが、その前に協定を結びましょう」ジョーンズはグラスを掲げ、ゆっくりと回した。炉火の明かりが液体に反射して、光線を跳ね返した。「わたしはイギリス警察の代表として来ています。われわれイギリス警察はシャーロック・ホームズの訃報《ふほう》に接してすぐ、誰かが現場へ駆けつけて、ささやかな哀悼の意を捧《ささ》げるべきだと判断したのです。ご存じでしょうが、彼は長年数多くの事件でイギリス警察に協力してきた人ですからね。それに、ジェイムズ・モリアーティ教授のからむ件はすべてわれわれの仕事です。ライヘンバッハの滝でなにが起きたかは歴然としていますが、ホームズさんが、〝獲物は飛び出した〟と叫ぶ声がいまにも聞こえてきそうですよ。あなたのお話どおり、モリアーティがアメリカの暗黒社会のメンバーと接触しかけていたとすれば――」

「ただのメンバーではありません。首領です」

「ならばなおのこと、互いの利益のためにあなたとわたしで力を合わせるべきではありませんか？　もともとスコットランド・ヤードは外国の捜査機関、特に民間の探偵会社と手を組むことには消極的ですし、有益かどうかは未知数ですが、やってみて損はないでしょう。わたしとしても、上司に報告するならばもっと情報が必要です。単刀直入に言います。あなた自身のこと、それからここへ来るに至った経緯を細かく話していただけませんか？　秘密は守りますのでご安心ください。ただし、今後の方針はあなたの話をうかがってから決めることにします」

「いいですとも、すべてお話しします、ジョーンズ警部」私は言った。「本当のことを言うと、あなた方イギリス警察の助けはぜひとも必要なのです」シュタイラー夫人が湯気の立ったスープとシュペッツレ――濁った茶色い汁に混ざった小さな団子のようなものをおかみはそう呼んだ――を運んできたので、私はいったん口をつぐんだ。シュペッツレなる料理は見た目よりもいい匂いで、それがチキンとハーブの香りとともに湯気となって立ちのぼり、鼻腔《びこう》をくすぐった。私は話の続きに戻った。

「すでにお話ししたとおり、私はボストンの生まれで、父はコート・スクエアに事務所をかまえる評判のいい弁護士でした。子供時代の家族の記憶はいまでも鮮明です。家には使用人が大勢いて、ティリーという肌の浅黒い乳母は私にとても優しくしてくれました」

「一人っ子ですか？」

「いいえ。二人兄弟の次男坊です。兄のアーサーは歳が離れていたこともあり、仲は良くありませんでした。父はボストンの共和党員で、ほぼ毎日、党員仲間の紳士たちに囲まれて過ごしていました。皆、イングランドから渡ってきた先祖を誇りに思い、それゆえに自分たちは選ばれた特別な存在なのだと考える人たちでした。いわゆるエリート意識ですね。彼らは〈サマセット・クラブ〉や〈マイオピア・クラブ〉などあちこちのクラブのメンバーで、頻繁にそこへ通っていました。母は身体が弱く、寝たり起きたりの生活でした。そんなわけで、私は両親と接する機会が極端に少ないまま育ちました。十代の生意気盛りの年齢になると反抗的な行為を繰り返し、とうとう家を出てしまいました。あまり振り返りたくない悶着《もんちゃく》を起こした末に。

　兄はその頃すでに父の仕事を手伝っていて、私もいずれはその道へ進むことを期待されていました。しかし、私には弁護士の素質はありませんでした。法律の教科書を見てもちっともやる気が起こらず、むなしくなるばかりだったのです。実は、私には別の野心がありました。犯罪社会に興味を引かれたきっかけがなんだったのかは、記憶が定かではありません……〈メリーズ・ミュージアム〉に掲載されていた小説かもしれない。当時、近所の子供たちのあいだではやっていた雑誌です。しかし、興味がいっきに増した出来事ははっきりと覚えています。うちの一家はウォーレン・アヴェニュー・バプティスト教会の信徒でした。礼拝には欠かさず通っていて、家族全員が顔をそろえる唯一の場所が教会でした。ところが、私が二十歳のとき、そこの堂守トーマス・パイパーが連続殺人を——」

「パイパー?」ジョーンズは記憶を探る顔つきになった。「ああ、思い出しました。確か一人目の犠牲者は若い娘で……」

「そうです。事件はアメリカ国外でも大々的に報じられました。地元の人たちは皆かんかんに怒っていましたが、私は少しちがいました。本心を明かせば、身近なところに恐ろしい殺人鬼がひそんでいたと知って、言い知れぬ興奮をおぼえたのです。彼が長い黒いマントを着ている姿は何度も見かけていましたし、いつもにこやかで親切な印象でした。彼がそのような残虐な行為の犯人なら、近所に住む誰だって容疑者になりうると思いました。

その瞬間です、私が天職を見出《みいだ》したのは。弁護士のような味気ない職業は自分には不向きだ、本当になりたいのは探偵だ、と確信したのです。ピンカートン探偵社のことは以前から耳にしていました。すでにアメリカ全土で有名でしたから。その地元のスキャンダルが明るみに出たわずか数日後には、ピンカートン探偵社に入るためニューヨークへ行きたいと父に話しました」

私はそこで黙り込んだ。ジョーンズは射るようなまなざしを向けてきた。私の言葉をひとつひとつ慎重に吟味しているのだ。正直言って、彼に自分の生い立ちやなにかまでさらけ出すのはあまり気が進まなかったが、そうしないかぎり納得してもらえないのはわかっていた。

「父は洗練された静かな男でした。声を荒らげたことは一度もありませんでした――そのときまでは。感受性の強い父は、警官と私立探偵（彼にとってはどちらも同じでした）に嫌悪を抱いていて、それらを卑しい職業と見なしていたのです。考え直してくれという父の頼みを私はきっぱりとはねつけ、激しい口論になりました。とうとう私は家を飛び出しました。ポケットに数ドルしか入っていない状態で。家から遠ざかるにつれ不安がつのり、取り返しのつかない過ちを犯してしまったのではないかと早くも後悔し始めました。

それでも後には引けず、列車に乗ってニューヨークへ向かいました。グランド・セントラル駅に降り立ったときの気持ちはとても一言では言い表わせません。栄華と衰退が隣り合わせで存在する大都会。遠い距離を歩かなくても、視線をこっちからあっちへ移すだけで、途方もない富と絶望的な貧困の両方を見ることができるのです。私はロワー・イーストサイドへ行きました。真っ先に思い浮かんだのはバベルの塔でした。ポーランド人もイタリア人も、ユダヤ人もボヘミア人も、皆それぞれ母国語でしゃべり、自国の風習で暮らしていました。通りのにぎわいも異国情緒にあふれ、温室育ちの私にとっては初めて世間というものを目にする思いでした。

住む場所はすぐに見つかりました。空室だらけの貸間長屋に部屋を借り、その晩は小さなストーブと灯油ランプのほかにはなにもない、むっとする空気の室内で過ごしました。目を開けて夜明けの光が見えたときはどんなに感動したことか。

初めは、ピンカートン探偵社の門を叩《たた》く前に法の番人としての経験を積んでおくため、ニューヨークの警官になろうかとも考えました。しかしすぐにそれは現実的に不可能だと気づきました。推薦状もコネもない者が採用されるわけがありません。また、警察は財政難で、汚職も横行していました。〝われわれは決して眠らない〟をスローガンに掲げる有名な探偵社のほうはどうだろう？　向こう見ずな未経験の若者など相手にしてくれないだろうか？　確かめる方法はただひとつです。ここで働かせてほしいと、ピンカートン探偵社へ直談判《じかだんぱん》に行きました。

私は幸運でした。アメリカで最も有名な私立探偵で、ピンカートン探偵社の創立者でもあるアラン・ピンカートンと、その息子たちのロバートとウィリアムは、ちょうど新しい社員をほしがっていました。驚くでしょうが、警察での勤務経験は採用要件に含まれませんでした。実態は逆だからです。アメリカの警察では多くの場合、巡査長になるとまずピンカートン探偵社と協力していくことを学びます。誠実さ、実直さ、信頼性―

―これらをそなえた者がピンカートン探偵社の求める人材なのです。一緒に面接を受けた人たちは靴屋や教師やワイン商など経歴はばらばらでしたが、皆、向上心から探偵を志望していました。若さも不利には働きませんでした。私は法律の知識が豊富なことをうまくアピールでき、面接に手ごたえを感じました。その日の夕方には晴れてピンカートン探偵社の臨時調査員として迎えられ、とりあえず日給二ドル五十セントに部屋代と食事代支給という生活を保障されました。ただし勤務時間が長いうえ、能力不足と判断された場合はただちに雇用契約が打ち切られるとの条件でした。そうならないよう精一杯努力しようと心に誓いました」

話をいったん切って、スープをスプーンでかき混ぜた。店の反対側の離れたテーブルで、男性客が突然大笑いした。自分の言った冗談に笑ったようだ。どうでもいいことだが、彼の笑い方はドイツ人特有だな、と私はふと思った。

再び口を開いた。「ジョーンズ警部、長々と失礼しました。私の過去などあなたにはご興味なかったでしょうに」

「とんでもない。興味津々で聞き入っていましたよ」

「恐れ入ります。では、私の仕事ぶりは会社にとって期待以上で、とんとん拍子に出世したとだけつけ加えておきましょう。それからもうひとつ、ボストンへ戻って、父と再会したことも。しかし父は心から許してくれたわけではないので、完全な和解とはいきませんでしたが。父は数年前に世を去りました。法律事務所の経営や権利はそっくり長男に譲り、次男の私にはわずかばかりの金を遺《のこ》して。それでも大助かりでした。不平を唱えるつもりはないのですが、ピンカートン探偵社での給料はあまり高いとは言えません」

「わたしの知るかぎり、どこの国でも法の執行機関は薄給ですよ」ジョーンズは言った。「法を守るより破るほうが金になるというのが現状です。失敬、話の腰を折ってしまいましたな。続きをどうぞ」

「私はこれまで、詐欺、殺人、偽造、銀行強盗、失踪《しっそう》など、さまざまな事件を調べてきました。どれもニューヨークで頻発していました。あなたが披露なさった華麗な手法とはかけ離れた地味なやり方を根気強く続けてきただけです。我ながら几帳面《きちょうめん》な性格でしてね。証人の供述書を百回でも二百回でも読んで、真相につながりそうな矛盾をあぶり出すのです。この方法こそが私にしばしば成功をもたらし、上司からの評価に結びつけてくれました。やがて一八八九年の春、私はある案件の調査を任されました。そのときは知る由もなかったのですが、私をここへ来させることになった運命的ともいえる案件です。

発端は、ウェスタン・ユニオンの社長、ウィリアム・オートンから持ち込まれた相談でした。彼の会社の電話回線が盗聴されたうえ、有害な偽情報がニューヨークの株式市場へ流され、大混乱を招いたのです。数社の大企業が破産寸前に追い込まれました。投資家たちは百万ドルの桁《けた》の損失を抱え、コロラド州ではある鉱山会社の会長が寝室でピストル自殺するという悲惨な出来事も起こりました。依頼人のオートンはきわめて悪質ないたずらだと考えていましたが、三カ月間、徹底的な聞き込み調査の結果ようやく突き止めた真相は、いたずらなどという他愛ないものではありませんでした。それは非常に巧妙かつ独創的な横領だったのです。ウォール街の裏で暗躍する株のブローカー集団は、影響をこうむった銘柄を次々に買い占めました。つまり、それらの企業を底値で買収して巨額の利益をせしめたわけです。緻密《ちみつ》な神経と想像力、狡猾《こうかつ》さ、そしてあくどい方法を複雑に組み合わせる知恵を駆使した、ピンカートン探偵社でさえ手がけた経験のない奇抜な手口でした。私たちはついにそのギャングをつかまえましたが、組織の首領であり悪だくみの首謀者でもある男は取り逃がしてしまいました。男の名はクラレンス・デヴァルーです。

ご存じのとおりアメリカは歴史が浅く、多くの面でいまも未開のままです。私も初めてニューヨークに着いたとき、無法地帯のごとき印象に衝撃を受けました。いま思えば当然のことです。そういう国だからこそピンカートン探偵社が必要とされ、繁盛したのです。私が住んでいた貸間長屋のまわりには、売春宿や賭博《とばく》場、悪事を誇らしげに吹聴《ふいちょう》する悪党どもの根城になっている酒場がひしめいていました。先ほど私は偽造や銀行強盗を調査してきたと言いましたが、夜間に通行人を襲う危険な追いはぎや、白昼堂々と悪事に及ぶスリもつけ加えておきましょう。

街には犯罪者がうじゃうじゃしていました。泥棒や娼婦《しょうふ》などはまだかわいいものです。

組織化されておらず、だいたいは単独ですから。ジム・ダンラップとボブ・スコットは〝ザ・リング〟の名で知られる組織を率い、国じゅうの銀行から三百万ドルという莫大《ばくだい》な金を盗みました。ほかには〝デッド・ラビッツ〟や〝バワリー・ボーイズ〟などが現われては消え、ボルティモアでは〝プラグ・アグリーズ〟なるギャングが幅を利かせていました。私は関係書類に隅々まで目を通しましたが、独自の掟《おきて》のもとに、網の目のように張りめぐらした強力な命令系統を自在に操るのはクラレンス・デヴァルーだけでした。彼の存在を私たちはウェスタン・ユニオンの事件で初めて知りましたが、彼はすでに最も冷徹で頭の切れる犯罪者として確固たる地位を築いていました」

「その男があなたがここにいる理由なのですね？」ジョーンズが訊いた。「そして、死んだモリアーティ教授に例の手紙を書き送った張本人なのでしょう？」

「はい、私はそう信じています」

「続けてください」

私はスープさえまだ口に運んでいなかった。ジョーンズは相変わらず私を鋭い目で見つめている。はたから見れば不思議な会食だった。スイスのレストランで二人の外国人が食卓で向かい合い、どちらも料理にまったく手をつけていない。話を始めてからどのくらい経ったのだろう、と私は思った。窓の外では夜が深まり、暖炉ではときおり薪《まき》のはぜる音とともに炎がにゅっと伸び上がっている。

「現在、私は調査部長の役職にあります」私は話を続けた。「ロバート・ピンカートンからじきじきにクラレンス・デヴァルー逮捕のための作戦指揮を命じられ、調査員三名に速記者二名、さらに出納係と秘書と雑用係の少年それぞれ一名ずつの特別チームを与えられました。昼夜を問わず職務にあたっていることから、〝ミッドナイト・ウォッチ〟と呼ばれています。チームのオフィスは地下室です。壁は四方ともピンで留めた通信文でびっしり埋め尽くされ、悪党どもに関する情報ギャラリーと化しています。シカゴ、ワシントン、フィラデルフィアから送られてくる何百枚もの書類を、私たちは秩序立った方法で入念に調べていきました。消耗戦ともいうべき作業でしたが、今年の初め、ようやくひとつの顔がおぼろげに浮かび上がってきました……まだ輪郭程度の段階ではありますが」

「クラレンス・デヴァルーのことですか？」

「はあ、しかし、実はそれが本名かどうかもはっきりしていません。彼をじかに見た者からの情報はまったく得られていないのです。外見に関してスケッチや写真すら手に入りません。年齢は四十前後で、ヨーロッパの裕福な家庭に生まれ、教養が高く人望があり、慈悲深いという評判が伝わってきているだけです。ええ、まさかと思われるでしょう。しかし、彼はニューヨークの孤児のための病院や身寄りのない人々のための福祉施設に多額の寄付をしているのです。ハーヴァード大学には奨学金を設置していますし、メトロポリタン・オペラの大口出資者でもあります。

にもかかわらず、アメリカじゅうどこを捜してもあれほど邪悪な人間はいません。クラレンス・デヴァルーは、彼によって破滅させられた犠牲者たちばかりか、彼の手下となった筋金入りのならず者たちからも恐れられている、冷酷無比な犯罪者なのです。まさしく、ほかに類を見ない卑劣な極悪人ですよ。犯罪組織を動かして悪だくみを実行することに喜びを感じているとしか思えません。悪事によって、利益のみならずねじ曲がった快感も得ているにちがいない。彼はすでに大金持ちですからね。皮肉な言い方をすれば、興行師みたいなものでしょう。手を触れた相手を残らず不幸のどん底に突き落とす見世物の。そうして行く先々に彼の血に染まった指紋が残されていくのです。

私は彼の調査に全精力を注ぎました。最も憎むべき悪の権化たる男を倒し、二度と悪事を働けないようとどめを刺すとき、私の調査員人生は頂点に達するでしょう。しかし、いまはまだ彼は手の届かないところにいます。ときどき、向こうは私の動きを逐一把握しているのではないか、わざとじらして楽しんでいるのではないかと感じることがあります。クラレンス・デヴァルーは非常に慎重で、身分を偽って別の人間になりすましています。うっかり正体を現わしたり、自ら危ない橋を渡ったりするはずがありません。銀行強盗、窃盗、殺人等々、これからも犯罪を計画しては、ギャングを使って戦利品を集め続けるのでしょうが、自分自身はつねに安全な場所で見えない存在であり続けようとするはずです。しかし彼には珍しい特徴がありまして、それをうまく利用すれば化けの皮《は》を剝ぐことができるかもしれません。実は、広場恐怖症と呼ばれる特異な不安障害の持ち主らしいのです。端的に言えば、広い場所へ出ることに病的な恐れを抱いているわけです。よってほとんど屋内で過ごし、移動するときは有蓋《ゆうがい》馬車以外は使わないのだとか。

特徴はほかにもあります。私は調査を進めるうちに、彼の素顔を知る三人の子分を見つけ出しました。いずれもデヴァルーの信頼が厚い参謀でありボディガードでもあり、いつも首領のそばにぴったり張りついています。もちろん三人とも犯罪者です。うち二人はリーランドとエドガーのモートレイク兄弟、もう一人はスコッチー・ラヴェルという男で、最初はハンカチを盗む程度のコソ泥でしたが、じきに金庫破りや重窃盗にまで手を染めるようになりました」

「その三人を逮捕できそうですか？」

「もう逮捕しました――何度も。三人ともトゥームズ拘置所とシンシン刑務所で世話になった前科者ですよ。ここ数年は鳴りをひそめていますがね。まっとうな実業家をよそおっていて、そうでないことを示す証拠はひとつも出てきません。それに、彼らを逮捕しても無駄でしょう。警察が繰り返し尋問をおこないましたが、口を割らせることはとうとうできませんでした。三人が率いている新しいギャングは、ピンカートン社がいま最も警戒している組織です。もはや彼らは法をこれっぽっちも恐れていません。自分たちは法を超える存在だと考えています」

「三人に会ったことは？」

「遠目に金網越しで見たことならあります。こちらも顔を知られないほうがいいですからね。デヴァルーが素顔を隠し続けるならば、私たちも同じようにするのが公平というものでしょう」

そのときシュタイラー夫人が横を通り過ぎ、暖炉に新しい薪をくべた。店内はすでに蒸し暑かったが。私は彼女が行ってしまうのを待ってから、説明の続きに戻った。「二年間、クラレンス・デヴァルーの身辺を血眼になって調べても収穫は無きに等しかったのですが、数カ月前に急に突破口が開けました。私の部下の一人、ジョナサン・ピルグリム青年のおかげです」

「その名前もどこかで聞いたことがあるな」ジョーンズがつぶやく。

「初めて会ったとき、彼は二十代に入ったばかりでした。野心に燃え、折り目正しく、若かったころの自分を思い出しました。西部出身の才能豊かな青年で、チェロ演奏も野球もすばらしい腕前でした。ブルーミングデール球場で投げるのを一度見たことがあります。十九歳のとき、彼は野生馬の群れを追ってテキサス州を千マイル横断し、牧場や鉱山で働きました。しばらく仕事で川船に乗っていた経験もあるそうです。そのあとニューヨークへ来て私のチームに加わり、モートレイク兄弟の兄のほうに接近する任務に抜擢《ばってき》されました。リーランド・モートレイクは麦わら色の髪と青い目の美少年をそばに置きたがっていた、と言えば想像はつくでしょう。ジョナサン・ピルグリムは掛け値なしのハンサムなので、適任だと判断したわけです。彼は首尾よくリーランドの秘書の座におさまると、雇い主に同行して国内をあちこちめぐり、食事や観劇、オペラ鑑賞、それから酒場へもお伴しました。そうこうするうちに今年の一月、リーランドはロンドンへ移り住むことになって、ジョナサンに一緒に来るよう言いました。

　またとないチャンスです。すでにジョナサンは私のスパイとしてギャングの内部へ着実に潜入していました。デヴァルーとはまだ会ったことはありませんでしたが——もし会っていたら、私たちの仕事は格段にはかどったでしょう——リーランドに届いた手紙に目を通せる立場にいました。また、危険を承知のうえで会議を盗み聞きしたり、出入りする者たちを注意深く観察するなどして、組織の動静に関する情報を大量に収集してくれました。私は毎月第三日曜日に三十丁目のダンスホール、〈ヘイマーケット〉で彼とこっそり会い、報告を受け取りました。彼が知り得たことはすべて私に伝わっていると理解しています。

　その報告から見えてきたのは、クラレンス・デヴァルーはアメリカの裏社会をほぼ支配下に置いているものの、それだけでは飽き足らず、勢力拡大を図ってイギリスにねらいを定めているということでした。すでにジェイムズ・モリアーティ教授と連絡を取り、大西洋をはさんで同盟を組む道を探っていました。想像してみてください、ジョーンズ警部。非道な悪党がアメリカ東海岸からヨーロッパの心臓部へ触手を伸ばそうとしているんですよ！　二人の悪の天才が結託して、世界を乗っ取ろうともくろんでいるのです」

「モリアーティについてはよくご存じですか？」

「まあ、おおよそのことは。残念ながら、スコットランド・ヤードは以前からピンカートン探偵社との連携にあまり積極的ではありませんが、ニューヨーク警察は我が社に大変協力的です。ベルギー警察とフランス国家警察も。私たちは彼らを通して得た情報から、モリアーティはいずれ西を目指すのではないかと危惧《きぐ》していましたが、それがデヴァルーのほうから逆の方角で現実化したわけです。

スコッチー・ラヴェル、リーランド・モートレイク、エドガー・モートレイクの三人は今年の一月にロンドンへ渡りました。ジョナサンも一緒でした。ロンドン到着の数週間後、ジョナサンが電報で、クラレンス・デヴァルーもロンドンで合流したと知らせてきました。待ちに待った朗報です。四十がらみの裕福なアメリカ人はロンドンにはそう多くないでしょうし、広場恐怖症という情報が正しければ、彼の正体を突き止めるうえで大いに役立ちます。〝ミッドナイト・ウォッチ〟はただちに、過去一カ月間にアメリカからイギリスへ航行した汽船すべての乗客名簿を入手しました。何百という人数ですから膨大な手間がかかりますが、しぼり込みは可能だと思いました。空を飛ぶ方法を見つけたのでないかぎり、クラレンス・デヴァルーは必ず名簿のなかにいます。私たちは深夜も休まず作業に打ち込みました。

そのさなか、ジョナサン・ピルグリムから二通目の電報が舞い込みました。彼はデヴァルーが会合を設定するために書いた手紙を、モリアーティのもとへ直接届けにいったとのことでした。私は内心で快哉《かいさい》を叫びました。われわれのスパイは実際にモリアーティと会ったのです。言葉まで交わしたのです。ところが翌日、詳細な結果を報告する間もなく、ジョナサンは悲劇に見舞われました。ギャングにスパイであることを看破されてしまったのです。たぶん前日の電報が命取りになったのでしょう。かわいそうに、むごたらしい殺され方でした」

「しばり上げられた状態で射殺されていました。事件報告書を読みましたよ」

「そうです、警部――ニューヨークのギャングに共通する、密告者への処刑法です」

「それでもあなたは大西洋を渡ってロンドンへ行った」

「ニューヨークよりロンドンのほうがデヴァルーを見つけやすいと判断したのです。それに、デヴァルーとモリアーティの会合をねらい撃ちすれば、一石二鳥ですからね。世界で最も凶悪な犯罪王たちを一網打尽にできます。

ですから、波止場で初めてイギリスの土を踏んだ直後、モリアーティの死亡を報じる新聞を見て私がどんなに落胆したか、お察しいただけると思います。その日は五月七日でした。私は即座に決心しました。一度も訪れたことのない国の、名前すら聞いたことのなかったマイリンゲンの村へ行こうと。なぜか？　答えは手紙です。モリアーティがまだそれを持っていたとしたら、デヴァルーを捜し出す重大な手がかりになるはずです。ひょっとするとデヴァルーもマイリンゲンに来ているかもしれないから、ライヘンバッハの滝での出来事をたどればデヴァルーに行き当たるのでは、とも考えました。いずれにしろ、サウサンプトンでぐずぐずしていてもしかたありません。私は一番早い汽車に飛び乗って、パリ経由でスイスへ来ました。そして今朝、地元の警察からなんとか協力を得ようとしていたところへ、あなたが現われたわけです。おかげで助かりました」

私は口をつぐんでスープを見た。すっかり冷めてしまって、もう手をつける気になれなかった。代わりにワインを一口飲み、甘く芳醇《ほうじゅん》な液体を味わった。長い話のあいだ、ジョーンズはまるで店に私たち二人しかいないかのように真剣な顔つきで聞き入っていた。細部まで正確に吸収し、なにひとつ聞き漏らさなかったにちがいない。もし求められれば、私が話したことをほぼ完全に書き出せるだろう。しかしそれは努力なしにできることではない。ジョーンズは、おのれに高い目標を課し、不屈の精神でひたすら努力を重ねることによってそこに到達してきたタイプの男なのだ。自分に対して、まるで戦争をしているかのように厳しい。

「あなたの諜報員《ちょうほう》だったジョナサン・ピルグリムですが、どこに滞在していたかわかりますか？」

「〈ボストニアン〉というクラブに部屋を借りていました。ロンドンのメイフェアという地区にあるそうです。もし彼にスパイとしての弱点があったとすれば、それは独立独歩の気質でしょう。私たちに必要最小限のことしか伝えてきませんでした。おそらく痕《こん》跡《せき》もなにも残していないでしょう」

「ほかの者たちについてはどうですか？　モートレイク兄弟とスコッチー・ラヴェルはどこに？」

「私の知るかぎり、まだロンドンにいます」

「あなたは彼らを知っている。顔も姿も見ている。クラレンス・デヴァルーに接近するために彼らを追跡しようとは考えないのですか？」

「非常に用心深い連中なのです。彼らが会うときはどこか鍵《かぎ》のかかる秘密の部屋を使うでしょう。普段は互いに電報と暗号で連絡を取り合っています」

ジョーンズは私の言葉を反芻《はんすう》する顔つきになった。私は暖炉の燃え盛る炎を見つめ、ジョーンズが口を開くのを待った。「大変興味深いお話でした」彼はおもむろに言った。「あなたに協力しない理由もどこにも見当たりません。しかし、もう手遅れかもしれない」

「なぜですか？」

「モリアーティ亡きいま、そのクラレンス・デヴァルーなる男はロンドンにとどまる必要性を感じていないのでは？」

「いや、逆にデヴァルーにとって願ってもない状況になったのではないでしょうか。彼はモリアーティに提携を持ちかけていました。しかしモリアーティが死んだことで、今後はすべてデヴァルーの思いどおりになります。モリアーティの犯罪組織を丸ごと引き継げるのですから」

ジョーンズは鼻で笑った。「その犯罪組織はモリアーティがマイリンゲンに来る前にわれわれが一掃しましたよ。全員逮捕です。シャーロック・ホームズさんが封筒に残していった、モリアーティ一味の名前と居所のリストをもとに。いまごろクラレンス・デヴァルーは、せっかく提携相手を求めてイギリスまで来たのに、とんだ無駄足だったと悔しがっていることでしょう。残念ながら、同じことはあなたにもあてはまりそうですな」

「モリアーティのポケットから見つかった紙切れですが、問題を解く手がかりが見えてきたようだとおっしゃいましたね？」

「実際にそのとおりですよ」

「解読できたのですか？」

「はい」

「では教えてください。お願いします！　モリアーティは滅びても、クラレンス・デヴァルーはまだ生きている。あのけだものをこの世から葬り去るためになにか打つ手があるならば、私たちはためらわず行動に移すべきです」

ジョーンズはスープを飲み終えて皿を脇にどけ、テーブルの上をあけた。それから例の紙切れを取り出し、私の目の前に広げて置いた。レストランが急に静まり返ったように感じられた。蠟燭《ろうそく》の火がちらちらと小刻みに動く黒い影をテーブルに落とし、壁から突き出た剝製の頭は私たちの会話に聞き耳を立てるかのようにこちらをのぞき込んでいる。

大文字と小文字がまぜこぜになった例の引用文に私はあらためて目を通した。

「意味がわかりますか？」ジョーンズが訊く。

「いいえ、さっぱり」

「では説明して差し上げましょう」

4 手紙

HoLmES WaS CeRtAiNLY NOt A DIFFiCulT mAn to LiVe WItH. He wAs QuIeT iN HiS WAYs and his hABiTS wErE REgulAr. iT wAs RARE fOR HIm To BE up AfTeR TEN at nighT aND hE hAD INVariABLY breAKfasteD AND GoNE OUT BeFOrE i RoSe in The morNINg. SOMEtImEs He SPeNt hiS DAy At ThE ChEmiCaL lABoRatORY, SoMeTimes IN THE dIsSeCting ROoms And oCcAsionaLly iN lOnG WALKs whICH ApPeAREd TO taKE HIM INtO THE LOwEsT PORTioNs OF thE CITy. nothINg COuld exCEeD HiS ENErgY. WHeN tHE wORkING FiT WAs upOn HiM.

「本気で信じているのですか?」私は言った。「この文章に秘密のメッセージが隠されていると」

「ただ信じているのではありません。それが事実だと知っているのです」とジョーンズ。

私は紙を持ち上げて明かりにかざしてみた。「消えるインクを使っているとか?」

ジョーンズはほほえんだ。彼は紙を受け取って私たちのあいだの白いテーブルクロスの上に戻した。夕食中だということは完全に頭から消え去っていた。「シャーロック・ホームズが『秘密文と暗号』というタイトルで研究論文を書いたことを思い出しませんか？」

「いや、知りませんでした」私は答えた。

「わたしは実際にそれを読んだことがあります。彼が公に発表したものはすべて読んでいます。その論文では百六十パターンもの秘密文が分析されているほか、さらに注目すべきことに、それらの解読に用いた手法についても解説してあります」

「あの、ちょっとすみませんが」私はジョーンズの話をさえぎった。「この手紙は暗号とはなんの関係もないでしょう？　内容は私たちがよく知っている作品からの引用です。あなたもそうおっしゃったではありませんか。ジョン・ワトスン博士が書いた文章の丸写しだと」

「そのとおりです。しかし、これには顕著な特徴がひとつあります。なぜこのように書き写したんでしょうね？　書き手が大文字と小文字を不自然な形に並べたのはなぜだと思いますか？」

「筆跡をごまかすために決まっています！」

「そうは思いませんな。いいですか、モリアーティは誰から来た手紙か知っていたんですよ。筆跡をごまかす必要がどこにあります？　ちがう、理由はそれじゃない。大文字と小文字の組み合わせ、それこそが鍵《かぎ》だとわたしは考えます。気まぐれではなく、意図があってこう書いたにちがいありません。これらの文字がゆっくり慎重に書かれたことは見てすぐわかりました。紙の表面にペン先を強く押し当てて引っかいた跡がくっきりと残っているからです。まるで模写の練習みたいではありませんか。この手紙が誤った相手に渡っても内容を悟られる恐れのない形で、モリアーティになにかを伝えようとしているのです」

「つまり、これは暗号文だと？」

「そのとおりです」

「そしてあなたは解読に成功した！」

「はい、試行錯誤の末に」ジョーンズはうなずいた。「自慢するつもりはありません。ホームズさんのあとを引き継いで、彼のやり方にならっただけです」

「で、ここにはなんと書いてあるのですか？」私はもう一度文面を見た。「どんなメッセージが隠れているのですか？」

「いまから教えますよ。チェイス、と気安く呼んでもかまわないでしょうか？　あなたとわたしは共通の目的を追求する、いわば同志です。ひとつ共同戦線を張ろうじゃありませんか」

「願ってもないご提案だ。いいですとも、喜んで」

「けっこう。では説明します。あなたの言うとおり、文章そのものはワトスンの記述の引用にすぎません。よって、注目すべきは、一見ばらばらで不規則に思える大文字と小文字の並び具合です。

使われている文字は全部で三百九十。おもしろい数字ですね。五で割り切れる。そこで全体を五文字ずつに分けて――」

「待ってください、六でも割り切れますよ」

「六文字だと組み合わせが必要以上に多くなります」ジョーンズは顔をしかめた。「実際に六文字でやってみて、うまく行きませんでした。まさしく試行錯誤ですよ。わたしはシャーロック・ホームズではないので、遠回りすることもあります」彼は別の紙を取り出して、例の紙の横に並べて置いた。「単語と単語のあいだの空白《スペース》は無視します。大文字か小文字かという点を除いて、すべて無視します。そうすると文面はこのようになります」

LsLsL LLsLL sLsLs LLLLL sLLLL LsLss LsLss
sLsLs LLsLL ssLsL sLsLs LLsLL LLsss sssss
LLsLL sLsLL LsssL ssLsL sLLLL sLLLL sLsLL
ssLsL sLLLL sssss sLsLL sLsLL LLLss sLLLL
sssLL sssss LLLLL sLLLL LLsLL sLsLs LsssL
sssss LLLsL LLLsL sLsLs LLsLs ssLLL sLsLs
LLsLs sLsLs LLsLs sLLLL sLsLs sssLL LLLsL

sLsLs sssLs ssLsL sssss LsssL sLsLL
LLLss sLLLL sLsLL LsLLs sLLLL LLLsL
LLLLL sLsLL LLLss LsLLs sLLLL sssss LLsLL
sssss LLsLL sLLLL ssLLL sLsLL sLLsL LLLsL
LLsss LsLsL

ジョーンズの几帳面《きちょうめん》な字で紙いっぱいに記された文字の群れを見つめ、私は意気込んで言った。「電文にそっくりですね！」

「きわめてそれに近いものです」ジョーンズが答える。「モールス信号なんですよ。ひとかたまりのグループで一文字を表わしています。いいですか、チェイス、注目してほしいのは、〝sLLLL〟が一番多く、十一回も出てくる点です」

「母音でしょうか？」と私は言ってみた。

「おそらくは。二番目に多いのは〝sssss〟で、七回。しかしそれ以外はいろんな種類が混ざり合っています。次に、種類別に番号をふっていきました。そのほうが見た目にすっきりして、わかりやすいので。その結果、アルファベット二十六文字のうち使われているのは幸いにして十九だけだとわかりました」

ジョーンズは三枚目の紙を取り出した。そこには次のように書かれていた。

1 2 3 4 5 6 6 3 2 7 3 2 8 9 2 10 11 7 5
5 10 7 5 9 10 10 12 5 13 9 4 5 2 3 11 9 14 14
3 15 16 3 15 3 15 5 3 13 14 3 13 17 7 9 11 10 12
5 10 18 5 14 4 10 12 18 5 9 2 9 2 5 16 10 19 14
8 1

「番号は単にグループの種類を表わしているだけです。たとえば、1は〝LsLsL〟、2は〝LLsLL〟という具合に。ここまではいいですね？」

「はい」

「このことから、なにがわかりますか？」教会から歩いてホテルへ帰り着いたときのジョーンズとはまるきり別人に見えた。興奮で目が輝いている。

「それぞれの番号が別々のアルファベット一個を表わしているのですね」私は言った。

「しかし番号は全部で十九もあります。それに、対応するアルファベットが判明しても、単語ごとのスペースがないので苦労しそうですね。文字を並べた際に区切りがわからないと、単語を拾いだすのはかなり難しいのではないでしょうか」

「おっしゃるとおりです」ジョーンズは同意した。「とりあえず、いまは番号を見ていきます。多いのは3と5と10です。これらは母音、さもなくば一般に使用頻度が最も高い子音のT、R、Sでしょう。あなたがさっき指摘された、スペースがないという点は確かに厄介です。とりわけ、よく出てくる〝the〟や〝a〟のような冠詞を形状から見分けるのは無理でしょうから、解読は不可能に近い」

「では、どうやって成功したのですか？」

「忍耐力と幸運のたまものですよ。こう自問するところから出発しました。この通信文から形状をもとにとっかかりになる単語をなにかひとつ探し出せれば、作業がうんとはかどるのでは、と。登場しそうな単語がいくつか頭に浮かびました。たとえば、〝SHERLOCK　HOLMES〟。それから、〝PINKERTONS〟も。しかし、最後は〝MORIARTY〟に決めました。メッセージがモリアーティ宛ならば、彼の名前が出てくる見込みは決して低くはないでしょう。そこで、八文字のグループを調べていった結果、〝MORIARTY〟の〝R〟にあたる三番目と六番目の文字が同じで、ほかの条件もすべて満たすものがひとつだけ見つかりました。例を挙げましょう。たとえば、初めのほうの〝6　6　3　2　7　3　2　8〟の八文字は〝MORIARTY〟ではありえません。三番目と六番目は同じ数字ですが、6と2も二度出てくるからです。もう少し後ろのほうを見ると、〝5　3　13　14　3　13　17　7〟がありますが、これもあてはまりません。13はRでもおかしくないが、3が二つあるので矛盾します。

　結局、メッセージ全体で条件にぴったり合うのは、一行目の後半に位置する〝7　3　2　8　9　2　10　11〟だけでした。〝2〟以外に繰り返される数字はありません。

〝MORIARTY〟と照らし合わせると、Rを表わすのは2です。そして、この数字のグループが〝MORIARTY〟を示すと仮定した場合、非常に興味深い事柄が見えてきます。これの前に並んでいる数字をわかる部分だけアルファベットに換えたところ、次のようになりました」

1 R O 4 5 6 6 O R

「ひとつの単語ではないでしょうね」私は言った。

「いや、わたしは二個以上の単語だとは思いません」ジョーンズがすかさず言い返す。

「RとOが二回ずつ出てくる点と、連続する二つの6に注目してください。この形にあてはまる英単語は、わたしはひとつしか思い浮かびませんね。また、文脈からしても、この部分はメッセージの受け取り手への挨拶《あいさつ》と考えられます」

「教授《Professor》だ！」私は思わず声をあげた。

「そのとおり。文章の始まりは、〝モリアーティ教授〟です。暗号を読み解く手がかりがさらに増えました。これ以降の数字をアルファベットに換えると、次のようになります」

PROFESSOR MORIARTY—MEET ME AT

T 12 E 13 A F E R O Y A 14 14 O 15 16 O 15
O 15 E O 13 14 O 13 17 M A Y T 12 E T 18 E
14 F T 12 18 E A R A R E 16 T 19 14 I P

「モリアーティ教授、会いましょう……」と私は解読を始めたが、早くもそこで詰まってしまった。「ここから先はよくわかりません」

「難しくはないはずですよ。〝会いましょう〟のあとに来る〝T12E〟は当然、定冠詞の〝THE〟です。三行目の〝MAY〟の後ろにも同じものがあります。さあ、これで〝12〟は〝H〟だとわかりました。また一歩前進です。では二行目を見てください。〝ROYA〟の文字があります。五文字の単語ですから、なんなのかは明らかでしょう？」

「ROYALですか？」

「正解。〝○AFE　ROYAL〟で会おうと言っています」

「どこでしょうね？」

「〝カフェ《cafe》・ロワイヤル《Royal》〟ですよ！」ジョーンズが威勢よく答える。私がぽかんとしているので、彼は続けた。「ロンドン中心部にある有名なレストランです。あなたと同様、クラレンス・デヴァルーも聞いたことがなかったかもしれないが、簡単に見つかります」

「そのあとの言葉はどうなりますか？」私は訊いた。

「さほど難しくはありません。14はLだと判明したのですから。よって、〝LO15 16 O15〟となり、これがなにを表わしているのかわかれば、15が対応する文字は新たな手がかりになります」

「〝ロンドン《London》〟ですね」私は言った。「カフェ・ロワイヤル、ロンドン。そうにちがいない」

「同感です。そこが会合場所です。次に移りましょう」

ONEOCLOC17MAY　THET18ELFTH

「ああ、これは明白です」私は興奮の声をあげた。「17はK、18はW。よって、〝五月十二日一時〟です！」

「ということは三日後ですね。どうです、案外すらすら解けるでしょう？　では残りを片付けるとしますか」

WEAREDT19LIP

「われ《We》われは《are》……ああ、いや、綴《つづ》りがちがう」私はまたしても行き詰まった。

「よく見てください。区切りを二つ後ろにずらせば、〝WEAR　A〟となります。なにか身につけるんでしょうね。考えてみれば、モリアーティとクラレンス・デヴァルーはじかに会ったことがない。両者とも自分の外見を誰にも知られないようにしてきましたから、互いの顔を知る手立てはないはずです。そこで、モリアーティに目印になるものを身につけるよう求め、具体的にそれを指定しています。最後の八文字で表わしているものがそうです」

REDT19LIP

私が黙ったままでいると、ジョーンズが笑みを浮かべて正解を言った。
「赤い《red》チューリップ《tulip》しかないでしょう。ジャケットの襟のボタンホールに赤いチューリップを挿すよう指示しているんですよ。さあ、これで解読は完成しましたよ、チェイス」

モリアーティ教授へ。五月十二日一時にロンドンのカフェ・ロワイヤルで会いましょう。赤いチューリップをつけてください。

「暗号を解く鍵が〝モリアーティ教授〟だったのは幸運でした。もし冒頭の宛名が省略されていたら、きっとお手上げだったでしょう」

「いや、あなたの実力のおかげですよ、ジョーンズ警部。感服しました。惚《ほ》れ惚《ぼ》れする腕前です。私はどこから手をつけたらいいやら、さっぱりわかりませんでしたからね」

「さほど難度の高くない暗号だったので、なんとかなっただけですよ。ホームズさんだったら半分の時間で解いたでしょう」

「私にとって望みどおりの展開です。おかげでヨーロッパへの長旅が報われ、多額の出張費にも見合う結果となりそうだ。三日後に、クラレンス・デヴァルーはそのカフェ・ロワイヤルという店へ現われるわけですね。そして、本人だと見分けがつくよう襟に赤いチューリップを挿した男に歩み寄る」

「モリアーティが死んだと知らなければ、の話ですが」

「確かにそうですね」私は黙り込んで、もう一度じっくり考えた。「モリアーティは生きているはずだ、といった趣旨の声明を出してみてはいかがです？　スコットランド・ヤードはライヘンバッハの滝で実際になにが起きたのか確認するため、あなたをここへ派遣したのですから、不自然ではありません。モリアーティは滝から落ちていないことを示す新しい証拠が現地で見つかった、とでも発表すれば、誰も疑わないでしょう」

「教会の地下室に安置されている死体は？」

私は一拍おいて答えた。「別の人間の死体だったことにはできませんか？」そのときシュタイラー夫人が皿を下げに来た。「おかみさん」私は彼女に話しかけた。「お母さんが病気になったシェフの名前はなんというんですか？」

「フランツ・ヒルツェルです」そのあと、彼女はほとんど手をつけていない私のスープを見て訊《き》いた。「お口に合いませんでした?」

「いえいえ、けっこうなお味でした」と私は答えた。彼女が厨房《ちゅうぼう》へ戻ってから、私は話を続けた。「さあ、名前が手に入りましたよ。よかったらお使いください。死んだ男がこの店の行方不明のシェフであったとしてもおかしくはありません。〝帰り道、酒に酔っていたかなにかして滝に落ちたのだろう。二つの出来事が同時期に起きたのは単なる偶然である。よって、モリアーティは生きている〟と新聞に発表し、デヴァルーを罠《わな》に誘い込みましょう」ジョーンズは唇を固く引き結んでうつむいている。私はたたみかけた。「まだ知り合ったばかりですが、あなたが不誠実なやり方を好まない性分だということはわかっています。私も同じです。しかしクラレンス・デヴァルーがロンドンにいるということは、街に恐ろしい病原菌が侵入したようなもの。ロンドン市民を守るため、その病原菌の撲滅に全力を注ぐのがあなたの職務ではないですか? 警部、どうかよく考えてください。モリアーティが死んだいま、私たちに残されたチャンスはカフェ・ロワイヤルでのこの会合だけです。私たちは絶対にそこへ行って、どんなことになるか見届けなくてはいけません」

シュタイラー夫人がメイン料理を運んできた。子羊のローストだ。今度は食べようと、私はナイフとフォークを持った。

ジョーンズはゆっくりとうなずいた。「あなたの言うとおりだ」と彼は言った。「スコットランド・ヤードに電報を打ちます。明日ここを発《た》ちましょう。汽車の時間がうまく合えば、問題の日時までにロンドンへ戻れます」

私はグラスを掲げた。「クラレンス・デヴァルー逮捕を祈って。それから、私たち二人の成功を祈って。スコットランド・ヤードとピンカートン探偵社の記念すべき共同作業です」

おのおのグラスに口をつけた。こうして私たちの協力関係はスタートした。しかし、行く手になにが待ちかまえているかをそのとき知っていたら、ワインの味はさぞかし苦く、気分はさぞかし重たかったことだろう。

5　カフェ・ロワイヤルにて

ヨーロッパを旅して回る機会のあるアメリカ人はそうそういない。それだけに、貴重な体験に恵まれながら、自分が目にしたものを充分に表現できないのは至極残念である。道中はほとんどの時間、窓ガラスに顔を押し当てるようにして車窓の風景に見入っていた。連なる丘に点々と散らばる小さな田舎家、滔々《とうとう》と流れる川、初夏の花が咲く谷間。にもかかわらず、気持ちが落ち着かなかったせいで、目の前のそうした風景をじっくり味わう余裕がなかったのだ。汽車旅はもどかしいほどのろのろと感じられ、しかも二等車は居心地抜群とは言いがたかった。私の胸で絶え間なく渦巻いていたのは、ジョーンズが言ったとおり、もう間に合わないのではないかという不安だった。目的地までは五百マイルもの距離がある。汽車を四本乗り継いだあとにカレーからロンドン・ブリッジまで汽船で渡らねばならないため、予定の汽車は一本たりとも逃すわけにはいかなかった。マイリンゲンを発《た》ったあと私たちは西へ向かい、インターラーケンのブリエンツ湖を越え、さらにベルンまで進んだ。そこでジョーンズは打ち合わせたとおりロンドンへ海外電報を打ち、モリアーティ教授はライヘンバッハの滝での危機を奇跡的に逃れ、イギリスへ舞い戻った模様である、と伝えた。ベルンのその郵便局は駅からだいぶ離れていた。ジョーンズは休み休みでないと歩けないため、私たちはもう少しで汽車に乗り遅れるところだった。なんとか無事に座席におさまったときのジョーンズは、顔が青ざめて見るからにつらそうだった。

最初の一、二時間は二人とも押し黙り、めいめい考えにふけっていた。しかしフランスとの国境に近いムーティエにさしかかると、互いに口数が多くなった。私はピンカートン探偵社の歴史について語り――ジョーンズは外国の捜査機関が実践している手法に強い関心を示したが、スコットランド・ヤードのものより劣ると考えているようだった――数年前に起きたシカゴ・バーリントン・アンド・クインシー鉄道会社のストライキでどのような役割を果たしたかを詳しく聞かせた。その事件でピンカートン探偵社は、暴動を引き起こしたうえストライキ参加者を殺害したかどで告発されたのだが、実際は企業の資産を守り、騒動を鎮めようとしただけだと私は説明した。世間に誤解されているのは遺憾であると言い添えて。

会話が途切れると、ジョーンズは印刷された小冊子を取り出して、熱心に読みふけった。なんとそれはシャーロック・ホームズの書いた灰に関する論文だった。ジョーンズによれば、ホームズは葉巻や紙巻き煙草やパイプ煙草の灰を百四十種も鑑別できたのだという。ジョーンズ自身はまだ九十種だそうだが。私はジョーンズを喜ばせようと、食堂車へ行って、乗客たちから怪訝《けげん》な顔をされながらも五種類の灰をサンプルとして少量持ち帰った。ジョーンズはぱっと顔を輝かせ、そのあと旅行鞄《かばん》から出した拡大鏡で灰を一時間ばかりかけて入念に調べた。

「シャーロック・ホームズに一度お目にかかりたかった」ジョーンズがようやく灰を調べ終え、それらを脇へ払い落としたのを見て、私は言った。「あなたは会ったことがあるのですか？」

「ありますよ」意外なことに、ジョーンズはそこで不機嫌そうに黙りこくった。私の質問がどういうわけか気にさわったらしい。私は面食らった。それまでの彼は知り合って間もない私に、かの名探偵に心酔していることを隠さないどころか、狂信的なまでの崇拝者だと思われても無理もないことをしばしば口にしていたというのに。「実際に会ったのは三回です」再び黙り込んだ。どこから始めればいいのか迷うかのように、少し間をおいてから続けた。「一回目は会ったというより見たと言ったほうが正しい。私はその場に居合わせた集団のなかの一人でした。彼はスコットランド・ヤードでわれわれ捜査官を前に講義をおこなったのです。〝ビショップスゲイトの宝石事件〟の犯人逮捕につながる秀逸な推理を披露してくれました。もっとも、いま考えると、ホームズさんは実は厳密な論理よりも当て推量に頼っていたふしがありましてね。犯人の男が生まれつき内反足だったことはホームズさんには知りようがなかったのですから。二度目に会ったのはある事件の現場で、ジョン・ワトスン博士がそのときの模様を公に発表しました。わたしの実名を挙げて。あいにく、わたしについての描写は親切なものとは言いがたいですが」

「それはお気の毒に」と私は言った。

『四つの署名』で知られる話はお読みになったことがないようですね。きわめて異様な事件でした」ジョーンズは煙草を取り出して火をつけた。それまで彼が喫煙するのは見たことがなかった。初めて会ったときに私と交わした会話を彼は忘れてしまったらしい。吸う直前になって思い出し、こう言った。「失礼、煙草が苦手でしたね。わたしはときどき無性に吸いたくなるもので。かまいませんか？」

「ええ、どうぞ」

彼はマッチの火を消して、燃えさしを足もとに捨てた。「あの事件のとき、わたしはまだ警部に昇進したばかりでした。もしワトスン博士がそれを知っていたら、もう少し手加減して書いたでしょうがね。それはさておき、一八八八年九月のある晩、わたしはたまたまノーウッドにいました。メイドが女主人に盗みの疑いをかけられたという取るに足りない事件を調べるために。メイドの事情聴取を終えた直後、メッセンジャーが電報を届けにきました。そこから遠くない場所にある屋敷で殺人事件が発生したとのことでした。警部の階級にある者にとっては当然の出番です」

ジョーンズはなおも語り続けた。「そうしてわたしはアラジンの魔法の洞窟《どうくつ》ともいうべきポンディシェリ荘へおもむき、土を掘り返した穴があちこちに残る、荒廃した墓地かと思うような庭に立ったのです。所有者はバーソロミュー・ショルトーという男でした。初めて彼を見たときの場面は生涯忘れられません。最上階の、実験室と呼んだほうがふさわしいような書斎で木製の肘掛《ひじか》け椅子に座り、天井を見上げた姿勢で事切れていました。顔に薄気味悪い笑みを貼りつかせて。

その現場にシャーロック・ホームズさんが来ていたのです。警察の人間でもないのに無断でドアを突き破って、死体を発見していました。間近で、しかも捜査中の彼と会ったのはそれが初めてでした。そう、彼はすでに捜査を始めていました。あのときの彼の印象をどう説明したらいいでしょうね、チェイス？　思っていた以上に背が高く、運動家並みに細く引き締まった身体つきでした。自らをあえて飢餓状態に追い込んでいるのかと思うほどに。痩《や》せているせいで顎《あご》の線や頬骨が目立っていました。おまけに眼光の鋭さといったら。相手から持っている情報を残らず剝《は》ぎ取ろうとするような強烈さでした。全身に活力がみなぎって、わたしがそれまで会った誰よりも生気にあふれ、動作もきびきびしていました。一秒たりとも無駄にはできないといわんばかりに。帽子はかぶっておらず、黒っぽいフロックコートを着ていました。わたしが部屋に入っていったとき、彼はちょうど手にしていた巻尺をしまうところでした」

「ワトスン博士は……？」

「よく覚えていません。部屋の隅の薄暗い場所に立っていましたので。背はあまり高くなく、丸顔の温厚そうな人物でした」

彼はいったん切って、再び口を開いた。「事件の詳細については省きます。興味がおありなら、『四つの署名』を読んでください。さっきも言ったとおり、死んだのはバーソロミュー・ショルトーという男です。彼と双子の弟サディアスは、父親から貴重な財宝を遺贈されていたことが判明しました。ただ、そのありかがわからず、血眼になって捜していた。庭がそこらじゅう穴だらけだったのはそういうわけです。わたしの目からすれば、単純明快な事件に見えました。二人がしょっちゅう口論していたとの証言もありましたからね。思いがけなく転がり込んできた莫大《ばくだい》な富をめぐる骨肉の争い。よくある話ですよ。よって、サディアスが毒を塗った吹き矢で兄を殺したにちがいないと思いました――そうそう、言い忘れましたが、屋敷の内部は吹き矢のほかにもインドの珍しい品々であふれていたんです。で、わたしはサディアスを逮捕し、使用人のマクマードも共犯で一緒にしょっぴきました」

「実際にそれが真相だったんですか？」

「いいえ。まちがいだったとあとでわかりました。おかげでわたしは物笑いの種ですよ。自分が初めてじゃないというのがせめてもの慰めでした。同僚にも過去に同じ目に遭った者が何人かいましたのでね」

ジョーンズは口をつぐんで窓のほうを向いた。外にはのどかなフランスの田園風景が広がっていたものの、顔つきからすると、彼の目にはなにも映っていないようだったが。

「三度目は？」私は話の続きを促した。

「三度目にホームズさんと会ったのは、その数カ月後でした。〝アバーネッティ家の恐ろしい事件〟で。申し訳ないが、詳細をお話しするつもりはありません。いまだに思い出すだけでぞっとするんですよ。発端は窃盗事件のように思われました。非常に変わった状況ではあるが、あくまで盗難なのだろうと。わたしはまたもや重大な証拠をことごとく見逃し、ホームズさんが鮮やかな逮捕劇を演じているあいだ、ただぼうっと突っ立っていました。明かせるのはここまでです。だが、同じ過ちは繰り返さないと約束しますよ、チェイス」

ジョーンズはそれから数時間、ほとんど口をきかなかった。パリでの乗り継ぎはつつがなく済んだ。私は行きと同様、帰りもエッフェル塔をちらりと見ただけでパリを素通りしたわけだが、それを残念がっている場合ではなかった。いよいよロンドンに近づくと不安に駆られ、頭上を黒い影にすっぽり覆われている気がした。その影はホームズなのか、デヴァルーなのか、はたまたモリアーティなのか、自分にもわからなかったが。

ロンドンに到着した。

〝良きアメリカ人は、死してパリに行く〟（アメリカの作家トーマス・ゴールド・アップルトン（一八一二～一八八四）の言葉）という警句があるが、実際の旅ではあまり情感に浸ってはいられない。チャリング・クロス駅に降り立つと、御者の怒鳴り声が飛び、物乞《ものご》いの少年たちが群がるなか、私は大きな船旅用トランクを引きずりながらひっきりなしに行き交う人込みのあいだを縫っていった。ジョーンズ警部とはいったん別れ、私はピンカートン社の予算におさまる質素な出張旅行にふさわしい宿泊先を探し、彼はカンバーウェルの自宅へ戻ることになった。彼に妻子がいたとは意外だった。独身だとばかり思っていた。孤独な男の印象を漂わせていたせいだろう。当人の口から家族の話題が出たのはパリでのことで、ドーヴァーで船を降りる際、彼はパリ北駅で土産に買ったおもちゃのゴムボールとフランス警官のパペットを手に持っていた。

思いがけない事実を知って私は当惑したが、そのことに触れたのは旅の最後になってからだった。

「警部、ちょっと」別行動を取る間際に私は切り出した。「口幅ったいことを言うようですが、おやめになったほうがいい」

「なにをやめるんです？」

「この捜査自体をです。クラレンス・デヴァルーの追跡です。私の説明が舌足らずだったせいで、これがどんなに危険なことか伝わらなかったのかもしれない。はっきり言います。あなたは彼を敵に回すべきではありません。ニューヨークでは歯向かう相手を次々と排除していった男です。ロンドンにいるなら、ここでもきっと同じでしょう。現にジョナサン・ピルグリムはあのようなむごい最期を！　彼を追跡するのは私の任務ですし、私には養わねばならない家族は一人もいません。しかしあなたはちがう。差し迫った危険が待つ場所へあなたを道連れにするわけにはいきません」

「わたしはあなたに言われたからやるんじゃない。スコットランド・ヤードの上官の命令で捜査にあたっているのです」

「デヴァルーは相手がスコットランド・ヤードだろうとなんだろうと容赦しないでしょう。地位や役職は身を守る盾にはなってくれません」

「だからどうだと言うのです」ジョーンズは突き放すように言って、どんよりした午後の空を見上げた。ロンドンは私たちを雲と小ぬか雨で迎えた。「もしその男があなたの言ったような犯罪をイギリスでも続けようという魂胆なら、スコットランド・ヤードが阻止しなければならない。それはわたしの仕事です」

「ほかに刑事はいくらでもいるでしょう？」

「しかしマイリンゲンへ派遣されたのはわたしです」ジョーンズはほほえんで続けた。「お気遣いは大変ありがたく思いますよ、チェイス。立派な人柄だ。確かにわたしには家族がいます。どんな脅威に直面しようと、妻子の安全と幸福をなにがなんでも守るつもりです。しかし、今度のことはわたしには選択権がない。あなたとわたしは一蓮托生《いちれんたくしょう》、最後まで突き進むしかありません。それから、あなたの気が軽くなるならつけ加えておきますが、実を言うと、レストレイドやグレグスンたち同僚にこのヤマを横取りされたくないんですよ。どんなに親しい間柄でもね。ああ、ちょうど辻《つじ》馬車が来た。では、これで失敬！」

　ジョーンズはボールを片手に持ち、青い制服の人形を腕に引っかけ、急ぎ足で去っていった。その姿は私の脳裏にくっきりと刻まれている。いまだに不思議でならないのは、ワトスン博士はなぜ小説のなかで彼をああも間抜けな人物に描いたのだろうということだ。『四つの署名』を読んで以来、私はこう確信している。あの冒険譚《ぼうけんたん》のなかのアセルニー・ジョーンズは私が実際に知っている男とは似ても似つかないと。断言しよう、スコットランド・ヤードでは彼の右に出る者はいない。

ノーサンバーランド・アヴェニュー界隈《かいわい》にはホテルがいくつもあったが、〝グランド〟だの〝ヴィクトリア〟だの〝メトロポール〟だのと大上段に構えた名前のところはサービスが請求書の金額に釣り合わない気がした。そこで、結局はテムズ川沿いにあるヘクサム・ホテルに決めた。橋に近いため、というより近すぎるため、汽車が通過するたび建物がガタガタ振動した。みすぼらしくて煤《すす》けた、いまにも崩れ落ちそうなホテルだったが、シーツは清潔で、一晩たったの二シリングという安さだった。おまけに窓ガラスの煤を拭《ふ》いたら、川をゆるゆると航行する石炭船の眺めを窓の端から楽しめた。その晩はホテルの食堂で夕食をとった。不機嫌そうなメイドとむっつり顔の雑用係を除けば、私一人しかいなかった。食事のあとは部屋で読書をし、真夜中近くになってようやく浅い眠りに落ちた。

翌日は正午にリージェント・ストリートに面したカフェ・ロワイヤルの前でジョーンズと待ち合わせていた。問題の密会の時刻より一時間早く。彼と私は汽車旅で結局のところ三十時間も一緒に過ごしたわけで、そのあいだに検討に検討を重ね、いかなる不測の事態にも対応しうるであろう計画を練り上げていた。段取りはこうだ。まず、私は赤いチューリップをつけてモリアーティになりすます。ジョーンズは会話が聞き取れるよう近くのテーブルで待機する。彼も私も、クラレンス・デヴァルー本人がお出ましになる可能性はきわめて低いとみていた。わざわざ我が身を危険にさらすはずがないのはもちろんのこと、広場恐怖症の人間が、たとえ閉め切った馬車に乗っていようと混雑するリージェント・ストリートを通るというのはありそうもない話だ。手下を代わりに行かせ、その人物にモリアーティが一人でいるかどうか確認させるにちがいない。

そのあとはどうなる？　予想される展開は三通り。

一番望ましいのは、現われた偵察要員がモリアーティのふりをした私をデヴァルーが根城にしている家かホテルへ案内してくれるパターンだ。その場合はジョーンズがこっそりあとをつけ、私の身の安全を確認すると同時に敵の隠れ家を突き止める。もしかすると、デヴァルーが送り込んでくる手下はモリアーティの顔を知っているかもしれない。だとすれば即座に私を偽者と見破り、速やかに立ち去るだろう。その場合もジョーンズが相手を尾行し、どこをねぐらにしているか確かめる。デヴァルーの居場所を捜し出す手がかりにはなるだろう。三つ目は、誰も現われないパターン。しかしロンドンの新聞各紙でモリアーティはライヘンバッハの滝で死んでいないと大々的に発表されているから、デヴァルーがモリアーティの生存を信じている見込みは充分ある。

私は駅の外の屋台で赤いチューリップを買い、それを襟につけてから街の中心にあるカフェ・ロワイヤルへ向かった。大勢の人でにぎわう目抜き通りといえばシカゴではステート・ストリート、ニューヨークではブロードウェイが有名だが、そのいずれも優雅さの点でリージェント・ストリートには遠く及ばない。古めかしい瀟洒《しょうしゃ》なファサードの建物が並ぶリージェント・ストリートは洗練された空気に満ち、行き交う馬車が道のカーブを風のように駆け抜けていく。歩道はそぞろ歩きを楽しむ人、元気のいい子供たち、いかにもイギリス紳士らしい男性、それから外国人観光客などであふれていた。なかでも目を引くのは、買い物した箱をいくつも重そうに抱えている召使いと歩く、きれいなドレスの御婦人たちだった。いったいなにをあんなに買い込んだのだろう？　私は歩きながら道沿いのショーウィンドーを眺めた。香水、手袋、宝石、チョコレート、金色の懐中時計。ここでは高価でない物のほうが珍しい。どこを見ても実用的でない高級品ばかりだ。

ジョーンズが先に来て待っていた。スーツ姿でステッキに寄りかかっている。「適当なホテルが見つかりましたか？」と彼に訊《き》かれ、私はホテル名と住所を伝えた。「すぐにここがわかったのだといいが」

「ええ、ホテルから歩いてすぐでしたし、道順を詳しく教えてもらいましたから」私は答えた。

「それはよかった」

ジョーンズはカフェ・ロワイヤルのほうを思わせぶりに一瞥《いちべつ》した。「待ち合わせには持って来いの店ですな」と皮肉めかして言う。「あちらさんはどうやってあなたを見つけるつもりなのか、想像もつかない。ひとつはっきりしているのは、こっちが相手をこっそり追跡するのは困難だということだ」

その指摘は的を射ていた。三本の柱の奥にある三つの扉を見ただけでも、いったんなかへ入ったら、目当ての人物を見分けるのは至難の業であることがわかる。内部は廊下と階段、バー、レストラン、会議室などが入り組んでいて、鏡つきの屛風《びょうぶ》で仕切られた場所もあれば、大きな花の飾りで部分的に目隠しされている場所もあった。おまけにロンドン市民の半数がランチに詰めかけているのかと思うほど、人でごった返している。これほど大勢の裕福な人々の集まりは見たことがなかった。クラレンス・デヴァルーのギャング一味もこのなかにいて、殺人計画でも練っているのかもしれない。いや、今度はイングランド銀行を標的にした武装強盗だろうか。いずれにせよ、もし彼らがいたとしても、見つけ出すのは干し草の山から針を探すに等しいし、これだけがやがやしていては、密談の内容を聞き取ることもできないだろう。

私たちは一階のカフェを選んだ。天井が高くて明るく、格式ばらない雰囲気なので、初対面同士の者が会う場所として一番自然に思えた。金色の装飾とターコイズ・ブルーの柱を配した美しい部屋で、大理石のテーブルはどれもシルクハットやボウラーハットをかぶった男性客でぎっしりだ。黒の燕尾《えんび》服に真っ白な長いエプロンをつけたウェイターたちが、食器を積み上げたトレイを手にサーカスの曲芸師よろしくテーブルのあいだを軽やかに進んでいき、肩から上だけが宙にふわふわ浮いているように見える。ジョーンズも私も店に入ってから一言も口をきいていなかったから、はた目には知らない者同士に見えるはずだ。私は席に着くと、ワインをグラスで注文した。ジョーンズはフランスの新聞を取り出して、ウェイターにお茶を注文した。

私たちは向かい合って座ったまま、互いを無視して時計がかかっている壁のほうを向き、針が上へ動くのをじっと見守っていた。待ち合わせの時刻が近づくにつれ、ジョーンズの緊張もますます強まっていくのが感じられた。ヨーロッパ大陸を大急ぎで横断したかいもなく、完全な空振りに終わるかもしれないと彼は言っていた。しかしきっかり午後一時、戸口に立って店内を悠然と見回している人物が私の視界に入った。人込みを串刺《くしざ》しにせんばかりの鋭い視線だ。ジョーンズが身をこわばらせ、普段は落ち着いたおごそかなまなざしに突如警戒の色を浮かべた。

よく見ると、新しく入ってきたのは十四歳くらいの少年で、明るいブルーのジャケットにボウラーハットという電報配達人の制服を着ていた。慣れない服を無理やり着せられたかのように居心地の悪そうな様子だ。実際にその制服は身体に合っておらず、ひどく窮屈そうだった。突き出た腹に短い脚といい、ぽっちゃりとした丸い頬といい、私がいまいる部屋の装飾のキューピッドに似ていた。

少年は私のほうを見た——私の顔というより、ジャケットにつけたチューリップを。そして目をきらりとさせ、混雑した店内をこちらへ近づいてきた。私のテーブルまで来ると、ことわりもなく空いている隣の椅子に座って足を組んだ。彼が本当に電報配達人だったら、立場をわきまえない不遜《ふそん》な態度ということになるが、そういう職業の人間でないことは間近で見れば明らかだった。目つきがあまりに狡猾《こうかつ》で、それ以外にも奇妙なものを含んでいた。生まれてこのかた邪悪なものしか見てこなかったような、感情の抜け落ちた陰険な目をしていた。だがまつげは繊細で長く、ふっくらとした唇から白い歯がこぼれている——全体の姿から、美しさと醜さが同居している印象を受けた。

「どなたかお待ちですか、旦那《だんな》？」彼のしゃがれた声は大人のそれだった。

「まあな」私は答えた。

「きれいなチューリップですね。珍しいものを選びましたね」

「赤いチューリップがどうかしたのかね？」私はそう切り返した。

「どうかするかもしれないし、どうもしないかもしれない」

それきり彼は押し黙った。

「きみの名前は？」私は尋ねた。

「名前が必要ですかね」彼はからかい口調でウィンクしてみせた。「おれは必要じゃないと思うけどね、旦那。知り合いでもないのに名前がなんの役に立つんです？　ま、いいや、とりあえずペリーとでも呼んでくれ」

ジョーンズ警部は相変わらず新聞を読むふりをしていたが、会話を一言も聞き漏らすまいとしているのは伝わってきた。こちらの様子が見えるよう広げた新聞を少し下げ、その上から無表情でなんの興味もなさそうな顔をのぞかせている。

「じゃあ、ペリー」私は言った。「これから人と会うことになっている。それがきみでないことだけは確かだ」

「ああ、おれじゃないさ、旦那。おれの役目はあんたをご主人様のところへ連れていくことだからな。だが、その前にあんたが本物かどうか確かめないと。赤いチューリップはちゃんとつけてるが、ご主人様が送った手紙も持ってるんでしょうね？」

もちろんだ。そうするよう勧めたのはジョーンズだった。きっと見せろと言われるだろうから、持っていくべきだと。私は例の暗号文の手紙をテーブルに置いた。

少年はそれをろくに見もせず訊いた。「あんたは教授？」

「そうだ」私は声を低くしたまま答えた。

「モリアーティ教授？」

「そうだ」

「リ、リ、リーキングバ、バ、ックとかなんとかいう滝で溺《おぼ》れ死んだんじゃないのか？」

「なぜそんなばかげた質問をする？」モリアーティが実際に言いそうな台詞《せりふ》を考えながら続けた。「この会見を持ちかけたのはきみの主人のほうなんだがね。これ以上私の時間を無駄にすると痛い目に遭うぞ」

だが少年に怖気《おじけ》づく様子はみじんもなかった。「じゃあ、答えてもらおう。ロンドン塔から飛び立ったワタリガラスは何羽？」

それは最も恐れていた不測の事態だった。長い汽車旅でジョーンズと計画を練ったとき、符牒《ふちょう》になりそうな事柄について話し合ったことを思い返した。クラレンス・デヴァルーもジェイムズ・モリアーティ教授も悪名高い犯罪者だ。絶対安全だと確信しないかぎり相手に正体を明かさないだろう。なるほど、やはり念には念を入れて、こういう最後の防壁を用意したわけか。なぞなぞめいた合言葉を。

私は手をひらりと振って、相手の質問を払いのけた。「いいかげんにしろ。くだらないゲームはもうたくさん。わざわざここへ足を運んだのはクラレンス・デヴァルーに会うためだ。誰のことを言っているのかはわかるな？　ごまかしても無駄だぞ！　顔に書いてある」

「なにか勘違いしてるんじゃないですか、旦那？　そんな名前は聞いたこともありませんよ」

「じゃあなぜここにいる？　きみは私を見つけたじゃないか。手紙のことも知っていた。しらばくれるのはよせ」

少年は急に退却の素振りを見せた。ドアのほうを横目でうかがうが早いか、テーブルから離れて立ち上がろうとした。が、その前に私は彼の腕をがっちりつかんで、その場から動けないようにした。

「どこへ行けば彼に会えるのか教えろ」私は声を押し殺して言った。まわりのテーブルの動きはすべて意識の隅でとらえていた。コーヒーやワインを口に運んでいる者、料理を注文している者、食事をしながら熱心に話し込む連れ同士。アセルニー・ジョーンズは相変わらずテーブルの前から離れず、私と至近距離にいながらまるで素知らぬ顔をしている。店内の誰一人として私たちが知り合いだとは思わないだろう。二人とも寸劇の舞台に上がっているようなもので、それぞれの役柄を忠実に演じていた。

「旦那。おかしなまねはやめてくださいよ」ペリーの声も低かったが、脅しを含んだどすの利いた声だった。

「放してほしければ質問に答えるんだな」

「痛い！」ペリーが目に涙を浮かべるのを見て、彼がまだ子供なのだということを急に思い起こし、私に一瞬の迷いが生じた。その隙をついて彼は私の手を振りほどこうと腕をねじった。同時に私の首筋になにかが押し当てられた。片手でどうやってそんな早業をやってのけたのかわからないが、彼がジャケットの内側から取り出した物は、さして力を入れていないにもかかわらず、私の皮膚をすっと切り裂いた。うつむくと、彼が手にしている武器が目に入った――黒い握りのついた手術用メスだ。実に禍々《まがまが》しい代物で、刃渡りは少なくとも五インチはある。彼はそれをまわりからは見えないよう巧妙な角度で握っていたが、向かいの席でフランスの新聞を読んでいる紳士は気づいたようだ。どういうわけか、すばやく新聞に目を戻したが。

「放せ」少年が小声だが怒りもあらわに吐き捨てた。「さもないと喉《のど》を切り裂くぞ。そうなったら、ここにいるお上品な客たちは全員、今夜は夕食抜きだろうな。前にこれとおんなじことをやったら、血しぶきが七フィートも噴き上がったよ。洪水みたいにあふれ出て、あたり一面が血の海さ。こういう高級レストランにとっちゃ都合の悪い眺めだろう？」彼の手に力がこもるのがわかった。私の首を血が一筋つつっと流れ落ちた。

「誤解があるようだな」私はささやいた。「私は正真正銘のモリアーティ……」

「無駄だよ、旦那。ワタリガラスの質問で尻尾《しっぽ》を出しちまったな。いまから三つ数える。放さなければ喉をかっ切るまでだ」

「くだらない冗談はよせ！」

「ひとつ――」

「話を聞け」

「二つ――」

数字がもうひとつ増える前に私は彼を放した。この子は悪魔だ。公衆の面前だろうと躊躇《ちゅうちょ》するどころか嬉々《きき》として人を殺すやつだとはっきりした。一方、ジョーンズは思わぬ事態に気づいていたはずだが、なんの行動も起こさなかった。自分の目的を遂げるためなら、私が少年に殺されようが傍観しているつもりだったのか？　少年は混雑した店内を足早に立ち去った。私はテーブルからリネンのナプキンを取って、首筋に押し当てた。再び顔を上げたとき、ジョーンズがちょうど席を立つところだった。

「だいじょうぶですか、お客様？」ウェイターがどこからともなく現われて、おろおろした様子で訊いた。さも心配そうな顔つきだ。

ナプキンを首から離すと、真っ白な布に鮮血が付着していた。「だいじょうぶです。ちょっと手が滑りまして。たいしたことはありません」

私も席を立って出口へ急いだが、通りに出たときにはすでに遅かった。ジョーンズも少年も姿を消していた。

6　ブレイズトン・ハウス

次にジョーンズと会ったのは翌朝だった。彼は死体のポケットから見つかった暗号メッセージを解読したときと同様、抑えがたい興奮を浮かべて私のホテルに現われた。私はちょうど朝食を終えたところだった。ジョーンズは食堂に私を見つけると、近づいてきて向かいの椅子に腰を下ろした。

「ほう、ここがねぐらですか、チェイス」彼はそう言って、少ないテーブルが窮屈そうに押し込められた、みすぼらしい壁紙と擦り切れたカーペットの部屋を見回した。

昨夜はろくに眠れなかった。隣の部屋から男の激しい咳《せき》が一晩中聞こえていたせいで。彼と朝食の席で顔を合わせるだろうと思っていたが、まだ姿を見ていない。その謎めいた男を除けば、ヘクサム・ホテルの宿泊客は私しかいなかったが、驚くにはあたらない。ここは『ベデガー』や『マレー』などの旅行案内書に載るようなホテルではないからだ。〝泊まってはいけない宿〟の項目ならいざ知らず。そんなわけで、食堂にはジョーンズと私だけだった。「まあ、このホテルで充分用は足りるでしょう。万事順調ですから、運が良ければあと数週間でニューヨークへ帰れますよ」ジョーンズはテーブルにステッキを立てかけてから、急に真剣な顔つきになった。「怪我をしたんじゃないですか？

少年がナイフを取り出すのが見えましたが、どうにもできなかった」

「止めることはできたと思いますが」

「二人して正体をさらすことになる。どう見たって、取り調べに素直に応じる相手じゃない。逮捕したところで、なにも得られるものはなかったでしょう」

私はペリーにやられた首の傷を指でなぞった。「危機一髪でしたよ。もう少しで喉《のど》をかき切られるところだった」

「申し訳ない。なにしろとっさに判断しなければならなかったのでね。考える余裕はなかった」

「あなたは最善の方法を選んだのだと思うことにしますよ。しかし警部、相手は良心などかけらも持ち合わせていない凶悪な輩《やから》だということをお忘れなく。まだ十四歳かそこらの子供だというのに。それも人が大勢いるレストランですよ。正気の沙汰《さた》じゃない。大怪我をしなくて済んだのは幸運でした。それより、大事な問題に移りましょう。尾行はどうなりました？　彼はあなたをクラレンス・デヴァルーのところへ導いてくれたんですか？」

「いや、デヴァルーのところではなかった。ロンドンを横断する大追跡劇でしたよ。リージェント・ストリートからオックスフォード・サーカスまで行ったあと、針路は東のトッテナム・コート・ロードに変わった。道は混雑していて、いつ彼を見失ってもおかしくない状況だったが、幸い彼は派手な青い服を着ていた。それでも難しい尾行にはちがいなかった。向こうはつけられていないことを確かめるため何度も角を曲がったから、よけい距離をあけなければならなくてね。トッテナム・コート・ロードではもう少しでまかれるところだった。乗合馬車を使われたんだ。彼が屋根の上の席に座るのがちょうど見えたので、事なきを得たが」

「またしても幸運に恵まれたわけですね。もしも外から見えない席だったら、万事休すだった」

「まあな。で、すぐに通りかかった辻《つじ》馬車を拾って、乗合馬車を追いかけた。徒歩から馬車に変わって助かったよ。明らかに北の郊外へ向かっていたから」

「そこが少年の行き先だったんですか?」

「そのとおり。ペリー――本名かどうかはわからないが――はアーチウェイ・タヴァーンで馬車を降りると、今度はハイゲイト・ヴィレッジへ向かう鋼索鉄道《ケーブルカー》に乗り換えた。彼と一緒に旅をしたよ。向こうは前の車両にいたので、こっちは後ろの車両で」

「それから?」

「ケーブルカーを降りたあと、彼は少し戻って丘を下り、マートン・レーンへ入った。それを見たとたん、わたしはぎくりとした。なにしろ、おたくの諜報員《ちょうほう》だったジョナサン・ピルグリムの遺体が発見された場所ですからね。結局、行き着いた先はサウサンプトン・エステートのはずれにある高いレンガ塀に囲まれた家屋だった。残念ながら、そこで彼を見失ったがね。彼はその家へ近づくにつれどんどん早足になったし、こっちは知ってのとおりもともと敏捷《びんしょう》に動ける身体じゃない。慎重に尾行していたから、少年が塀の向こうに消えたときはまだだいぶ距離があった。急いで追ったが、角を曲がったときにはもういなくなっていた。彼がその家へ入ったことに疑いの余地はない。後方は灌《かん》木《ぼく》の茂みが少しある空き地で、そこにいないのは一目瞭然《りょうぜん》だった。まわりにはほかにも家が数軒建っていたが、そのどれかに入ったのなら、わたしの目に留まったはずだ。

よって、目的地はブレイズトン・ハウスと見てまちがいない。裏手の塀に門がひとつあったから、そこから入ったんだろう。わたしが確かめたときは施錠されていたがね。

問題の邸宅は、人のぬくもりを感じさせるたぐいの家ではなかった。居住者は仕事のために借りているんだろう、というのがぱっと見た印象だ。窓にはすべて鉄格子がはまっているうえ、庭に通じるドアにまで頑丈なチャブ錠がついていた。あの錠前はよほど老練な泥棒でないかぎり破れない。さて、ペリー少年は用を済ませたら出てくるだろうか？　わたしは離れた場所まで下がって、そういう状況でたびたび役に立ってくれる道具で家の出入り口を見張った」ジョーンズが脇にあるステッキを示したので、私はそのとき初めて、銀の握りが折りたたみ式の双眼鏡になっていることに気づいた。どうりでごつい形をしているわけだ。「だがペリーはいっこうに現われなかったので、この家にはメッセージを届けに来たのではない、ここに住んでいるのだと結論づけた」

「なかへは入らなかったんですか？」

ジョーンズは笑みを浮かべた。「入りたいのはやまやまだったが、思いとどまったよ。

あなたと一緒のほうがいいだろうからね。これはわたしだけでなくあなたの捜査でもある」

「ご配慮いただき恐縮です」

「むろん、そのまま手ぶらで帰ってきたわけじゃない」ジョーンズは続けた。「入念な聞き込みをおこなって、あなたが興味を持ちそうな情報を仕入れましたよ。ブレイズトン・ハウスはもともと出版社を経営していたジョージ・ブレイズトンの所有でした。彼は昨年亡くなったそうです。家族も素性の明らかな申し分のない人たちで、あの家を半年前からアメリカ人実業家に貸しています。その男の名はスコット・ラヴェル」

「スコッチー・ラヴェルだ！」私は叫んだ。

「はい、あなたが言っていたデヴァルーの参謀とまちがいなく同一人物です」

「デヴァルー本人は？」

「彼の居場所はラヴェルをもとにたどれます。朝食はお済みのようだから、さっそく出かけるとしますか、チェイス。さあ、獲物は飛び出したぞ！」

それを合図に私たちは張り切って出発し、ペリーが前日に通ったのと同じ経路をたどってロンドンの中心部から郊外へと向かった。

丘陵地帯をすいすいのぼっていくケーブルカーにおさまると、私は感心して言った。

「これはまた珍しい乗り物ですね」

「周辺をのんびり見物していただけないのが残念ですよ」とジョーンズ。「ハムステッド・ヒースからの眺めは格別でしてね。ハイゲイトといえば景色のいいことで昔から知られています。ただ、近頃は事件のおかげで魅力が半減してしまいましたが」

「スコッチー・ラヴェルが来たせいですね」私は言った。「あの一味を追い払ったら、あらためて散策を楽しませてもらいますよ」

目的地に到着した。ジョーンズが言ったとおり殺風景な家で、まわりの世界から隔絶されたままでいることを決心しているかのようだった。建物のデザインはしゃれてもいなければ美しくもなく、横幅に比べて縦にひょろりと長い感じだ。郊外や田舎よりも都会のほうが合いそうな、くすんだ灰色のレンガを組んだゴシック建築で、玄関の上には仰々しいアーチがのっている。上部がとがった形の窓は狭間飾り《トレサリー》やガーゴイル像に覆われている。この家の防犯レベルについてジョーンズが述べた意見は正しかった。塀の上の忍び返し、鉄格子、鎧戸《よろいど》など、実に念が入っている。私が前回これに近いものを見たのは刑務所だった。普通の訪問者はもちろん手練《てだ》れの夜盗も、入口を見つけるのは不可能だろう。もっとも、私のように住人がどういう人物か知っていれば、当然のことだと納得するはずだが。

通りと家を隔てるごてごてした装飾の鉄門は厳重に施錠され、私たちが玄関へ近寄ることさえ阻んでいた。ジョーンズは呼び鈴を鳴らした。

「誰かいるでしょうか？」私は訊《き》いた。

「窓の向こうで人が動くのが見えますよ。どうやらわれわれは監視されているらしい。

ここの主人はかなり疑り深い御仁のようだ」ジョーンズは言った。「ああ、男が出てきた」

黒い服を着た使用人が、まるで家のあるじが死んだばかりみたいな悲しげな顔で近づいてきた。門の前で立ち止まると、鉄柵《てっさく》越しに言った。

「なにかご用で?」

「ラヴェルさんに会いにきた」ジョーンズが言った。

「ラヴェル様はどなたともお会いになりません」との返事。

「わたしはスコットランド・ヤードのジョーンズ警部だ。本人がどう言おうと会ってもらうよ。五秒以内にこの門を開けないなら、またニューゲイト監獄へ入ってもらうまでだ、クレイトン」

男はぎょっとして顔を上げ、私の連れをまじまじと見た。「あっ、ジョーンズの旦《だん》那《な》!」さっきとは別人のような声で叫んだ。「まさかあなただったとは」

「それはご挨拶《あいさつ》だな。こっちは全員の顔を覚えているというのに。もっとも、おまえの顔を見てもちっとも嬉《うれ》しくないがな、クレイトン」

使用人が慌ててポケットから鍵《かぎ》を出しているあいだ、ジョーンズは私に小声で言った。「前にコソ泥を働いて、懲役六カ月を食らった男ですよ。ラヴェル氏はつきあう相手にあまりこだわらないらしい」

クレイトンと呼ばれた男が門を開けて私たちをなかへ通した。玄関へと歩きながら、必死に平静を取り戻そうとしているのがわかる。「新しい主人について教えてもらおうか」ジョーンズが有無を言わさぬ口調で言った。

「なにも知りません。アメリカの紳士で、人づきあいはほとんどないですし」

「だろうな。彼にいつから雇われている？」

「一月からです」

「紹介状は求められなかったようだな」私はつぶやいた。

「ラヴェル様にあなたがおいでになったことを伝えてきます」クレイトンは奥へ行き、ジョーンズと私はがらんとした薄暗い玄関ホールに残された。

あたりを見回すと、高くそびえる壁にはこれでもかというほど陰気くさい羽目板が張られ、絨毯《じゅうたん》を敷いていない巨大な階段が上へ続いていた。二階の廊下は片側が玄関ホールに面した回廊式なので、廊下にずらりと並んだ部屋からはドアを細く開ければいつでもこっそり階下をのぞくことができる。壁にかかっている絵画までもが暗くて陰気だった——凍った湖や、葉が一枚もない枯れ木を描いた冬景色ばかりだ。暖炉の両側に木の椅子が置かれているが、こんな寂しいホールでは椅子に座りたいと思う者などいないだろうに。

クレイトンが戻ってきた。「ラヴェル様は書斎でお会いになるそうです」

案内された部屋には確かに書斎らしく本棚が並んでいたが、手に取って読まれたことは一度もなさそうなかび臭くて古いだけの不愛想な書物ばかりだった。私たちが入っていくと、どっしりとしたジャコビアン様式の机の向こうから男がこっちをにらみつけた。一瞬、襲いかかってくるのかと私は思った。つるつるに剃《そ》り上げた頭といい、ひしゃげた鼻といい、奥に引っ込んだ小さな目といい、彼の風貌《ふうぼう》はどんな服装をしていても懸賞試合のボクサーそのものだった。実際にはけばけばしい柄の、いまにもはち切れそうなスーツを着て、ほぼすべての指に指輪をはめていた。石はどれも大きくて派手で、それひとつだけなら耐えられるが、複数が集まって喧嘩《けんか》を始めると下品で悪趣味としか呼びようがない。首にはしわがいくつも連なり、先を争って襟の下へもぐり込もうとしているかのようだった。一目見て彼だとわかった。スコッチー・ラヴェルにまちがいない。初めてじかに顔を合わせるのがニューヨークから何千マイルも離れたロンドン郊外の住宅街というのは、なんとも奇妙な話だ。

机のこちら側には椅子が二脚置かれていた。勧められてはいないが、私たちはそこに座った。簡単には出ていかないぞという意思表示にはなるだろう。

「いったいなんのまねごとだ？」ラヴェルが不快げに言い放った。「スコットランド・ヤードのジョーンズ警部だと？　わたしになんの用がある？　ここへなにしに来た？　こっちには話すことなどひとつもないんだがね」そのあと私に視線を移した。「誰だ、あんた？」

「フレデリック・チェイスという者だ」私は答えた。「ニューヨークのピンカートン探偵社から来た」

「ふん、ピンカートンか！　いまいましい無能な卑怯者集団《ひきょう》め。こんなところまで追いかけてくるとは、まったくたちの悪いやつらだ」彼の荒っぽい言葉遣いはロワー・マンハッタン地区のものだ。「ピンカートンなんぞお呼びでない。そんなやつと誰が口をくものか。とっとと帰ってもらいたいね」ジョーンズのほうに向き直って続ける。「スコットランド・ヤードさんよ、あんたにも用はない。こっちはなにも悪いことはしてないんだからな」

「お仲間の件でうかがったんですよ」ジョーンズが口を開いた。「クラレンス・デヴァルーという男を捜していましてね」

「そんな名前は知らないね。聞いたこともない。当然、仲間でもなんでもない。まったくの無関係だ」小さな目が好戦的な光をたたえて私たちを挑発していた。

「イギリスへの旅は彼と一緒だったのでは？」

「いま言っただろう。聞こえてないのか？　会ったこともない人間とどうやって一緒に旅ができる？」

「話し方からすると、あなたはアメリカ人ですね」ジョーンズは言った。「イギリスへはなんの目的で来たのか教えてくれませんか？」

「教えてくれるかだと？　ああ、いいとも。わざわざそんなことをしてやる義理はこれっぽっちもないがな。まったく胸糞《むなくそ》悪いってのはこのことだ」彼は人差し指を私たちに繰り返し突きつけながら言った。「わたしは事業プロモーターだ。資金を調達して、顧客に投資の機会を提供してる。それのどこが悪い？　石鹸《せっけん》や蠟燭《ろうそく》や靴紐《くつひも》に投資して、儲《もう》けの分け前を手に入れたいと誰でも思うだろう？　あんただってきっとそうだ。いうなれば投資家の世話係だよ。あんたも資金を用意すりゃ、利益を受け取ることができる。その手伝いをするのがこの仕事だ。ひとつ検討してみてはどうかな、ジョーンズさん？あんたもだ、ミスター・ピンカートン。ちょうどサクラメントに小さいが質のいい金鉱があるよ。ペンシルベニア州のヴァーミッサ峡谷ってところにも手頃な炭鉱と鉄鉱がそろってる。警察や探偵会社の給料なんぞ鼻糞に思えるほどがっぽり儲かるぜ」

ラヴェルは平然と私たちをからかってみせた。私たちは彼がデヴァルーとつながりがあると確信している。ラヴェルもそれを承知のうえで余裕綽々《しゃくしゃく》の態度を取っているのだ。確かに犯罪を実行した証拠も計画した証拠もないのだから、こちらは手をこまねくほかなかった。

ジョーンズ警部は再度探りを入れた。「昨日、一人の若者を追跡したところ、この家へ入っていったんですよ。まだ少年と呼んだほうがいい年齢で、髪は金色、電報配達人の青い制服を着ていました。知り合いですか？」

「知り合いのわけないだろう」ラヴェルは冷笑した。「電報を受け取ったことはあるかもしれないがな。とにかくわたしはなにも知らない。クレイトンに訊いてくれ」

「少年がこの家に入るところをはっきり見たんですがね。しかも、それきり出てこなかった」

「つまり、うちをこっそりのぞき見してたってことか。ピンカートンのごろつきを連れて。ずいぶん品のいい趣味だな。次はなにがお望みだ？　わたしの身長でも測るか？　ことわっとくが、うちには電報屋も密告屋もいない」

「では住人は？」

「それがあんたになんの関係がある？　もうたっぷり相手をしてやった。いいかげんケツを上げたらどうだ？　実業家はいろいろと忙しいんでね。詳しく知りたけりゃ、公使館へ行くんだな。代わりに教えてくれるだろうよ」

「ラヴェルさん、協力を拒否なさるなら、捜査令状と警官隊を用意して出直してもいいんですよ。あなたが本当に自分で言っているとおりの人物ならば、こちらの質問に答えるくらいなんの不都合もないはずですがね」

ラヴェルはいらだたしげにあくびをして、首の後ろをかいた。相変わらず私たちをにらみつけてはいたが、頭のなかで選択肢をひとつずつ秤《はかり》にかけているのがわかった。最終的には私たちの要求に応じるしかないとの結論に達したようだ。

「ここに住んでいるのは五人だ」ラヴェルはしぶしぶ答えた。「いや、六人だな。わたしのほかに女が一人とクレイトン、あとは料理人とメイドと台所手伝いの若者だ」

「若者？　さきほどは心当たりがないような返事でしたが」

「十九歳だから、あんたが言っている少年ではない。それに、髪は赤褐色だ」

「一応、会わせてもらえますか？」私は言った。「どこにいます？」

「台所手伝いがどこにいるか、訊かなけりゃわからんのか？　台所に決まってるだろう」ラヴェルはとげとげしく言った。机の上を指で叩《たた》いているので、ごつい石のはまった指輪が踊るように上下動した。「いまここへ呼ぶ」

「こちらから会いにいきます」私は言った。

「ついでに家のなかを嗅《か》ぎ回ろうって魂胆か？　ふん、いいだろう。終わったらさっさと出ていけよ。これ以上居座る理由はないはずだ。くそっ、あんたらの顔は二度と見たくない」

ラヴェルは椅子から立ち上がった。その動作に私は海で泳いでいた者が水面から姿を現わす場面を連想した。さっき本人がほのめかしたとおり急に彼が縮んだように見え、大きな机がよけい大きく感じられた。同時に、身体にぴったりしたスーツと宝石だらけの指輪は彼をいっそう小さく見せる効果しかないと思った。

彼はせかせかとドアへ向かった。「ついて来い」と命令口調で言う。

奉公人の面接を受けに来た志願者かなにかのように、ジョーンズも私も黙ってついていった。さっきの玄関ホールを横切るとき、ちょうど階段を下りてきた女性と顔を合わせた。ラヴェルよりずっと若いが、ラヴェルのように服装が派手で、どぎつい真紅のドレスを着ていた。豊満な身体にぎゅっと吸いついたシルクの生地が、見るからに窮屈そうだ。襟ぐりは目のやり場に困るほど深く、両腕も肩からむきだしだ。もしこの恰好《かっこう》でボストンの通りを歩いたら、あたりは騒然とするにちがいない。本物か人工か私にはわからないが、ダイヤモンドをいくつも連ねたネックレスをつけている。

「誰なの、スコッチー？」彼女は訊いた。ブロンクス訛《なまり》だ。私のいるところまで石鹸とラベンダー水の香りが漂ってきた。

「誰でもない！」ラヴェルはぴしゃりと言った。ピンカートン探偵社にはもちろんアメリカじゅうの警察に知れ渡っている名前を呼ばれて気にさわったのだろう。

「あなたを待ってたのよ」彼女は授業に出たくない女子学生のようなすねた口調で訴えた。「出かけるって言ったじゃ……」

「いいから口をつぐめ！　舌をしまっとけ！」

「スコッチー、どうしたの？」

「黙って二階で待ってろ、ヘンリエッタ。支度ができたら呼ぶ」

女はふくれっ面でドレスの裾《すそ》をぐいとたくし上げ、回れ右して階段を駆けのぼっていった。

「奥さんですか？」ジョーンズが訊いた。

「身の回りの世話係だ。それがどうした？　スラム街にいた女を囲って旅の道連れにしている。台所はこっちだ」

ラヴェルは私たちを先導して玄関ホールの端の戸口から台所へ入った。洞窟《どうくつ》のような部屋で、三人の使用人が忙しそうに働いていた。クレイトンは銀のナイフやスプーンをテーブルに広げ、一本ずつていねいに磨いている。くだんの赤褐色の髪の若者は、食器洗い場で椅子に座って野菜を洗っているところだ。ひょろりと痩《や》せて顔にあばたがあり、ペリーには少しも似ていない。こんろの前では、白髪交じりで気難しげな顔をしたエプロン姿の女が大鍋《おおなべ》の中身をかき混ぜていて、部屋じゅうにカレーの匂いが立ちこめている。台所は隅々までぴかぴかに磨き上げられていた。黒と白のタイルを張った床もしみひとつない。大きな窓が二つと、ガラス窓がはまった勝手口のドアが庭に面していて、室内に自然光が射し込んでいるが、それでもなぜか薄暗い空間に感じられた。この家のほかの部屋と同様、窓には鉄格子がはめられ、ドアは施錠されていた。ここにいる者たちは意思に反して閉じ込められているのではないかと思えてくる。

私たちが入っていくと、全員が作業の手を止めた。台所手伝いの若者はすぐに椅子から立ち上がった。ラヴェルは戸口に立って、いかつい肩でドア枠をいっぱいにふさいだまま言った。「こちらの方々がおまえたちに話があるそうだ」それ以上の説明は不要とばかりのぶっきらぼうな口調だ。

「お手間を取らせました、ラヴェルさん」私は言った。「お忙しいのは承知していますので、立ち会っていただかなくてけっこうです。用が済んだら、クレイトンが玄関まで見送ってくれるでしょう」

そう言われて、ラヴェルはしぶしぶといった態度で立ち去った。ジョーンズはなにも言わなかったが、私がラヴェルをさっさと厄介払いしたことに驚きをあらわにしていた。彼の反応を見て、どうやら性急に事を進めてしまったらしいと気づいたが、これはピンカートン探偵社の捜査でもあるのだから、ジョーンズをないがしろにさえしなければ私も多少は存在感を発揮してもかまわないだろうと自分に言い聞かせた。

「アセルニー・ジョーンズ警部です」私の相棒が口火を切った。「クラレンス・デヴァルーという男のことで事情聴取をおこなっています。その名前に聞き覚えは？」

誰からも返事がなかった。

「昨日の午後二時を少し回った頃、一人の少年がこの家へ入るのを見た。リージェント・ストリートから追跡していた相手だ。服装は明るいブルーのジャケットに帽子。門からこの部屋へ小道が通じているね。昨日のその時刻、ここにいた者は？」

「わたしですけど」料理人の女がぼそりと言った。「午後のあいだずっとここにいました。ほかにはトーマスだけです。二人とも誰も見てません」

台所手伝いのトーマスが同意のしるしにこくりとうなずいた。

「そのときなにをしていたんですか？」私は訊いた。

料理人は横柄な目つきで私を見た。「料理をしてましたけど」

「昼食、それとも夕食？」

「両方です」

「では、いま作っているのは？」

「ラヴェル様と奥様はこれからお出かけになるので、今夜の分です。あすこの野菜は……」トーマスのほうを顎《あご》で示した。「明日使う分です。いま下ごしらえしておけば、明日は遅めに始められますから」つっけんどんに答えた。

「昨日は誰も訪ねてきませんでした」クレイトンが横から言う。「呼び鈴が鳴ればわたしが応対したはずです。それに、この家は普段から訪問者はめったにいません。旦那様はあまり人づきあいをなさらないので」

「その少年は玄関から入ったんじゃない」私は言った。「庭の門からだ」

「ありえません」とクレイトン。「しっかり戸締まりされていますから」

「確認させてもらおう」

「なんのために？」

「きみは理由を尋ねる立場にはないと思うんだがね、クレイトン。黙って言うとおりにしろ」

「承知しました」クレイトンは磨いていたフォークを置いて、一方の壁にでんと置かれている大きな食器棚へ気乗りしない足取りで歩み寄った。食器棚の側面に鍵が十本ほどぶら下がっているのが見えた。彼はそこから仰々しい手つきで一本選び出すと、勝手口を開けにいった。錠前は防犯効果の非常に高い頑丈なものだった。ジョーンズ、クレイトン、私の三人は勝手口から庭へ出た。曲がりくねった小道が向こう端の木戸まで続いていて、その左右に芝生と花壇が見える。花壇の花は前の住人が植えたものにちがいない。その頃はきちんと手入れされていたのだろうが、いまは放置されているのが一目でわかるほど不揃いな状態になっている。クレイトンと私が並んで小道を進み、ジョーンズは後ろから足を引きずりながらついて来た。間もなく、さっき外側から見た門にたどり着いた。ここもやはり堅牢《けんろう》なチャブ錠で守られ、内側に掛け金もついている。金属のレバーで扉を枠に固定しているので、簡単には壊せない。塀をよじのぼって侵入するという手段もきわめて困難だろう。塀のてっぺんに鋭くとがった金属が取りつけられているうえ、家のなかから丸見えだ。実際、何者かが塀を乗り越えて庭に降り立った形跡は見当たらなかった。芝生を踏んでいれば足跡が残っているはずだ。

「この錠前の鍵を持っているか?」ジョーンズがチャブ錠を指して訊いた。

「家のなかにあります」クレイトンは答えた。「しかし、この門は一度も使われていませんよ、ジョーンズさん。あなた方がなんと言おうと、それが事実なんです。この家では全員が戸締まりに気をつけているので、玄関以外の場所から入ってくることは絶対に無理ですし、鍵はすべて安全な場所で厳重に保管されています」いったん言葉を切って続けた。「それでも開けろと?」

「錠前が内側と外側にひとつずつ——二つとも最近取りつけたようだ。あんたの雇い主はなにをそんなに恐れているんだね?」私は尋ねた。

「ラヴェル様はわたしに個人的な打ち明け話などしませんよ」クレイトンは私に冷笑を浴びせた。「さあ、そろそろいいですか? もう充分見たでしょう」彼は目に見えてぶしつけな態度に変わった。アセルニー・ジョーンズに対しては相変わらず殊勝にふるまっているが、私のことは完全に見下している。

「充分かどうか、あんたに答える義務はない」私はそうやり返したが、彼の指摘はもっともだ。私たちにはこれ以上長居する理由はない。

しかたなく台所へ引き返した。勝手口を入るのも私が一番先だった。料理人と手伝いの若者は私たちが訪ねてきたことを忘れたかのように仕事に戻っていて、トーマスは洗い場でさっきの作業を続けていた。年配の女も洗い場にいて、棚からタマネギを一個一個注意深く選び出している。まるで偽物がまざっているんじゃないかと疑うかのように。ジョーンズが最後にようやく台所へ入ると、クレイトンはドアに施錠して鍵をもとあった場所にしまった。事情聴取はこれで終了するしかなかった。消えた電報配達の少年がいないか家のなかを調べさせろと要求すれば、おそらく断られることはないだろう。しかし目的を達せられる公算はきわめて小さい。こういう場所には隠れる場所がいくらでもありそうだ。壁に秘密の扉も造られているかもしれない。ジョーンズはクレイトンに向かって無言でうなずき、私たちはラヴェル邸をあとにした。

「例の少年は家に入っていないと思います」正面玄関の門を出たところで立ち止まり、私は言った。

「その根拠は？」

「庭の入口周辺を調べてみましたが、足跡は見つかりませんでした。大人のも子供のも。それに、彼があのドアを外側から開けられたはずはありません。金属の錠前ががっちりはまっていたんですからね」

「わたしもそれを確認したよ、チェイス。現場の状況から見て、あの子が邸内へ入れたはずがないという意見には同意する。ただし、彼が来ることがわかっていて、あらかじめ解錠してあったとすれば話は別だ。で、それを前提に考えてみた。彼を追跡したところ、きみにとってはおなじみの、クラレンス・デヴァルーの腹心の部下であるスコッチー・ラヴェルの家にたどり着いた。ラヴェルがここにいるということは、デヴァルーもどこか近くに潜伏しているはずだ。前に話に出たとおり、デヴァルーは広場恐怖症だから、どこへでも出かけられるわけではない。証拠から行き着いた結論がたったひとつきりの場合、たとえそれがどんなにありそうにないことでも、問題の本質として充分考慮しなければならない。よってわたしは、昨日例の少年はこの家へ入り、いまもここにいると信じている」

「では、どうしますか？」

「正式な手続きを踏んで、家宅捜索をおこないます」

「捜していることに気づかれたら、逃げられてしまいますよ」

「ええ、そうでしょうな。しかしラヴェルの女から話を聞けます。確かヘンリエッタという名前だったな。彼女はラヴェルとはちがって警察をなめるようなまねはしないでしょう。クレイトンは警察を前にしたら縮み上がってなにもしゃべらないかもしれないが、なんとか口を割らせてみせますよ。わたしを信じてください、チェイス。家宅捜索すれば、次の一歩につながる証拠が必ず出てきます」

「クラレンス・デヴァルーの居場所を示す証拠ですね？」

「そうです。デヴァルーとラヴェルが連絡を取り合っているとすれば――必ず取り合っているはずだが――二人を結びつける鎖の環《わ》が見つかるでしょう」

結果的に私たちは翌日その家へ戻ることになったのだが、ジョーンズが予告した家宅捜索のためではなかった。ハイゲイト・ヒルが再び朝の陽光に染まる前に、ブレイズトン・ハウスは身の毛もよだつ実におぞましい凶行の現場となったのである。

7　血と影

死体を発見したのはメイドだった。彼女の悲鳴で近隣住民は早朝から眠りを破られた。雇い主ラヴェルの話では、家に住んでいるのは六人ということだったが、実際には一人少なかった。ミス・メアリ・スタッグは住み込みではなく通いのメイドで、両親が遺《のこ》した小さなコテージに、同じくヒルゲイト・ヴィレッジの邸宅でメイドをしている姉と暮らしていたのだった。おかげで彼女は命拾いした。まさに天佑《てんゆう》であろう。昨日私たちが訪ねたときは彼女の姿はなかった——たまたま休日で、同居する姉と買い物に出かけていたそうだ。翌朝は暖炉を掃除したり朝食の支度を手伝ったりするため、日の出と同時にブレイズトン・ハウスへ行った。そして、玄関の門とドアの鍵《かぎ》がどちらもあいていることに気づいた。普段とちがって不用心なのでおかしいなと思いつつも、いつもどおりたぶん口笛でも吹きながら家のなかへ入った彼女は、この先死ぬまで記憶から振り落とせないであろう恐ろしい光景を目にすることとなった。

ホテルへ迎えに来た四輪馬車でブレイズトン・ハウスに到着したとき、私も気を確かに持てと自分を奮い立たせなければならなかった。アセルニー・ジョーンズはドアの前で待っていた。青ざめて、嫌悪の表情がありありと浮かんだ彼の顔から、これまで数多くの犯罪現場に遭遇してきた者でさえ血の気が引くような惨状なのだと察せられた。

「とんでもない事態になった、チェイス。毒蛇がうじゃうじゃしている穴に飛び込んでしまった気分だ」彼は私を見るなり言った。「つい昨日ここへ来たばかりだというのに。われわれの訪問が、図らずもこのむごたらしい大虐殺を招いてしまったんだろうか」

「もしや、ラヴェルが……?」私は恐る恐る訊《き》いた。

「全員ですよ！　クレイトン、赤褐色の髪の若者、料理人、ラヴェルの愛人……皆殺しだ」

「どうやって?」

「ご自分の目で見てください。四人はそれぞれのベッドで。眠ったまま死ねたことをいまは感謝しているでしょう。だがラヴェルは……」ジョーンズは大きく息を吸い込んだ。「スワロー・ガーデンズやピンチン・ストリートの事件に並ぶ凄惨《せいさん》さですよ。最悪だ。まるで悪夢だ」

私たちは一緒に家のなかへ入った。七、八名の警官が暗がりのなかで慎重に黙々と作業していた。この場所を離れたがっているのが伝わってくるような動作で。玄関ホールは初めて入ったときも暗い印象だったが、いまはそれよりもさらに暗く感じられ、精肉店の加工場と同じ重ったるい臭いが空中に漂っていた。蝿が数匹うるさく飛び回っているのを意識にとらえた直後、床に広がるどす黒い血だまりが目に飛び込んできた。

「これは！」私は叫んで片手で目を覆ったが、広げた指のあいだから眼前の光景をのぞいた。目をそむけるわけにはいかなかった。

スコッチー・ラヴェルはどっしりとした木の椅子に座っていた。その椅子は昨日見たときは壁際の暖炉の脇に置いてあったが、犯人が目的を達するために手前へ引きずってきていた。ラヴェルはくるぶしまで丈のあるシルクの寝間着姿で、裸足《はだし》。鏡と向かい合う位置に座らされている。凶行に及んだ人物は、これからなにが起こるかを被害者本人に見せようとしたのだ。

ラヴェルは椅子にしばりつけられてはいなかった。両手に打ち込んだ釘《くぎ》で留められていた。肉と皮膚を突き破って、手の甲からぎざぎざのついた四角い釘の頭が突き出している。絶命してもなお、彼の手は椅子の肘《ひじ》掛けを握りしめていた。ここから動くものかとばかりに。悪魔の所業に使われたハンマーは暖炉の前に落ちていて、そのかたわらで磁器の花瓶が横に転がっていた。そばの床に寝室から持ってきたにちがいない派手な色のリボンが二本、散らばっていた。

スコッチー・ラヴェルの喉《のど》は鋭く切り裂かれ、私はカフェ・ロワイヤルでペリーが嬉々《きき》として突きつけてきた手術用メスを思い浮かべずにはいられなかった。ジョーンズも、すでに避けて通れない同じ結論に行き着いているだろうか。この残虐な殺人は子供が下手人であってもおかしくない。単独では無理でも、共犯者がいれば。とはいえラヴェルを寝室からここまで下ろしてくるだけでも二人は必要だろう。そのあいだほかの被害者たちをどうやって黙らせていたのだ？

「ほかの者たちは寝込みを襲われた」ジョーンズが私の考えを読み取ったかのようにつぶやいた。「料理人、台所手伝いの若者、ヘンリエッタとかいう名前の女、いずれにも争った形跡はない。クレイトンは地下で寝ていた。心臓をひと突きにされていた」

「誰も目を覚まさなかったんでしょうか？」私は訊いた。「物音に気づいた者が一人もいなかったとは考えにくいのですが」

「一服盛られたんでしょう」

その言葉に考えをめぐらせたあと、私はまたしてもジョーンズが一歩先を行っていることに気づいた。「カレーだ！」思わず声をあげた。「そういえば、料理人は私の質問に、いま作っているのは夕食だと答えた。この家の全員が食べたにちがいない。料理の鍋《なべ》に薬をこっそり入れるのは子供にもできるくらい簡単だ。用いたのはおそらく粉末アヘンでしょう。しかもカレーは味をごまかすのに都合がいい」

「しかし、それなら犯人は最初に台所へ侵入しなければならない」ジョーンズは言った。「ドアを調べましょう」

私たちはラヴェルの死体をよけて台所へ向かった。床の影が黒い血だまりと見分けがつきにくかったので、念のため遠回りしてホールを横切った。台所へ入ったときにはそこが楽園のようにさえ感じられ、ようやく深々と息を吸い込んだ。私はきれいに片付いた清潔な空間を再び調べ、しみひとつないこんろと床、開いたドアの奥の洗い場、皿をきちんとそろえてしまってある食器棚を順番に見ていった。台所の中央で、いまは空っぽの、カレーの入っていた大鍋が、後ろ暗い秘密を抱えているかのようにむっつりとして見えた。一人だけ生き残ったメイドが椅子に背中を丸めて座り、エプロンに顔をうずめて泣きじゃくっていた。制服警官が一名付き添っている。

「むごい」私は言った。「むごすぎる」

「しかし、誰がなんのためにこんなことを？　われわれの捜査はまずそこからだな」ジョーンズはこの無慈悲な殺人に打ちのめされている様子だった。マイリンゲンで終始保っていた落ち着きを懸命に取り戻そうとしているのがわかった。「スコッチーもしくはスコット・ラヴェルはクラレンス・デヴァルー率いるギャングの一員だった」

「それについて疑いの余地はありません」私は言った。

「彼はジェイムズ・モリアーティ教授との会見を計画し、ペリーをカフェ・ロワイヤルへ送り込んだ。待ち合わせ場所にはモリアーティのふりをした男がいたが、結果的になりすますのに失敗した。ペリーはあなたが偽者だと気づいた」

「ええ、ロンドン塔のワタリガラスのせいで。合言葉を答えられなかった」

「よって会見は中止。ペリー少年はその場を立ち去ると、郊外のハイゲイトまで旅をして、偵察を命じた親玉のもとへ報告に戻った。会見はもうないだろう。モリアーティはやはり死んだのだと彼らは思ったにちがいない」

「そこへ私たちが現われた」

「そう、アメリカの私立探偵とイギリスの警察官はペリー少年のことを知っていて、この家の者たちに聞き込みをおこなった。だがチェイス、収穫はさっぱりだった。われわれが帰ったとき、ラヴェルはほくそ笑んだにちがいない」

「いまはもうできませんがね」私は言った。ぱっくりと開いた喉の真っ赤な傷口を思い出し、悪魔が笑っている忌まわしい図を連想せずにはいられなかった。

「なぜ彼は殺されたんだ？」とジョーンズ。「なぜいまになって？　見てくれ、ここにまずひとつ目の手がかりがある。ドアは鍵があいていた」

ジョーンズの指摘どおりだった。昨日、クレイトンが食器棚の側面から取った鍵で解錠し、そのあとまちがいなく施錠した勝手口のドアは、ジョーンズがノブを回すと簡単に開いた。とたんに外の新鮮な空気が流れてきた。私はそれをありがたく吸い込んでから、ジョーンズのあとについて庭へ出た。つい昨日歩いた、手入れされていない伸び放題の芝生へ。

塀際まで行くと、門も鍵があいていた。チャブ錠も、扉の内部の掛け金も。木の部分の、ちょうど掛け金と同じ高さに丸い穴があいていて、金属の掛け金がむきだしになっている。そうして掛け金を取り除き、チャブ錠もはずしてあった。ジョーンズは錠前をつぶさに観察した。

「チャブ錠には傷ひとつない。無理やりこじ開けようとした形跡は皆無だ」彼は言った。「侵入者はそのへんの泥棒とはくらべものにならないほど指先の器用なやつということになるが、現実にはまず存在しないだろう。前もって合鍵を手に入れておいた可能性のほうがまだ高い。もうひとつの錠前も、観察するとなかなか興味深い。見てのとおり扉に穴があいているが、これは二本ないし三本の刃がついた回し錐《ぎり》を用いたと思われる。それなら音はほとんどしなかったろう。問題は穴をあけた位置だ！」

「掛け金とまっすぐそろっていますね」私は言った。

「いかにも。測ったように高さがぴったり同じだ。賊どもはこのあと別の錐を使って木枠を切断し、錠のなかの突起をむきだしにしている。これは玄人のしわざですよ。しかも錠の正確な位置を把握したうえで、いまわれわれのいる位置に立たないかぎり、絶対に無理だ」

「家のなかに手引きした者がいるのかもしれませんね」

「メイドを除いて全員死亡している。彼らは自分の職務に忠実だったと考えたい」

「ジョーンズ警部、さっき〝賊ども〟と言いましたが、侵入者は複数だと考えているのですか？」

「まちがいないでしょう。足跡が複数ですからね」彼はステッキで地面を指した。その箇所を見ると、確かに足跡が二組並んでいて、塀から家のほうへ向かっている。「男と少年だな」ジョーンズは言った。「少年は犯行に際して後ろめたさをみじんも感じていなかったらしい。このとおり浅くて、軽快な足取りだ。男のほうの足跡は深い。長身で、少なくとも六フィートはあるだろう。珍しい深靴を履いていた。爪先《つまさき》が角張っているのがわかりますか？　少年が前を早足で歩き、男は用心深く後ろからついて行ったと思われる」

「少年にとっては初めての場所ではなかったんでしょう」

「彼の足跡は、周辺の状況に慣れていたことを物語っている。ほら、台所まで最短距離の経路をとっているでしょう？　確か昨夜は月が出ていたはずだが、姿を見られることをまったく警戒していなかったようだ」

「家のなかの者は全員眠らされていると知っていたわけですね」

「そう、薬を盛られてぐっすり眠っていた。彼が家の内部へどうやって入ったかという疑問はまだ残っているが、おそらく雨樋《あまどい》をよじのぼって、三階の窓から侵入したんでしょう」アセルニー・ジョーンズはステッキの握りについた折りたたみ式の双眼鏡を広げ、建物の上部を熱心に観察し始めた。確かに台所のドアの脇には外壁に沿って屋根まで雨樋が伸びている。だがかなり細いので、大人の体重は支えきれそうにない。ラヴェルがなんの手立ても講じていなかったのは、それが理由だろう。まさかそこから侵入されるとは予想もしていなかったので、うっかり見過ごしたのだ。しかし侵入者が子供となれば話はちがってくる。この雨樋をつたって三階へ行けば……

　ジョーンズは再び口を開いた。「窓には掛け金がかかっているが、窓枠の隙間にナイフを差し込めば、容易にこじ開けられたにちがいない。侵入者はそのあと階段を下りて一階へ行き、玄関から共犯者をなかへ入れたのだ」

「その少年の正体については、私たちの意見は一致しているはずです」私は言った。

「ペリーですね？　疑いの余地はないでしょう」ジョーンズはステッキを下ろした。

「いつもはこういう残忍な犯罪に子供を結びつけて考えることはしないのですが、当人を実際に見ていますからね。彼が持っていた凶器も。それに、彼がこの家と関連があるのは明らかです。わたし自身が尾行して確かめた。彼は庭からドアを通り抜けて台所へ入り、料理人がカレーを作っているところを見て、とっさに計画を思いついた。その日の晩に仲間とともに舞い戻ってくるつもりで、鍋に薬を仕込んだ。しかし、まだ疑問がひとつ残っている。なぜラヴェルはわれわれに嘘をついたのか？　なぜ全員が、少年はここにいなかったと主張したのか？　ラヴェル一味はモリアーティとの会見の場に少年を送り込んだ。カフェ・ロワイヤルに現われた理由はほかにありえない。では、彼は一人でここへ戻ってきたあと、どうしたのか？」

「それから、もし少年がラヴェルの手先なら、なぜ親分を裏切ってラヴェルの殺害に手を貸したのか？」

「そこについては、あなたがなんらかの光明を投げてくれると期待したいですね。アメリカの犯罪界のことは……」

「ジョーンズ警部、私にできるのは前にお話ししたことをもう一度繰り返すことだけです。アメリカの悪党は見境がないうえ、手加減というものを知らず、警察をこれっぽっちも恐れていません。もともとクラレンス・デヴァルーはいかなる集団にも属さない一匹狼でした。犯罪組織の帝王として君臨したあとも、卑劣きわまりない悪逆非道な男であることに変わりはありません。ニューヨークではこういう血なまぐさい不可解な事件がたびたび起こります。兄弟であってもささいなことで仲たがいし、どちらか、あるいは両者とも死ぬまで争いかねません。姉妹も同じです。これで多少は参考になったでしょうか？　はっきり警告しておきます。ブレイズトン・ハウスでの出来事は始まりにすぎません。あなたの国の血管に猛毒が流れ込んだことを示す最初の兆候です。おそらくこれはデヴァルーの差し金でしょう。彼は情報網を張りめぐらしているにちがいありませんから、私たちがこの家を訪問したことを知り、ラヴェルの口を封じなければと判断したのだと思います。もちろん、これはあくまで推測です。どれもこれも気が滅入《めい》ることばかりですが、私がなにより恐れているのは、真相に行き着くまでにさらにたくさんの血が流されるのではないかということです」

それ以上庭にいても得るものはなかったので、私たちはしかたなく死体安置所と化した家のなかへ戻った。メイドのメアリ・スタッグはまだ台所にいたが、先に結論を言えば、手がかりになりそうな話はほとんど聞けなかった。

「あたしはブレイズトン夫妻のもとで働いていました」嗚咽《おえつ》まじりに彼女は語った。「あの頃のほうがずっと幸せでした。ブレイズトン一家は気持ちのいい方ばかりでしたから。みんなきっとそう言うと思います。でもミスター・ブレイズトンが亡くなったので、奥様は今年の初めからこの家を人に貸すことになりました。あたしは奥様に、自分を助けると思って、ここでメイドを続けてくれないかと頼まれました。家がちゃんと面倒をみてもらってると思えれば、安心できるからって。

でも、あたし、あのアメリカの紳士は最初から好きになれませんでした。気が短くて、言葉遣いがすごく乱暴なんです！　聞かせて差し上げたかったわ。紳士の話し方じゃありません。最初に料理人が辞めました。もう我慢の限界だと言って。そのあとはサイクスさんでした。代わりに雇われたのがクレイトンさんなんですけど、あたしはあの人のことも好きじゃありませんでした。それで、こないだから姉のアニーに、もう辞めたいと話してたんです。そうしたら、こんなことに！」

「庭の門はいつも鍵が閉まってたのかい？」メイドが落ち着きを取り戻したときを見計らって、ジョーンズが尋ねた。

「はい、いつも。どの門も、どの窓も。ミスター・ラヴェルはここに引っ越してきた日から戸締まりにはとてもやかましかったんです。入口には全部錠をつけて、鍵は決まった場所に必ずしまっておくようにって。クレイトンさんがドアを開けるまで、誰も入ってこられませんでした。顔なじみの配達の坊やさえも。ブレイズトン一家が住んでた頃はよく晩餐会《ばんさん》やパーティーを開いて、この家はいつも楽しくてにぎやかでした。なのにミスター・ラヴェルがほんの数カ月で牢獄《ろうごく》に変えてしまったんです。あの人自身が囚人で、めったに外出しませんでした」

「ミセス・ラヴェルは？　彼女とは打ち解けた間柄だったのかね？」

メイドはためらい、隠しきれなかった嫌悪の色が顔に浮かんだ。それを見れば、スコッチーとその愛人が来てからというもの、このメイドがいかにつらい思いをしてきたかは容易に察せられた。

「こういう言い方ははしたないかもしれませんけど、ミセス・ラヴェルは正式な奥さんじゃないと思います。あたしたちはみんな彼女のことを、〝マダム〟と呼んでましたけど、いかがわしい商売をやってる〝おかみ〟って感じでした。ちっとも品がないんです。でも、ミスター・ラヴェルの言いなりでした。彼の命令でないかぎり、絶対に外出しませんでしたし」

「訪問者は？」

「二人の紳士がときどきお見えになりました。どちらも背が高くて、がっしりした身体つきで、一人は口ひげを生やしてましたが、それを除けば瓜《うり》二つでした。きっと兄弟だと思います」

「リーランドとエドガーのモートレイク兄弟だ」私はつぶやいた。

「クラレンス・デヴァルーという名前の男についてなにか知らないかね？」ジョーンズは訊いた。

「いいえ。でも、そのお客様たちと旦那《だんな》様はしょっちゅう別の男の人の話をしてました。決まってひそひそ声でした。ここには来たことのない人だと思います。名前を一度だけ聞いたことがあって、いまだに覚えています。忘れられっこありません」メイドは口をつぐみ、ハンカチを両手でぎゅっと握りしめた。「書斎の前を通りかかったとき、ちょうど室内からミスター・ラヴェルがクレイトンさんと話してる声が聞こえました。ドアが閉まってたので、実際に見たわけじゃないですけど、相手はクレイトンさんにちがいありません。もちろん、あたしは立ち聞きなんかしませんから、聞いたのは少しだけです。すごく真剣そうな声で、ミスター・ラヴェルはこう言ってました。〝モリアーティ教授にはくれぐれも用心しないとな〟。その名前が印象に残ったのにはわけがあるんです。あとでクレイトンさんにからかわれたせいなんです。あたしがドアを開けっ放しにしたとき、〝そんな不注意なことでは、モリアーティ教授に襲われるぞ〟って。すごく恐ろしい名前に感じられました。夜、寝つかれないとき、頭のなかでその名前がぐるぐる回りました。家全体がそのモリアーティ教授におびえてるみたいでした。そんな具合でしたから、こういうことが起きても不思議はないような気がします」

メアリ・スタッグの話はそれで全部だった。事件のことは誰にも言わないようにと口止めしてから、ジョーンズは巡査を一人付き添わせて彼女を自宅へ帰らせた。メイドはいかにもほっとした様子で家をあとにした。二度と戻ってくることはないだろう。

「モリアーティのしわざでしょうか？」私は訊いた。

「モリアーティは死にました」

「共犯者がいたのかもしれない。組織のメンバーが。ラヴェルの殺され方を見たでしょう、ジョーンズ警部？　あれは血で書いたメッセージと同じですよ。警告の意味がこめられているんです」

ジョーンズは少しのあいだ考え込んでから言った。「モリアーティとデヴァルーは共同戦線を張るために会おうとしていたんですよね？」

「はい、まちがいありません」

「しかし彼らの会見は実現しなかった。マイリンゲンで発見した暗号メッセージから、それは明らかです。われわれの知るかぎり、彼らのあいだに協力関係はありません。となれば、互いに相手を亡き者にしたいと考えるのでは？」

「ひょっとすると、ライヘンバッハの滝で起きたことにもデヴァルーが一枚噛《か》んでいるのかもしれませんね」

ジョーンズは困惑げにかぶりを振った。「現時点ではどういう状況なのかさっぱりのみこめない。吟味する時間が必要だ。頭のなかを整理しなければ。だがそれはあとまわし。いまは家の内部をくまなく捜索して、どこかの部屋に秘密が隠されていないか探るとしましょう」

そのあと、私たちはいやな仕事に取りかかった——地下墓地の探索みたいなもので、なんともいえず気味悪かった。ドアをひとつ開けるたび、新たな死体と遭遇するわけだから。最初は台所手伝いの若者、トーマス。洗い場の隣にある、床板がむきだしの質素な部屋で最後の眠りについた彼は、その目を二度と開けることなく死んでいた。仕事着のまま素足でシーツの上に横たわっている若者を見て、ジョーンズは胸を痛めている様子だった。彼が小さな子供を持つ親だということを私は思い出した。死因は絞殺で、トーマスの首にはロープが巻かれたままだった。次に六段の短い階段を下りていくと、クレイトンの生と死を見届けた地下室があった。台所から持ち出したとおぼしき肉の切り分け用ナイフが、ベッドに横たわるクレイトンの左胸に突き刺さっていて、ピンで留められた標本の昆虫を思い起こさせた。私たちは暗澹《あんたん》たる気分で、屋根裏部屋へ上がっていった。そこでは料理人が——名前はミセス・ウィンターズだと知らされた——生きていたときと同じようにしかめ面で死んでいた。やはり首を絞められていた。

「なぜ皆殺しにされたんでしょう?」私は尋ねた。「ラヴェルのもとで働いてはいましたが、こんな目に遭ういわれはなかったはずなのに」

「絶対に誰にも目を覚まされたくなかったんだろう」ジョーンズは重々しくつぶやいた。

「それに、ラヴェルが死んだあと、もう黙っている必要はないと考えて、知っていることをわれわれにしゃべるかもしれない。それでこういうふうに口をつぐまされた」

「台所手伝いの少年と料理人は絞殺ですが、クレイトンは刺殺ですね」

「彼は三人のなかで一番体力がある。薬で眠らされていても、物音で目を覚ますかもしれない。殺人者たちは万が一のことを考えて、ぬかりなく準備を整えたわけだな」

私は顔をそむけた。もうたくさんだった。「次はどこへ?」とジョトンズに訊いた。

「寝室へ」

ラヴェルがヘンリエッタと呼んでいた赤毛の女性は、羽根入りマットレスの上に両足を投げ出した恰好《かっこう》で横たわっていた。襟と袖口《そでぐち》にひだ飾りのついた、薄いコットン生地のピンクの寝間着姿だった。死んだ彼女は十歳は老けて見えた。慰めを求めるかのように伸ばした左腕が、かたわらに寝ていた者の存在を示していた。

「窒息死だな」ジョーンズが言った。

「なぜわかるんですか？」

「枕に口紅がついている。それが凶器にちがいない。鼻と口のまわりに痣《あざ》ができているのがわかるでしょう？　枕を押しつけられた痕《あと》ですよ」

「なんとむごい」私はそうつぶやいて、彼女の隣の、ベッドカバーが乱雑にめくれている空っぽの場所を見た。「次がラヴェルの番だったんですね？」

「さんざん凶行を重ねたあとに目当ての人間に取りかかったわけだ」

寝室を手際よく速やかに捜索したが、収穫は無きに等しかった。ヘンリエッタなる女性は安物の宝石と高価な衣類を好み、クローゼットはシルクやタフタのドレスではち切れんばかりだった。室内にある香水や化粧品の数は、ブロードウェイの百貨店〈ロード・アンド・テイラー〉の売り場にあるよりも多いのではなかろうか。私はそうジョーンズに言ったが、そんなのはどうでもいいことだと二人ともわかっていた。自分たちは避けられないことを先延ばしにしたいだけなのだと。重苦しい気分のまま、階下へ戻った。

スコッチー・ラヴェルは私たちを座って待っていた。彼のまわりにはまだ数名の警察官がいて、お願いだからどこか別の場所へ行かせてくれという顔つきだった。私はジョーンズが遺体を調べるのを見守った。ステッキを床について、慎重に距離をとりながら身を乗り出している。つい昨日、私たちはラヴェルにあからさまな憤りと敵意を向けられた。「ついでに家のなかを嗅《か》ぎ回ろうって魂胆か？」と言い放った声が耳によみがえる。彼が訪問者に対してもっと親切だったら、こういう運命をたどらずに済んだのだろうか？

「半ば意識を失った状態でここへ運ばれてきたんでしょう」ジョーンズがつぶやいた。「ここで起こったことを物語る形跡が数多く残っていますよ。最初に、椅子が暖炉の脇から動かされ、ラヴェルがそこにしばりつけられた」

「ああ、それでリボンが！」

「リボンがここに落ちている理由はほかに考えられません。明らかにその目的で寝室から持ってきたにちがいない。殺人者たちはラヴェルを椅子にしばりつけて身動きできないようにすると、必要な手はずをすっかり整えてから、ラヴェルの顔に水を浴びせかけた。寝間着は大量の血で汚れているので見分けがつきにくいが、襟と袖が水で湿っているし、暖炉のそばに転がっている花瓶も証拠になる。あれは台所から持ってきたんですよ。昨日あそこで見た」

「そのあとは？」

「ラヴェルが意識を取り戻した。二人の襲撃者とは顔見知りだったと断定してかまわんでしょう。むろん一人は例の少年です」ジョーンズはいったん切ってから続けた。「これは失敬。現場の状況はあなたご自身の目で観察なさっているわけですから、くだくだしく説明されるまでもないでしょうな」

「観察はしています、確かに」私は答えた。「しかし警部、私はあなたのように観察結果をもとに一枚の絵を完成させる能力は持ち合わせていません。どうぞ先をお聞かせください」

「わかりました、では続けましょう。ラヴェルは椅子にしばりつけられ、無力な状態だった。当人は知らなかっただろうが、家のなかの者はすでに全員殺されていた。ラヴェルの厳しい試練が始まるのはここからです。男と少年の二人組には、手に入れたい情報があった。それをラヴェルから引き出すため容赦ない拷問を加えた」

「ラヴェルの手と椅子に釘を打ちつけた」

「それはまだ序の口で、わたしでさえ言葉にしたくないようなことをほかにもいろいろやっています。この部分、寝間着の生地がどうなっているか見てください。釘を打つのに使ったハンマーで膝《ひざ》の皿を割ったんです。左足のかかとも砕いています」

「なんと残酷な。背筋が寒くなりますね。そうまでしてやつらが手に入れたかった情報とはなんだろう」

「ラヴェルが属している組織に関することですよ」

「彼はしゃべったんでしょうか？」

ジョーンズは少し考えてから答えた。「判断の難しいところですが、しゃべったと考えるべきですな。もし口を割らなかったら、拷問はもっと長く続いたはずですから」

「拷問の末に殺したわけですか」

「ラヴェルにとっては、死はむしろ安らぎだったでしょうな」ジョーンズはため息をついた。「このような犯罪は我が国始まって以来です。現場の惨状を見て真っ先に思い起こしたのは、切り裂きジャックで有名なホワイトチャペル連続殺人事件でした。野蛮さ、凶暴さの面ではあっちのほうがひどいが、見てきたとおり、今回の事件には緻密《ちみつ》で計算高い独特の冷酷さを感じる」

「次はどこを？」

「書斎を。ラヴェルがわれわれを通した部屋です。手がかりになりそうな書簡や書類があるかもしれない。捜しましょう」

私たちは昨日と同様、書斎へ足を運んだ。カーテンが開いていて、窓から多少光が射し込んでいるにもかかわらず、薄暗く感じられた。主人を失ったせいか、わびしげにも見え、長いあいだ誰も住んでいない空き家の部屋を思わせた。主役の男が机と椅子を舞台に自身の役柄を演じていたのは、つい昨日のことだというのに。机も椅子ももはや無用の小道具となり、本棚の読まれたことのない書物は前回見たときよりもいっそう場違いに思われた。それでも私たちは机の抽斗《ひきだし》を徹底的に調べた。本棚もくまなく捜した。

そのあとでジョーンズは、めぼしいものはなにも残されていないと結論を下した。

そう判断するのは早いと私は言いたかった。クラレンス・デヴァルーのような男が率いる組織だ。知られたくない情報を人の目に触れるところに置いておくわけがない。重要な手紙をくずかごに無造作に捨てたり、封筒の裏に関係先の住所をうっかり書き留めたりするようなまねは絶対にしないだろう。この家全体が組織の秘密を守るため、世間を寄せつけないための装置として働いていたはずだ。ラヴェルは自分で事業プロモーターだと言っていたが、それを裏付ける証拠は書斎のどこからも見つからなかった。背景がまったくわからない幻のような人物だ。いまとなっては彼がなにをたくらんでいたのか探る術《すべ》はない。計略も陰謀も、すべては彼とともに葬り去られた。

アセルニー・ジョーンズは落胆を隠そうとしても隠しきれずにいた。書斎にある紙はすべて白紙で、一冊だけ見つかった小切手帳にもなにも記入されていなかった。ほかに出てきたものといえば、日用品を購入した際の領収書が少しと、不審な点はどこにもない銀行信用状と約束手形が何通か、あとはアメリカ公使館で開催される〝米英貿易振興記念パーティー〟への招待状くらいだった。ところが、真っ白なページばかりが続くラヴェルの日記をめくっていたジョーンズの手が、途中でぴたりと止まった。私もすぐにその箇所へ目が吸い寄せられた。大文字で書かれた文字と数字が並び、丸で囲ってあったのだ。

「どう思いますか？」ジョーンズは低い声で訊いた。

「〝ホーナー〟ですかね……」私は思案した。「ペリーを指しているんでしょうか。十三歳くらいにも見えましたし」

「いや、もっと上でしょう」ジョーンズは抽斗の奥へ手を突っ込んで、なにか探り当てた。抽斗から出てきた彼の手には、ひげ剃《そ》り用の固形石鹸《せっけん》がひとつ握られていた。包み紙にくるまれたままの未使用のものだ。「こんなところにしまっておくとは奇妙ですな」彼は言った。

「重要な意味があると考えているんですか？」

「ええ、そうです。なんなのかはわかりませんが」

「なにもないですよ」私は言った。「結局、ここには手がかりがひとつもありませんでしたね。こんな家、見つけなければよかったと思いたくなりますよ。謎と死の衣にすっぽり覆われているうえ、私たちをどこへも導いてくれない」

「あきらめてはいけません」ジョーンズが言った。「われわれの道は薄暗くて先が見えないが、敵は必ず正体を現わします。対決の日はいずれやって来るでしょう」

ジョーンズがそう言い終えるが早いか、玄関ホールから騒がしい音が聞こえてきた。何者かが家に入ってきて、制止しようとする警官たちともみ合いになっているようだ。飛び交う怒声のなかに、アメリカ人がまじっているのがわかる。

ジョーンズと私は急いで書斎を出た。玄関ホールへ向かうと、くたびれた感じの痩《や》せた男が立っていた。目は小さく、波打つ黒い髪が額にぺったりと貼りつき、形を整えた口ひげが唇の上まで垂れている。スコッチー・ラヴェルが粗暴さをむきだしにした男だとすれば、この男は対照的に冷血な脅威をにじませている印象があった。相手を殺す前に、考えて計算するタイプだ。長い刑務所暮らしを送ってきたことは、異様に白い肌と生気のない表情から明らかだった。黒ずくめの服装のせいで、よけい死人じみて見える。身体にぴったりとした黒のフロックコートにエナメル革の黒い靴、さらには手に持っているステッキまでもが黒かった。男はそのステッキを武器のように振り回して、外へ引きずり出そうとする警官たちを威嚇していた。男は単身乗り込んできたのではなかった。護衛よろしく彼のまわりを三人の若者が取り囲んでいる。見た目から判断して、二十歳そこそこの血色の悪いごろつきどもで、身なりはぼろぼろの服にごつい深靴。やはりステッキを持っている。

侵入者一味は全員、スコッチー・ラヴェルの身になにが起こったかをすでに知っていた。目をそむけることなど誰にもできっこない。痩せた男が死体にじっと注いでいる視線には恐怖と嫌悪がまじっていた。まるで自分が受けた屈辱であるかのように。

「ここでなにがあった?」男は憤然と言い放った。そのあと書斎から出てきたジョーンズを振り向いた。「誰だ、おまえは?」

「名前はジョーンズ。スコットランド・ヤードの刑事だ」

「ふん、刑事だと?　じゃあ、さぞかし役に立つんだろうよ。ちっとばかし登場が遅かったようだがな。いったい誰のしわざなんだ？」私がさっきの騒動で聞き分けたアメリカ人の声は、この男のものだ。ラヴェルほど言葉遣いは荒くないが、ニューヨークから来たのは明らかだった。

「あいにく少し前に着いたばかりでね」ジョーンズは答えた。「あんたはこの男の知り合いか？」

「彼を知ってはいる」

「で、あんたは誰だ？」

「教えるつもりはないね」

「教えるまでこの家から出られないぞ」アセルニー・ジョーンズはステッキで支えながら背筋をぴんと伸ばし、胸を張った。両者は真っ向からにらみ合った。「わたしはイギリス警察の者だ。この不可解な凶悪殺人の現場へ足を踏み入れた人間からは、持っている情報を洗いざらい差し出してもらう。それがいやだと言うなら、ニューゲイト監獄で夜を過ごすはめになるぞ。あんただけでなく、そこにいる人相の悪いちんぴらどもも一緒にな」

「こいつが誰だか知っているよ」私は横から言った。「エドガー・モートレイクだ」

モートレイクは振り向いて、小さな黒い目で私をにらんだ。「おれの名前を知ってるようだが、あんたと会ったことは一度もないんだがな」彼は鼻をひくつかせた。「さてはピンカートンだな？」

「なぜそう思う?」

「ぷんぷん臭ってるからだよ。どこのピンカートンだ? ニューヨークか? シカゴか? それともフィラデルフィアか? ま、べつにどこでもいい。それより、ずいぶん遠くから旅してきたじゃないか」モートレイクの落ち着き払ったふてぶてしい笑みには、相手をぞっとさせるものがあった。あたりに漂う血の臭いにも、ほんの数インチの場所に座っている損傷の激しい死体にも、この男はこれっぽっちも動じていないようだ。

「なんの用でここへ来た?」ジョーンズがモートレイクに詰問した。

「よけいなお世話だ」モートレイクは鼻で笑った。「あんたの出る幕じゃない」

人を食った返事を聞いて、ジョーンズは一番近くにいる巡査を見やった。両者のやりとりをそばで見ていた巡査の顔に、強い警戒心がくっきりと刻まれている。「こいつを公務執行妨害で逮捕しろ」ジョーンズが言った。「今日にも治安判事の前に突き出してやる」

巡査は逡巡《しゅんじゅん》した。「早くしろ。命令だ」ジョーンズがたたみかける。

そのときの光景を私は生涯忘れないだろう。ジョーンズとモートレイクは向かい合って立ち、そのまわりを半ダースほどの警官と、血の気の多そうな若いならず者たちが取り囲んでいた。緊張が高まり、まさに一触即発の状態だった。そして彼らの真ん中に無言で座っているスコッチー・ラヴェルは、いまの場面を生じさせた原因でありながら、この瞬間はほとんど忘れられた存在になっていた。

折れて出たのはモートレイクのほうだった。「くだらん。無用な小競り合いだ」と言って、無表情の顔にうっすらと笑みらしきものを浮かべてみせた。「こっちにはイギリス警察の邪魔をしようなんて気はさらさらないんでね」ステッキで死体を指して続けた。「スコッチーとは仕事仲間だった」

「あんたも事業プロモーターなのか？」

「彼は自分でそう言ってたってことか。ま、いろんなことに手を出してたからな。おれがメイフェアでやってる小さなクラブにも投資してた。いうなれば、スコッチーとおれは共同出資者だ」

「そのクラブは〈ボストニアン〉だな？」私は訊いた。ジョナサン・ピルグリムがこの国に来て宿泊していたクラブの名前を思い出したのだ。

本人は隠そうとしているが、モートレイクは内心ぎょっとしたようだった。「ああ、そうだよ」つっかかる口調で言った。「調べが早いじゃないか、ピンカートン。それとも、クラブの会員か？　アメリカ人の客は大勢いる。もっとも、あんたはうちへ通えるほど羽振りがよさそうには見えないがな」

私は彼を無視して訊いた。「クラレンス・デヴァルーもクラブの経営に関わっているのか？」

「クラレンス・デヴァルーなんてやつは知らないね」

「いいや、知っているはずだ」

「勘違いだ」

私は押し問答にしびれを切らした。「あんたがどういう人間かはつかんでるよ、エドガー・モートレイク。犯罪歴を見た。銀行強盗に金庫破り。それから武装襲撃でニューヨークの拘置所に一年入ってた。最近にかぎっても前科がそれだけある」

「おい、口のきき方に気をつけろよ」モートレイクがすごんで私のほうへ二歩近づくと、まわりを囲むごろつきどもは顔に緊張を走らせ、ボスの出方をうかがった。「どれもこれも過去のことだ！」モートレイクが嚙みつくように言う。「ここはイギリスだぞ。そして、おれはまっとうな事業を手がける、れっきとしたアメリカ人だ。あんたの務めはおれを困らせることじゃなく、守ることだろうが」死んだ男のほうへ顎《あご》をしゃくった。「見てみろ、あんたが義務を怠ったせいで、おれの仕事仲間はこんな目に遭った。あいつの女はどこだ？」

「ヘンリエッタのことなら、二階だ」ジョーンズが答えた。「彼女も殺された」

「ほかの者たちは？」

「この家に住んでいた者は全員殺された」

モートレイクが初めて動揺を浮かべた気がした。仲間の死体をもう一度見てから顔をそむけ、唇を嫌悪にゆがめた。「おれがここにいてもしょうがない。現場を嗅ぎ回るのはあんたら二人の紳士に任せて、帰るとしよう」

捨て台詞《ぜりふ》を吐くと、モートレイクは子分に囲まれたまま、入ってきたときのように騒々しく出ていった。誰も止める間もないほど速やかに。どうやら三人のならず者はモートレイクと外敵のあいだに人の壁を築くためだけの用心棒にすぎないようだ。

私はジョーンズに言った。「エドガー・モートレイクが自らお出ましとは。一味の存在が徐々にはっきりしてきましたね」

「望むところですな」ジョーンズは開け放たれたドアを一瞥《いちべつ》した。

モートレイクは早くも庭を横切り、門から出ていった。私たちが見ているにもかかわらず、彼は待たせておいた馬車に悠然と乗り込み、用心棒たちもあとに続いた。間もなく鞭《むち》の音が鋭く響き、馬車はハイゲイト・ヒルの方向へ動きだした。私はふと思った。スコッチー・ラヴェルを一家皆殺しにしたことが犯人側のメッセージだとすれば、それは伝わるべき相手にはっきりと伝わったようだな、と。

8　スコットランド・ヤード

私が泊まっているヘクサム・ホテルになにか取り柄があるとしたら——数は多くないに決まっているが——それはロンドンの中心部に近いということだろう。食堂は今朝もがらんとしていた。私は朝食を終えると、ほかにはメイドと雑用係しかいない食堂をあとにした。今日はジョーンズに昨日勧められたテムズ川沿いの通りを歩いてみるつもりだ。

道の片側に並木が長く連なり、その向こうで川面がきらきらと輝いている、風情のある光景が広がっていた。ホテルから外へ出たとき、ちょうどロンドン港へ向かう黒い船体の蒸気船がシュッシュッと音をたてて通り過ぎていくところだった。私は立ち止まって、かぐわしい春のそよ風に吹かれながら、船が遠ざかるのを見送った。が、その瞬間、誰かに見られているという奇妙な気配を感じ取った。まだ朝早いので、あたりには数えるほどしか人がいない。乳母車を押している女性、犬を連れて散歩中のボウラーハットをかぶった男性。私は後ろを振り返って、いま出てきたホテルを見た。すると、三階の窓から通りを見下ろしている男の姿が目に留まった。私の隣室の泊まり客だと気づくのに一秒とかからなかった。夜通し、こんこんと咳《せき》をしていた男だ。距離があるうえに窓ガラスが汚れているため、顔はよくわからなかった。見分けられたのは、黒っぽい髪に黒っぽい服装だということくらいだった。じっとしたまま、不自然なほど動かない。ただの気のせいかもしれないが、彼の視線が私に注がれているように見えた。その直後、男は片手を伸ばしてカーテンを閉めてしまった。私は彼のことを頭から振り払って歩き出したが、もう散歩を楽しむ気分ではなくなっていた。どういうことなのかわからず、不安だった。

それから十五分かかって、目的地に到着した。初代の庁舎がホワイトホール・プレイスに位置していたときからスコットランド・ヤードと呼びならわされているロンドン警視庁は、現在ヴィクトリア・エンバンクメント通りとウェストミンスター・ブリッジ駅《ぶ》にはさまれて建っている。私は通りを渡って、正面玄関を探した。私の目にはひどく不恰好《かっこう》な建物に映った。建設工事の開始後に建築家が急に気が変わって設計図を作り直したのではないかと思うほどだ。一、二階は質素で厳粛な花崗岩《かこうがん》だが、三階から上は突然赤と白のレンガに切り替わって、装飾的な窓枠やフランドル風の小塔まで出現し、二つの別の建物を上下に重ねて押しつぶしたような印象を与えている。全体的には牢獄《ろうごく》めいた雰囲気が漂っていて、四つの棟に囲まれた中庭は一日中ほとんど陽が射さない。こんなところに閉じ込められているとは警察官たちも気の毒に、と私は思った。ニューゲイト監獄の囚人たちのほうがよっぽど日光浴や運動に恵まれているのではないか。

正面入口でアセルニー・ジョーンズが待っていた。私を見つけると、手を挙げて合図をよこした。「無事にわたしのメッセージが届いたんですね。捜査会議は間もなく始まります。非常に珍しい事態ですよ。長年スコットランド・ヤードに身を置いているが、こんなことは初めてだ。なにしろ、このハイゲイト殺人事件のために犯罪捜査部の精鋭たちが雁首《がんくび》をそろえるんですからね。われわれ警部がなんと十四名も。これは異例中の異例です」

「本当に私も出席してかまわないのですか？」

「率直に言うと、許可を取りつけるのは簡単ではありませんでした。まずレストレイド警部に反対されました。それからグレグスン警部にも。初めて会ったときに話したとおり、スコットランド・ヤードには、ピンカートンのような金儲《かねもう》け主義の民間会社とは関わるべきではないという考えが根強く存在するのです。共通の目的を持っているにもかかわらず協力し合わないなんて、愚の骨頂だと思いますがね。そんなわけで、彼らをしぶとく説得して、あなたの必要性を認めさせることができました。行きましょう。なかへどうぞ」

私たちは広い階段の先にある、正面玄関のロビーへ入った。警察官が数名、背の高い机の前に立って、入館者から提示された紹介状や身分証明書を確認していた。私の入館手続きはすでにジョーンズが済ませてくれていたので、そのままロビーを突っ切って、混雑した階段をのぼっていった。大勢の制服警官、事務員、メッセンジャーたちが、別々の方向へ進もうと押し合いへし合いしていた。「すっかり手狭になっていましてね」

ジョーンズは不平を唱えた。「この建物へ移ってきて、まだ一年そこそこだというのに！　驚かないでくださいよ。実はまだ建設中だったとき、地下から殺された女の死体が見つかったんです」

「犯人は誰だったんですか？」

「わかっていません。被害者の身元も、彼女がどうやって建築現場へ入り込んだのかも謎のままです。奇妙な話でしょう、チェイス？　ヨーロッパ随一の警察が、よりによって未解決事件の殺人現場に庁舎をかまえているんですから」

私たちは四階まで上がると、ドアが等間隔に並んでいる廊下を進んだ。途中でジョーンズが、ちょうど通り過ぎようとしていたドアのほうを顎《あご》でしゃくった。「そこがわたしのオフィスです。この建物で一番いい部屋は窓からテムズ川を望める方角にあります」

「あなたの部屋は？」

「中庭を望めます」ジョーンズが苦笑いで答えた。「ま、しかし、われわれがこの事件を解決したあかつきには、もっといい部屋をあてがってもらえるでしょう。いまの部屋も記録保管室と電信室に近いので、悪くはありませんがね！」

隣の開いたドアの前を通りかかった。黒っぽい服を着た十数人の職員たちが、テーブルや高いカウンターに山と積まれた電信用紙や電信テープを前に、身をかがめて忙しそうに作業していた。

「アメリカと連絡を取るのに最短でどのくらいかかりますか？」私は尋ねた。

「短い簡単なメッセージなら数分です」ジョーンズが答えた。「長い文章の場合はもっとかかりますから、混んでいると何日も待たされますよ。ピンカートン社になにか問い合わせでも？」

「報告書を送らなければならないのです。アメリカを出てから一度も連絡を入れていませんので」

「それなら、ニューゲイト・ストリートにある中央電報局へ行くといい。懇切ていねいな対応という点では向こうのほうが上ですから」

ドアの列をさらに通り過ぎたあと、空気のむっとする広い部屋へ入った。直射日光をさえぎるためか、窓が引っ込んだ位置にあり、風通しが悪いようだ。室内の空間を独り占めしている巨大な楕円《だえん》形のテーブルは、そこに集まった人々を近くに寄せるのではなく離れ離れにするべくデザインされた感じだ。これほど大きくて光沢のあるテーブルは見たことがなかった。部屋には十名ほどの男たちがいた。一人か二人がパイプを吸いながらほかの者と低い声で話している。年齢はさまざまで、ざっと見積もったところ、二十五歳から五十歳くらいまでの幅だろうか。制服を着た者は一人もいない。ほとんど全員がぱりっとしたフロックコート姿だが、ツイードのスーツも一人いる。ほかにもう一人、目立っているというより場違いな印象の男がいて、緑色のピージャケットとそろいの色のタイでめかし込んでいた。

ジョーンズと私がドアを入っていくと、最初にこちらを振り向いたのはその洒落者《しゃれ》だった。私たちに気づくなり、逮捕するつもりかと思うような勢いで、大股《おおまた》で近づいてきた。私は彼を見て、ほかの職業を想像するほうが難しいほど警官然とした男だな、と思った。細身で、動作がきびきびとしたその男は、黒っぽい目で私を鋭く眺めた。誰に対してもそうなのだろうが、まるで私に隠し事があると決めてかかっているかのように。そして話し方は無遠慮で、明らかな敵意がこもっていた。

「やあ、やあ、ジョーンズ」彼は大声で言った。「こちらがきみの話していた紳士かな？」

「フレデリック・チェイスです」私はそう言って手を差し出した。

彼はおざなりな感じで握手に応じた。「レストレイドです」名乗ってから、目をきらりとさせた。「われわれのささやかな会合にようこそ、ミスター・チェイス。歓迎しますよ。ああ、いや、歓迎という言葉はいまの状況にふさわしくないな。実に不快な事件ですよ。ブレイズトン・ハウスで起こったことは、なにかの前触れという気がしてならない。そのなにかの正体がわかるといいんですがね」

「できるかぎり協力したいと思っています」私は穏やかな口調を心がけた。

「協力を求めなきゃいけないのはどっちのほうかな？　ま、おいおい明らかになるでしょう」

さらに数名の警部たちが部屋に入ってきて全員そろったらしく、ドアが閉められた。

ジョーンズに身振りで促され、私は彼の隣に座った。「しばらくは黙って耳を傾けてください」彼は小声で言った。「とりわけレストレイドとグレグスンの発言は聞き逃さないように」

「なぜですか？」

「あの二人は意見が真っ向からぶつかり合いますから、参考になります。自分がどちらと同意見か見きわめるうえで役立つでしょう。あそこにいるヨール警部は人はいいが、優柔不断なところがあって頼りにならない。それから、彼の隣にいるのは……」ジョーンズがそう言って見やったのは、テーブルの端の上座に座っている男で、額が大きく禿《は》げ上がり、鋭い目つきをしていた。ここに集まっている面々のなかでひときわ目立つ風《ふう》貌《ぼう》というわけではないのだが、内面から強い力がにじみ出ている感じだ。「アレック・マクドナルド。抜群に頭の切れる男だ。この会議を正しい方向へ進ませる舵《かじ》取《と》りは、彼にしかできないだろう」

私の隣に、息遣いの荒い大柄な男が着席した。飾り紐《ひも》とボタンのついたジャケットを着ているが、胸のあたりがきつそうで、ぱんぱんに張っている。「ブラッドストリートです」と私に向かって名乗った。

「フレデリック・チェイスです」

「よろしく」彼は空のパイプを取り出して、自分の前のテーブルをコツコツ叩《たた》いた。

レストレイド警部が、室内で一番偉いかのように居丈高な態度で、会議の開始を一同に呼びかけた。「諸君、本日はきわめて深刻な事件について意見を交換するため集まったわけだが、その前に、先日亡くなったわれわれの良き友人であり仲間でもあった男に哀悼の意を捧《ささ》げようではないか。言うまでもなく、シャーロック・ホームズのことだ。彼はわれわれのあいだでよく知られていた。また、彼の名声は世間一般にも広く知れ渡っていた。かくいうわたし自身、何度か捜査に協力してもらい、少なからぬ恩を受けてきた。最初は十年前のローリストン・ガーデンズで起きた事件（『緋色の研究』）だった。ご存じのように、少々変わり者ではあったが、なにもないところから蜘蛛《くも》の糸のごとく精巧な理論を紡ぎ出す才能はまぎれもなく本物だ。単なる当て推量のこともあっただろうが、たいがいは真相究明に成功した。あのようにライヘンバッハの滝で非業の死を遂げた彼を悼む気持ちは、皆同じだと思う」

「彼がまだ生きている可能性はないんですか？」そう発言したのは、テーブルのなかほどの席に座っている、颯爽《さっそう》とした着こなしの若い男だった。「遺体は見つかっていないわけですし」

「きみの指摘どおりだ、フォレスター。確かに遺体はまだ収容されていない」レストレイドは言った。「しかし、本人の置き手紙から、あそこでなにが起こったかは明白だ」

「実際に現場をこの目で見てきたが、恐ろしい場所だった。落ちれば一巻の終わりだ」ジョーンズが意見を添えた。「モリアーティと格闘して滝壺《たきつぼ》へ落下したならば、助かる見込みは万に一つもないだろう」

レストレイドはそのとおりだとばかりに、おごそかにうなずいた。「わたしは過去に一度か二度、判断をまちがえたことがある。特にシャーロック・ホームズにかかわることでは見誤りがちだ。それは率直に認めよう。しかし今回のことは、証拠から彼が死んだことに疑いの余地はないと断言できる。自分の名誉をかけてもいい」

「シャーロック・ホームズを失ったことが大きな打撃であるようなふりはやめたらどうだね?」私の正面に座っている男が言った。金髪で、背が高い。ジョーンズが私に、〝あれがグレグスンです〟と耳打ちした。グレグスンの発言は続く。「レストレイド、きみは彼を買いかぶりすぎだよ。さっき言ったローリストン・ガーデンズの事件だがね、あれはホームズがいなくても難なく解決に漕《こ》ぎ着けたはずだ。誰かが見当違いなことさえしなければな。そうそう、犯人が壁に書き残した〝Rache〟という文字はドイツ語で復讐《ふくしゅう》を表わす言葉だったにもかかわらず、きみときたらロンドンじゅうを駆け回って、レイチェルという名の女を捜そうとしていたな」テーブルのあちこちから失笑が漏れ、はばからず大声で笑った者も一人か二人いた。

「どんな不幸にも必ず小さな慰めがある、と言うじゃないか」ヨール警部が発言した。「少なくとも、われわれはもうホームズの相棒に間抜けな登場人物として書かれずに済むわけだ。ワトスン博士の小説は、われわれの評判にとって百害あって一利なしだったからな」

「ホームズというのは実に奇妙な男だったよ」五番目の男が口を開いた。しゃべりながら、ほかの出席者の顔をもっとよく見ようとするように、親指と人差し指で片眼鏡のレンズをこすった。「わたしも行方不明になった馬の捜査で彼と一緒に仕事をした。そう、シルヴァー・ブレイズの事件だ。とんでもなく変わっていたよ。馬じゃなくて、シャーロック・ホームズがね。しょっちゅう謎かけみたいなことを口にしていた。犬はなぜ夜に吠《ほ》えなかったのか、などと！　彼の能力には感心したし、好感も持ったが、いなくなって寂しいという気持ちはべつにないね」

「わたしは彼の方法にはつねづね疑問を持っていた」フォレスターが言った。「なんでもいとも簡単な問題のように言うから、こっちはつい真に受けてしまったが、筆跡から書いた者の年齢が本当にわかるんだろうか？（『ライゲイトの大地主』）歩幅で身長を推測することは実際に可能なんだろうか？（『緋色の研究』）いま思えば、彼の言ったことはほとんどが眉唾《まゆつば》物《もの》だな。科学的根拠のない単なる決めつけだよ。荒唐無稽《むけい》と呼びたくなるものもあった。結果を出していたから一応は彼を信用したが、あの男が用いていたのは確固たる地盤に基づく近代的な捜査術ではない」

「ホームズはいつもわれわれをばかにしていたな」別の警部が不満を吐き出した。「そりゃわたしも、彼の専門知識に助けられたことを認めるのはやぶさかじゃない。しかし、だからといって、ホームズがいないとわれわれにはなにもできないってことにはならんさ。彼に頼らなくても事件を解決したことはあるだろう？　どうだね？」彼はそう言って、一同を左から右へ見渡した。「恩知らずな言い方に聞こえるかもしれんが、彼の死を、われわれが自力で功績を立てるチャンスと受け止めるべきだ」

「よく言った、ラナー警部」さっきジョーンズにマクドナルド警部だと教えられた男が賛意を示すと、今度は皆の視線が一斉に彼に注がれた。「わたしはホームズ氏に会ったことは一度もないが」マクドナルドは強いスコットランド訛《なまり》で言った。「彼に感謝と敬意を表し、これを新たな出発点と考えたい。良かれ悪しかれ、彼はわれわれを独り立ちさせてくれた。さあ、では、彼から得た多くの知識をもとに、目の前の問題に取り組もうではないか」テーブルから書類を一枚取り上げて続ける。「スコット・ラヴェル氏が、拷問の末に喉《のど》をかき切られて殺害された事件だ。同居人のヘンリエッタ・バーロウは窒息死。警察に厄介になったことのある小悪人のピーター・クレイトンは刺殺。トーマス・ジェロルドとルーシー・ウィンターズは絞殺。郊外の閑静な住宅街で一晩のあいだに一家全員がこの世から消された。なんとも痛ましい事件だ。許されざる蛮行だ」

出席者全員が口々に同意の言葉をつぶやいた。

「わたしの記憶では、ハイゲイトでこのような凄惨《せいさん》な事件が起こったのは今回が初めてではないはずだが。どうだね、レストレイド？」

「そのとおりだ。一カ月足らず前に、ジョナサン・ピルグリムという若い男が犠牲になっている。両手をしばられ、頭部を撃たれていた」そう言って、レストレイドは私を非難するような目で見た。たちまち私の内面で怒りがかっと燃え上がった。私はピルグリムと親しくしていた。彼の死は、クラレンス・デヴァルーを追跡するうえでの最大の原動力だ。もちろん、レストレイドのあの目つきはいつもの癖で、他意はないのかもしれないが。「ピルグリムが所持していた書類から、彼がアメリカ人であり、最近イギリスへやって来たことが判明している」レストレイドが続けた。「彼の死体がブレイズトン・ハウスのすぐ近くで発見されたということは、ラヴェルに関心を持っていたにちがいない」

私はここで発言すべきだと思い、それを実行した。

「ピルグリムはクラレンス・デヴァルーの身辺を探っていました。私自身が、その任務で彼をイギリスへ派遣しました。デヴァルーとラヴェルは手を組んで活動しています。二人は私の部下の存在を嗅《か》ぎつけたにちがいありません。ピルグリムを殺したのは彼らです」

「じゃあ、今回の事件でラヴェルを殺したのは誰なんです？」ブラッドストリートが尋ねた。

マクドナルドが手を挙げて同僚を制してから言った。「チェイスさん、あなたがロンドンへ来られた経緯はジョーンズ警部から詳しく聞きました。今日こうして会議に加わっていただいたのは、ひとえにこの事件の特異な事情ゆえです」

「ご配慮に感謝します」

「感謝はジョーンズになさるんですな。のちほどあなたに事件の背景を簡単に説明してもらいますが、その前にひとつやることがあります。われわれがこの一連の恐るべき殺人事件の真相にたどり着くためには、出発点へ戻らねばなりません……すなわち、ライヘンバッハの滝での出来事に」マクドナルドはそう言って、まだ一度も発言していない警部のほうを見た。白髪交じりの瘦《や》せた男で、さっきから神経質そうに爪をいじっていた。もともと人から注目されるのが苦手らしい。「パタースン警部」マクドナルドは彼を呼んだ。「モリアーティの犯罪組織を逮捕した際、陣頭指揮を執ったのはきみだ。首領のモリアーティを外国へ追い払うのに一役買った。そこで、あのときの状況をわれわれに正確に伝えてもらいたい」

「わかった」パタースンは報告書がテーブルの表面に彫りつけてあるとでもいうように、視線を上げないまま話しだした。「知ってのとおり、二月にホームズ氏がスコットランド・ヤードへわたしを訪ねてきた。彼が本当に会いたかったのはレストレイドだと思うがね」

「わたしはあのとき別の事件にかかりきりだった」レストレイドが苦々しげな表情で口をはさんだ。

「そう、きみはサリー州のウォーキングにいて、不在だった。それでホームズ氏はわたしのところへ来た。ロンドンで暗躍する犯罪者集団を追いつめ、逮捕するための協力を求めに。まあ、本人はそう言っていたが、ねらいはただ一人だったはずだ」

「モリアーティ教授か」ジョーンズがつぶやく。

「そのとおり。正直に認めると、あの時点ではその人物が誰なのかわたしはまったく知らなかった。ホームズ氏の話によれば、モリアーティの名はヨーロッパじゅうに知れ渡っているとのことだった。なんでも、二項定理とかいう数学の公式に関する画期的な論文で。我が国の名だたる大学で教授の職に就いていたこともある高名な数学者だったそうだ。最初はからかわれているのかと思ったが、ホームズ氏の態度があまりに真剣なので話を聞いていると、彼はモリアーティを恐ろしい極悪人と呼び、それを裏付ける動かしがたい証拠を挙げた。

　わたしは彼の情報をもとに先月の初め、ここにいるバートン警部に手伝ってもらって図表を作成した――地図に近いかもしれない。もちろん普通の地図とはちがう。ロンドン全体に張りめぐらされた犯罪ネットワークを明示する地図だ」

「その中心にいたのがモリアーティだ」バートン警部がパイプをふかしながら説明を添えた。

「いかにも。つけ加えておくと、大勢の密告者たちの協力も得た。われわれに情報を提供しようと突然思い立ったらしくてね。モリアーティの力が衰えつつあることを敏感に察知して、これ幸いと仕返しに出たんだろう。モリアーティが支配していた世界では脅しと恐怖にさらされどおしだったはずだから、当然恨みはたまる。匿名の手紙が何通も届いたよ。そうしてモリアーティの過去の悪事に関する証拠が続々と集まったが、そのなかにはわれわれがつかんでいなかった犯罪も多数含まれていた。陰で実権を握っていたモリアーティはあっという間にベールを剥《は》ぎ取られて、その正体を白日の下にさらすはめになったわけだ。そして、慎重にタイミングを見計らっていたホームズ氏からようやく合図が出ると、われわれはただちに行動を開始した。週末のわずか数日間にホルボーン、クラーケンウェル、イズリントン、ウェストミンスター、ピカデリーで盛大な逮捕劇を繰り広げ、さらにはライスリップやノーバリにまで範囲を拡大し、悪党どもの巣窟《そうくつ》に次々と乗り込んでいった。その大半は教師、株式仲買人など立派な社会的地位を持つ者たちだった。高位の聖職者までいたのには驚いたよ。とにかく片っ端からつかまえて留置場に放り込んだ。週明けには、早くもストラスブールへ入っていたホームズ氏に電報で報告することができた。首尾よく一網打尽にしたと」

「首領は取り逃がしたがな」バートンが言った。真剣に聞き入っていたほかの警部たちも無言でしかつめらしくうなずいた。

「のちにわかったが、モリアーティはすでにホームズ氏を追って国外へ出たあとだった」パタースンは話をしめくくりにかかった。「それに続く出来事についてはわたしが全面的に責任を問われるいわれはないし、ああなることをホームズ氏は予想していたはずだと思っている。そうでなかったら、あのように突然イギリスを離れたりするだろうか？　それはともかく、事情はいま話したとおりだ。バートンとわたしは目下、起訴状を作成中なので、一連の犯罪は間もなく法廷で裁かれることになるだろう」

「お手柄だ」マクドナルドは同僚をねぎらったあと、少しのあいだ顔をしかめて黙り込んだ。「しかし、気になる点を見つけたのはわたしだけだろうか？　今年の二月、きみとシャーロック・ホームズがモリアーティへの包囲網を張ったのとちょうど同じ頃、クラレンス・デヴァルーなるアメリカの悪党がモリアーティと同盟を組もうとロンドンへやって来た。どういうことだ?」

「デヴァルーはモリアーティが破滅間近だと知らなかったんだろう」別の警部が言った。「彼がモリアーティに送った暗号メッセージの手紙はわたしも読んだが、会合の約束が取り交わされたのは四月になってからだった」

「考えようによっては、デヴァルーの存在はモリアーティにとって渡りに船だったのかもしれないな」グレグスンが意見を述べた。「逃亡中のモリアーティに代わって、彼の暗黒帝国の再建にデヴァルーが乗り出す。そういう図式だとすれば、デヴァルーの出現は絶好のタイミングだったといえる」

「ばかばかしい!」レストレイドは握り拳《こぶし》をテーブルに打ちつけ、同僚たちの顔を腹立たしげに見回した。「クラレンス・デヴァルー、クラレンス・デヴァルー、クラレンス・デヴァルー! いいかげんにしてくれ。そんなやつのこと、なにもわかっていないじゃないか。知ってるんだったら、どこの誰だか言ってみろ。いまもロンドンにいる確証はあるのか? そもそも、本当に存在するのか?」

「モリアーティのことだって、シャーロック・ホームズに教えられるまで誰も知らなかった」

「モリアーティは実在の人物だとわかっている」レストレイドが言い返す。「しかし、ここでああだこうだ言っていても始まらない。ニューヨークのピンカートン探偵社に問い合わせてみようじゃないか。そのデヴァルーという男に関する証拠があるなら、切れ端でもいいから拝みたいものだ」

「ニューヨークに問い合わせる必要はありません」私は発言した。「関係書類のコピーはすべて持ってきていますので。皆さんのお役に立つなら、喜んでお見せしますよ」

「ミスター・チェイス、あなたがアメリカを出たのは三週間前だ」レストレイドが言った。「そのあいだに新しい事実が浮上している可能性もある。それに、お言葉だが、あなたはただの下っ端調査員でしょう？　警察でいうなら巡査と同じだ。極秘扱いのものもあるかもしれない最新情報を得たいときに、権限のない一介の巡査に頼んだりはしません。あなたをこの国へ派遣した責任者と交渉したほうが話が早い」

「私はこう見えても調査部長です。しかし、あなたのお考えもわからないではありません」レストレイド警部の反感を買うのは得策でないと判断し、そう答えた。「ぜひともミスター・ロバート・ピンカートンとじかに連絡を取ってください。私をこの調査に任命したのは彼ですし、なんであろうと新たな進展があればすぐに知り得る立場にありますから」

「では、そうさせてもらいますよ」マクドナルドは手元の書類にささっとなにか書き留めた。

「クラレンス・デヴァルーはロンドンにいます。まちがいありません。実際に彼の名前を口にする者がいましたし、彼の存在を肌で感じます」

そう発言したのは、出席者のなかで一番若そうな男だった。さっきからずっと背筋をぴんと伸ばして座っていて、ほかの者たちの長々しい議論に割って入りたくなるのを我慢している様子だった。金髪をかなり短く刈り込んで、顔つきは鋭くて少年っぽい。年齢はまだ二十五、六そこそこに見える。「スタンリー・ホプキンズです」彼は私に向かって自己紹介した。「シャーロック・ホームズさんとお会いする機会にはあまり恵まれませんでしたが、彼が生きてこの場にいてくれたらよかったのにと心から思います。われわれはいま、ここに集まっている者たちの誰も遭遇したことがない深刻な困難に直面しているからです。わたしはロンドンの犯罪組織をよく知っています。犯罪捜査部の警部という身分では珍しいことですが、実情を確かめるため、フライアーズ・マウントやニコルズ・ロウ、ブルーゲイト・フィールズといった貧困層が多く住む地域を自分の足でしょっちゅう歩きます。

そうした物騒な場所がここ最近はやけに静かで、空虚な感じが漂っていて——いわば恐怖に包まれているのです。競売詐欺師もトランプ詐欺師もいない。故買屋も消えてしまった。ヘイマーケットやウォータールー橋で客を引いていた娼婦《しょうふ》たちまでもが休業中です」少し顔を赤らめて続けた。「ときどき、そういう連中と話をするんです。有益な情報が手に入りますから。ところが近頃は全然姿を見かけません。もちろん、バートン警部とパタースン警部が悪党集団を一掃したおかげで、平穏が訪れたのかもしれない。

われわれはこれまで長年、犯罪のないロンドンを夢見てきた。その念願がようやくかなって、モリアーティを失った子分どもが地下の薄汚れた巣へすごすご戻っていったのだろうか？　いいや、残念ながらそうじゃない。哲学者アリストテレスの言葉にあるように、〝自然は真空を嫌う〟。わたしはデヴァルーがモリアーティと手を組むためにロンドンへ来たと考えています。そして、もしそうならば、モリアーティがいなくなったと知ったデヴァルーは、もっけの幸いとそのまま後釜《あとがま》にすわるでしょう。それが自然な成り行きというものです」

「ああ、同感だ」と言った男はおそらくラナーだろう。「その裏付けになるものは街のあちこちに転がっている」

「〈白鳥亭〉で起きた暴力沙汰《ざた》もそのひとつだな」ブラッドストリートがつぶやいた。

「そういえば、ピムリコでも……」

「ハロウ・ロードの火事では六人の死者が出た」

「いつまで御託を並べているんだ？」レストレイドが横からさえぎった。そのあとホプキンズに向かって言った。「不審な動きがあると判断する根拠はなんだ？　明確な証拠があるのか？」

「あるタレコミ屋がいて、わたしに情報を渡そうとした。正直言って、憎めないやつだった。不正乗車や、いんちき賭博《とばく》など、ゆりかごを出てからずっと悪さばかりしてきた小悪党だが、最近になってそういうかわいい犯罪は卒業したらしい。もっとたちの悪い連中とつきあいだして、姿を見かける機会がめっきり減っていた。一週間前、ディーン・ストリート近くの路地裏に彼を呼び出したときのことだ。見るからにしぶしぶといった態度で、以前わたしに一度ならず助けてもらった恩があるから、しかたなく来た、と顔にくっきり書いてあった。〝ホプキンズの旦那《だんな》、もう会うのは無理だよ。いろいろと状況が変わったんだ。これを最後にしてくれ〟と彼は言った。〝どういうことだ、チャーリー？　詳しく説明しろ〟わたしがそう問い詰めると、チャーリーは青ざめた顔で全身を震わせながら、〝信じてもらえないだろうが、実は……〟と切り出した。

その瞬間、路地の奥でなにかが動いた。目を凝らしたら、背の高い男がそこに立っていて、ガス灯の光に黒い人影が浮かんでいた。顔は見えなかったし、次の瞬間にはもう消えていた。彼がこっちをうかがっていたのかどうかさえ定かではない。だがチャーリーは震え上がった。その人物の名前は頑として口にしなかったが、〝あのアメリカ人だ。あいつが来たってことは、もうおしまいだ〟と言った。わたしが〝どういう意味だ、アメリカ人というのは誰のことだ〟と詰問しても、〝これ以上は言えないよ、ホプキンズの旦那。やっぱり来るんじゃなかった。やつらに感づかれちまった！〟という返事だった。そしてチャーリーは止める間もなく慌てて逃げ出し、闇に消えた。それが最後に見た彼の姿だ」ホプキンズはそこで短く間をおいてから続けた。「二日後、テムズ川からチャーリーの死体があがった。両手をしばられていて、死因は溺死《できし》だった。ほかの外傷についてはあえて話さないでおくが、これだけは断言できる。チェイスさんが言ったことは真実だ。邪悪で凶暴な波がわれわれに迫っている。のみこまれる前にそれを打ち砕かなくてはならない」

長い沈黙になった。そのあとマクドナルド警部が再びアセルニー・ジョーンズに向かって言った。「ブレイズトン・ハウスを捜索した結果はどうだった？　なにか糸口になりそうなものは見つかったのか？」

「二つ見つかった」ジョーンズが答えた。「初めにことわっておくが、あの家で起きた殺人については不可解な点が多く残っている。証拠から見ればA、常識で考えればBといった具合で、明確な手がかりをつかみきれないのだ。しかしながら、ラヴェルの日記にあった一組の固有名詞と数字は突破口になるかもしれない。〝HORNER 13〟がそれだ。大文字で記入されていたうえ、丸で囲ってあった。そのページにはほかになにも書かれていなかった。見た瞬間、はっきり奇妙だと感じた」

「以前ホーナーという男を逮捕したことがある」ブラッドストリートがパイプをてのひらで転がしながら言った。「コスモポリタン・ホテルの配管工、ジョン・ホーナーだ。もっとも、ホームズの指摘で誤認逮捕だとわかったがね」

「クラウチ・エンドにあるティーショップの店主が、確かミセス・ホーナーだった」ヨールからも意見が出た。「ずいぶん前に店を閉めたが」

「その日記が見つかったのと同じ抽斗《ひきだし》に、ひげ剃《そ》り用の固形石鹸《せっけん》が一個入っていました」私は思い出して言った。「なにか意味があると思いますか？」誰も答えないので、私はさらに続けた。「ホーナーは薬屋《druggist》なんでしょうか？　ああ、失礼、イギリスでは薬剤師《chemist》と呼ぶんでしたね」

　これにもなんの反応もなかった。

「もうひとつの手がかりとはなんだね、ジョーンズ警部？」マクドナルド警部が促す。

「エドガー・モートレイクという不快な人物があの家に押しかけてきました。ニューヨークから来た男で、チェイスさんが顔を知っていました。デヴァルーの仲間です。現在はメイフェアでクラブを経営しています。〈ボストニアン〉という名前の」

　出席者のあいだでどよめきが起こった。

「そこなら知っている」グレグスンが言った。「料金は高いが、低俗だ。できたばかりのけばけばしい三流クラブだよ」

「わたしは行ったことがある」とレストレイド。「殺害されたピルグリムがそこに宿泊していたんでね。部屋を調べたが、彼の持ち物からは特になにも見つからなかった」

「彼はその部屋で私に送る報告書を書いていました」私は言った。「デヴァルーがモリアーティに手紙を送ったと判明したのは、ピルグリムの報告書のおかげです」

「〈ボストニアン〉はロンドンの裕福なアメリカ人のたまり場だ。ほぼ全員が足を運んでいる」グレグスンが引き続き情報を伝えた。「経営者はリーランドとエドガーのモートレイク兄弟で、専用シェフを雇い、独自のカクテルを出している。建物は二階建て。上の階は賭博場になっている」

「じゃあ、決まりだな」ブラッドストリートが勢い込んで言った。「もしクラレンス・デヴァルーがロンドンにいるなら、どこを捜せばいいのかは言わずもがなだ。名うての悪党が経営する、アメリカの地名を名前にしたアメリカ人向けのクラブ。そこがやつのねぐらにちがいない」

「いや、そういう誰もが目をつけそうな場所に平気で隠れるとは思えないね。逆に絶対に近寄らないだろう」ホプキンズが落ち着き払って反論する。「居所を知られたくなければ、そうするはずだ」

「がさ入れすべきだろう」レストレイドがホプキンズの意見を無視して言った。「わたしが指揮をとる。今日にも抜き打ちで、警官を一ダースばかり動員しよう」

「今夜の早いうちがいい」グレグスンが賛同した。「一番忙しい時間帯だろうから」

「クラレンス・デヴァルーがいそうなのは賭博台だな。だとすれば手早く片付く。ロンドンが外国から来た犯罪者たちに植民地化されるのはごめんだ。無法者たちが好き勝手に暴れるのはなんとしても阻止しなければ」

それから間もなく会議は終わった。私はジョーンズと一緒に部屋をあとにした。階段を下りながら、ジョーンズが私に言った。

「合意に達したので、これから強制捜査がおこなわれるが、例のクラブはどう考えてもわれわれが捜している男との結びつきは薄い。出席者の何人かはその男の存在すら疑っていたわけだが。たとえクラレンス・デヴァルーがいたとしても、本人かどうか確認するのは不可能だ。結果的に警察が彼を追っていることをわざわざ教えにいくことにしかならない。あなたの意見は、チェイス？　こんなやり方は時間の無駄だと思いませんか？」

「いいえ、そこまで言うつもりは」私は答えた。

「控えめなんですね。まあ、そのほうが無難でしょう。さて、わたしはオフィスに戻ります。午後は街を散策するなりして自由に過ごしてください。あとでホテルへメッセージを届けさせます。では、また今夜」

9　〈ボストニアン〉

結論から言うと、ジョーンズの予想ははずれた。〈ボストニアン〉の強制捜査は無駄足ではなかった。ささやかだが重大な点で、きわめて有益だった。

あたりが暗くなりかけた頃、私はホテルの部屋を出た。廊下に一歩踏み出すなり、隣の部屋のドアがさっと閉まるのに気づいた。またしてもどんな男なのかはわからなかった。見えたのは、ドアの向こうにすばやく消えた黒っぽい人影だけだった。不思議なことに、床のカーペットが擦り切れているはずなのに、足音は聞こえなかった。私が室内で出かける支度をしているあいだ、彼は廊下で様子をうかがっていたのだろうか？　ドアへ向かう私の足音を聞きつけて、急いで部屋へ入ったのだろうか？　素顔を見てやりたい衝動に駆られたが、思いとどまった。ジョーンズはつねに時間に正確だから、待ち合わせに遅れるわけにはいかない。それに、私には不可解にしか思えない隣室の男の行動も、蓋《ふた》を開けたらどうということのない単純な理由だった、ということもありうる。いずれにしろ、次の機会でいいだろう。

そんなわけで、一時間後、私たちはトレベック・ストリートの角でガス灯の下に立って、合図が出るのを待っていた。間もなく呼び子が鋭く鳴り渡って、警官隊の革靴が地鳴りのような重い音を響かせるだろう。それが捜索開始を告げる合図だ。目的のクラブはすぐ目の前だった。通りの角に建つ、間口の狭い、いたって平凡な白いファサードの建物だ。窓に下ろされた分厚いカーテンと、ときおり夜気を小気味よく震わせるピアノの音色がなければ、銀行かと思うだろう。ジョーンズは態度がいつもとちがっていた。落ち合ってからずっと黙りこくったままで、考え事にふけっている様子だった。この季節だというのに、永久に夏が来ないのかと思うほど外は寒くてじめじめしていた。全員、分厚いコートを着込んでいた。この天気のせいでジョーンズの足は痛みがひどくなっているのではないか、と考えていたちょうどそのとき、彼が急にこちらを振り向いた。

「レストレイドの発言をおかしいと思いませんでしたか？」

　私はその質問にびっくりした。「どの発言ですか？」

「彼はあなたの部下のジョナサン・ピルグリムが〈ボストニアン〉に泊まっていたことをどうやって知ったんでしょう？」

　そう言われて、少し考え込んだ。「わかりません。ピルグリムは部屋の鍵《かぎ》を身につけていたのかもしれない。あるいは、クラブの住所を書き留めた物を持っていたとも考えられます」

「ジョナサン・ピルグリムは不注意な性格でしたか？」

「強情で無鉄砲なところがありましたから、細かいことは気にしなかったかもしれません。しかし、正体を知られた場合の危険は充分認識していたはずです」

「やはりそうですか。どうも解せない。彼が故意にわれわれをここへ招き寄せたように思えますからな。この作戦は正解だったんだろうか。取り返しのつかない失敗を犯すことにならないといいが」

そう言ったあと、ジョーンズは再び沈黙に潜った。私は自分の時計を見た。家宅捜索の開始予定まであと五分。待機している時間がやけに長く感じられた。気のせいかもしれないが、ジョーンズはさっきから私の視線を避けている。歩いたり立ったりするのにステッキに頼らないとならないのは、さぞかしつらいだろう。絶え間ないいらだちと不快感を抱えているにちがいない。しかし、いまのジョーンズは普段以上にぴりぴりしている気がする。

「どうかしたんですか、ジョーンズ？」私はたまりかねて話しかけた。

「いや、べつに」と答えてから、ジョーンズは切り出した。「実を言うと、あなたにひとつお願いしたいことがあるんですよ」

「どうぞなんなりと！」

「おせっかいだと思われるかもしれないが、うちの女房が明日の晩、あなたを手料理でもてなしたいと」

そんなささいなことで気難しい顔をしていたのかと、私は驚きのあまりすぐに返事ができなかった。するとジョーンズは慌ててつけ加えた。「あなたのことを話したら、女房がぜひ会いたいと言い出しましてね。アメリカでの暮らしぶりに興味があるらしくて」

「喜んでうかがいます」私は招待に応じた。

「エルスペスは心配性で、わたしが無事に帰るのを毎日祈る思いで待っているんですよ。ここだけの話ですが、ほかの仕事を見つけてくれたらどんなにかほっとするだろうと、しょっちゅう言っています。そんなわけで、ブレイズトン・ハウスで起きたことは女房にいっさい話していません。殺人事件の捜査で忙しいとだけ伝えて、詳しいことは耳に入れないようにしています。あなたもそうしてもらえますか？　幸い、女房は新聞をめったに読みません。あれは神経がひどくもろいので、われわれが相手にしているのがどういう連中か知ったら、ショックで寝込んでしまうでしょう」

「お招きにあずかって大変光栄です」私はていねいに言った。「本当にありがたく思います。ヘクサム・ホテルの食事はお世辞にもうまいとは言えませんので。それから、どうかご心配なく、警部。あなたのやり方にならいます。ミセス・ジョーンズの質問には慎重に誠意をもって答えるつもりです」私はガス灯をちらりと見上げて続けた。「私も最愛の母とは仕事について話したことは一度もありませんでした。聞けば母がつらい思いをするのはわかっていましたから。あなたの家でも、よけいな話は慎むよう充分気をつけます」

「それならよかった」ジョーンズは安堵《あんど》の表情を浮かべた。「スコットランド・ヤードで待ち合わせて、一緒にカンバーウェルへ行きましょう。娘のベアトリスも喜びます。

六歳で、母親とは逆にわたしの仕事に興味津々なんですよ」

ジョーンズに子供がいることはもともと知っていた。彼がパリで買った人形とボールはベアトリスへの土産だったのだろう。「なにを着ていけばいいでしょう？」私は尋ねた。

「いつもの服装でけっこうです。形式ばる必要はありません」

そのとき、私たちの会話は空気を切り裂く呼び子の音に中断された。静かだった通りは、クラブの入口へと駆け出す制服警官たちであふれた。ジョーンズと私は随行者としてここに来ていた――作戦の指揮をとるのはレストレイドだ。彼は真っ先に片開きのドアへたどり着いて、取っ手をつかんだ。鍵がかかっていた。レストレイドはいったん後ろへ下がって呼び鈴を探し、いらだたしげに押した。ようやくドアが開くと、レストレイドと警官隊は一斉に踏み込んでいった。私たちもあとに続いた。

グレグスン警部があぁ言っていたにもかかわらず、私は〈ボストニアン〉の内部がそこまで豪華だとは予想もしていなかった。トレベック・ストリートは狭くて薄暗かったが、ドアをくぐり抜けたとたん光り輝く鏡とシャンデリアの世界が広がっていた。床は大理石、天井は美しい模様に彩られていた。壁には金色の額縁に入った絵が隙間なくぎっしりと飾られ、そのうちの多くがアルバート・ピンカム・ライダーやトーマス・コールといったアメリカの有名画家の作品だった。パーク・アヴェニューの〈ユニオン・クラブ〉か六十丁目の〈メトロポリタン・クラブ〉に通い慣れた者ならば、くつろげる空間なのだろう。このクラブにとってはそこが肝心なのだ。玄関脇にあるマガジンラックにはアメリカの刊行物だけが置かれていた。ぴかぴかに磨かれたガラスの棚に並んでいる一ダースほどのボトルは、すべてアメリカで人気のある銘柄の酒だ。バーボンはジムビームとオールド・フィッツジェラルド、ジンはフライシュマン・エクストラ・ドライジン。表側の部屋には少なくとも五十人の客がいた。話し声から、出身地は東海岸、テキサス、ミルウォーキーなどさまざまだった。燕尾《えんび》服を着た若い男がピアノを弾いていた。内部の構造が見えるよう、ピアノのフロントパネルが取りはずしてある。彼は私たちに気づくとすぐに演奏をやめ、座ったまま鍵盤《けんばん》を見つめた。

警官隊は早くも室内を機敏に動き回っていた。高価な夜会服に身を包んだ男女は無造作に脇へ押しのけられ、憤懣《ふんまん》やるかたない様子だった。酒を出せと言わんばかりの勢いで、レストレイドはまっすぐバーへ歩み寄っていった。バーテンダーはあっけにとられた顔で闖入《ちんにゅう》者を見つめている。ジョーンズと私は後ろに下がって傍観していた。二人ともこういうやり方が果たして賢明なのかどうか確信が持てなかったうえ、どこから手をつければいいのか迷っていた。二人の警官がすでに二階へ上がっていた。残りの警官は建物内のドアを手分けして見張り、勝手に出入りができないようにした。私はロンドン警視庁の働きぶりに舌を巻いた。よく訓練され、手際よく作業をこなしている。なぜここへ送り込まれたのかはおそらく知らされていないだろうが。

レストレイドがカウンターでバーテンダーを怒鳴りつけているとき、部屋の脇のドアが開いて男が二人出てきた。誰なのかは瞬時にわかった。一人はすでに顔を合わせたことのあるエドガー・モートレイクで、今回は兄のリーランドも一緒だ。ブレイズトン・ハウスのメイドが言ったとおり、この兄弟は瓜《うり》二つだった。おまけにそろって黒いタイをつけている。だが姿はそっくりでも、二人には決定的なちがいがあった。画家や彫刻家も一方の作品にだけ荒々しさや激情をこめたくなるものなのだろうか。リーランドのほうは弟と同じ黒髪と小さな目をしていたが、口ひげはない。エドガーとたいして歳は離れていないが、たった数年の差が彼に重量感を加えていた。顔は弟より肉付きがよく、唇も分厚い。彼の表情を一言で表わすならば、軽蔑《けいべつ》だ。背丈はエドガーより少し低いが、支配権を握っているのがリーランドのほうだということは本人が口を開く前からわかった。エドガーはリーランドの数歩後ろに立っていた。彼にとってはそこが慣れた定位置らしい。

二人はレストレイドには見向きもしなかった。あるいは、視界に入ったが無視することに決めたのだろう。エドガーはジョーンズと私が誰だか気づいて兄を肘《ひじ》でつつき、私たちのほうへ注意を促した。

「なんだ、これは?」リーランドが憤然と言った。声はしわがれていて、息が切れたように苦しげに呼吸した。

「こいつらを知ってるぜ」エドガーが口を開いた。「片方はピンカートンのやつだ。名前は聞いてない。名乗りもしなかった。もう片方はジョーンズとかいうおまわりだ。スコットランド・ヤードの。二人ともブレイズトン・ハウスにいた」

「なんの用だ?」リーランドの質問はジョーンズに向けられたもので、答えたのもジョーンズだった。

「クラレンス・デヴァルーを捜している」

「そんなやつは知らない。ここにはいない」

「おれもそう答えただろう」エドガーが口をはさむ。「なのになんでここへ来た? クラブの会員になりたいなら、ハイゲイトで会ったときに頼めばよかったんだ。もっとも、おたくの給料でうちの年会費を払うのは無理だと思うがな」

レストレイドが私たちのやりとりに気づいて、大股《おおまた》でやって来た。「リーランド・モートレイクだな?」

「おれはエドガー・モートレイクだ。兄のリーランドはそっちだよ」

「われわれは――」

「あんたらが誰を捜してるのかはもう聞いた。返事も済ませた。そんな男はここにいない」

「身分証明書を提示しないうちは、誰もここから出さないぞ」レストレイドは言った。「まず顧客名簿を見せてもらおうか。一人一人の名前と住所が書いてあるやつを。それからクラブ内を屋根裏から地下室までくまなく捜索する」

「無理だね」

「無理なものか。モートレイクさん、こっちはやると決めたらやる」

「今年の初めからここに泊まっていた男がいただろう」私は言った。「四月末まで滞在していた。名前はジョナサン・ピルグリムだ」

「そいつがどうした？」

「忘れたと言うつもりか？」

リーランド・モートレイクはうつろな視線を私に向けたが、小さな目には憤怒《ふんぬ》が詰まっていた。だが私の質問に答えたのは弟のほうだった。「覚えてるよ。確かそういう名前の客がいた」

「部屋はどこだ？」

「二階のリヴィア・ルームだ」しぶしぶといった返事。

「彼のあとに誰か使ったか？」

「いいや。ずっと空いてる」

「調べさせてもらおう」

リーランドは弟を見た。私は一瞬、二人が拒絶するつもりかと思った。だが彼らに口を開く暇を与えずジョーンズが前へ進み出た。「わたしもミスター・チェイスに同行する。彼はスコットランド・ヤードの委任を受けている」がたがた言わずにさっさと部屋を見せろ」

「わかったよ」エドガー・モートレイクは怒りをくすぶらせてこちらをにらみつけた。

ここがロンドンでなかったら、そしてイギリスの警察官がまわりに大勢いる状況でなかったら、取っ組み合いになっていたかもしれない。「ふん、あんたらに親分面されたのはこれで二度目だ。はっきり言って、気に入らねえな。いいか、ジョーンズさんよ、三度目は絶対に黙っちゃいないぜ。覚悟しておけよ」

「脅すつもりか?」私は言い返した。「われわれが誰なのかお忘れのようだな」

「我慢の限界だと言ってるだけだ」エドガーは人差し指を振り立てた。「誰を相手にしてるのか忘れてるのは、あんたのほうじゃないのか、ミスター・ピンカートン? よけいなまねをしやがって、いつか後悔するぜ」

「黙ってろ、エドガー」リーランドが低い声でたしなめた。

「ああ、そうするよ、リーランド」エドガーはおとなしく引き下がった。

「これは暴挙以外の何物でもない」兄が冷ややかに抗議する。「警察はやりたい放題だな。ま、好きにしろ。隠さなければならないものはひとつもない」

室内では警察による客たちへの事情聴取が始まっていた。一人一人から名前や住所などの詳細を聞き、手帳に書き留めている。長い作業になるだろう。ジョーンズと私はレストレイドをその場に残し、廊下へ出た。階段を上がると、狭い廊下が左右に延びていた。二階にもシャンデリアに照らされた大きな部屋があり、緑色の布を張ったカード・テーブルがいくつも並べられていた。明らかに賭《か》けトランプをやる部屋だ。私たちはなかへは入らず、廊下を反対方向へ進んだ。有名なボストン市民の名がつけられた寝室をいくつか通り過ぎたあと、探していたドアが見つかった。ポール・リヴィアにちなんだ名前の部屋は廊下のなかほどにあり、ドアの鍵は開いていた。

「あなたがここでどんな収穫を期待しているのか、まるで想像がつきませんよ」ジョーンズは部屋へ入りながらつぶやいた。

「私もはっきりわかっているわけではないのです」私はそう答えた。「レストレイド警部がすでにここは調べたと言っていましたしね。しかし、ピルグリムは頭のいい男でした。我が身に危険が迫っていると気づけば、もしもの場合に備《そな》えて重要な手がかりをどこかに残しておいたかもしれない」

「まあ、一階ではなにも見つからんでしょうな」

「私もそう思います」

室内をざっと見たかぎりでは、あまり期待は持てそうになかった。清潔なシーツのかかったベッドに、空っぽのクローゼット。もうひとつのドアを開けるとバスルームがあり、水洗トイレとガスで沸かす風呂《ふろ》が備えてあった。〈ボストニアン〉はどうすれば客が快適に過ごせるか心得ている。私は自分が泊まっている粗末な部屋を思い浮かべ、うらめしい気分になった。家具も壁紙もカーテンも、すべて高級品をそろえている。ジョーンズと私は抽斗《ひきだし》を開けたりマットレスを持ち上げたりして、本格的に調べ始めた。だがジョナサン・ピルグリムがいなくなったあと部屋は隅々まで掃除されていて、彼が使っていた形跡はいっこうに見つからなかった。

「徒労に終わりましたね」私は言った。

「そのようだな。しかし……これはなんだろう？」ジョーンズは雑誌をめくりながら言った。ベッドの裾《すそ》にある予備のテーブルに置かれていたものだ。

「なにもありませんでしたよ。もう調べました」私は言った。

それは本当のことで、『ザ・センチュリー』、『アトランティック・マンスリー』、『ノース・アメリカン・レヴュー』といった雑誌を、私もさっきひととおりぱらぱらめくってみたのだ。しかし、ジョーンズの目に留まったのは雑誌そのものではなかったようだ。

彼は一冊にはさまっていた小さなチラシをつまみ上げ、声に出して読んだ。

効き目抜群の育毛剤　ホーナー《Horner》の〈ラグジュアリアント〉
薄毛や白髪でお悩みの方に朗報です。世界的に有名な商品をぜひお試しください。
安全性は医師と化学者のお墨付き。金属等の有害物質は含まれておりません。
製造元：ロンドンE1、チャンセリー・レーン十三番地、アルバート・ホーナー

＊＊＊

「ジョナサン・ピルグリムは薄毛でも白髪でもなかった」私は言った。「髪はふさふさしていました」

ジョーンズはにやりと笑った。「あなたは見ているが、観察していないのだ（『ボヘミアの醜聞』）。ほら、ここを。ホーナー《Horner》とはっきり書いてある。住所だったんですよ。十三番地！」

「ああ、本当だ！」私は思わず声をあげた。「スコッチー・ラヴェルの机にあった日記の文字ですね。確かに〝HORNER　13〟だ」

「そうです。あなたの言ったとおりピルグリムが有能な偵察員だったなら、われわれが気づくのを期待して、わざとこの紙切れをはさんでおいた可能性は充分考えられます。部屋の清掃係が見てもなんの意味かさっぱりわからんでしょう。安全な隠し方だ」

「私にも意味はさっぱりわかりませんよ。育毛剤がクラレンス・デヴァルーやブレイズトン・ハウスでの殺人にどういう関係があるんですか？」

「一緒にそれを突き止めましょう。結果的に、レストレイドははからずもわれわれの捜査を手伝ってくれたわけだな。おかげで楽しみになってきた」ジョーンズは問題のチラシを自分のポケットにしまった。「このことは他言無用に願いますよ、チェイス」

「もちろんですとも」

私たちは部屋を出て、きちんとドアを閉め、階下へ戻っていった。

10　チャンセリー・レーンのホーナー

ホーナーが店の入口に理髪師の赤と白のサインポールを出していたのは幸いだった。それがなかったら、どこにあるのか見つけられなかっただろう。捜し当てるのに手間取った一番の理由は、建物が面しているのはチャンセリー・レーンではなかったからだ。実際には雑貨商――ライリー・アンド・サン商会――のあるステイプルズ・イン・ガーデンへ続く、ぬかるんだ狭い路地に建っていた。道の角にチャンセリー・レーン貸金庫会社があり、その向かいに古ぼけたあばら家が数軒並んでいる。そのうちの一軒の表側が理髪店になっていて、ドアの上と窓ガラスにも看板が出ていた。〝ひげ剃《そ》り：一ペニー　散髪：二ペンス〟。隣は煙草屋だが、ずいぶん前につぶれたようだ。反対側の隣家も見るからに廃屋だった。

ぼろぼろのシルクハットをかぶり、くたびれたコートを着た男が、道端でスツールに座って手回しオルガンを弾いていた。あまりうまくなかった。私がもしこの界隈《かいわい》で働いていたら、調子っぱずれで耳障りな演奏を延々と聴かされて、頭がおかしくなっていただろう。男は私たちに気づくなり、立ち上がって大声で宣伝を始めた。「育毛剤はいかがかね。半ペニーと一ペニーのがあるよ。ホーナーの特製育毛剤をお試しあれ！　ひげ剃りと散髪はぜひ当店へ！」男の姿はどことなく奇妙で、針のように細く、ふらつきながら立っている。私たちが近づいていくと、男は演奏の手を止め、肩にかけていた鞄《かばん》からチラシを一枚出してこちらによこした。〈ボストニアン〉の二階の部屋で見つけたものと同じだった。

私たちは店に入った。理容椅子が一脚しかない、圧迫感のある窮屈な部屋で、椅子の正面の鏡はひび割れて埃《ほこり》だらけだった。こんなに汚れていてはなにも映らないだろうに。壁に棚が二段あり、〈ラグジュアリアント〉のほか発毛剤のカンタリス・ローションの瓶が並べてあった。床に掃除の跡はなく、切った髪がそこらじゅうに散らばっている。ぞっとする光景だ。だが、ひげ剃り石鹸《せっけん》のボウルを目にして、もっといやな気分になった。古くなって固まった石鹸の滓《かす》に太くて硬い顎《あご》ひげがこびりついていた。自分ならこんなところでは絶対に散髪してもらいたくないな、と考えていたとき、店主本人が現われた。

奥の部屋にある階段を上がってきて、ハンカチで手を拭《ふ》きながら小股《こまた》でこちらへ近づいてくる。年寄りと若者が同居しているような印象で、何歳くらいなのか見当がつかない。きれいにひげをあたった朗らかな丸顔に微笑をたたえている。だが髪型はひどかった。猫にでも引っかき回されたのかと思うようなありさまだ。長さが左右ばらばらで、短いほうはところどころ髪が抜けて、むきだしの頭皮がまだらになっている。しばらく洗っていないらしく、その汚らしさは精一杯控えめに表現しても不快きわまりない。

それでも人好きのする男だった。「おはようございます、紳士方」彼は愛想よく挨拶《あいさつ》した。「うっとうしい天気が続いていますな。いつまで居座るつもりだか！　まったく、五月のロンドンがこんなにじとじとして寒いとはね。で、散髪はお一人、それともお二人ですか？　いいときにいらっしゃった。今日はこのとおり空いていて静かですからね」

空いているのも静かなのも事実だった。外の手回しオルガン奏者はようやく休憩を取ることにしたらしい。

「散髪に来たのではないんです」ジョーンズは答えながら、棚から瓶を一本取って中身の匂いを嗅《か》いだ。「アルバート・ホーナーさんはあなたですね？」

「いいえ、ちがいます。ホーナーさんはずっと前に亡くなりました。ここはもともと彼の店で、わたしが引き継いだわけでして」

「それはごく最近のようですな」ジョーンズが自信たっぷりに言ったので、どうしてそう断定できるんだろうと不思議に思った。私の目には、店主も店もかなり年季が入っているように映る。「入口のサインポールは古びていた」ジョーンズが説明を始めた。「だが、それを外壁に留めているネジは真新しかった。店内も、棚は埃をかぶっているが、商品の瓶はそうではない。どちらも同じ事実を指している」

「おっしゃるとおりですよ！」理髪師が驚きの声をあげた。「わたしどもはここに来てまだ三カ月です。店は古いまま使っていますがね。そのほうが都合がいいんですよ。ホーナーさんはよく知られた老人で、お客さんたちから信用されてましたから。おかげでこの界隈で働く法廷弁護士や判事の皆さんからひいきにしてもらってます――普段かつらをかぶってる方も多いんですがね」

「で、あなたの名前は？」私は訊《き》いた。

「サイラス・ベケットです。どうぞお見知りおきを」

ジョーンズは例のチラシを見せて言った。「これが〈ボストニアン〉というクラブで見つかった。アメリカ人の紳士、ジョナサン・ピルグリム氏が泊まっていた部屋で。その名前に心当たりは？」

「アメリカ人ですよね？　うちの店にアメリカ人のお客さんは来たことがないですねえ」私を身振りで示した。「あなたが初めてです」

ベケットは探偵のように複雑な推理をしたのではなく、私の話し方でわかったのだろう。

「では、スコッチー・ラヴェルという名前に――聞き覚えは？」

「お客さんとはよく雑談をしますが、名前までは訊きませんからね。その人もアメリカ人ですか？」

「クラレンス・デヴァルーはどうだね？」

「ちょっと待ってくださいよ、そんなふうに矢継ぎ早に訊かれても！　それより、当店の育毛剤にご興味はおありなんですか？」ベケットはジョーンズの質問を打ち切りたいらしく、ぶっきらぼうに訊いた。

「知っている男か？」

「クラレンス・デヴァルーですか？　いいえ、旦那《だんな》。すぐそこの雑貨商のところでお尋ねになったらどうです？　わたしではお役に立てませんから。早い話が、お互いに時間の無駄ってことですよ」

「そうかもしれないな、ベケットさん。だが、あなたに教えてもらいたいことがひとつだけある」ジョーンズは理髪師の顔をまじまじと見て言った。「あなたは信心深い人間ですか？」

まったく予想外の質問だったので、ベケット氏も驚いただろうが、私も驚いた。「は、いまなんと？」彼は目をしばたたいた。

「信心深いかと訊いたんです。教会へ通っていますか？」

「なんでそんなことを？」とベケットは訊いたが、ジョーンズから返事がないので、しかたなさそうにため息をついた。私たちを早く厄介払いするには答えるしかないとあきらめたのだろう。「いいえ。罰当たりなことに、教会へはあまり行きません」

「やはりそうか」ジョーンズがつぶやいた。「あなたではわれわれの助けにならないことがこれではっきりしましたよ。ではベケットさん、良い一日を」

私たちは理髪店を出て、チャンセリー・レーンのほうへ戻り始めた。後ろで再び手回しオルガンの演奏が始まった。角を曲がるやいなや、ジョーンズは立ち止まってげらげら笑いだした。「いやはや、とんでもなくおもしろいものに出くわした。ホームズさんだったらきっと大喜びしたでしょう。散髪ができない理髪師、手回しオルガンを弾けない手回しオルガン奏者、安息香がたっぷり入った育毛剤。パイプ三服分の問題といったところですな。なかなか風変わりで興味深い」

「いったいどういうことですか？」私はあっけにとられた。「それから、ベケット氏に信心深いかと尋ねた理由を教えてください」

「お気づきになりませんか？」

「いいえ、まったく」

「それは残念。しかし、じきに明らかになります。さて、今夜はうちへ夕食に来ていただく約束でしたね。スコットランド・ヤードに三時でいかがですか？　前回のように建物の前で会いましょう。その際になにもかも説明します」


三時。

私は時間きっかりに待ち合わせ場所に到着した。ホワイトホールで辻《つじ》馬車を降りると、ちょうどビッグベンの鐘が鳴った。スコットランド・ヤードとは反対側の道端に立って、御者に運賃を支払った。肌寒いが、晴れた明るい午後だった。

この直後に起こったことを、細かく記しておこう。

前方で、道を渡っている少年が見えた。誰なのかはすぐにわかった。カフェ・ロワイヤルで私の隣に座り、ナイフの切っ先を私の喉《のど》に押し当てたペリーだ。私はその場に突っ立って、目の前の光景を見つめた。まるで画家がカンヴァスに描いた絵のように、完全に静止した世界に思えた。離れているにもかかわらず、ペリーが放つ冷酷なオーラがはっきりと伝わってきた。今日のペリーは海軍兵学校の制服姿だった。帽子をかぶり、ボタンが二列に並ぶ紺色のダブルのジャケットを着て、革の小袋を肩から胸へ斜めにかけている。前回もそうだったが、制服が身体に合っていないせいでベルトの上に腹がせり出し、襟ぐりもだいぶきつそうだ。午後の陽光に染まって、髪は前に見たときより黄色っぽい。

彼はなぜここにいるんだ？　なにをしているんだ？

アセルニー・ジョーンズがスコットランド・ヤードの建物から現われ、私を捜してあたりを見回した。私は手を挙げて合図し、彼がこっちに気づくと、歩道を遠ざかっていくペリーのほうを指差した。太くて短い脚で、せかせかと歩いている。

ジョーンズもペリーを見てすぐに誰だかわかったようだが、これだけ距離があってはなにもできなかった。

私のいるところから五十ヤードほど離れた場所で、一頭立て四輪箱馬車がペリーを待っていた。彼が馬車に近づくと、なかからドアが開いた。男が乗っていたが、半分影に包まれているせいで顔は見えず、黒ずくめの背の高い人物だということしかわからなかった。だが、彼が咳《せき》をする声が聞こえたような気がした。ジョーンズもあの男を見ただろうか？　いや、たぶん無理だったろう。私よりもさらに遠い場所にいるうえ、道の反対側だ。ペリーは馬車に乗り込み、ドアが閉まった。

　私は反射的に駆け出していた。御者が馬に鞭《むち》をあて、馬車は勢いよく発進したが、いまならまだ追いつけるかもしれないと思った。目の隅にジョーンズをとらえた。彼も行動を開始し、ステッキの助けを借りて歩いている。馬車はパーラメント・スクエアの方向へ徐々に速度をあげながら進んでいく。私は全速力で走ったが、いっこうに差は縮まらなかった。少しでも近づくにはホワイトホールの通りを渡らなければならないが、あいにく往来が激しかった。そうこうするうちに馬車は交差点の向こうに消えようとしていた。

　私も角を曲がろうとした。気がつくと歩道を離れて道路に出ていた。ジョーンズがなにか叫んだが、私にはその声は聞こえなかった。腕を振り上げて私を呼び止めようとしている姿が見えただけだった。

　突然、乗合馬車が私の眼前に迫った。最初は二頭の馬に視界をふさがれて馬車が見えなかった。二頭とも目をかっと見開いた巨大な怪物のようで、ギリシャ神話に出てくる二つの動物が合体した幻獣を思わせた。そのあと馬が後ろに馬車を引いていることに気づいた。手綱を握っている御者と、屋根の上の席にぎゅうぎゅうに詰め込まれている十数人の乗客も目に入った。これから展開する恐ろしい出来事の証人たちだ。

誰かが悲鳴をあげた。御者は馬を止めようと手綱と格闘している。道路に響く蹄《ひづめ》の音と、ガラガラという車輪の音が聞こえた。次の瞬間、私は前にのめって路面が目に飛び込んできた。世界がぐらりと傾き、空が視界を横切った。

私はそこで死んでいてもおかしくなかった。ところが馬車は間一髪で私をよけ、少し先で停止した。私は頭と膝《ひざ》を強打したのがわかったが、痛みは感じなかった。振り向いて、追っていた四輪箱馬車を捜すと、すでに遠くへ消え去っていた。例の少年と正体不明の紳士はうまく逃げおおせたわけだ。

ジョーンズがそばに駆けつけた。どうやってそんなに早く私に追いついたのか、いまだに不思議でならない。「チェイス！」彼は悲痛な声で叫んだ。「なんてことだ。だいじょうぶか？　怪我をしていないか？　もう少しで轢《ひ》かれるところだった……」

「彼らに気づきましたか？」私は慌てて訊いた。「ペリーです！　カフェ・ロワイヤルにいた少年ですよ！　あの子がここにいたんです。男と一緒で……」

「ああ、そうだ」

「男の顔を見ましたか？」

「いや。歳は四十代か五十代で、背が高く痩《や》せていたことしかわからない。馬車の隅に隠れていたからな」

「すみません、手を貸してください」

ジョーンズはかがんで私が立ち上がるのを手伝ってくれた。額から滴り落ちる血をぬぐって、私は訊いた。「どういうことなんでしょう、ジョーンズ？　なぜ彼らはここに

「……？」

その答えは数秒後に明らかになった。

爆発はすぐ近くで起こったので、私は音を聞いたと同時にその衝撃のすさまじさを全身に感じた。爆風が土埃とともに路上に立っている私たちに猛然と襲いかかってきた。周囲から馬のいななきが次々に上がり、馬車が制御を失った。御者たちは必死の形相で手綱をしぼったが、暴走した二台の辻馬車が正面衝突し、片方は地面に叩《たた》きつけられた。もう一台も横倒し寸前に傾いた。歩行者たちは皆その場に立ちすくんで、互いに抱き合い、恐怖に顔をひきつらせていた。レンガとガラスの破片が私たちの頭上にばらばらと降り注ぎ、焦げた臭いがあたりに充満した。私はまわりを見渡した。スコットランド・ヤードの内部から大きな煙が上がっている。そうだったのか！　なぜすぐに気づかなかったのだ？　標的はあそこしか考えられないではないか。

「悪魔め！」ジョーンズが叫んだ。

私たちは急いで道路を渡った。交通は完全に麻痺《まひ》していた。二つ目の爆弾が仕掛けられている危険性はちらとも考えずに、建物のなかへ飛び込んだ。逃げ惑う事務員や巡査や訪問者たちをかき分け、奥へ進んでいった。下の階はこれといって損傷がないようだったが、階段を下りてきた制服警官の姿を見た瞬間、私たちは息をのんだ。顔は煤《すす》で真っ黒で、額の傷から血を流していた。ジョーンズは彼の手をつかんで支えた。

「なにがあった？」ジョーンズは険しい声で訊いた。「爆発はどの階だ？」

「四階です」警官は答えた。「自分もそこにいました！　すぐそばで……」

もはや一刻の猶予もならない。私たちは階段を駆け上がった。四階までの長い道のりのあいだ、つい昨日もこうして二人で同じ階段をのぼったのだと考えていた。ジョーンズもきっとそうだろう。上の階からは大勢の警官や秘書が慌てふためいて下りてきた。そのほとんどが負傷し、自力では歩けず、支え合っている者たちもいる。数人から行くなと引き止められたが、私たちはかまわず階段をのぼり続けた。上へ行くにしたがって異臭が強くなり、やがてあたりは煙に包まれて息をするのもままならなくなった。ようやく四階に着いたとたん、昨日の会議に出ていた男と鉢合わせした。グレグスン警部だった。髪がくしゃくしゃに乱れ、ショック状態にあったが、大きな怪我はないようだった。

「電信室だ！」グレグスンは叫んだ。「メッセンジャー・ボーイが届けにきた小包が、ジョーンズ、きみのオフィスの側の壁際に置かれていた。きみがもし机にいたら……」グレグスンは恐怖に満ちた目で言葉をのみこんだ。「スティーヴンズはだめだったようだ」

ジョーンズの顔に動揺がありありと浮かんだ。「ほかに犠牲者は？」

「わからない。全員、至急外へ避難するよう命じられた」

だが私たちはそうするつもりはなかった。脇目も振らず前進した。廊下の奥から来た負傷者たちが足を引きずりながら通り過ぎていく。服がぼろぼろに破れた者もいれば、血を流している者もいる。四階は不気味なほど静まり返っていた。誰一人悲鳴をあげない。炎のパチパチと燃え盛る音だけが聞こえていた。ジョーンズに先導され、ようやく彼のオフィスにたどり着いた。ドアは開け放たれていた。恐ろしい惨状を覚悟して、なかをのぞき込んだ。

さほど広い部屋ではなかった。ジョーンズが言っていたとおり、四角い中庭に面した窓がひとつあった。室内は左側の壁が崩壊し、その瓦礫《がれき》が床一面に落ちていた。木の机も埃やレンガに覆われ、グレグスン警部の言いかけたことが正しいことを物語っていた。もしもジョーンズがそこに座っていたら、命はなかったろう。若い男が一人、床に倒れている巡査の上に力なく茫然《ぼうぜん》とかがみ込んでいた。ジョーンズもすぐにかたわらにひざまずいた。死んでいるのは明らかだった。頭部に大きな傷があり、投げ出された両腕は指先までぴくりとも動かなかった。

「スティーヴンズ！」ジョーンズは叫んだ。「わたしの秘書だったんだ……優秀な助手だった」

壁にあいた穴から煙がもくもくと噴き出ているのを見て、隣室の被害はさらにひどいだろうと思った。実際、電信室の内部ではまだ炎が上がっていて、天井をなめつくし、屋根まで這《は》いのぼろうとする勢いだ。残骸《ざんがい》の積もった床には二人の死体が転がっていた。どちらも爆風をまともに浴びて、大人なのか子供なのか判別できないほど損傷が激しかった。書類がそこらじゅうにまき散らされ、まだ空中を漂っているものもあった。室内はすさまじい熱に包まれたことだろう。火は急速に燃え広がったのだ。

私はジョーンズのそばへ行った。「もう手の施しようがない。われわれも命令に従って、すぐに避難したほうがいい。さあ、早く！」私は大声で若い巡査を急《せ》き立てた。

巡査が出ていくと、ジョーンズは目に涙を浮かべて私を振り向き見た。その涙が悲しみのせいか煙のせいかはわからなかったが。「わたしをねらったんだろうか？」と彼は訊いた。

私はうなずいた。「その可能性が高いと思う」

ジョーンズを立たせて、ドアへ促した。爆発からまだ数分しか経っていなかったが、四階にはもう私たち二人しかいなかった。もしも炎が勢いを増したら、あるいは煙に巻かれたら、ここで死ぬしかないだろう。ぐずぐずしてはいられない。動こうとしないジョーンズを引きずるようにして、階段へ向かった。数段下りたとき、背後で電信室の天井が崩れ落ちる音が聞こえた。ジョーンズの死んだ秘書を運んでくれればよかったと後悔の念が湧いた。少なくとも、なにかで覆ってやるくらいの敬意は払うべきだった。だがそのときは私たちが生き残れるかどうかが最優先だったのだ。

ようやく外へ飛び出したときには、消防車が何台も到着していた。消防士たちが放水ホースを伸ばし、建物に向かって歩道を駆けてきた。通行人や馬車はまったく見当たらない。ついさっきまであれだけ往来の激しかった道路が、いまは不気味なほどがらんとしている。私はジョーンズを建物から離れさせると、空いているベンチを見つけてそこに座らせた。彼はステッキに寄りかかって前かがみになった。目にはまだ涙が光っていた。

「スティーヴンズ」彼は苦しげにつぶやいた。「三年間、秘書を務めてくれていた……しかも結婚したばかりだった！　ほんの半時間前に言葉を交わしたというのに」

「お気の毒です」ほかにかけるべき言葉が見つからなかった。

「スコットランド・ヤードの爆破事件は以前にもあった。六、七年前に。アイルランドのフェニアン団員のしわざだった。そのときわたしはロンドンにいなかったが、今回は……」頭が混乱している様子だった。「やはり標的はわたしだったんだろうか？」

「警告したはずです」私は言った。「例の一味は非情なやつらだと。昨日もエドガー・モートレイクはあなたをはっきりと脅した」

「〈ボストニアン〉を強制捜査したことへの報復か！」

「証拠はありませんが、このような襲撃を企てる理由はほかに見当たりません」言葉をいったん切って続けた。「もし私を迎えに外へ出ていなかったら、あなたは机の前にいたはずだった。わかるでしょう、ジョーンズ？　九死に一生を得たんですよ」

彼は私の腕をつかんだ。「あなたのおかげで命拾いした」

「助かって本当によかった」

二人して街路のほうを見やった。消防士たちが手分けして蒸気水揚げポンプを作動させ、梯子《はしご》を上へ伸ばしている。建物からはまだ煙が噴き出ていて、空はさっきよりも一段と黒くなった煙に覆われていく。

「この先どうしますか？」私は尋ねた。

ジョーンズは憔悴《しょうすい》した表情で首を振った。頬にも額にも黒い煤がこびりついている。私もきっと同じ状態だろう。「わからない」と彼は答えた。「エルスペスにはこのことを黙っていてほしい。どんなことがあっても話さないでくれ！」

11　クラーケンウェルでの夕食

私たちが予定よりかなり遅い汽車でホルボーン高架橋駅を出発したのは、あたりに夜の帳《とばり》がおり、白い便箋《びんせん》に飛び散ったインクのような突然の闇に群衆の姿がのみこまれた直後のことだった。ジョーンズはふさぎ込んでいた。爆発が起こったあと、彼はレストレイドやグレグスンほか数名の同僚たちと今後の対応について長々話し合ったが、結論は明日まで持ち越されることになった。ただ、ジョーンズが命をねらわれながら間一髪で助かったという事実は全員が認めざるをえなかった。エドガー・モートレイクに脅し文句を投げつけられた翌日の爆破事件である。単なる偶然の一致とは考えられない。しかし、モートレイク兄弟を即刻逮捕しようと言ったレストレイドに当のジョーンズが反対した。慎重にやるべきだ、というのがジョーンズの意見だった。脅しを含んでいても短い会話だけでは逮捕に踏み切るための充分な証拠にはならない、モートレイク本人に否定されればおしまいだ。それより、もっといい方法がある。まだ発表できる段階ではないが、自分はある作戦を立てている。そう述べたあとに、ジョーンズはさらに次のように続けた。クラレンス・デヴァルー率いる犯罪組織は、ピンカートン探偵社の目を盗んで長年悪事を重ねてきたのだから、イギリス警察にもそう簡単にはつかまらないだろう。連中を確実に釣り上げるには、細心の注意を払って臨まなければならない、と。

「女房はまだ爆破のことを知らないだろう」列車がロンドン市内のカンバーウェル地区に差しかかって、降りる準備を始めたとき、ジョーンズが言った。「だからわたしの口から伝えるつもりだ。これだけの大事件を彼女に隠しておくわけにはいかない。問題は、どう伝えるかだな。わたしが標的だったかもしれないことは……」

「もちろん、奥さんには黙っていましょう」私は続きを引き取った。

「まあ、黙っていても、勘づくかもしれないが。エルスペスはあれでなかなか鋭いところがあるんでね」ジョーンズはため息をついた。「しかし、わからないな。連中のねらいはいったいなんだ？　わたしが殺されても捜査が打ち切りになるわけではない。ほかの者が引き継ぐだけの話だ。あなたも知ってのとおり、警部はわたし以外にも大勢いる。それに、わたしの命を奪うことが目的なら、あんな大がかりなことをしなくても、もっと確実で簡単な方法がいくらでもあったろうに。ロープかナイフを持った暗殺者を一人送り込めば、あっという間に片がつく」

「敵の目的はあなたを殺すことではないのかもしれない」私は言った。

「これまでの意見とちがうようだが」

「爆破の標的はあなただったといまでも思っています。しかし、よくよく考えれば、あなたが生きようが死のうが、クラレンス・デヴァルーにとってたいしてちがいはないはずです。やつの本当のねらいは、自分の力を誇示して訴追を免れることではないでしょうか。イギリス警察をあざ笑うと同時に、警告しているわけです。近づくな、邪魔をするな、と」

「だとしたら、イギリス警察を見くびっているよ。われわれはこれまでの二倍も三倍も力を注ぐ」ジョーンズはそこで黙り込み、駅舎を出てから再び口を開いた。「どうも釈然としないな。あの馬車に乗っていた男は誰だ？　モリアーティとデヴァルーの会見、ペリーという少年の役割、ラヴェル殺し、チャンセリー・レーンのホーナー、これらをどうとらえればいいんだ？　別々に切り離して考えれば理解できるが、関連づけようとすると筋が通らなくなる。まるで章の順番がまちがっている本か、作者が故意に混乱を招こうとして書いた本を読んでいる気分だ」

「クラレンス・デヴァルーを見つけ出したときに、きっと明らかになりますよ」私は言った。

「見つけ出せるのかどうかさえ怪しくなってきた。レストレイドが言ったとおりだな。デヴァルーは幽霊みたいに実体がない」

「モリアーティもそうだったのでは？」

「いいや、やつは名前も存在もはっきりしていた。もっとも、素顔は最後の最後まで霧に包まれていたがね。デヴァルーはモリアーティをまねているのかもしれないな」ジョーンズはステッキにすがって重そうに足を引きずった。「疲れたよ。すまないが、これ以上は話す気力がない。自宅に着いたあとのために心を落ち着けなければ」

「私は来ないほうがよかったのではないですか？」

「とんでもない。エルスペスに延期だと言おうものなら、もっと厄介なことになる。予定どおり一緒に食事をしたほうがいい。気兼ねしないでくれ」

ホルボーンからカンバーウェルまでは短い距離だったが、そのあいだにも夜は深まっていた。街路には濃い霧が立ちこめ、綿のように空気をくるみ、家路を急ぐほかの通行人たちを亡霊に変えていた。馬の蹄《ひづめ》の音と車輪のきしむ音が聞こえて振り向くと、黒い影となった馬車が角を曲がって見えなくなった。

ジョーンズの家は駅から近く、私が想像していたとおりのたたずまいだった。張り出し窓と黒いペンキを塗った頑丈そうなドアのある瀟洒《しょうしゃ》なテラスハウスで、玄関には白い化粧漆喰《しっくい》の柱が立っていた。落ち着きと安心感を醸しているイギリスらしいデザインだ。通りから玄関へわずか三段の階段を上がっただけで、不思議と危険をすっかり脱ぎ捨てられた気がした。カーテンの閉まった窓の端から漏れる明かりや、台所からふわりと漂ってくる料理の匂いが、ぬくもりを感じさせるせいだろう。来てよかったと嬉《うれ》しさがこみあげた。ジョーンズのあとについてこぢんまりした玄関ホールに入ると、奥に絨毯《じゅうたん》を敷いた階段が見えた。案内されたのは表側の部屋だった。そこは家の幅いっぱいの広さがあり、折りたたみ式の衝立《ついたて》の向こうに三人用にセッティングされたダイニング・テーブルがのぞいていた。その奥は書斎風の居間で、本棚やピアノ、暖炉が見える。暖炉では火が燃えていたが、たとえ炉のなかが空っぽでも快適に感じただろう。にぎやかに並ぶ家具、刺繍《ししゅう》入りのバスケットや箱、臙脂《えんじ》色の壁紙、そして分厚いカーテンのおかげで、暖かい空気に満たされている。

ジョーンズ夫人はビロード地の肘掛《ひじか》け椅子に座っていた。警官の人形を抱いて母親の膝《ひざ》にもたれている六歳の愛らしい女の子に絵本を読み聞かせていた。私たちに気づくと、夫人は本を閉じ、女の子は嬉しそうな顔で振り向いた。女の子は父親にまったくといっていいほど似ていなかった。淡い茶色の髪、くるくるの巻き毛、明るい緑色の瞳《ひとみ》、朗らかな表情。その笑顔を見て、大きくなったら母親そっくりになるだろうと私は思った。

「もうベッドに入っている時間じゃないのかい、ベアトリス？」ジョーンズが娘に言った。

「今日は起きてていいってママが言ったもん」

「じゃあ、お客様に挨拶《あいさつ》しなさい。こちらの紳士はパパの友人のチェイスさんだ。会えて嬉しいだろう？」

「こんばんは、おじちゃま」少女は私に人形を見せて言った。「ほら、おまわりさんよ。パパのおみやげなの。パリで買ってきてくれたの」

「それはよかったね。優しいパパだ」私はそう答えたが、もともと子供は苦手で、いつも落ち着かない気分になる。それが顔や態度に表われないよう気をつけた。

「アメリカのひとを見たのははじめて」ベアトリスが言った。

「きみとあまり変わらないと思ってもらえると嬉しいんだがね。おじちゃんのご先祖様がこの国を出たのは、それほど昔のことじゃないんだよ。おじちゃんのひいおじいちゃんはアメリカへ渡る前はロンドンに住んでいた。ボウというところだ」

「ニューヨークはおっきな声なの？」

「おっきな声？」私はほほえんだ。幼い子は不思議な言葉遣いをする。「そうだな、とてもにぎやかな街だよ。高いビルがたくさん建っているんだ。なかには摩天楼と呼ばれてる、天まで届きそうなビルもある」

「お空にくっついてるの？」

「うん、そう見えるよ」

「さあ、もうおしまいよ、ベアトリス。ナニーが上で待ってるわ」ジョーンズ夫人は娘にそう言ってから私のほうを振り向いた。「この子ったら、いつも好奇心旺盛《おうせい》で。将来は父親と同じ道に進むにちがいありませんわ」

「ロンドン警視庁が女性刑事を認めるまでにはもっと時間がかかるだろうがね」ジョーンズは言った。

「だったら女性探偵になればいいわ。ミスター・フォレスターが書いた小説に出てくるミセス・グラッドンみたいに（アンドリュー・フォレスター・ジュニア作『女性探偵』（一八六四））」ジョーンズ夫人は娘にほほえみかけた。「チェイスさんにおやすみなさいをして」

「おやすみなさい、チェイスさん」少女は素直に挨拶したあと、急いで部屋を出ていった。

私はエルスペス・ジョーンズ夫人を観察した。最初に見たときの印象どおり、顔の造作はベアトリスと似ている。髪はギリシャ風に編んで頭の上でまとめていたが。思いやりに満ちた静かな知性をたたえた女性で、高い襟とベルトのついた、質素なくすんだピンクのドレスを着ている。見たところ宝石は身につけていない。

ベアトリスがいなくなったので、夫人はあらためてという感じで私に挨拶した。

「チェイスさん、お会いできて光栄です」

「こちらこそ、マダム」私は言った。

「グロッグ酒をいかがですか?」彼女は身振りで暖炉の脇のサイドテーブルを示した。ボトル一本とグラスが三つのっている。「この季節なのに冬みたいに冷え込みますわね。帰宅した主人がすぐ温まれるよう、いつも飲み物を用意していますの」

彼女は酒をグラスに注いだ。そのあと私たちはめいめい椅子に腰かけたが、初対面同士の者たちが会話のきっかけを考えあぐねているときのぎこちない沈黙がおりた。しばらくして、メイドが夕食の用意がととのったと告げにきた。食卓を囲んでからは場の空気がほどけて、三人ともさっきよりくつろいだ気分になった。

最初に運ばれてきたのはシチューだった。マトンの首の肉を煮込んだものにニンジンとマッシュド・ターニップを添えた見た目も上品な料理で、ヘクサム・ホテルで出された料理とは比べ物にならないほどおいしかった。アセルニー・ジョーンズがワインを注いでいるあいだ、夫人は慎重に会話の舵《かじ》をとり、自分好みの話題へ誘導した。ごく自然でさりげなく、計算など少しもしていないように見えるところが巧みだった。それから一時間あまり、気がつけば警察に関する事柄は三人とも一度も口にしなかった。ジョーンズ夫人は私にアメリカについて熱心に質問してきた。食べ物のこと、文化のこと、人々の気質のこと。また、トーマス・エジソンが発明したキネトスコープについても興味津々だった。イギリスではまだ実物は披露されていないが、新聞を大いににぎわせているそうだ。残念ながら、私もまだ見たことがなかった。

「イギリスはいかがですか？」彼女は訊《き》いた。

「ロンドンがすっかり気に入りました。ニューヨークよりもボストンを思い起こさせます。美術館や博物館、美しい建築物、高級店など、似ているところが多いせいでしょう。もちろん、ロンドンのほうが長い歴史を持っていますが。ここに住んでいる方々が本当にうらやましい。通りを歩いているだけで目の保養になります」

「もっとロンドンに滞在したいと思われたのではないかしら？」

「それはあながち的外れな予想ではありませんよ、ミセス・ジョーンズ。ヨーロッパを旅することは私にとって長年の夢でしたから。アメリカ国民の多くが同じ気持ちだと思います。先祖がこの国の出身だという人は特に。あなたのご主人と共同で進めている捜査が成功したら、会社の上司を説得して休暇を取るつもりです」

私のその発言で、アセルニー・ジョーンズと私を結びつけた仕事が初めて話題にのぼった。どこからともなく現われて、いつの間にかすっと消える小柄なメイドが、湯気を立てているできたてのブレッド・アンド・バター・プディングを運んできた。そのあと食卓の会話は暗い方向へ転じた。

「心配させるのはわかっているが、話しておかねばならないことがある」とジョーンズは切り出した。「いずれ新聞かなにかで知らされるだろうがな」そう前置きしてから、ジョーンズはその日の午後の出来事を話して聞かせた。スコットランド・ヤードで起きた爆発と、その直後に現場の混乱を私とともに目の当たりにしたことなどを。が、爆弾が置かれていた位置や、秘書のスティーヴンズが死んだことには触れなかった。

エルスペス・ジョーンズはしまいまで黙って聞いていた。「大勢お亡くなりになったの？」と話し終えた夫に尋ねた。

「三人だ。重傷者はもっといる」ジョーンズは答えた。

「ひどいわ。ロンドン警視庁に対してそんなことをたくらむこと自体、信じられない。しかも、ハイゲイトであいう凶悪な事件が起こったばかりじゃないの」夫人はそこで私のほうを向き、探るような視線をまっすぐ注いできた。「失礼な言い方かもしれませんけれど、邪悪な集団がアメリカからあなたを追いかけてきたようですわね」

「ミセス・ジョーンズ、その意見には同意しかねます。ひとつ大きな誤解をなさっていますので。私がやつらを追いかけてきたのです」

「でも、イギリスに着いたのは同じ頃ですわ」

「チェイスさんに非はない。彼を責めるのはお門違いではないかな」ジョーンズがやんわりとたしなめた。

「ええ、もちろんあなたの言うとおりよ、アセルニー。責めているように聞こえたのなら謝ります。とにかく、これは警察の手に負える問題ではない気がするの。もっと上の、政府の機関がかかわるべきじゃないかしら」

「たぶん、もう動きだしているだろう」

「そんな悠長なことを言って。警察官が殺されているのよ！」夫人はいったん黙り込んでから続けた。「爆弾が仕掛けられた場所は、あなたのオフィスに近かったの？」

ジョーンズはとまどいをあらわにした。「同じ階だった」

「あなたをねらったものだったのね？」

「そう判断するのは早計だ」ジョーンズはじっと考えてから答えた。「爆弾の近くにオフィスがあった警部は何人もいる。われわれの誰かをねらった可能性は否定できないがね。頼むから、もうこの件はおしまいにしてくれないか？」幸い、メイドが絶妙のタイミングでコーヒーを運んできた。「暖炉の前へ移動しようか」ジョーンズは言った。

私たちはダイニング・テーブルを離れて、奥の居間へ行った。暖炉の火は小さくなっていた。三人が椅子に落ち着くと、メイドが茶色い紙包みを持ってきてジョーンズ夫人に渡した。夫人はそれを夫に差し出した。「あなた、お願いしたいことがあるの。ミセス・ミルズのお宅へこれを届けてくださらない？」

「いますぐ？」

「彼女にお貸しする本なの」夫人はそう言ったあと、すぐに私を見てつけ加えた。「ご近所のミセス・ミルズは同じ教会に通う知り合いなんです。最近ご主人を亡くされたせいか、ずっとお加減が悪くて。善き隣人として少しでも助けになりたいんですの」

「だが、もう時刻も遅いことだし」ジョーンズは渡された包みを持ったまま言った。

「だいじょうぶよ。このところよく眠れないとこぼしてらしたので、近いうちにあなたが様子を見にいきますと言っておいたの。とても喜んでいたわ。あなたは前々から彼女の大のお気に入りだから。あなたにとっても寝る前の軽い散歩は気分転換にちょうどいいんじゃないかしら」

「わかった。ではチェイスさんも一緒に」

「あら、チェイスさんはまだコーヒーを召し上がっているところよ。あなたがいないあいだ、わたしの相手をしていただくわ」

　エルスペス・ジョーンズの意図は明らかだった。私と二人だけで話したいのだ。そのためにあらかじめ手はずを整えてあったらしい。食事が始まる前から、私は友人のアセルニー・ジョーンズが家庭で見せる姿を興味深く眺めていた。捜査に取り組んでいるときは闘志をむきだしにするが、妻の前では物静かで控えめだった。夫婦仲は良好のようだ。相手の気持ちをくみ取って、沈黙を思いやりで満たし合っている。しかし私が受けた印象では、二人のあいだの力関係は五分五分ではない。手綱を握っているのは妻のほうで、彼女と一緒にいるときのジョーンズは威厳がすっかり剝《は》げ落ちてしまう。かのシャーロック・ホームズも結婚していたら、あれほど優秀な探偵にはなれなかっただろう。

　ジョーンズは茶色い紙包みを手に立ち上がると、妻の額に軽くキスして部屋を出ていった。玄関のドアが開いて、閉まる音がした。それを確かめてからエルスペス・ジョーンズは私のほうを向いた。それまでの客をもてなす態度とはまったくちがう。信頼して秘密を打ち明けられる相手かどうか品定めしているのだ、と私は気づいた。

「夫から聞きましたが、ピンカートン社で長く探偵をされているそうですわね」彼女はそう切り出した。

「ええ、振り返りたくないほど長いですよ、ミセス・ジョーンズ。厳密に言えば、私は調査員であって、探偵ではありませんが。調査員と探偵はちがいます」

「どんなふうに？」

「調査員のほうが、決められた方法にのっとって進めることが多いですね。犯罪が起こったら、事実関係を調査する。ほとんどの場合は単純に手順の問題です。イギリスとはちがって、とつけ加えておきましょう。われわれは相手の裏をかくような複雑なことはしません」

「仕事にやりがいを感じてらっしゃいます？」

　私は少し考えてから答えた。「この世には他者に苦痛と不幸しかもたらさない性根の腐った悪人が存在します。そういう輩《やから》を倒すことは正しいと信じています」

「結婚されていますの？」

「いいえ」

「では、結婚を望んでいらっしゃる？」

「立ち入ったことをお聞きになるんですね」

「気を悪くされたらごめんなさい。あなたのことをもう少し知りたいと思ったものですから。わたしにとってはどうしても必要なことなんです」

「では質問にお答えしましょう。もちろん、結婚したいとは思っています。しかし、子供の頃から孤独を好む性分でしたし、ここ数年は仕事で心身ともにくたくたです。結婚に対して否定的な考えはなんら抱いていませんが、自分にとってそれが理想的な生活かどうかは疑問に思っています」私は気まずさをおぼえ、話題を変えようとした。「美しい家ですね、ミセス・ジョーンズ。素敵な家族だ」

「夫はあなたをとても気に入ってますわ、チェイスさん」

「それはありがたいことです」

「あなたのほうは……夫のことをどう思っていますの？」

私は持っていたコーヒーカップを置いた。「おっしゃる意味がわかりかねますが」

「夫を好きですか？」

「本当に返事を知りたいですか？」

「知りたくなければ、訊きませんわ」

「好きですよ。とてもいい方だと思っています。彼は外国人の私をイギリスへ快く迎え入れてくれた。まわりの人たちが皆、私に敵意を向けている状況でも、ご主人だけはつつねに親切だった。なにより、彼は才能のある聡明《そうめい》な男です。彼ほど有能な刑事には会ったことがない。決して大げさに言っているのではありませんよ。彼の推理法は目をみはるほど素晴らしいものです」

「誰かを連想なさいます？」

私は一拍おいてから答えた。「はい、シャーロック・ホームズを」

「そうですか」ミセス・ジョーンズの声が急に冷たくなった。「やっぱりシャーロック・ホームズを」

「ミセス・ジョーンズ、あなたがわざとご主人を外出させたことはわかっています。しかしその理由がわからない。本人のいないところで彼の話をするのは不作法ですし、あまり気分のいいものではありません。内々の話があるんでしょう？　はっきりおっしゃってください」

ジョーンズ夫人はなにも答えず、炉火の光に顔をぼんやり照らされたまま、私をじっと見つめていた。なんて美しい女性だろう。私の胸に感動に似た思いが突然こみあげた。しばらくして、彼女はようやく口を開いた。「二階に夫の書斎があります。捜査にかかりきりになると、ときどきそこにこもっています。ご覧になりたいですか？」

「ええ、ぜひ」

「わたしもあなたにぜひ見ていただきたいと思います。遠慮はいりません。わたしはりたいときはいつでも入っていいと本人に言われていますし、ほんの一、二分でしょうから」

私は彼女のあとについて部屋を出た。階段の壁には縞《しま》模様の壁紙を背景に、質素な木製の額縁におさめられた水彩画がいくつも飾られていた。鳥と蝶々《ちょうちょう》を描いたものが多い。二階へ上がると、裏庭に面した、床に絨毯を敷いていない小さな部屋へ案内された。一目見てジョーンズの書斎だとわかる空間だった。だが、その部屋の主人はジョーンズではなかった。

最初に目に入ったのは、テーブルの上にそろえて積んである〈ストランド〉誌だった。どれも真新しく見えるほどきれいに保管されていた。中身はページをめくってみるまでもなかった。どれもこれも、ジョン・H・ワトスン博士によって書かれたシャーロック・ホームズの冒険譚《ぼうけんたん》が掲載されたものばかりだ。その偉大な探偵は室内のいたるところに存在していた。壁に画鋲《がびょう》で留められた銀板写真や新聞記事のなかに。〝青いガーネット〟〝持ち主のもとに返る〟だの、〝サックス・コーバーグ・スクエアの銀行強盗を未然に阻止〟といった記事の見出しがでかでかと躍っている。棚に並んだ本や論文のタイトルをひとつひとつ確認した結果、すべてホームズの著作だとわかった。なかでも目を引いたのは、血痕《けっこん》の科学的分析に関するひときわ分厚い論文と、百六十種の暗号を分析した論文、それからもうひとつ、さまざまな煙草の灰の鑑別法を紹介した論文だった。この三つ目はジョーンズとともにしたマイリンゲンからの汽車旅を思い起こさせた。ホームズ以外の者が執筆した本もあった。ウィンウッド・リード、ウェンデル・ホームズ、エミール・ガボリオ、エドガー・アラン・ポーといった作家たちの小説や随筆だ。ほかには百科事典や地名辞典、人間の耳の形に関する記述のページを開いてある『人類学会誌』なども置いてあった。本棚は別として、室内は全体的に簡素で、家具は机と椅子が一組に小テーブルが二つきりだ。それなのに、ひどく雑然として見えるのはなぜだろう。棚やテーブルなど、平面という平面すべてに奇妙な物体が所狭しと詰めこまれている。拡大鏡、ブンゼン・バーナー、薬品の入ったガラスの小瓶、蛇――たぶんヌママムシだろう――のぬいぐるみ、大量の骨、アッパー・ノーウッドの地図、二股《ふたまた》に分かれた足のような形の根っこ、トルコ風スリッパなどなど。

私は戸口に立ちつくしていたが、エルスペス・ジョーンズは先に室内へ入っていき、くるりとこちらを振り向いた。「ここが夫の書斎です」彼女は言った。「この家であの人が一番長く過ごしている場所です。誰に入れ込んで、誰から霊感を得ているかは、申し上げるまでもありませんわね」

「はい、歴然としています」

「さっきわたしたちも名前を口にしたばかりですものね」彼女は背筋を伸ばし、胸をそらした。「そんな名前は知りたくなかったと何度思ったことでしょう！」憤然と言い放った。怒りのせいで彼女は別人のように見えた。幼い娘に本を読んでやっていた母親や、夕食の席で夫の客をもてなしていた妻はどこへ行ったのかと思うほどに。「チェイスさん、どうしてもお伝えしておきたいことがあります。夫と一緒に仕事をなさるなら、避けては通れない重大なことですので。夫がシャーロック・ホームズと初めて会ったのは、バーソロミュー・ショルトーという人が殺されたときでした。アグラの莫大《ばくだい》な財宝がテムズ川の底に沈んでしまう結果に終わった事件ですわ。夫は事件を解決に導いた者として功績をたたえられました。本人は決してそうは思っていませんけれど。ワトスン博士の書いた小説でも、夫についての描写はあまり好意的ではありませんでした」

同じことをジョーンズも私の前でほのめかしたが、そのことは黙っていた。

「二人は再び、最初のときほどは華々しくない事件で顔を合わせました。ノース・ロンドンで起きた奇妙な窃盗です。盗まれたのは陶器でできた三つの人形でした」

「アバーネッティ家の事件ですね」

「本人から聞いたのですか?」

「ちらりとだけ。詳細は知りません」

「夫はその事件のことはめったに話さないのです。当然の理由があって」ジョーンズ夫人は口をつぐんで気持ちを落ち着かせた。「またしてもしくじったからです。ワトスン博士にからかわれる材料を再び与えてしまったのです。幸い、いまのところまだ本にはなっていませんけれど。あの事件が終わったあと、何週間も悩み続けていました。でも、死んだ男が刑務所に入っていた事実を夫はなぜ見逃したのか、不思議でなりません。爪の下にまいはだ(古い麻縄をほぐしたもので、漏水を防ぐため船の甲板や樽の隙間に詰める)がはさまっていたという明確な手がかりがあったのに。まいはだを作るのが受刑者の作業だということは警察官や探偵なら皆知っていることですわ。それに、三つのそろいの陶人形が持つ重要性も、ホームズさんには一目瞭然《りょうぜん》だったのに、夫はまるで気づきませんでした。ほかにも重要な手がかりをことごとく見落としていたんです。足跡も、眠っていた隣人のことも、死んだ男の靴下の折り目も。まるで間抜けな素人探偵ではありませんか。刑事の名折れですわ」

「ずいぶん手厳しいんですね」

「本人が自分自身を追いつめすぎたせいですわ！　チェイスさん、あなたがご自分でおっしゃったとおり夫の誠実な友人であると信じて、大事なことを打ち明けます。アバーネッティの事件を追っているとき、夫はひどく体調を崩しました。倦怠《けんたい》感、歯痛、関節の違和感に悩まされ、手首とくるぶしが腫《は》れ上がりました。最初は働きすぎで疲れがたまっているせいだから、静養して太陽の光を浴びればよくなると思いました。でも医師の診断はもっと深刻でした。骨軟化症とわかったのです。子供の頃にかかった軽いくる病が、執念深く重い病状となってぶり返したのです。

夫は一年の休職を余儀なくされました。そのあいだわたしは夜も昼も休みなく看病しました。ひたすら回復を願って。数ヵ月経って少しずつ快方に向かうと、今度は別の希望を抱き始めました。警察を辞めてくれるかもしれないと。ジョーンズ家は兄のピーターも警部、父親は警視まで昇進した警察官一家です。警察官になることが家の伝統だったことは重々承知していました。でも、彼の健康を気遣う妻と幼い娘のいる家庭があり、本人も二度ともとの丈夫な身体には戻らないとわかっているのですから、新しい人生に踏み出す決心をしてくれるだろうと、つい期待してしまったのです。

その期待は裏切られました。夫は休職期間さえもなげうって、刑事としての腕を磨くことに躍起になりました。過去にシャーロック・ホームズと二度手合せをしてもらい、二度とも完敗しています。ぐうの音も出ないほどに。それで次こそはという思いが強くなったのでしょう。三度目の機会があったら、同じ過ちは繰り返すまいと決心したそうです。つまり、アセルニー・ジョーンズ警部は世界で最も有名な諮問探偵に比肩する存在となることを目指し、その目的を達成するため仕事に全精力を注ぎ込んだのです。足が不自由になるほど重い病気を抱えているにもかかわらず。この部屋をご覧になって驚かれたと思いますが、シャーロック・ホームズに対する夫の入れ込みようを理解していただくにはまだ説明が足りないでしょう。夫はホームズさんの著作を片っ端から読みあさり、ホームズさんの方法を研究し、ホームズさんの実験を再現しました。ホームズさんと仕事をしたことのある同僚の警部全員に体験談を詳しく聞いて回りました。シャーロック・ホームズを自分の人生そのものの手本にしてきたのです」

彼女の言ったことはひとつ残らず腑《ふ》に落ちた。アセルニー・ジョーンズに会って間もないときから、彼があの偉大な名探偵に関心を寄せているのはわかっていた。だがそこまで深く熱いものだとは想像もしなかった。まさに全身全霊を捧《ささ》げている状態ではないか。

「夫はつい数ヵ月前に仕事に復帰しました」エルスペス・ジョーンズはあきらめの口調に変わった。「本人は大病を克服したつもりで、体調がすっかり戻ったと思っていますが、実際には気力でなんとか持ちこたえている状態です。ホームズさんの方法を身につけた自信と、ホームズさんに匹敵する技量があるという自負心だけが支えなんです」重苦しい沈黙のあと、夫人は口ごもりながら言った。「わたしには、それが自信過剰に思えるのです。わたしは夫を愛しています。尊敬しています。それでも不安を感じずにはいられないのです。夫は自らの力を過信するあまり重要な手がかりが見えなくなって、また同じ過ちを犯すのではないかと」

「いや、そんなことは——」と私は言いかけた。

「慰めはいりません。この部屋がなによりの証拠ですから。執着心にがんじがらめになった者がどこへ行き着くのかは、神のみぞ知るですわ」

「私になにかしてほしいことはありますか？」

「夫を守ってください。捜査中の事件にどんな相手が関わっているのかわたしにはわかりませんが、きっと血も涙もない悪党です。夫が危険な目に遭わないか心配でなりません。こういう言い方は適切ではないかもしれませんが、夫はずるがしこさに欠ける性分ですので、よけいに。夫の身にもしものことがあったら、わたしはどうやって生きていけばいいんでしょう。先日の殺人といい、今日の爆発といい、恐ろしいことばかり続いて……」

エルスペス・ジョーンズは言葉を詰まらせた。家全体がしんとなった。

「ミセス・ジョーンズ」私は言った。「ご主人が安全に切り抜けられるよう最善の努力をするとお約束します。私たちが敵に回しているのは確かに血も涙もない連中ですが、あなたのご主人に対する評価は少々辛すぎると思いますよ。私は彼を優秀な警部だと信じています。卓抜した知性を何度も披露してくれました。私のほうが二つ三つ年上だと思いますが、今回の捜査では彼が親方で私が弟子といった具合です。繰り返しますが、ご主人の身に危険がないよう私が目を光らせています。いつでも彼の盾になります。危機が迫った場合は、全力でご主人を守るつもりです」

「なんて親切な言葉なんでしょう、チェイスさん。力づけられましたわ」

「そろそろ彼が帰ってきます」私は言った。「階下へ戻りましょう」

ミセス・ジョーンズは私の腕をとって、一緒に階段を下りた。間もなく帰宅したジョーンズは、暖炉の前でニューヨークの五つの行政区について語り合っている妻と友人に迎えられた。彼はべつだん不審がっている様子はなく、私もなにも言わなかった。

だがカンバーウェル駅に戻る道で、私は物思いに沈んだ。あたりは闇夜に包まれ、霧が歩道の上で渦を巻いていた。どこか離れたところから犬の遠吠《とおぼ》えが聞こえ、私が知りたくなかった現実の存在を警告しているようだった。

12 外国

前の晩はふさぎ込んでいたが、翌日のジョーンズは活力がみなぎって、見違えるようにはつらつとしていた。その機敏な態度も、比類なき偉大な名探偵を手本にして、彼から集めた実例に着想を得たものだといまはわかっていたが。

「これを聞いたら、きっとほっとしますよ。われわれの捜査にようやく光明が射した！」私が泊まっているホテルの外で会ったとき、ジョーンズは張り切って断言した。

「またチャンセリー・レーンへ行ったんですか？」私は訊《き》いた。

「いや、サイラス・ベケットとその相棒は待たせておけばいい。やつらが闇に乗じて逃げ出すまで、少なくともまだ一週間はある」

「実際に行っていないのに、なぜそう確信を？」

「あそこの路地を出る前からわかっていましたよ、チェイス。手回しオルガンの男ですがね、彼のいた場所を覚えていますか？　例の理髪店の入口からきっかり八歩離れた位置に立っていた」

「意味がさっぱりのみこめないんだが」

「あなたとわたしで、ともに将来を築いていける気がしてきました。あなたはピンカートン探偵社を辞め、わたしはスコットランド・ヤードを辞める。そうしたら一緒に組もうじゃありませんか。ロンドンの暮らしは楽しいですよ！　いやいや、大真面目な話です。ロンドンは新しい諮問探偵を必要としている。ベイカー街の部屋にはわれわれ二人が住めばいい。どうですか、この案？」

「なんと答えたらいいのかわかりません」

「じゃあ、ひとまず手近にある差し迫った問題に取りかかるとしましょう。まずはペリーの件だ。彼は三時二十分前にスコットランド・ヤードへ来たことが確認された。メッセンジャー・ボーイをよそおい、受付でわたし宛の荷物だと言って、大きな茶色い包み紙の箱を見せたそうだ。係の者はわたしのオフィスは四階だと教え、ペリーを館内へ通した」

「なぜ、あなたのオフィスに置かなかったんでしょう？」

「無理だと思ったからですよ。わたしはペリーの顔を知っている。机の前にいれば、やつが入ってくるなり気づいたはずだ。それで一番近いところに爆弾を置くことにしたんでしょう。隣の電信室の、わたしのオフィスと壁一枚隔てた場所に。電信室にはメッセンジャー・ボーイやその見習いがしょっちゅう出入りしているから、不審に思われずに済む」

「しかし、実際にはあなたはオフィスにいなかった」

「そう、前もって約束していたとおり、あなたと待ち合わせるため外へ出ていた。やつのほうがほんの一、二分早かったようだ。まさに間一髪だった！　やつが馬車に乗り込むところを見たんでしたね。仲間の男について、なにか思い出せることはありませんか？」

「いいえ、なにも」

「かまいませんよ。われわれの敵は最初の重大なミスを犯したとみていいでしょうな、チェイス。犯行に使ったのがもし一頭立て二輪辻《つじ》馬車だったら、やつらを突き止めるのは不可能だったにちがいない。ロンドンにはあのハンサム型馬車がうじゃうじゃしている。認可されたものも、もぐりも含めて。御者が証人として名乗り出てくる見込みはまずありません。しかし、ブルーアム型と呼ばれる一頭立て四輪箱馬車はいわば珍獣だ。すでに警察は御者の特定に成功しています」

「どうやって見つけたんですか？」

「三手に分かれ、百人近い警官を動員して、街じゅうをしらみつぶしに調べたんです。昨日のような非道な行為に及んだ者を、スコットランド・ヤードがいつまでも野放しにしておくと思いますか？　パブ、路地、馬車置場、厩舎《きゅうしゃ》、ひとつ残らず調べましたよ。一晩中、不眠不休で。その甲斐《かい》あって、ホワイトホールまで客を一人乗せていったと言う御者が見つかりました。ホワイトホールで停車し、爆発の直前に二人目が乗ってきたと証言しているそうです」

「で、二人をどこまで乗せていったんですか？」

「その確認はこれからです。わたしはまだ御者と話をしていないんでね。二人をどこで降ろしたかわかれば、われわれの仕事は完了したも同然、デヴァルーが警察の手に落ちるのは時間の問題でしょう」

ジョーンズは乗ってきた辻馬車をホテルの外に待たせてあった。私たちはそれに乗り込んで、ロンドン横断の旅に出発した。往来の激しい通りを進んでいくあいだ、お互い一言も口をきかなかった。私にはありがたい沈黙だった。昨晩エルスペス・ジョーンズが言ったことをじっくり思い返し、この先ジョーンズを待ちかまえていることについて、彼女は直感でなにか悟っているのだろうかと考えた。ジョーンズは夫人が三十分ほど私と二人きりで話せるよう口実をもうけたことに気づいているはずだが、今日顔を合わせてからは一度も昨夜のことに触れていない。夫人と私がまさか二階の書斎へ入ったとは思っていないのだろうか？　あのときの場面を回想して、妙に心をかき乱された。夫人と話す時間がもう少しあればよかったのにと悔やまれた。いや、いっそのことなにも聞かないほうがよかったのかもしれない……

ニューヨークでいえばタイムズ・スクエアに相当するのだろうか、ロンドンの西側の中心部、ピカデリー・サーカスにさしかかると、辻馬車乗り場の近くに停まっているぴかぴかの四輪箱馬車に目が引き寄せられた。隣に制服警官が一人立っている。御者はテントのようにふくらんだ厚手のコートを着た大男で、膝《ひざ》の上に手綱を置き、仏頂面で御者台に座っている。

私たちはそこで馬車を降りた。「ガスリーさんか？」ジョーンズが大股《おおまた》で歩み寄って、御者に話しかけた。

「ええ、そうですがね」御者が不機嫌そうに答えた。「もう一時間以上ここで足止め食らってますよ。真面目な働き者がどうしてこんな目に遭うんです？　これじゃ食いっぱぐれちまう」

御者は馬と同じように引き具かなにかで馬車に固定されているかのように、身じろぎもせず私たちを見下ろした。大柄なでっぷり太った体型で、肉付きのいい丸い頬にひげを生やしている。赤ら顔なのは、雨の日も風の日も外気に長時間さらされているせいというより、たぶん動脈硬化になりかけているせいだろう。

「時間をとらせた分の埋め合わせはする」ジョーンズは言った。

「警察の埋め合わせなんかいりませんよ、旦那《だんな》！　必要なのは金なんだ」

「それ相応の謝礼金を払う。ただし、こっちの知りたいことを全部話してもらってからだ。昨日、男の客を一人乗せたそうだな」

「一人じゃないですよ。昨日は何人も乗せました」

「ああ、わかった。そのうちの一人は、行き先がホワイトホールだったんだろう？　スコットランド・ヤードの近くの。午後三時くらいだな？」

「時間は覚えてません。時間なんか、おれにはどうだっていいですからね」御者はふてくされて言ったあと、ジョーンズが口をはさむ前に大きな頭を振った。馬も同情するように一緒に首を振った。「わかりました、わかりましたよ。旦那の言ってる男のことを話します。かなり背の高い紳士でした。乗り込むときに腰を折り曲げてましたからね。変わった客だなと思いました」

「歳の頃は？」

「三十代か四十代ですね」御者は少し考えてから続けた。「ひょっとすると五十代かもな。よくわかりませんや。若くないってことだけは確かです。目つきが悪くて、あんな目で見られたら誰だって顔をそむけたくなりますよ」

「その客をどこで乗せた？」

「ストランド街の待機所です」

ジョーンズは振り向いて、私に静かに言った。「残念ながら手がかりにはなりません。ストランド街の馬車乗り場はロンドンで一番混んでいますからね。主要な鉄道駅に近いうえ、乗合馬車のルートからはずれているので、いつも辻馬車がたくさん寄り集まってるんですよ」

「われわれの謎の客はどこか別の場所から来た可能性がありますね」

「確かに。ガスリーさん、その客を乗せたあと、ホワイトホールまでどこにも停まらなかったのか？」

御者はうなずいた。「渋滞で停まったのを除けばね」

「乗っていたのはその男一人だけか？」

「そうですよ。あれが一人じゃなくてなんだっていうんです？　ずっと一人きりで隅っこに座ってました。帽子を目深にかぶって、コートの襟を立てて。ときどき咳《せき》をしてましたが、おれには一度も話しかけませんでした」

「だが行き先を告げたんだろう？」

「乗り込むときに、〝ホワイトホール〟と言ったあとは、〝停まれ！〟と言って降りてくまで、道中なんにもしゃべりませんでした。おれが聞いたのはその二言だけです。旦那にはあいにくですがね」

「その男を乗せてホワイトホールに着いた。そのあとは？」

「待ってるよう言われました」御者はそこで自分のまちがいに気づいて鼻を鳴らした。「てことは三言だな。それで全部です、旦那。〝待ってろ！〟と。馬だってもっとしゃべってくれるってのに」

「そのあとはどうなった？」

「訊くまでもないでしょう！　昨日あそこでなにが起こったかはロンドンじゅうの人間が知ってまさあね。ヴォクソール・ガーデンズの日本の打ち上げ花火みたいな、ばかでかい音でした。しかも突然だったんで、ぶったまげましたよ。ところが、その客はぴくりともしなかったんです。馬車を発進させる間際に少年が乗り込んできました。途中で停まれとは一度も言いませんでしたね。紳士もメッセンジャー・ボーイもあたりを見回しもしませんでした。おれもあそこから一刻も早く離れたかったんで、助かりましたがね」

「二人はなにか話していたか？　その男と少年は」

「話してましたが、内容は聞こえませんでした。こっちは外の高いところにある御者台で前を向いてるわけですからね。ドアも窓も閉まってましたし」

「どこまで乗せていった？」私は尋ねた。

「そう遠くじゃなかった。パーラメント・スクエアを過ぎたヴィクトリア・ストリートのあたりです」

「どこの前だ？　個人経営の宿か？」

「さあてね。番地ならわかりますよ。普通はそんなもん、忘れちまうんですがね。客を降ろすたび番地を覚えてたら、頭がぱんぱんになって破裂しちまう。だけどきりのいい簡単な数字だったら、覚えようと思わなくても覚えられる。一、二、三だったんですよ。ヴィクトリア・ストリート百二十三番地です。旦那、もう質問がなければ、ほかにも数字を教えときますよ。おれの馬車の待ち時間は十五分ごとに六ペンス。ここで待たされてかれこれ二時間は経ってます。なにが言いたいか、わかってもらえますよね？」

ジョーンズは御者に金をやった。そのあと私たちはすぐに歩き出し、グリーン・パークの方向へと歩道を急いだ。フォートナム・アンド・メイソンを通り過ぎたところで辻馬車を拾い、ジョーンズが御者にさっき聞いた住所を告げた。「もうこっちのものだぞ！」彼は興奮もあらわに私に言った。「やつらの根城が別のところにあるとしても、ヴィクトリア・ストリートのその家へ行けば、必ず居所を突き止められる」

「箱馬車の男のことですが」私は言った。「そいつがクラレンス・デヴァルーである可能性は低いでしょう。窓にカーテンも覆いもない馬車で外出できるとは思えません」

「御者の話では、隅に座って顔を襟にうずめていたそうじゃないか」

「それだけでは足りないはずです。広場恐怖症の人間にとっては。それにしても、この件はちょっと引っかかりますね。ヴィクトリア・ストリート百二十三番地という住所を知っている気がするんです」

「知っているというのは？」

「それが、はっきりわからないんですよ。同じ住所をどこかで見かけたか、活字で読んだか……やっぱり思い出せません」私は黙り込んだ。二人とも再び無言で馬車に揺られ、やがてヴィクトリア・ストリートに入った。そこは通り抜けのできる広い道で、上品な店が集まり、丸屋根付きの商店街をそぞろ歩く人々でにぎわっていた。問題の番地には、頑丈そうな造りだがあまり見栄えのしない建物があった。最近建てられたばかりらしく、個人の住宅にしては大きい。即座にブレイズトン・ハウスが思い浮かんだ。あれと同じ要塞《ようさい》じみた雰囲気を感じた。鉄格子のはまった窓、いかめしい門、堅牢《けんろう》たる玄関扉に続く小道。ふと気づくと、ジョーンズが上を向いていた。彼の視線の先をたどると、屋根の上にアメリカの国旗がひるがえっていた。彼はそのあと門の横の壁に掲げられた表札に目を落とした。

「アメリカ公使館！」私は表札を見て叫んだ。「そうか、どうして気づかなかったんだろう。ニューヨークの私たちはここの職員とこれまで何度も連絡を取り合ってきた。ロバート・ピンカートンがロンドン滞在中に泊まっていたのもここだった。ああ、だから住所に見覚えがあったのか」

「公使館……」ジョーンズはにわかに緊張を帯びた声でつぶやいた。その言葉が意味することが彼の頭に浸透するまで短い間があった。私は徒労感をおぼえながら、内心でつぶやいた。御者が例の二人の客を連れてきたのがよりによってここだとは。月かどこかのほうがまだましだった、と。「行き止まりってわけか。イギリス警察といえども、ここへの立ち入りは禁じられている」

「しかし、やつらはここにいます」私は強い口調で言った。「ペリーとその仲間は。そうでしょう？」私はこじ開けようとでもするかのように、腕を伸ばして門の柵《さく》をつかんだ。「クラレンス・デヴァルーも母国の公使館にかくまってもらっているのかもしれない。だとすれば、ここで引き下がるわけにはいきませんよ。なんとしても、なかへ入らなければ！」

「さっきも言ったとおり、それは無理なんだ」ジョーンズは険しい口調だった。「まず外務省へ行って、必要な手続きを――」

「では早くそうしましょう！」

「許可を申請するだけの証拠がそろっていない。ここまで馬車に乗せてきたという御者の供述だけでは不充分だ。例の二人組が本当にこのなかへ入って行ったかどうかは定かでない。ハイゲイトのときとまったく同じだな。わたしはあの少年を尾行し、ブレイズトン・ハウスにたどり着いたが、やつがあの家へ入ったことを裏付ける証拠は依然としてつかめていない」

「ブレイズトン・ハウス！　それで思い出した。スコッチー・ラヴェルが公使館に守られているようなことを誇らしげに言っていましたね」

「ああ、そのとおりだ、チェイス。わたしもすぐにぴんと来たよ」

「しかもラヴェルの机には公使館からの招待状が入っていた。やつは愛人と一緒にまさにここへ来ることになっていたんですね」

「その招待状はわたしのオフィスにある……もはや燃えかすでしかないがね」そう、ジョーンズはブレイズトン・ハウスで見つけためぼしい遺留品を、例のチャンセリー・レーンのホーナーへわれわれを導いた日記と石鹸《せっけん》も含めて、スコットランド・ヤードの自分のオフィスに保管していたのだ。「確か、イギリスとアメリカの貿易振興が目的のパーティーだった」

「日付を覚えていますか？」

ジョーンズは私をちらりと見た。私がなにを考えているか察したようだ。「明日の晩だったと思う」

「明白なことがひとつあります」私は言った。「スコッチー・ラヴェルは出席しないということです」

「しかし、われわれのどちらかがやつの代理で行くというのは、綱渡り並みに危険だぞ」

「あなたなら、そうでしょう。しかし、私の場合はさほどまずい事態にはならないと思います。彼らと同じアメリカ国民なんですから」

「一人で行かせるわけにはいかない」

「心配は無用ですよ。イギリス人とアメリカ人の実業家を集めた催しですから……」私はにやりとした。「そういえば、スコッチー・ラヴェルは堂々と実業家を名乗っていましたね。犯罪も一種の事業と考えていたわけか」アセルニー・ジョーンズをまっすぐ見つめ、決心が固いことを示した。「このチャンスをみすみす逃すわけにはいきません。外務大臣にかけあっても、クラレンス・デヴァルーにこちらの動きを悟られるだけです」

「彼がここにいるというのは、あなたの想像でしかない」

「状況から見て、それ以外に考えられますか？　とにかく一度ここの内部を確認しないことには始まりません」私は急いで言い足した。「たいした危険ではないでしょう。まわりにはほかの大勢の招待客たちがいるわけですから」

ジョーンズはステッキに寄りかかって立ち、目の前の閉ざされた門を凝視した。風がやんで、屋根の国旗が急に恥ずかしくなったかのようにしぼんで垂れた。

「わかった」彼は言った。「二人で乗り込もう」

13　三等書記官

パーティー当日のアメリカ公使館は様変わりしていた。門は開け放たれ、小道の両側に並ぶかがり火の列が玄関までの足もとを照らしていた。そろいの真っ赤なコートを着て、古風なかつらをかぶった六人の従僕が、幌《ほろ》付きや幌なしの二頭立て四輪馬車で続々と到着する招待客たちをていねいなお辞儀で迎えていた。窓に明かりが輝き、玄関の奥からピアノの音色が流れ、かがり火の光がレンガの壁に暗いオレンジ色の影を投げかけている。その光景からは、昨日見たさえない地味な建物を思い起こすのは難しかった。屋根に掲げられた国旗のせいもあるだろうが、自分がいまいるのがニューヨークではなくロンドンだということさえ忘れそうになる。

アセルニー・ジョーンズと私は燕尾《えんび》服に白いタイをつけ、連れ立って到着した。ジョーンズはいつものステッキではなく、握りが象牙《ぞうげ》でできたものを持っていた。何種類かそろえて、時と場合に応じて使い分けているのだろうか。彼は緊張しているようだった。自信がなさそうにも見えた。その姿に、彼がここへ来るのにいかに大きなリスクを背負っているかを思い知らされた。イギリスの警察官が犯罪捜査のため身分を偽ってアメリカ公使館へ潜入するという行為は、発覚すれば地位も職もすべて失い、一生を棒に振ることになりかねないのだ。開いた戸口の前で彼はためらい、考え込んだ。私と目が合うと黙ってうなずいて、前へ足を踏み出した。

従僕に提示するため、ジョーンズは持ってきた招待状を取り出した。奇跡的にも、それは爆発と火災の難を免れたのだった。間近で見れば、少し焦げているのがわかるかもしれないが。招待状には、〝特命全権公使ロバート・T・リンカーンは、皆様をお招きしてパーティーを催す運びとなりました。万障お繰り合わせのうえご来駕《らいが》賜りますようお願い申し上げます〟との文面が完璧《かんぺき》なカッパープレート書体でしたためられていた。最後に、〝ミスター・スコットランド・ラヴェルと同伴者一名〟と、招待された者の名前が書き添えられている。私たちにすれば、ラヴェルにヘンリエッタと呼ばれていた女性が招待客に指定されていなかったことは幸いだった。会場でもしなにか訊《き》かれたら、私がスコッチー・ラヴェル（いまはスコットランド・ラヴェルが正式な名前だとわかっているが）ということにしようと示し合わせてあった。ジョーンズのほうは私の同伴者だ。問われれば本名を答えればいい。

だが実際には詳しく確認されることはなかった。入口の従僕は招待状をちらりと見ただけで、私を広いエントランス・ホールへ身振りで促した。ホールに入って気づいたのは、両脇に立っている石膏《せっこう》でできた古代ギリシャの一対の女神像は言うまでもなく、壁際にぎっしり並べられた書物までもがしらじらしいほど人工的なことだった。偽物であることを隠そうともしていない感じだ。パーティーが催される部屋は二階で、ピアノの演奏は階上から聞こえていた。分厚いカーペットを敷いた階段が上へ続いていたが、そこをのぼるには、客の一人一人に挨拶《あいさつ》しようと一列に並んで待ちかまえている男性四人、女性一人の垣根を通り抜けなければならなかった。一人目の男はドアに背を向けていたので、見落とすところだった。灰色の髪、重たげに垂れたまぶた。鈍いのか卑屈なのか、とにかくぱっとしない人物で、にぎやかなパーティーには不釣り合いな印象だった。彼は男性陣のなかで一番背が低かった。公使夫人とおぼしき女性さえも彼より身長が高い。

夫人は鼻が目立っていて肌は青白く、髪をきつめにカールしていた。決して美人ではないが、堂々として威厳がある。わたくしのためにようこそ、と言っているような態度で、歩み寄ってくる客に順番に挨拶している。服装は綾《あや》織りのウールで仕立てた、肩口がふくらんだ長袖《ながそで》の茶色いドレスだ。首に飾りリボンを巻いている。彼女の手を取ってお辞儀をしたとき、ラベンダー水の香りがした。

「スコットランド・ラヴェルです」私は彼女の前で名乗った。

「ようこそお越しくださいました、ミスター・ラヴェル」絶対君主制の女王でも、そこまでそっけない言い方はしないだろう。

対照的に彼女の隣に立っている夫は人当たりが良かった。いかり肩の大男で、ばらばらに波打つ真っ黒な髪を後ろに撫《な》でつけている。口もとにたたえた笑みは、目にありありと浮かんだ強い憂愁に負け戦を挑んでいた。すべての動作が堅苦しく、窮屈そうだ。頬と唇は耳のあたりまで続いているぼうぼうに伸びた大きな顎《あご》ひげと口ひげにうずまっている。客に挨拶している彼の姿を見て、この男にはなにか隠し事があるなと感じた。妻のほうにも。隠すのに成功しているか失敗しているかのちがいこそあれ、夫妻はともに最近ある種の悲しみに心をえぐられ、その残滓《ざんし》のようなものはいまも二人にまとわりついて室内に漂っていた。

いつの間にか私が最前列に来て、彼と向き合っていた。また偽の名前で彼に自己紹介したが、もう慣れっこになっていた。彼は私の手を強く握って、「ロバート・リンカーンです」と名乗った。

「ミスター・リンカーン……」むろん、私にはなじみのある名前だった。

「ロンドンの我が家へようこそ、ミスター・ラヴェル。参事官のミスター・ヘンリー・ホワイトを紹介しましょう」出迎え側の列に立っている三人目の男のことだった。彼も顎ひげを生やしているが、公使より十歳は若い。ホワイトと呼ばれた紳士は会釈した。

「あなたにとって楽しく有益な夕べとなることを願っています」

私はジョーンズが自己紹介を済ませるのを待って、一緒に階段をのぼっていった。

「リンカーン……どういう人物だ？」彼は尋ねた。

「エイブラハム・リンカーン元大統領の息子ですよ」私は答えた。そこではたと思い当たった。どうして忘れていたんだろう。アメリカで最も有名な一族の子孫が最近天国へ召されたことを。エイブラハム・リンカーンがフォード劇場で暗殺された晩は、息子のロバート・リンカーンも観劇する予定で、席が用意されていたそうだ。彼に対する人々の同情は熱狂的な支持に形を変えた。ロバートは次の大統領選に出馬するだろうとささやかれている。

「この猿芝居はわたしにとって破滅のもとになりそうだな」ジョーンズは半ば真剣な口調でつぶやいた。

「でも出足は好調ですよ。問題なく事が運んでいます」

「犯罪組織がこの公使館なる聖域に潜伏しているとはとても信じられんな。そんなことは考えたくもない」

「彼らは現実にスコッチーを招待しているんですよ」私はジョーンズに重要な点を思い起こさせた。「あの太った少年と、一頭立て四輪箱馬車の男がどこかに隠れていないか捜しましょう」

私たちはアーチ形の入口をくぐって、建物の幅いっぱいに広がる部屋へ入っていった。床から天井まである大きな窓はおそらく裏庭の眺望を楽しめるのだろう。分厚いカーテンが閉まってさえいなければ。部屋にはすでに百名以上の人々が集まっていた。ピアノの前では若い男がジャズを弾いていた。ジョーンズは初めて聴いただろうが、私はそれがアメリカ南部のニュー・オーリンズの街角から生まれた音楽だと知っている。長いテーブルが置かれ、その上にグラスやフルーツポンチのボウルが並び、ウェイターたちは料理の皿を手に客たちのあいだを忙しく回っていた。皿に盛りつけてあるのは、胡瓜《きゅうり》とラディッシュを添えた生の牡蠣《かき》、魚肉とジャガイモを混ぜて揚げたフィッシュボール、それからボローバンと呼ばれる肉や魚の入ったパイ。皿ごとに材料の商品名を記した札が添えられているのがおもしろい。たとえば、E・C・ハザード社のトマトケチャップ、ボルティモアのビネガー、コルバーン・フィラデルフィア・マスタード。食後には〝チェイス・アンド・サンボーンの厳選コーヒー〟と書いた札でも出てくるのだろうか。これはビジネス関連の集まりだから、公使館の職員は宣伝を兼ねたこうしたはからいもエチケットのうちだと考えたらしい。

ジョーンズと私にできることは限られていた。パーティーを抜け出して、クラレンス・デヴァルーを捜しに別の部屋をこっそり調べて回るのはまず無理だろう。デヴァルーがここにいるなら偶然鉢合わせするかもしれない——少なくとも彼を知る者と出会う見込みはある。しかしここにいないなら、私たちは時間を無駄にしたことになる。

ミント・ジュレップ（札には〝フォアローゼズ・バーボン、ケンタッキー産〟と書かれていた）を飲みながら、私たちもほかの招待客たちと交わった。その頃には百組を超える人々が部屋を埋め尽くしていた。全員が華やかな正装姿だ。そのなかでとりわけ目を引いたのは、ドアの近くにいて、カレー風味ソーセージの皿を差し出したウェイターを、「わたしは肉は食わん！」と追い払った背の低い男だった。妙に無礼で傲慢《ごうまん》に感じられる声で、場にそぐわなかった。やがて、公使夫妻と参事官がようやく階下から上がってきた。客が全員そろった合図だ。ロバート・リンカーンはたちまち部屋の支配権を掌握し、それ以後は彼がどこにいてもまわりに人だかりができた。彼の存在感があまりに強いので、私たちも取り巻きの輪に吸い寄せられるように加わった。

「アザラシ猟の展望についてどうお考えですか?」目が小さくて丸い、頬ひげを生やしたアザラシそっくりの男が、公使に意見を求めた。「戦火はベーリング海まで広がるでしょうか?」

「いえ、広がらないでしょう」リンカーンは静かな物腰で答えた。「話し合いによって必ずや和解が成立すると自信を持って請け合います」

「しかし、アメリカのアザラシですよ!」

「アザラシたちはアメリカ人だとかカナダ人だとかいう意識は持っていないはずです。最後は誰かのハンドバッグになるという立場に置かれれば、なおさら」公使の目が一瞬きらりと光った。そのあと彼は突然振り返り、私と正面から向き合った。「ミスター・ラヴェル、ロンドンへはどのような仕事で?」

本名ではないにせよ彼が私の名前を覚えていたことに驚いて、思わず口ごもった。するとジョーンズが横から助け舟を出した。「事業プロモーターの仕事です。われわれは共同で事業をやっておりまして」

「あなたのお名前は?」

「ジョーンズです」

「おいでくださって、ありがとうございます」それからリンカーンは軽くうなずいて、隣にいる自分より若い男を示した。「我が友人ミスター・ホワイトは、中南米を貿易パートナーに選ぶべきだという意見です。しかしわたしは、ヨーロッパの未来は大きな可能性を秘めていると信じています。うちの職員に手伝えることがあれば、どうぞなんなりとおっしゃってください」

社交辞令でしめくくって、別の場所へ行きかけた公使に、私はいきなりこう言った。

「手伝っていただけることがひとつあります、閣下」

リンカーンははっとした様子で訊いた。「それはなんでしょう？」

「クラレンス・デヴァルーに引き合わせていただきたいのです。紹介の労をとってもらえませんか？」

私はわざと大きな声でしゃべった。室内が急にしんとなったように感じたのは気のせいだろうか。

公使は怪訝《けげん》そうな顔をした。「クラレンス・デヴァルー？　そのような名前に心当たりはありませんが。どういう人物ですか？」

「ニューヨークから来た実業家です」私は答えた。

「どういった事業を？」

答える前に、参事官が割り込んできた。「その紳士が公使館に住所を登録していれば、わたしか秘書官が必ず力添えするとお約束します。協力が必要なときはいつでもご連絡ください」そう言って、参事官はさりげなく公使を促し、私たちから遠ざけた。

ジョーンズと私だけがその場に残された。

「ミスター・ジョーンズ！　ミスター・ピンカートン！」

　突然そう呼ばれて、心臓が飛び跳ねそうになった。声の主を振り返ると、エドガーとリーランドのモートレイク兄弟が正面に立っていた。この場にふさわしく白いタイで正装していても、二人の見た目は〈ボストニアン〉で会ったときとまったく変わらず、あれから今日まで一秒も時間が経っていないかのような錯覚に陥った。

「あんた、さっき公使にミスター・ラヴェルと呼ばれていなかったか？」エドガー・モートレイクがいやみったらしく訊いた。「いやいや、そんなはずはない。聞きまちがいに決まってる。かわいそうに、スコッチーはこのパーティーに絶対出られない状態なんだからな」

「あくどいやつだ！」リーランド・モートレイクが非難を浴びせ、分厚い唇を憤然とゆがめた。

「あんたら二人、パーティーに出席する権利はこれっぽっちもないはずだぞ。招待されてないんだから。にもかかわらずここに潜り込んでるってことは、盗みを働いたなによりの証拠だ。さては招待状をちょろまかしたな？　おまけにアメリカ合衆国の特命全権公使に嘘までつきやがった」エドガーが嵩《かさ》にかかって責め立てる。

「われわれは事件捜査のために来た。警察官三名の命が犠牲になった、わたしのオフィスへの暴挙について追っている」ジョーンズは答えた。「おまえらがなにも知らないとしらを切るつもりなのはわかっている。かまわんよ、別の機会にじっくり話を聞くから。

さて、そろそろ失礼するとしよう」

「そうは問屋が卸さない」エドガーが片手を挙げると、一階では見かけなかった居丈高な感じの若い男が駆け寄ってきた。トラブルを嗅《か》ぎつけるのが任務だとばかりに。「こちらの二人の紳士は探偵であらせられる。一人はピンカートン社、もう一人はスコットランド・ヤードからおいでだ。ご両人とも身分を偽って公使館へ入り、公使ご本人を尋問していた」

　事情を聞いた職員は私たちをにらみつけた。「いまのは本当ですか？」

「わたしが警察官であることは事実だ」ジョーンズが答えた。「そして、ついさっきミスター・リンカーンとじかに言葉を交わしたのも事実。しかしわたしの目的は公使に会うことではない。もちろん彼に尋問するつもりなど毛頭なかった」

「さっさとつまみ出したほうがいいですよ」エドガーがぴしゃりと言った。

「いや、逮捕だ」とリーランド。例によって、エドガーがしゃべったあとに念を押すように言う。

　これだけ人目の多い場所で、しかも公使夫妻が近くにいる状況でこういう会話を交わしていることに、職員は明らかに困惑していた。ジョーンズは表向きは平静を保っていたが、内心ではまずいことになったと思っているにちがいない。二人の兄弟はいい気味だとばかりに私たちの窮地を満足げに眺めていた。「紳士方、わたしと一緒に来てください」職員は思案の末にそう言った。

「いいでしょう」ジョーンズと私は彼の後ろについてパーティー会場をあとにした。廊下に出て、部屋のドアが閉まるまで、三人とも黙っていた。最初に口をきいたのはジョーンズで、私たちの付添人に向かって言った。「われわれがここへ来るべきでなかったことは潔く認めよう。この行為が外交儀礼の重大な違反であることも承知している。それについては謝罪の言葉しかない。あとでスコットランド・ヤードの上層部にいくらでも抗議してくれ。だがとりあえずいまは、わたしと友人をここから出してほしい」

「あいにくですが」職員は答えた。「わたしには決定権がないのです。上官に報告して、許可が下りるまでは、お帰りいただくわけにはいきません」彼は身振りで廊下の先のドアを示した。「そこの部屋で少しお待ちください。長くはかからないと思いますので」

議論の余地はなかった。私たちは職員に案内されるままそのオフィスに入った。そう、外部の者がそこへ通されたら皆オフィスと呼ぶだろう。テーブルがひとつに椅子が三脚という質素な部屋だった。第二十三代アメリカ合衆国大統領ベンジャミン・ハリソンの肖像画が壁にかかっていて、大きな窓からはヴィクトリア・ストリートと、まだあかあかと燃えている玄関前のかがり火を見下ろせた。ドアが閉まり、部屋にはジョーンズと私だけになった。

ジョーンズはくたびれた様子で椅子に座った。「まいったな」とつぶやいた。

「なにもかも私のせいです」私はすぐに言い足した。「衝動に駆られて無謀な行動に走った自分を悔やんでも悔やみきれません」

「なにもかも無駄になったわけか。しかし、あなたを責めるつもりはさらさらありませんよ、チェイス。今夜ここへ乗り込もうと決めたのはわたしの意志でもあるんですから。それに、モートレイク兄弟がここにいるとわかったのは重大な手がかりです」ジョーンズはかぶりを振った。「そうは言っても、これがどういう結果を招くかは考えたくもないが」

「スコットランド・ヤードはあなたを首にしたりしませんよ」

「いや、首にしなければおさまりがつかないだろう」

「それならそれで、かまわないではありませんか」つい声が大きくなった。「あなたは私がこれまで会ったなかで最も優秀な頭脳の持ち主だ。レストレイドやほかの警部たちとは明らかに格段の差があります。私が長年働いてきたピンカートン社でもあなたほどの逸材とは一度もお目にかからなかった。スコットランド・ヤードはあなたをお払い箱にするかもしれないが、あとで必ずあなたを捜し出し、協力を求めてくるにちがいありません。たとえあなたがどこにいようとも。ロンドンには新しい諮問探偵が必要です。ご自身で昨日そう言ったばかりですよ」

「実を言うと、わたしも同じ考えだ」

「だったら、それを実行に移すべきですよ。私も、奥様が予想されたとおり、もう少しロンドンにとどまるつもりです。悪くない話でしょう？　私があなたのワトスンになるんです。もちろん、本物のワトスンよりもずっと有能な相棒になってみせますとも！」

それを聞いて、ジョーンズは微笑を浮かべた。私は窓に近づくと、玄関で待機している招待客を乗せてきた馬車の列と従僕たちを眺めた。「どうしてこんなところでおとなしく待っているんです？」私は言った。「ええい、いまいましい。ジョーンズ、われわれらしくやろうじゃありませんか。結果は明日受け止めればいい」

だがジョーンズがなにか言う前にドアが開き、さっきの職員が戻ってきた。彼は私のほうへ歩み寄ってきて、窓のカーテンを閉めた。外が見えなくなった。

「帰してもらえるんですか？」私は語気強く尋ねた。

「いいえ、サー。三等書記官があなた方と三人きりで話したいそうです」

「その人はどこです？」

「間もなくここへ来ます」

職員がそう言い終わらないうちに、その三等書記官とやらが戸口に現われた。エントランス・ホールにいた背の低い灰色の髪の男だと一目でわかった。こうして至近距離で見ると、思っていたよりさらに小柄で、ジョーンズが娘への土産に買った人形を思い起こさせた。顔はまんまるで、目、鼻、口がぎゅっと寄っている――寄りすぎるくらいに。髪は薄く細く、まばらな毛のあいだにしみの浮いた頭皮がのぞいている。だがそれよりももっと異様なのは、手の指だった。形は普通だが、てのひらの大きさに対して小さすぎるのだ。長さが半分くらい足りない。

「手数をおかけした、ミスター・アイシャム」彼は職員を部屋から出ていかせた。一階で聞いたときも同じことを思ったが、甲高い奇妙な声だ。「座りましょうか、紳士方。残念な事態が起こったので、少し話し合わないといけません」

私たちは椅子に腰かけた。

「まず自己紹介させてください。コールマン・デヴリースといいます。この公使館の三等書記官です。あなたはスコットランド・ヤードのアセルニー・ジョーンズ警部ですね？」ジョーンズがうなずくのを確認してから、私のほうを見た。「で、あなたは……？」

「名前はフレデリック・チェイス。アメリカ市民で、ニューヨークのピンカートン探偵社の調査員です」

「なぜここへ？」

答えたのはジョーンズだった。「一昨日、スコットランド・ヤードで起きた爆発事件のことはお聞き及びでしょう。標的はわたしだったと確信しています。死者三人のほか、重軽傷を負った者が大勢います」

「その捜査のためにここへいらしたと？」

「犯人の男は公使館にかくまわれている可能性が高いとわれわれはみています。よって、答えはイエスです」

「その男とは誰だかわかっていますか？」

「クラレンス・デヴァルーです」

デヴリースはかぶりを振った。「公使夫妻を除くと、この建物に居住している常勤職員は全部でたった十二人しかいません」彼は言った。「お話に出た男とは一度も会ったことがないと誓えます。スコットランド・ヤードで起きた事件のことはもちろん知っています。当然ではありませんか。ミスター・リンカーンはただちに警視総監に悔やみ状を送りました。どんな手段を使ってでも犯人を逮捕したいというお気持ちはわからないではありませんが、実際になさったこと、つまり今夜ここへ無断で立ち入ったことは、きわめて不適切だと言わざるを得ません。公使の公邸にはイギリスの法律は適用されない、という取り決めについてはご存じのはずです。言うまでもなく、イギリスの警察官がこのような方法で入り込むことは国際的な外交儀礼に著《いちじる》しく反します」

「ちょっと待った！」私は声をあげた。「今夜この建物で、エドガー・モートレイクとリーランド・モートレイクを見かけました。あの二人は凶悪このうえないギャングの一員です。彼らの暴虐非道ぶりはピンカートン社のファイルに記録されており、私はそれを熟読していますから、あの兄弟がどういう輩《やから》かよく知っています。ええ、確かにジョーンズ警部と私は、細かい規則を破りました。しかし、あなたは事情を知ってもなお、そこにそうして座って、あの悪党どもをかばい、われわれの行動を阻むつもりですか？」

「アメリカ市民を守ることは公使館の任務です」デヴリースは言い返した。声の調子は変わっていないが、目は怒気を含んでいた。「この国で彼らが犯罪にかかわった証拠がありますか？　逃亡犯罪人引き渡しを求めるに足る正当な理由がありますか？　ないでしょう？　こう言ってはなんですが、このうえさらに名誉毀損の罪に問われたいんですか？」

「で、あなたはどうするつもりなんです？」ジョーンズが訊いた。

「一昨日の事件についてはご同情申し上げます」三等書記官は口ではそう言ったが、表情からはそんな気持ちはみじんも感じ取れなかった。膝《ひざ》の上で両手を組み合わせているが、短い指は手の甲まで届いていない。「明日の朝一番にスコットランド・ヤードの責任者に正式な告訴状を提出し、あなたの免職を断固として求めます。それからご友人のほうですが、ミスター・ピンカートンのところの調査員をおとなしくさせておくのは、わたしどもには無理です。彼らが無謀で無責任な行動を取ることは前々からよく知られています。ミスター・チェイス、あなたにはただちにこの国から出ていってもらいます。アメリカの法廷で裁かれることになるでしょう。申し上げることは以上です、紳士方。わたしはパーティーに戻らなければ。別の者に出口まで案内させましょう」

ジョーンズは立ち上がった。「ひとつ訊きたいことがある」

「いまさらなんですか？」

「あなたは部屋に入ってきてすぐ、わたしの名前を正確に呼んだ。アセルニー・ジョーンズと。どうして知っているんだろうと不思議でなりませんでした。モートレイク兄弟はわたしのファーストネームまでは知らないはずですから」

「べつにたいしたことでは――」

「いいや、たいしたことだ！」ジョーンズはぴしゃりと言うと、びっくりしたことに、窓に向かってつかつか歩いていき、ステッキの先でカーテンを開けた。外の景色が再び現われた。私たちになにか見せたいのだろうと一瞬思ったが、実は別の目的があったことにすぐ気づいた。ジョーンズの行動が三等書記官に与えた影響は甚大だった。デヴリースは椅子に座ったまま、息をのんで目をかっと見開いたあと、それ以上は一分だって外を見ていられないとばかりに顔をそむけた。

「わたしのことを告げ口するのはやめるんだな、クラレンス・デヴァルー！」

「デヴァルー……？」私は仰天して立ち上がり、椅子で縮こまっている人物をまじまじと見た。

「これでなにもかも説明がつく」ジョーンズは続けた。「ラヴェルとモートレイク兄弟と公使館の関係、馬車がこの建物の前で停まった理由、それからおまえの居所がどうしてもつかめなかった原因。ミスター・リンカーンはどういう人物を三等書記官に雇っているのか、ご存じなのか？」

「カーテンを！」コールマン・デヴリースと名乗った男は甲高い声であえいだ。「くそっ、早く閉めろ！」

「誰が閉めるものか。おまえがデヴァルーだと認めるのが先だ！」

「ここにいる権利のない者は出ていけ！」

「命令は受けない。出ていきたいときに出ていく。よく聞け、デヴァルー。こっちはおまえの正体を知っている。居所もわかった。まだしばらくは公使館に隠れていられるだろうが、それがいつまでも続くとは思うなよ。必ずつかまえてやる。絶対に逃がすものか！」

「近づけばあんたは死ぬ」

「脅しは通用しないぞ」

「わたしには指一本触れさせない。よく覚えておくんだな。いずれ今日のことを後悔するはめになるだろうよ！」

ジョーンズは部屋を出ていこうとしたが、私は動かなかった。「おまえがデヴァルーなのか？」震えている小男を上から見下ろして、私は訊いた。「これまで長いあいだ恐れられてきた悪の帝王というのはおまえだったのか？　ロンドンに巨大な地下組織を作ろうともくろんでいるのはおまえだったのか？　証拠を目の当たりにしなかったら、とうてい信じられなかったろうよ。いま私の前にいるのは軽蔑《けいべつ》にも値しないただのくず野郎だからな」

獣のようなうなり声を発して、デヴァルーは私に飛びかかってきた。ジョーンズがとっさに私を引っ張らなかったら、その獣に襲われるところだった。

「逮捕できませんか？」私は叫んだ。「この男をつかまえるために私は地球を半周したんです。みすみす機会を逃したくない」

「いまは手出しできない。警察の権限の及ばない場所なのだ」

「ジョーンズ……」

「許してくれ、チェイス。気持ちは痛いほどわかる。しかしどうしようもないんだ。さあ、早くここを出よう。見つかってはまずい」

私はまだあきらめきれなかった。デヴリースだかデヴァルーだか知らないが、半分目を閉じて震えている悪党をいますぐひっとらえたかった。われわれをここへ導いてくれた血の跡を、ジョナサン・ピルグリムがたどった悲惨な運命を、あらためて思い起こした。若きジョナサンは、この化け物かその仲間の手によってむごたらしく殺されたのだ。デヴァルーの犠牲者たちの姿が脳裏をよぎり、その苦しみに胸をかきむしられた。着替えたときにジャックナイフを置いてこなかったら、衝動的にその刃《やいば》をデヴァルーの身体に突き立てていたにちがいない。ジョーンズが私の腕をつかんだまま言った。「行こう！」

「ここで片をつける！」

「だめだ！　証拠はまだあがっていない。広場恐怖症だということ以外には」

「命はもらうからな」デヴァルーは吐き捨てるように言った。手で目を覆い、苦しげに身をよじっている。「じりじりと死んでいくがいい。罰をたっぷり味わわせてやる」

言い返そうとする私を、ジョーンズが無理やり引っ張って部屋を出た。廊下はがらんとしていた。私たちは誰にも呼び止められることなく階段を下りた。玄関を出て、公使館の門を離れてからようやく、ジョーンズは私の腕を放した。私は夜気を深々と吸い込んだ。「あれがデヴァルーだった！　クラレンス・デヴァルーだった！」

「うむ、いろいろとつじつまが合うな」とジョーンズ。「最初に玄関で見たとき、あの男がドアに背を向けていたのは、広場恐怖症のせいだったわけか。外を見ようともしなかった。二階の部屋へ入ってきたとき、前もって窓のカーテンを閉めさせたのも同じ理由だ。もうひとつおまけがある。コールマン・デヴリースという名前だ。頭文字はC・D。本名のクラレンス・デヴァルーと同じだった」

「だがジョーンズ、やつをあの場でなんとかできなかったことが無念でならない。世紀の大悪党の居所をようやく突き止めたというのに、なにもできずすごすごと退却するしかないとは！」

「やつをつかまえようとすれば、なにもかもがおじゃんになる。身分を偽っていたわれわれはきわめて弱い立場だ。ミスター・リンカーンをはじめ公使館の面々は、自分たちが守ってきた男がどんな人間か気づいていない。たとえ気づいたとしても、同胞であるアメリカ人をかばおうとするのが自然な感情だろう」ジョーンズは苦笑いした。「まあ、とにかく、これで風向きは変わった。せっかく自由の身になったんだから、次の狩りに向けて作戦を立て直そう」

「次はやつの逮捕ですね！」

「もちろんだ」

私は後ろを振り返った。公使館と主人を待つ何台もの馬車、従僕、ちらちら揺れるかがり火が視界に入った。とうとうクラレンス・デヴァルーを見つけた。だが、ひとつだけ問題がある。いったいどうすれば、やつをあそこから引きずり出せるんだ？

14　罠

その晩はうつらうつらとしか眠れなかった。またしても隣室から聞こえるしつこい咳《せき》に、安眠を妨げられた。部屋に閉じこもっていても、彼の存在感が建物全体に亡霊のごとく取りついているように感じられた。その謎めいた男がこのホテルにやって来たのは私と同じ日だが――メイドからはそう聞いている――朝食や夕食はどうしているんだろうと不思議に思うくらい、姿を現わさない。じかに苦情を言いにいこうかとも考えたが、結局はやめた。ごく普通の旅行者にすぎない相手を、私の想像力が魔物に変えてしまっているだけかもしれないからだ。事実、うるさい咳が聞こえなかったら、彼が存在することさえ気づかなかったろう。まあ、窓越しに一度ちらりと見かけたことはあったが。

もっと悩まされたのは、自分自身の気味悪いねじれた夢だった。最初にクラレンス・デヴァルーが出てきて、彼の顔と、悪意に満ちた目と、成人男性のものにしては異様なほど短い指が脳裏につきまとった。〝わたしは肉は食わん！〟と怒鳴る彼の声が耳の奥に響いた。続いて、自分が巨大な皿の上に横たわっている場面が現われた。皿の両側にはナイフとフォークが用意されていて、彼に食われようとしているのだとわかった。次に公使館でリンカーン夫妻と会い、その直後、気がつくとブレイズトン・ハウスで血だまりのなかに立っていた。最後はライヘンバッハの滝。滝壺《たきつぼ》へ真っ逆さまに落ち、砕け散る水しぶきを全身に感じた。と、そこで目が覚め、ベッドでしわくちゃのシーツの上に横たわっている自分に気づいた。外は暴風雨で、雨が激しく窓を叩《たた》いていた。

食欲がなく、朝食にはほとんど手をつけなかった。昨夜の思い切った作戦がもたらした結果について、早くジョーンズから知らせが来ないかと気をもんでいた。実際に受け取った知らせは、思った以上に深刻なものだった。私の予想に反し、ジョーンズを名指しする正式な抗議文が、すでにアメリカ公使館からスコットランド・ヤードの警視総監に宛てて提出されていた。

「われらが友人のコールマン・デヴリースは、無鉄砲にも自らその書状にサインしていたよ」短い嵐が去ったあと、路上に残る水たまりでしぶきをあげながら走っていく辻《つじ》馬車のなかで、ジョーンズは言った。「それが届いたのは今朝の九時だった。朝早くからご苦労さんなこった」

「どうなると思う？」私は訊《き》いた。

「わたしが職を失うのはほぼまちがいないだろうな」

「しかし、言い出したのは私で……」

「いいんだ、そんなことはさして重要じゃない。いとしのエルスペスはかえって喜ぶだろうよ。いずれにせよ、わたしの処分が決まるまであと数日はかかるはずだ。まず審問がおこなわれ、次に委員会が開かれる。さらに報告書の作成と審査を経て、ようやく勧告が出される。イギリス警察では煩雑な手続きが伝統なんでね。そのあいだにいろいろなことができそうだ」

「しかし、われわれになにができるだろう？」

「まあ、にっちもさっちもいかないことは事実だな。クラレンス・デヴァルーを逮捕することはできない。尋問すら難しい。特命全権公使の許可が下りれば話は別だが、昨夜の出来事を考えると、その見込みはまずないだろう。やつが非道な犯罪に関与した証拠がこっちにない以上、手をこまねくしかない」

「私がニューヨークから持ってきたファイルがある。あなたもあれを読んだはずだ。それに、スタンリー・ホプキンズ警部も会議の席で言っていた。デヴァルーの名はロンドンじゅうに広まっていると」

「だが、コールマン・デヴリースの名前はそうじゃない。外交特権を隠れ蓑《みの》にするとは、なかなか巧妙だな。よく思いついたもんだ」ジョーンズはくっくっと笑った。焦っている様子はみじんもうかがえない。「それでも、われわれがミスター・デヴァルーに接近し、殺人容疑で逮捕する方法がひとつだけある。それには罠《わな》を仕掛けなければならない。やつが公使館の外に顔を出した瞬間、ひっとらえるんだ」

「どうやって罠を仕掛ける？」

「答えは明白だ。なにしろ……おい、御者、停めてくれ！　目的地に着いたようだ」

馬車で走った距離はそう長くなかった。あたりを見渡すと、例のチャンセリー・レーンの入口に来ていた。私はサイラス・ベケットや彼が営む薄気味悪い理髪店のことを、ほとんど忘れかけていた。次から次へと新しい出来事が起こったせいだろう。馬車を降りると、そこでは警官隊が待機していた。この場所なら理髪店からも手回しオルガン弾きからも見えない。すぐそこの角を曲がれば、今日もあの楽器の音が聞こえてくるのだろうが。「わたしから離れないでください」ジョーンズは私に指示してから、一番近くにいる巡査に確認した。「やるべきことはわかっているな?」

「イエス、サー」

「われわれが店のなかへ入るまで、おまえたちの姿は絶対に見られるなよ」

これもジョーンズがシャーロック・ホームズから受け継いだ特徴とみえる。ワトスンに言わせれば、〝肝心な計画を誰にも教えたがらず、実行に移す間際まで黙っている〟(『バスカヴィル家の犬』)癖だ。道の角を曲がって、ステイプルズ・イン・ガーデンへ続くわだちがついた道を歩き始めるまで、ジョーンズは黙りこくったままだった。私たちに気づいて、手回しオルガン弾きが演奏をぴたりと止めた。前回ここへ来たときとまったく同じだ。てっきりジョーンズはまっすぐ理髪店へ行くものと思っていたが——ここへ来た理由がほかにあるか?——そうはせず、静かになった辻音楽師に歩み寄った。

「育毛剤ですか、旦那《だんな》?」手回しオルガン弾きは尋ねた。「それとも散髪とひげ剃《そ》りですか?」

「今日はけっこうだ、どうも」ジョーンズは答えた。「だが散髪と聞いて、あんたはどんな髪型をしてるのか見たくなったよ」ジョーンズはいきなり腕を伸ばして、相手によける暇も与えずシルクハットを剝《は》ぎ取った。そこに現われたのは目が覚めるような赤い髪だった。「思ったとおりだ」とジョーンズはつぶやいた。

「どういう意味ですか？」私は訊いた。

「赤毛だよ！」

「彼の髪の色が事件に関係あるんですか？」

「あるとも」それからジョーンズは憤然とする辻音楽師を振り向いた。「しばらくぶりだな、ミスター・ダンカン・ロス。それが二年前にあんたが使っていた名前だ。本名はアーチー・クック。あんたが悪だくみに加担するのはこれが初めてじゃない！」とたんに相手の男は逃げ出そうとした。重たい楽器を抱えていなかったら、まんまと逃げおおせていただろう。ジョーンズは男の腕をむんずとつかんだ。「わたしと一緒に理髪店へ入ってもらおう。おとなしく言うことを聞いたほうが、あとが楽だと思うがね」

「おれは無関係だ！」クックは抗議した。「楽器を弾いてるだけだ。金をもらって、店の宣伝をしてるだけだ。なんにも知らねえよ！」

「あがいても無駄だぞ、アーチー。なにもかもお見通しだ。相棒とは関係ないとあくまでしらを切るなら、勝手にしろ。つまらん押し問答で時間を無駄にするつもりはない。とにかく来い」

私たち三人は前回サイラス・ベケットと初めて会った薄汚れた店へ入っていった。アーチーがひどく足を引きずっているのに私は気づいた。なかへ入ってドアを閉めたとき、店の主人が前回と同様、地下室に通ずる階段から現われた。手回しオルガン弾きを見てぎょっとしたが、ジョーンズが目に留まった瞬間、すべてを悟ったようだった。自分の目論見《もくろみ》は――私にはそれがなんなのかわからないが――失敗したのだと。彼は背を向けて駆け出すだろうと私は思った。建物にはもうひとつ出口があるかもしれない。もちろんジョーンズもそれを見越していた。

「そこを動くな、ジョン・クレイ！」ジョーンズは怒鳴ってから、アーチー・クックを突き飛ばすようにして擦り切れた革の椅子に座らせた。「そうとも、おまえの正体はわかっている。ここでなにをやっているのかもな。逃げようとしても無駄だぞ。外に出れば、警官たちがあっという間にはさみうちだ。わたしを信用して協力するなら、悪いようにはしないと約束しよう」

理髪師は頭のなかで考えをめぐらせた。やがて観念したのか、がっくりと肩を落とした。鎧《よろい》を脱がされたかのように急に意気消沈し、見るからにいままでの印象より歳を取った、教養のある男に変わった。しゃべり出したときは声まで変わっていた。「呼ぶときは〝ミスター〟をつけてもらおう」と彼は言った。

「こんなに早く刑務所を出てこられたとは驚いたよ」とジョーンズが言う。

「洗練された物わかりのいい判事が、長い刑期はわたしのような繊細な人間にとっていかに害が大きいかを理解してくれてね」先日会ったのと同じ男がしゃべっているとは思えない。「彼と同じ学校へ通った仲だという偶然も幸いしたんだろうな」

「いったい……」私は困惑の表情で言いかけた。

「ではシャーロック・ホームズ式に〝ミスター〟・ジョン・クレイを紹介しましょう。殺人、強盗、贋金《にせがね》使い、偽造と、悪行の限りを尽くした犯罪人です。すこぶる奸智《かんち》に長《た》けた男で、『赤毛連盟』で知られる有名な事件の首謀者でした」

「サックス・コーバーグ・スクエアの銀行強盗！」私は叫んだ。そういえば、ジョーンズの自宅の書斎で壁に貼ってある新聞記事を見た覚えがある。

「正しくは銀行強盗未遂です。前回ここへ初めて来たとき、この男はジョン・クレイと同一人物で、性懲りもなくお気に入りの手口を使っているのだと見破った。自分でもにわかには信じられなかったが、すぐにぴんと来たよ。その理由を説明させてもらってもかまわないかな、ミスター・クレイ？」

「好きにしろ。わたしにはどうでもいいことだ」

「けっこう。この店は派手な看板を出しているにもかかわらず、明らかに客を寄せつけまいとしていた。店内が見るからに不潔なうえ、理髪師本人がとんでもなくみっともない髪をしていた。そんな店で剃刀《かみそり》の刃を平気で顔に近づけさせたり、主成分が糊《のり》以外の何物でもない育毛剤を購入したりする愚か者は、どこにもいやしない。わたしだったらスウィーニー・トッド（イギリスの怪奇小説に登場する連続殺人鬼の理髪師）の店のほうがまだくつろげる！　むろん、ここはわざと客が寄りつかないようにしてあったんだ。ミスター・クレイにはほかに専念したい用事があったからな。道をはさんだすぐ向かいはチャンセリー・レーン貸金庫会社だ。そこの金庫室はかれこれ五年以上、ロンドンの富裕層のあいだで利用されてきた」

「六千個の金庫がある」クレイが悔しそうにつぶやいた。

「金庫室へ侵入するため、ミスター・クレイは道路の地下にトンネルを掘っていたというわけだ。相棒のアーチー・クックはその計画で二つの重要な役目を負っていた。ひとつ目は、手回しオルガンをやかましく鳴らして、足もとの地下で穴を掘っている音に気づかれないようにすること。やつの立っている位置から、トンネルがどこまで掘り進められているかだいたい見当がついたよ。今日見た感じでは、完成間近だったようだな」

「あと数日で終わるはずだった」

「アーチーのもうひとつの役割は、店に近づいてくる者がいたら、クレイに警告することだった」

「急に演奏をやめたのはそのせいか！」私は言った。

「ご明察。楽器の音が鳴りやんだら、ミスター・クレイはただちに作業を休止し、地上へ戻ってくる手はずだった。ズボンをはきかえることまでは無理だったがな。ズボンの膝《ひざ》が擦り切れてしわくちゃなのは一目瞭然《りょうぜん》だった。参考までに、以前の事件でホームズが見抜いたのと同じ手がかりだ」

「あなたはこの男に信心深いかと質問しましたね」私は思い出して言った。

「ひざまずいてなにかをしていたのはまちがいなかったが、熱心に祈る人も、ズボンの膝は似たような状態になると思ったんだ。だから教会には通っていないという返答を聞いた瞬間、自分の推理が正しかったことを確信した。前回の犯行で、ミスター・クレイは質屋の主人を店から離れさせておくため、巧妙かつ独創的な嘘を仕立てた。彼の創意に富んだ斬新《ざんしん》な着想力は、今回の計画でわかるとおり、いささかも衰えていないようだな」

ジョン・クレイはおほめにあずかり恐縮ですと言わんばかりにお辞儀をした。少年じみた変わった顔には笑みに近い表情が浮かんでいる。「しかたない。まあ、腕利きの探偵に逮捕されるのがせめてもの慰めだな。前回はシャーロック・ホームズ、今回はあんただ！　ところでジョーンズ警部、認識にひとつ誤りがあるぞ。わたしは人を殺したことは一度もない。死者が出たのは事実だが、お互い酒を飲んでいて、相手が勝手に転んだだけだ。そいつを押したりはしていない」

「あいにく過去のことには興味ないんでね、ミスター・クレイ。とにかくわたしに協力することだ。そうすれば、場合によっては逮捕を免れるかもしれないし、それが無理でも形勢は多少有利になるだろう。正直に本当のことを話したらどうだ？」

「正直にだと？　誰に向かって口をきいているのか、わかっていないようだな。わたしは王族の血筋なんだぞ。ずっとないがしろにされてきたが、女王陛下の遠縁であることに変わりはないのだ。そうだな、この窮地を脱する方法があるなら、契約に応じてやってもいい。言われなくても、約束は守る。わたしの口から出るのはすべて真実だ」

「それはありがたい。では最初に、この店に行き着いたいきさつを説明しておこう。友人とわたしは一家惨殺事件の起こったハイゲイトのブレイズトン・ハウスへ行き、犯行現場を調べた。その家の主人はスコッチー・ラヴェルという男で、彼の日記にこの店の名前と住所の一部が書いてあった」

「ラヴェルのことは知っている。わたしが殺したんじゃない。もっとも、彼が死んだと聞いても哀れむ気にはならないがな」

「ジョナサン・ピルグリムという名に聞き覚えはあるか？」

「ないね」

「彼はアメリカのピンカートン探偵社に所属する調査員だった。彼もあんたの計画に感づいていた。やはり殺害されたが、この店の広告チラシを残してくれたおかげで、われわれはここを見つけ出すことができた」

　短い沈黙があった。そのあとクレイが背筋を伸ばして言った。「おい、アーチー、お茶の用意だ」相棒に命じてから、私たちに向かって続けた。「紳士方、奥の居間へどうぞ。まさか探偵さんを二人もお招きして、手首にしゃれたブレスレットをはめられることになろうとは考えてもいなかったよ。一緒にお茶でも飲みながら、わたしの話をじっくり聞いてもらおう。捜査に全面的に協力すると、王族の血を引く者の名誉にかけて誓う！」

私たちは奥の部屋へ移動し、アーチーが暖炉のなかのうずみ火をかき立てている横で、無垢《むく》材のテーブルを囲むぐらぐらする椅子に腰かけた。ジョーンズにたくらみを看破されてからのクレイは落ち着きを取り戻し、すっかりくつろいでいるようだったので、誰かがこの場面を見れば、私たち三人は仲良く計画を話し合っている旧友の集まりだと思われただろう。

「わたしが放り込まれていたホロウェイ監獄は」クレイの話が始まった。「楽しい場所ではなかったよ。高貴な生まれの紳士にとっては、豚小屋にも等しい。金をどれだけ積んでも個室はもらえなかった。ま、さっき言った物わかりのいい判事はわりあい寛大だったがな。いや、気にしないでくれ、ただの愚痴だ。出所後、身の振り方について考えた。赤毛連盟の計画が失敗したのは精神的にかなりこたえた。アーチーならわかってくれるだろう。多大な時間と手間をかけて準備したんだからな。ホームズが首を突っ込んできたことだけが誤算だった。あと数日で望みの物を手に入れられたはずなのに。

出所したのは二月だ。娑婆《しゃば》の空気を吸った瞬間、なにかが変だと感じた。昔の仲間たちは一掃されて、あれほどにぎやかだったショアディッチのパブは葬儀場みたいにしんとしてた。また切り裂きジャックが現われて、街じゅうをうろついてるのかと思ったよ。でなけりゃ、もっと悪いことが起こったんだろうと。

実際にそのとおりだとすぐにわかった。新しい犯罪組織がロンドンに上陸してたんだ。アメリカ人って話だった。もともとアメリカ人のことはあまり好きじゃなかった。国王ジョージ三世が植民地をぽろぽろと指のあいだから落ちるにまかせたのは、とんでもない失敗だ……話が脇道にそれた。とにかく、アメリカのニューヨークから来た犯罪組織が、梅毒みたいにロンドンにはびこっていた。わたしの友人や仲間も大勢やられたよ。アメリカのやつらにわれわれの掟《おきて》は通用しない。二ヵ月足らずのあいだに繁華街から路地まで、そこらじゅうに血の雨が降った。大げさに言ってるんじゃない。これは比喩《ひゆ》でもなんでもなく、文字どおりの意味だ」

やかんが沸騰した。アーチーはティーポットに湯を注いで、テーブルへ運んできた。相変わらず足をひどく引きずっていて、痛みをこらえているのがわかった。

「そのときモリアーティはどこにいた？」私は訊いた。

「モリアーティ？　じかに会ったことはないね。名前は知ってるがな。この世界ではみんな知ってる。誰よりも恐れられていた男だ。犯罪界の元締めとして、金と権力をほしいままにしていた！　ロンドンでなにか犯罪が起きれば、必ず分け前が彼の懐に入るようになってた。そのことで、みんなよく文句を言ってたよ――陰でな。まあ、彼の肩を持つわけじゃないが、必要なときに手を差し伸べてくれたからな。公平に見ればそういうことだ。ところが、そのモリアーティはどこかへ消えて、いなくなった。その後釜《あとがま》にすわったのがクラレンス・デヴァルーだ。デヴァルーに比べれば、モリアーティは優しい女神さまみたいなもんだと思ったね。自分では手を下さず、兵隊どもに汚い仕事をやらせてるところは共通してたがな。

アーチーとわたしの場合もそうだ。事の起こりは、わたしたちが住むペティコート・レーンのユダヤ人が経営する小さな下宿を、スコッチー・ラヴェルと名乗る豚みたいに小さな目の気味悪い男に襲撃されたことだった。若いごろつきどもを引き連れてたよ。恥さらしなことに、ごろつきは全員イギリス人だった。つまり、それがアメリカのお客さんどものやり方なのさ。ロンドンの掃き溜《だ》めから腕っぷしの強いのを拾い集めるわけだ。強力な軍隊にならないわけがない。貧民窟《くつ》やアヘン窟にいたやつらは、半クラウン銀貨一個与えれば、なんでもやるだろうからな。忠誠心や愛国心はこれっぽっちもないが。おまけに情報通ぞろいで、ロンドンを隅々まで知ってるうえ、それなりの方法で食い扶持《ぶち》を稼いでいたやつらだ――解体屋とか、旋盤工とか、九柱戯《スキットル》詐欺師とかな。しかも、わたしのことを知っていやがった。

あいつらはわたしたちが朝食をとってるところへいきなり押し入ってきて、アーチーを椅子にしばりつけた。スコッチーはなにもせず、子分どもがやることを立ったまま偉そうに見ていた。そして最後に条件を出してきたんだ。一方的な要求としか呼びようのないものだった。こっちがいやだと言えば、命をとられるのはわかりきってたからな。

スコッチーが持ちかけたのはこういう話だ。チャンセリー・レーンのそばの、道を隔てて貸金庫会社と向かい合った場所に空き店舗がある。その店から貸金庫会社まで地下にトンネルを掘って、金庫室へ侵入しろ、と。それも数週間で。金庫室には金銀宝石や現金がぎっしり詰まってるんだそうだ。店の賃料はやつらが払うが、地下で四つん這《ば》いになる重労働はすべてアーチーとわたしだ。リスクは全部こっちが負わされる。それに、連中の気前のいいことといったら。なんと宝の半分がミスター・デヴァルーの取り分だそうだ。半分だぞ！　モリアーティは二十パーセント以上の手数料を要求したことは一度もなかったってのに」

「同意したのか？」ジョーンズは訊いた。

「五人のごろつきに囲まれてるわ、ベーコンが冷めてくわの状況で、議論なんかしていられないだろう？　だがこっちにも意地がある。きっぱりとはねつけた。するとスコッチーの野郎、かわいそうなアーチーをねらいやがった。子分どもに、〝痛めつけろ！〟と命じたんだ。命令どおりのことが起きたよ。わたしにはどうしようもなかった」

「止めてくれてもよかったのに」アーチーは口のなかでもぐもぐ言った。

「止める間もないくらい一瞬の出来事だったんだ。思い出すとぞっとする。やつらはアーチーの靴を脱がせて、わたしの目の前で……」クレイは口をつぐんだ。「この人たちに見せてやれ、アーチー」

赤毛の若者はしゃがんで、靴を片方脱いだ。彼の素足を見て、なぜ足を引きずっていたのかよくわかった。親指の爪が剝がされ、大きく腫《は》れ上がり、血もにじんでいた。

「あいつらにやられたんだ！」アーチーは目に涙を浮かべて悔しがった。

「使ったのはペンチだ」クレイは言った。「アーチーは何度も悲鳴をあげた。しばらくは朝食に手をつける気になれなかったよ。それだけじゃ済まないことはわかっていた。

トンネル掘りを断れば、今度はわたしが痛い目に遭わされる。あんな残忍なけだものは見たことがなかった。言いなりになるしかないと観念したよ。で、わたしたちはここへ引っ越してきた。表向きは理髪店を営業し、客が来たら全力で追い返す、というのはわたしの案だ。店を開けてから今日まで、実際に散髪をさせられるはめになったのは六回だけだった。思ってたほどひどい出来じゃなかった。我ながら、けっこう筋がいいと思ったよ。アーチーを見張り役に外に立たせて、わたしは地下で穴掘りに専念した。骨の折れる仕事だよ。泥岩に石灰石に白亜！　次々といろんな地層が出てくる。摩訶《まか》不思議だな、古き良きロンドンの土《クレイ》は」

「スコッチー・ラヴェルが殺されたあと、クラレンス・デヴァルーから連絡はあったのか？」ジョーンズが訊いた。

　クレイは首を振った。「いや、ない。デヴァルーからはな。新聞でスコッチーが死んだと知って、アーチーとさっそく乾杯に繰り出したよ。ジンをボトル一本空けた。こんな嬉《うれ》しいことがあっていいものかと思ったね。ところが翌日、スコッチーよりもっとたちの悪いやつがやって来た。わたしは怒りっぽい性格じゃないが、ああいう連中に対しては例外だ。名前はエドガー・モートレイク。めかし込んだ、てらてらの黒い髪の痩《や》せた男だ」

「やつのことは知っている」

「知ってるうちには入らんよ！　やつはあと二週間で金庫室へ侵入しろと言った。できなければ、二人とも足の爪をもう一本失うことになるとつけ加えてな」

「あんたは一本も失ってない！」アーチーが不満をぶつける。

「言葉の綾だろうが、アーチー。とにかくそう脅されて、それ以来夜も昼もぶっ通しで働いてる」

「金庫室へ侵入したあとの段取りは？」

「モートレイクとじかに会うことになってる」

「戦利品をやつに渡すわけだな？」

「ああ、そうだ。残らず全部持ってこいと言ってた。あいつらアメリカ人は他人を絶対に信用しないんだ。この道のプロの誇りなんか一顧だにしない。わたしくらいのベテランだって、やつらを半分も満足させられたらいいほうかもな。下手すりゃ二人とも罠に落とされて、喉《のど》をかっ切られちまう」

「罠は確かにある」ジョーンズはつぶやいた。「だがそこに落ちるのはあんたらじゃない。さて、そのトンネルをぜひとも拝ませてもらいたくなった。高度な技術を注ぎ込んだ労作をな。あんたがどうやって金庫室の壁をぶち抜くのか、興味をそそられる」

「壁はただのレンガだよ。一階には鉄筋が埋め込んであるが、地下はたいして堅牢《けんろう》な造りじゃない。そのへんの事情をデヴァルーはきっちり下調べしてあった。たいしたもんだ」

ティーポットのお茶がカップに注がれずに残ったまま、全員テーブルを離れた。そして地下へ続く狭くて急な階段を下り、理髪店の真下にある貯蔵室へ入っていった。床には私たち四人がやっと立てるくらいの空間しかなく、掘り出した土砂と砕けたレンガがそこらじゅうに積んである。一方の壁が壊されていて、そこにできた穴をしゃがんでのぞくと、灯油ランプに照らされて、板材で簡単に補強した丸いトンネルがずっと奥まで続いているのが見えた。あんなところでジョン・クレイが呼吸をしていられたことになにより驚いた。貯蔵室でさえ空気が湿っぽくて、むっとするというのに。ここよりもっと空気の薄い場所で、地面に膝をつき、身体を折り曲げ、ゆるんだ地盤が崩れる危険を背負いながら、ジョン・クレイはひたすら前へ掘り進めるしかなかったのだ。

「ミスター・クレイ、よく正直に話してくれた」ジョーンズは言った。顔が灯油ランプの光が作る影に半分覆われている。「過去に犯した数々の罪はひとまず忘れてやる。さっきあんたが警告したとおり、邪悪な連中がこの国に入り込んでいる。これはやつらを倒すまたとないチャンスだ。行こう、チェイス。地上へ戻ろう。暗い場所にこれ以上いられないし、時間も残り少ない」

私たちは階段をのぼって、理髪店の外に出た。ジョーンズはそれまで見たことがないほど決然としていた。どんな罠を仕掛けるつもりなのかはわからないが、まるでロンドンを丸ごと掌中におさめているかのような自信がみなぎっていた。デヴァルーに残された時間もあとわずかなのだろう。

15　ブラックウォール・ベイスン

一八九一年五月二十日付〈ロンドン・タイムズ〉紙より

前代未聞の強盗事件

　過去六年にわたり、企業と個人の財産を守ってきたチャンセリー・レーン貸金庫会社で、深夜に強盗事件が発生した。この大胆不敵な犯行に、ロンドンじゅうから怒りの声があがっている。六千個もの金庫と貴重品庫を備《そな》えた同社は、武装した夜警にパトロールをおこなわせるなど日頃から厳重な警備態勢をしいており、難攻不落の砦《とりで》と言われてきた。ところがなんと驚くべきことか、犯人は道路の下にトンネルを掘り抜き、地下金庫室の壁を突き破って侵入したのである。強盗は金庫を残らず荒らして、金銀宝石および有価証券を盗み去った。被害総額は数百ポンドにのぼる。そのような無謀ともいえる悪事はただちに発覚しそうなものだが、夜間の警備責任者フィッツロイ・スミス氏によれば、廊下に吹き込んでくる隙間風を不審に思って調べにいくまで、地下の異変にはまったく気づかなかったという。事件を聞きつけた金庫の利用客たちは、自分の預けている財産が被害に遭ったかどうか確認しようと、同社に殺到している模様。目下、スコットランド・ヤードのA・マクドナルド警部が捜査にあたっているが、まだ犯人逮捕には至っていない。

ジョーンズが〈ロンドン・タイムズ〉紙をどう説得して計画に協力させたのかは知らないが、これがジョン・クレイと会った二十四時間後に発表された記事である。当然の結果として、チャンセリー・レーンには裕福な市民の怒れる群衆がどっと押し寄せた。ジョーンズがその騒ぎにどう対処するつもりなのかも私にはわからない。おそらく貸金庫会社の社員たちが緩衝材となってくれるのだろう。〝ご安心ください、お客様の金庫は無事でございます。ですが、本日はなかへお入りいただくことができません。警察が捜査中ですので〟と、顧客にていねいに対応している姿が目に浮かぶ。

実際には強盗事件など起こらなかったが、起こったことにして、捜査を口実に貸金庫会社の営業を四十八時間休止させたことは大きな収穫といえる。だがその分、危険も大きいわけで、ジョーンズには時間切れが迫っている。警視総監はすでにコールマン・デヴリースからの書状を読んで、審議会を招集していた。ジョーンズによれば、スコットランド・ヤードの審議会は事実上の解雇通知なのだそうだ。

新聞が強盗事件を報じたのは水曜日だった。私はその日ジョーンズと会わなかったが、ホテルに彼のメッセージが届いて、翌日ベイカー・ストリート駅の南側に位置するチルターン・ストリートで待ち合わせることになった。約束の時刻に指定された番地へ行ってみると、そこは間口の狭い小さな建物で、窓に明かりが煌々《こうこう》とともっていた。内部は二階が居間、その上の階が寝室になっており、ずいぶん前から空き家のようだが、塵《ちり》ひとつなくきれいに掃除されていた。ジョーンズはこれまでどおり自信に満ちた様子で、ステッキをかたわらに暖炉の前に立っていた。

私はとまどった。この住居がわれわれの捜査でどんな役目を果たすのか、皆目見当がつかなかったのだ。ジョン・クレイになんらかの関わりがあるのだろうか？　その答えは間もなくジョーンズの説明から得られた。「ミスター・クレイはペティコート・レーンの下宿にいる。いまのところ安全だ。巡査二名にクレイとその相棒を見張らせているが、逃亡を企てるとは思えない。彼らもわれわれと同じくらいミスター・デヴァルーが嫌いだから、やつが法のもとに裁かれるのを見たいだろう。しかも、われわれに協力すれば自分たちはお目こぼしにあずかれるかもしれないんだから、彼らにすれば一石二鳥だ」

「クレイはデヴァルーと連絡を取ったんですか？」

「ああ。そして、チャンセリー・レーン貸金庫会社から盗んだ数百ポンドのお宝をクレイが独り占めしたとデヴァルーは信じている。半分は自分の取り分だと考えているデヴァルーにすれば、心中穏やかではないだろう。〈ロンドン・タイムズ〉紙の記事は実に巧妙にできているが、デヴァルーを公使館からおびき出すほどの威力があるかどうかは未知数だ。これは誰にとっても賭《か》けだよ。たぶん、やつは手下の誰かを送り込むだろうな。それだけでも逮捕に必要な証拠になる。あとはやつが早く行動に出てくれるのを祈るしかない。クレイは急いでロンドンを離れるつもりだとやつに思わせてある。もちろんわたしの差し金だ。このあとの展開を見守ろう」

「で、この家はなんですか？　なぜ私たちはここに？」

「言わないとわからないかな、チェイス？」ジョーンズがにんまり笑うのを見て、私はふと思った。病気に襲われる前の彼も、きっとこんなふうに意気揚々としていたにちがいないと。「これから数日間になにがあろうと、わたしのスコットランド・ヤードでの経歴に終止符が打たれるのは明らかだ。先だって話したとおり覚悟はできている。で、今後の身の振り方だが、前にわれわれのあいだで一緒に組もうという話が出たのを覚えているでしょう？　それを実行に移さない手はない。共同で探偵事務所をやれば、きっとうまく行く」

「じゃあ、この部屋は……？」

「手頃な値段で賃貸に出ていたんですよ。寝室もひとつある——あなた用に。わたしはこれまでどおり愛する家族のエルスペスとベアトリスと一緒に暮らすつもりだ。どうです、この部屋？　依頼人を迎える事務所としては理想的でしょう？　通りの角を曲がってすぐの、十二段の階段をのぼったところ……十七段でないのが残念だが。ああ、なんでもない。とにかくこの話、ひとつ考えてみてくれませんか？　あなたは独身で、親類縁者もいないという話だった。アメリカが恋しくてたまらない、どうしても帰りたい、ということでないならば、どうか首を縦に振ってほしい」

「ロンドンで生計を立てられるんでしょうか？」

「同等の共同経営で、利益は折半。諮問探偵の収入は決して少なくありませんから、充分食べていけますよ」

私はどう返事をすればいいのかわからなかった。「ジョーンズ警部」迷ったあとに答えた。「いやはや、まいったな。あなたには驚かされてばかりだ。私の人生にとって、あなたとの出会いは何物にも代えがたい貴重な経験ですよ。しかし、この話はもう少し考えさせてもらえませんか？　どうかお願いします」

「もちろんですとも」ジョーンズは私の煮え切らない態度に落胆したかもしれないが、顔には表わさなかった。

「あなたの言ったとおりです」私は言った。「ニューヨークでは孤独に暮らしていましたし、仕事漬けの毎日でした。ピンカートン探偵社の調査員という身分にはそろそろ見切りをつけて、新しい一歩を踏み出すべきときが来ているのでしょう。しかしそれでも、慎重に考える必要があります。今回の捜査が完了して、クラレンス・デヴァルーを法の裁きにかけるまで、決断はお互い保留にしませんか？　いまの状況を鑑《かんが》みれば、それほど先の話ではないと思いますし」

「わかりました、そうしましょう。だが、ここの家主には前向きに検討すると伝えてよろしいかな？　交渉すれば、一週間か二週間、われわれのために部屋をとっておいてもらえるはずだ。そのあとで、あなたが共同経営に同意すれば、次は世話をしてくれるハドスン夫人を見つけよう。わたしにはスコットランド・ヤード内に友人が大勢いるから、探偵仕事を確保するうえで頼りになる。見通しは明るいと言っていいでしょう。われわれの探偵事務所は繁盛することまちがいなしですよ」

「あなたがホームズで、私がワトスンですね？　なるほど、悪くないアイデアだ。彼らのいなくなった場所は誰かが埋めなければなりませんしね」

ジョーンズが近寄ってきて、片手を差し出した。私たちは握手を交わした。互いの絆《きずな》がこれからも強固なものであることを実感した瞬間だった。突然持ちかけられた具体的な話に私はまだまごついていたが、わが友人ジョーンズは早くも熱意に燃えていた。まるで、ずっと追い求めてきたものをいままさにつかみ取ろうとしているかのように。

その晩、ジョン・クレイはクラレンス・デヴァルーからのメッセージを受け取った。その六ペンスの駄賃で使い走りを引き受けた、路上で暮らす貧しい少年が届けにきた。そのメッセージは、チャンセリー・レーン貸金庫会社から盗み出した物を全部持って、ブラックウォール・ベイスン十七番地の倉庫にクレイ本人が来い、という呼び出し状だった。日時は翌日の午後五時。サインはどこにもなかった。手書きの文字はすべて大文字で、文面はごく短くシンプルだった。ジョーンズが自慢の観察眼でインクと紙を入念に調べたが、アメリカや例の公使館に関連する証拠はなにひとつ見つからなかった。それでも、送り主の正体についてはジョーンズも私も揺るぎない確信を得た。

罠《わな》は仕掛けられた。

そして金曜日になった。もうじき朝食を終えようとしていたとき、私を訪ねてきた者がいるとホテルの雑用係に知らされた。「ではここへ通してくれ」と私は言った。ポットにはまだお茶が二杯分残っていた。

「それはよしたほうがいいでしょう」雑用係は顔をしかめて言った。「こういうまっとうな場所へ招き入れるのにふさわしい相手ではありません。ロビーで待たせます」

私は好奇心をそそられ、すぐにナプキンを置いて席を立ち、身なりのあまりよろしくないらしい人物に会うため食堂を出た。ロビーへ行くと、みすぼらしい船員服を着た男がすぐに目に留まった。彼を乗組員に選べば、その船では必ずひと騒動起きるだろうと確信できるくらい、ひどく柄の悪い船乗りだった。カンヴァス地のズボンから赤いフランネルのシャツの裾《すそ》がみっともなくはみ出し、その上に着ている厚手のピーコートは彼には小さすぎて、袖《そで》の長さが肘《ひじ》のあたりまでしかない。無精ひげが伸びた顔にインディゴのしみがついている。片方の足首に汚れた不潔な包帯を巻き、松葉杖《まつばづえ》も片方だけついている。これでオウムが肩にのっていれば、荒くれ者の海賊を絵に描いたような姿だったろうに。

「誰だね、きみは？」私は詰問口調で訊《き》いた。「なんの用だ？」

「お邪魔してすいませんね、旦那《だんな》」船乗りは汚い指で前髪に触れて挨拶《あいさつ》した。「ブラックウォール・ベイスンから来やした」

「で、なぜここへ？」

「旦那をミスター・クレイのところへ連れてくためですよ」

「行き先がどこだろうと、きみについて行くつもりはない。それともクレイの使いで迎えにきたと言うのか？　彼がなぜ私の居場所を知っているんだ？」

「あの警官から教えてもらったからですよ。なんて名前だったかな。ああ、そうだ、ジョーンズだ！　あの人も旦那を待ってますぜ」

「どこにいるんだ、彼は？」

「目の前だよ、チェイス。さあ、おとなしくついて来てもらいますぞ！」

「ジョーンズ！」私はあっけにとられて彼をまじまじと見た。すると、船乗りの顔の奥に見慣れた刑事の顔が隠れているのがわかった。「本当にあなたなんですか？」大声で言った。「いや、これは驚いた！　完全にだまされましたよ。しかし、なぜそんな恰好《かっこう》を？　それから、なぜここにいるんです？」

「ただちに出発しましょう」ジョーンズは緊張を帯びた真剣そのものの声で言った。「問題の倉庫にはミスター・クレイよりも先に着いていなければならない。デヴァルーはまだ罠には気づいていないはずだ。新聞を読んで、クレイが自分を恐れていると思っているから、逆にやられるとは想像もしていないでしょう。だがそれでも、用心するに越したことはない。万全を期する必要がある」

「それで変装を？」

「念には念を、と言いますからな――わたしだけではありませんよ」彼は前にかがんで布製のバッグを拾い上げ、私に放ってよこした。「船乗りのジャケットとズボンが入っています。木賃宿で手に入れたものですが、見た目ほど汚くはないのでご安心を。すぐにそれに着替えてください。急いで。辻《つじ》馬車を待たせてありますから」

以前ジョーンズは、私たちの冒険をいつか書いてくれと――そして新しい〈ストランド〉誌に載せてくれと私にそれとなく促したことがあった。私は彼とともに辻馬車に揺られて波止場へと向かいながら、記録者として最初のきわめて困難な作業に取りかかってみた。とはいえ、眼前に百八十度広がる壮大な眺望を、すなわち繁栄の都市ロンドンを象徴する特別な光景を、いったいどこからどう描写すればいいのだろう？　真っ先に目を引きつけられたのは薄暗い空だった。それは無数の煙突から吐き出される黒煙によってできたもので、空の下に横たわる川もそれを反射して不気味に黒ずんでいた。港では、荷揚げ用のクレーンや船のマストが、鉛色の空を背景に輪郭を鋭く浮き上がらせ、まるで切り絵を見ているようだった。帆船、小型汽船、艀《はしけ》、沿岸輸送船など、さまざまな船舶がひしめいていたが、動いているのはごくわずかで、ほとんどは灰色の絵画のなかに閉じ込められていた。これほどおびただしい種類の国旗は見たことがなかった。世界中の国旗が集まっているのではないかと思えるほどだ。近づくにつれ、大声で叫んでいるアフリカ人やインド人、ポーランド人、ドイツ人の姿が見えてきた。異なる言語がいくつも飛び交う様は、まるでバベルの塔が崩れ落ちて、なかにいた者たちが逃げ出そうと必死で残骸《ざんがい》をかき分けているかのようだった。

水面で繰り広げられる混乱と無秩序をよそに、テムズ川は淡々と黒く流れていた。運河が陸地に網状に切れ込んで、ロシアのブリグ型帆船や、藁《わら》を積んだ一本マストの小型帆船、台形の縦帆のついた帆船、スループ帆船（一本マストの縦帆の帆船）などの停泊場所になっていた。それら眠っている船舶の群れの横ではクレーンが稼働中で、穀物の袋や、まだ樹脂の匂いを放っている製材したての長い木材などを運んでいた。その眺めは目だけでなく鼻にも刺激的だった。貨物から漂ってくる匂いは、異国から到着した香辛料やお茶や葉巻、さらにはラム酒の存在を、まだ目に見えないうちから知らせていた。しばらくして馬車の速度が落ち、歩いているのとほとんど変わらないくらいになった。前方の様子をうかがうと、船員や荷役作業員や荷馬車があふれかえって、道をふさいでいた。これだけ道幅が広くても、ここに集まる人間の数と貨物の量には不充分なのだと一目でわかる光景だった。

しかたなく、私たちはそこで馬車を降りた。界隈《かいわい》には商店がぎっしりと軒を連ねていた。大工、馬車修理、鍛冶《かじ》屋、配管工など商売はさまざまで、汚れた窓の向こうに作業をしている人影がぼんやり見える。青い革エプロンをつけた食肉業者が、キーキーと甲高く鳴いている太った豚を入れたかごを器用に担ぎ、通りを大股《おおまた》で歩いていく。みすぼらしい身なりの子供たちが道の両側で追いかけっこをしている。家の二階の窓が突然開いて、警告のひと声のあとに悪臭を放つ汚物が路上にばしゃりとぶちまけられた。ジョーンズは私の腕をつかんで、先を急いだ。蠟燭《ろうそく》や石鹸《せっけん》などの日用品を売る店を通り過ぎた。当然ながら質屋もあり、ユダヤ系の老店主が戸口のそばに座って、大きな拡大鏡を手に懐中時計を調べていた。やがて行く手に倉庫街が見えてきた。木材と鉄とレンガでできた陰気な建物が、その重みに耐えかねたとばかりに、地面に半ば沈むようにして建っている。建物からは起重機の腕木があらゆる方向に突き出していて、中身はワインや金物だろうか、樽《たる》や木箱や袋に入った荷物を滑車とロープで吊《つ》り上げ、それらをデッキつきの搬入口がのみこんでいく。

私たちは通行人をかき分けて歩き続けた。道沿いに続く番地は不規則に並んでいるらしく、すぐに十七番地が現われた。それは四階建てのどっしりとした四角い倉庫で、運河と川が交わる道の角に位置していた。建物の表と裏の双方に大きな出入り口がある。ジョーンズは運河沿いの運搬専用道へ入り、そこに山となって積まれている古い網の陰に寝そべった。私にもそうするよう身振りで促した。あとは木箱二個と錆《さ》びた大砲が一門あれば、秘密基地としては完璧《かんぺき》だ。ジョーンズはジンのボトルを取り出すと、軽く一口飲んだ。集会が始まるまで、まだだいぶ時間がある。いまの恰好なら――私は流れ者の港湾作業員に変装していた――誰にも不審がられずにまわりの風景に溶け込めそうだと思った。二人ともどこから見ても、親方が来て仕事を回してくれるのを待っているうらぶれた労働者だった。

幸い、その日は暖かかった。周囲で機械や人が休みなく活動しているなか、物静かな相棒と一緒に地べたに寝転んでいるのは、正直言って非常に心地よかった。誰に見られるかわからないので、うっかり懐中時計を取り出すことのないよう気をつけた。だが時計など見なくても、空を流れていく雲から、いま午後のどのくらいの時刻かおおよそ見当がついた。クラレンス・デヴァルーが現われるときは、その先ぶれとなるなんらかの動きや変化をジョーンズが必ず察知するだろう。

最初にやって来たのは、ジョン・クレイとアーチー・クックだった。後ろに防水布で覆われた荷物を積んでいる一頭立ての二輪荷馬車に、二人並んで座っていた。クレイは理髪師をよそおっていたときのおかしな髪型をやめて、さっぱりした短い髪になっていた。二人とも私たちには気づかなかったようで、馬車は一度も停まらず問題の倉庫のほうへまっすぐ向かった。

「さあて、始まったぞ」ジョーンズが私のほうをちらりとだけ見てつぶやいた。

さらに一時間が経過した。波止場にはまだ人が群がっていた。荷積みや荷下ろしの作業は夜まで、いやおそらく夜通し続くのだろう。私たちの後方で、穀物と固形油かすを積んだ艀が、流れのゆるい重たげな水面をかき回しながら、ゆっくりと岸を離れていく。クレイの姿が建物のなかに消えた。荷馬車は後部がかろうじて見えるだけで、ほかはすべて暗い影にのみこまれた。そろそろ陽は傾きかけているのだろうが、空は相変わらず陰気な灰色のままで、太陽がどこにあるのかよくわからなかった。

もう一台、馬車が近づいてきた。今度は一頭立て四輪箱馬車だ。窓はカーテンが引かれ、御者台に人相の良くない男が二人いる。墓地へ向かう葬儀屋だとしてもおかしくないような顔つきだった。私は窓を覆う分厚い黒いカーテンを見て、目論見《もくろみ》どおり公使館からクラレンス・デヴァルーを引きずり出せたのかどうか疑問に思った。デヴァルーがじきじきに盗品を取り立てにくるだろうか？　ジョーンズが私を肘でそっと突いた。行くぞの合図だ。私たちはのろのろと歩き出しながら、倉庫の入口の暗がりでちょうど停止した箱馬車に視線を据えた。あとは扉が開いたままになることを祈るしかない。隣にいるジョーンズも緊張して状況を見守っているのが伝わってきた。これは彼にとって立派な経歴をふいにしかねない危険な賭けなのだ。

　私たちにとって落胆すべき事実が明らかになった。箱馬車から降り立って、あたりを不機嫌そうに見回した人物は、モートレイク兄弟の弟、エドガーだったのだ。例によって二人の若いごろつきと一緒だ。こういう輩《やから》は決して単独では行動しない。ブレイストン・ハウスで初めて会ったときと同様、用心棒が人間の盾よろしくエドガーの両側に立っている。ジョーンズと私は姿を見られないよう影をつたって徐々に近づいていった。モートレイクの手下どもが建物の外を見張っている可能性もあるが、いまのところなにも異状は感じられなかった——実際に異状がないことを願おう。いずれにせよ、これから起こることを見逃したくなければ、建物へ入るしかない。

　倉庫内の光景を前にしてとっさに思い浮かんだのは、どこからでも見やすいよう階段式になった観客席が舞台をぐるりと取り囲んでいる、シェイクスピアの時代の劇場だった。床面積が広いだけでなく天井も高く、どこかのチャペルから盗んできたのかと思わずにはいられないステンドグラスの堂々たる丸窓が、天井のすぐ下にはまっていた。壁の高い位置で太い梁《はり》が十字形に交差し、そこにロープがぶら下がっている――いくつかにはフックと釣り合い錘《おもり》が取りつけられていて、下にある荷物を上階の床まで吊り上げられるようになっていた。この上階部分には、傾斜したプラットホーム状のデッキと、目立たない位置に作られたいくつかの小さなオフィスがある。下の階、すなわち劇が演じられる舞台にあたる場所には、床に落ちている少量のおがくず以外はなにもなく、がらんとしていた。私は役者たちの登場を待つ観客の気分だった。

片隅に荷馬車が停まっているのが見え、馬が落ち着かなげに鼻を鳴らしたり、頭を揺らしたりしている。ジョン・クレイとアーチー・クックは二卓のトレッスル・テーブルの前にそれぞれ立っていた。二人とも、うるさい客を相手にしている小売商人という感じだった。テーブルの上には店先の商品よろしく五十個くらいの品物が並べられている。銀の食卓用ナイフとフォーク、燭台《しょくだい》、宝石、油絵数点、ガラスの器、磁器、紙幣、硬貨。どこから調達したのだろう、と私は内心で思った。もちろんチャンセリー・レーン貸金庫会社ではない――実際には被害に遭っていないので、あそこからはなにも盗まれていない。おそらくジョーンズがスコットランド・ヤードの証拠品保管庫から持ってきたのだろう。

私たちは彼らの会話が聞き取れる位置に立っていた。モートレイクは両手を後ろで組んで、テーブルの前を端から端まで大股で歩いた。気に入っているのか、例によって黒っぽいフロックコートを着ているが、ステッキは持っていない。彼はジョン・クレイの正面で立ち止まり、憎悪にぎらつく目で相手をにらんだ。「収穫はこれっぽっちか、ミスター・クレイ?」低い声で言う。「やけに少ないな。これじゃ話にならん」

「運が悪かったんだよ、ミスター・モートレイク」クレイがそう返答した。「トンネルはうまく掘れたがね。途方もない重労働だったよ。あんたには想像もつかないくらい。問題は、金庫をまだ少ししか開けていないときに邪魔が入ったってことだ」

「本当にこれで全部なのか?」モートレイクは自分より背の低い男に詰め寄って、上から見下ろした。「隠してるんじゃないだろうな?」

「いいや、これで全部だ。紳士の名誉にかけて誓う」

「命にかけて本当だ!」アーチーも横からしゃがれ声で言う。

「ああ、そうだな。もし嘘をついてるとわかったら、二人とも命はもらうぜ」

「千ポンド相当もの収穫だぞ。どこが不満なんだ?」クレイが言い張った。

「新聞に書いてあったのとちがうじゃないか」

「新聞が嘘をついてるんだ。あの貸金庫会社は騒ぎを大きくしたくないんだろう。だが現実には百ポンドの単位じゃない、このとおり千ポンドだ。というわけで、ミスター・モートレイク、五百ポンドずつ山分けしよう。アーチーとおれにとっても、数週間の重労働の見返りとしてはそう悪くない。あんたとご友人たちにとっちゃ、まさに濡《ぬ》れ手で粟《あわ》だな」

「あいにく友人たちはそうは思ってない。特にミスター・デヴァルーはかなりご不満の様子だ。もっとでかい収穫を期待していたのにと、失望をあらわにしている。早い話が、これはおまえたちの契約不履行だ。彼の指示に従って、ここにある物はこっちがそっくりいただく」

「なんだって？」

「おまえにはこれを土産にやろう」モートレイクはテーブルから銀のエッグカップをつかんだ。「ご苦労だったたな。ほんの気持ちだ」

「エッグカップ一個か？」

「エッグカップ一個とおまえの命だよ。次にミスター・デヴァルーからご用命があったときは、もっとまともな仕事をしろよ。目下われわれが目をつけてるのは、ラッセル・スクエアにある銀行だ。それまでロンドンを離れるんじゃないぞ——離れないほうが身のためだ、と言っておこうか。じゃ、そのうちまたな」

モートレイクが顎《あご》をしゃくって合図すると、用心棒たちは用意していた袋にテーブルの上の物をすべて、あっという間に詰め込んだ。ここまで見届けたアセルニー・ジョーンズは、物陰から姿を現わすと同時に、ポケットから呼び子を取り出した。あたりに長く鋭い音が響き渡った瞬間、倉庫の両側から十数名の制服警官が突然現われて、出口を二つともふさいだ。私は彼らがどこに隠れていたのかまったく知らなかった。近くに係留してある船のどれかで待機していたのだろうか？　それとも倉庫の上部にある小部屋に身をひそめていたのだろうか？　どこから出てきたにせよ、よく訓練された警官たちは、敵の小集団へ歩み寄っていく私たちを速やかに取り囲んだ。

「そこを動くな、モートレイク」ジョーンズが厳然と言った。「ここで起こったことは全部この目で見た。おまえが挙げた共犯者の名前もこの耳で聞いた。侵入窃盗の共謀、および盗品を受け取った容疑で逮捕する。おまえの背後に、ロンドンを血の恐怖に突き落とした犯罪組織が存在することはわかっている。だがそれもこれで滅びた。一巻の終わりだ。おまえとおまえの兄、クラレンス・デヴァルー、三人とも法廷で裁かれることになる」

　エドガー・モートレイクはずっと無表情のまま立っていたが、ジョーンズの長々とした口上が終わると、気まずそうに目をしばたたいていたジョン・クレイのほうを振り向いた。「知ってたんだな？」淡々とした口調で言った。

「ほかにどうしようもなかったんでね。だが後悔はしていない。あんたの脅しや暴力はもうたくさんだ。この強欲な化け物め。相棒のアーチーによくもあんなひどいことを。犯罪者の風上にも置けないやつだ。あんたがいなくなれば、ロンドンじゅうの人間がせいせいするだろうよ」

「そうか、おまえは裏切ったのか」

「待てよ……おい……」クレイが狼狽《ろうばい》をあらわにした。

モートレイクが片手を宙ですばやくひと振りするのが見えた。てっきりクレイの顔をひっぱたいたのかと思った。ぴしゃりという音が聞こえなかったのは不思議だったが。クレイもなにが起こったのかわからず、きょとんとしていた。が、次の瞬間、頬を打つことよりもはるかにむごい仕打ちがおこなわれたことに私は気づいた。モートレイクは袖のなかへさっとなにかを隠した。禍々《まがまが》しい鋭利な刃物だった。蛇の舌のように瞬時に飛び出す仕掛けになっているらしい。モートレイクはそれを使ってクレイの喉《のど》をかき切ったのだ。つかの間、的をはずしたのではないか、クレイは無傷なのではないかとの希望が胸をよぎった。だが私の希望もむなしく、クレイの襟の上にうっすらと赤い傷が浮かび上がった。クレイは棒立ちのまま大きくあえいで、説明を求めるかのように私たちを見た。そのあと傷がぱっくりと口を開き、そこから血潮が噴き出した。クレイは膝《ひざ》から崩れ、アーチーは悲鳴をあげて目を覆った。私は目の前の悪夢をなす術《すべ》もなく茫然《ぼうぜん》と見つめていた。

ならず者の用心棒たちは金品を詰めた袋を投げ捨て、銃をかまえた。そして機械のような無駄のない動きで互いに反対方向へ駆け出し、警官隊に向かって発砲を始めた。最初の連射で二人か三人の警官が殺された。死体がまだ床に倒れないうちに用心棒の一人が木箱に置いてあった鉈《なた》をつかみ、それを宙に投げて数フィート上のロープを切断した。モートレイクが腕を伸ばして垂れ下がったロープに飛びつくと、錘と釣り合ったのだろう、彼の身体が空中へ勢いよく引っ張り上げられた。派手な奇術ショーか、サーカスの曲芸さながらの光景だった。けたたましい銃声が響き、リヴォルヴァーが吐き出す煙がもうもうと立ちこめるなか、モートレイクの姿はぐんぐん小さくなって四階分の高さまで上昇した。最後に彼は反動をつけてデッキに飛び移り、私の視界から消えた。

「やつを追うんだ！」ジョーンズが私に向かって叫んだ。

警官の大半は武装していて、撃ち合いに参加していた。モートレイクの用心棒たちは数的に不利であるにもかかわらず弾倉が空になるまで撃ち続けたが、じきに弾を食らって、トレッスル・テーブルの上に折り重なって倒れ込んだ。首領のために自らの命をも迷わず犠牲にした者たちの最期だった。彼らを操って、そのような命知らずの行動に駆り立てた忠誠心、あるいは恐怖心に、そら恐ろしさを感じずにはいられなかった。

私は撃ち合いが終わる前にその場を離れ、流れ弾に当たらないよう頭を引っ込めて、ジョーンズの命令に従うためジグザグに進みながら木の階段へ向かった。倉庫内の向こう端にもうひとつ似たような階段があり、三人の警官がそこへ向かって猛然と駆けていった。モートレイクは銃撃戦からはうまいこと脱出したが、まだ建物の内部にいる。逃げ道はどこにもない。

私は体重をのせるたびきしんでたわむ階段をのぼり始めた。舞い上がる埃《ほこり》と火薬の臭いが鼻腔《びこう》を刺激する。ようやくのぼりきったときには息が乱れ、心臓がどくどく鳴っていた。ふと気づけば、自分の横には木の壁がある細い通路が延びていたが、反対側は壁も柵《さく》もなく断崖《だんがい》のようになっていた。振り返ると、下方でアセルニー・ジョーンズが現場の制圧にあたっているのが見える。いずれにせよ、彼の体力ではここまでのぼってくるのは無理だろう。広がっていく血だまりのなかに、クレイが大の字で倒れている。この高さから見ると、巨大なインクのしみのようで、あまりの不気味さに背筋がぞっとした。死体のそばには大小の樽と木枠、中身の詰まったふくらんだ袋が散乱している。私は通路を慎重に進み始めたが、ふと重要なことに思い当たった。自分は丸腰なのに、モートレイクは殺傷力のきわめて高い武器を持っているのだ。しかもそこらじゅう物陰だらけで、どこから飛びかかってくるかわからない。隠れるのに持って来いの、オフィスに使われているらしい小部屋がいくつもある。ちょうどさっきの三人の警官が反対側の階段をのぼり終えようとしているのが見えた。だいぶ離れてはいるが、彼らの姿がステンドグラスの丸窓に影を映し出した。こちらへじりじりと近づいてくる。

やがて私は外のデッキにつながる開口部の前にさしかかった。壁の一部を折り返したような感じで、ドアでもなければ窓でもない、中途半端なものだった。そこから夕闇が迫る灰色の空と、急速に流れていく雲が見える。広々としたテムズ川はひっそりとして、東の方角へ進んでいく二隻のタグボートを除けば、動いているものは見当たらない。すぐ目の前にはこの倉庫に通じている搬入用デッキが延び、その横に、錆びたチェーンが二本ついた複雑な構造の巻き揚げ機が取りつけられている。たぶんモートレイクはそれを使って地上へ下りるつもりだったのだろうが、機械が作動しなかったのか、私の追跡が早かったのか、まだそこに立っていた。コートの裾を風にはためかせ、視線をこちらにまっすぐ向けている彼の姿が、突如正面に現われた。

私は立ち止まって、その場から動かなかった。モートレイクの袖口から血まみれのナイフが突き出している。デッキの上の、口ひげをたくわえ油でてらてらした黒髪の男は、舞台に立っている役者のようだった。ニューヨークの有名な演出家のキラルフィ兄弟でさえ、これほど執念深く危険な悪党は創れないだろう。

「おや、おや、おや」エドガー・モートレイクは大声で言った。「ピンカートンのお出ましか。おたくの坊やたちとはこれまでもさんざん遊んでやったよ。あんまりおつむのよろしくないやつばかりだったがな。あんたはやつらとちがって、なかなかの切れ者らしいじゃないか」

「もう逃げられないぞ、モートレイク!」私は言い返したが、相手には一歩も近寄らなかった。あの恐ろしい武器で襲いかかられるのを警戒していた。モートレイクのほうもその場にじっと立っている。下方の川は流れが遅いが、そこへ飛び込めば命はないだろう。たとえ落下の衝撃に耐えられても、まちがいなく溺《おぼ》れ死ぬ。「観念して、武器を捨てろ」

モートレイクは神を冒瀆《ぼうとく》する言葉を吐き散らした。階段をのぼってきた警官たちの存在をすぐ近くに感じた。背後の戸口にかたまって、こちらの様子をうかがっているのが目の隅にちらりと見えた。

「デヴァルーを渡せ！」私は怒鳴った。「われわれがつかまえたいのはデヴァルーだ。おとなしくやつを差し出したほうが身のためだぞ」

「なにも差し出すつもりはないね。これだけは言っておこう。よけいなまねをするんじゃなかったと、世を去るときに泣いて後悔するだろうよ。その日はそう遠くない。必ず報いを受けさせてやる」

そう言うなりモートレイクは一瞬の躊躇《ちゅうちょ》もなく私に背を向け、宙に身を躍らせた。コートをひらめかせながら落下していく彼を私は固唾《かたず》をのんで見つめ、足から先に川へ吸い込まれるところまで見届けた。それから初めて前方へ駆け出したが、足もとの板が傾いで、突然めまいに襲われた。走り寄ってきた巡査がつかんで支えてくれなかったら、私も下へ落ちていたかもしれない。

「もう間に合いません、サー！」かたわらで叫ぶ声が聞こえた。「これがやつの最期です」

私は巡査に腕をつかんでもらったまま、テムズ川をのぞき込んだが、さざなみの立つ水面以外にはなにもなかった。

エドガー・モートレイクは消えていた。

16　逮捕

その晩、〈ボストニアン〉に対して二度目の強制捜査がおこなわれた。

ジョーンズ警部の指示で八時に落ち合い、制服に身を固めた警官隊をぞろぞろと引き連れて目的地へ乗り込んだ。私たちが大理石の床の上を行進し、金色の額縁に入った絵画や鏡の前を通り過ぎて光り輝くクリスタルガラスのバーへ近づいていくと、またしてもピアノの演奏がぱたりとやんで、アメリカ人が多数を占める客たちがぶつぶつと不満の声を漏らした。今回はどこへ行けばいいのかはっきりわかっていた。前回、バーの反対側のドアからモートレイク兄弟が現われたので、そこが彼らのオフィスにちがいないと踏んでいた。

ノックをせずに入っていった。机の向こうに座っているリーランド・モートレイクの姿が視界に飛び込んできた。両側の壁に窓がひとつずつあり、赤いベルベットのカーテンが下りていた。机の上にはウィスキーの入ったグラスが置かれ、灰皿のなかで太い葉巻からくすぶった煙が立ちのぼっている。初めはリーランド一人かと思ったが、彼のかたわらでひざまずいていた十八歳くらいの少年が慌てて立ち上がった。髪が脂っぽく、顔はやつれてげっそりとしている。過去に何度も見てきたから、その少年がどういう種類の人間なのかはすぐに察しがついた。嫌悪感がこみあげるのを抑えられなかった。少しのあいだ、全員が黙り込んだ。少年はどうしていいかわからない様子で、むっつりと突っ立っていた。

「出ていけ、ロビー」モートレイクが命じた。

「おおせのとおりに、ご主人様」少年はほっとした顔でそそくさと出口へ向かった。

リーランド・モートレイクはドアが閉まるのを待って、冷たい憤りをあらわに私たちのほうを向いた。「いったいなんのまねだ？」とがなりたてた。「ノックもせずに入ってきやがって」球根のようにぼってりした唇のあいだから灰色の湿った舌がちろちろのぞく。夜会服を着て、握りしめた両手を机の上にのせている。

「弟はどこだ？」ジョーンズが詰問した。

「エドガーか？　知らないね」

「今日の午後に彼がどこにいたかは知ってるんだろう？」

「いいや」

「嘘をつけ。ブラックウォール・ベイスンの倉庫でおまえの弟を見たぞ。チャンセリー・レーン貸金庫会社から盗まれた物を受け取りにきたところをな。彼が現われるとは驚いたよ。つかまえようとしたが、われわれの目の前で殺人を犯したあげく逃亡した。いまはお尋ね者だ。あの貸金庫泥棒はおまえたち兄弟が計画したんだろう？　もう一人、クラレンス・デヴァルーと三人で。否定しても無駄だ！　アメリカ公使館のパーティーでおまえたちは一緒にいたんだからな」

「いいや、否定するさ。前回来たときも言ったが、クラレンス・デヴァルーなんて男は知らない」

「コールマン・デヴリースと名乗っていることもある」

「その名前もまったく心当たりがない」

「弟のほうはまんまと逃げおおせたが、おまえはそうはいかないぞ。取り調べをするから、スコットランド・ヤードまで来てもらおうか。弟の居場所を吐くまでは出られないと思え」

「なにも吐くものはない」

「任意同行に応じないなら、逮捕するぞ」

「容疑は？」

「公務執行妨害と殺人の従犯だ」

「ばかばかしい！」

「そうは思わないがな」

長い沈黙になった。モートレイクは座ったまま、荒い息遣いで肩だけ上下させていた。血がのぼって顔を真っ赤にしている彼を見て、人間は顔ひとつでそこまで激しい憎悪を表現できるのかと驚かされた。それと同時に、もし机の抽斗《ひきだし》かどこか、すぐに手が届くところに武器が――たとえば拳銃《けんじゅう》が忍ばせてあるとしたら、彼はどういう結果になろうとためらいなくそれを使うだろうと思った。

リーランド・モートレイクはようやく口を開いた。「おれはアメリカ市民だ。あんたの国の客人だ。誤っているうえに無礼千万な言いがかりは絶対に許せない。公使館に電話させてもらう」

「電話ならスコットランド・ヤードのわたしのオフィスでもかけられる」とジョーンズは言い返した。

「きさまにそんな権利は——」

「わたしにはどんな権利もある。いいかげんにしろ！　おとなしくついて来ないなら、警官隊をここへ踏み込ませるぞ」

モートレイクは顔を大きくしかめて立ち上がると、ズボンからはみ出しているシャツの裾《すそ》をじらすようにのろのろとなかへたくし込んだ。「おれをつかまえたって時間の無駄だぜ」彼は低くうなった。「話すことなんかなにもないんだからな。弟の姿は見てない。あいつがなにをやろうと、おれのあずかり知らぬことだ」

「どうだかな」

互いにほかの者の出方をうかがうように、私たちは三人ともしばらくじっと立ったままでいた。最初に動いたのはリーランド・モートレイクだった。葉巻を灰皿で乱暴に押しつぶすと、いかつい肩をそびやかしてジョーンズと私のあいだを通り抜け、ドアへ向かった。部屋のすぐ外で二人の警官が見張りに立ってくれているのをつくづく心強く思った。〈ボストニアン〉のなかでは、ちょっとした動きにも、自分が敵陣にいるのだということを強く意識させられる。オフィスを出てバーの前を通り過ぎるとき、モートレイクはバーテンダーに大声で命じた。「公使館のミスター・ホワイトに知らせろ」

「かしこまりました」

ロバート・リンカーンからじきじきに紹介された参事官のホワイトをすぐに思い起こした。モートレイクはわれわれを牽制《けんせい》するためにこけおどしで言っているのだろうか、と私は訝《いぶか》った。ジョーンズのほうは平然と無視している。

私たちは静かな怒れる群衆をかき分けながら進み続けたが、何人かの客は出ていかせまいとばかりに押し返してきた。途中で一人のウェイターが、モートレイクをつかんで引き止めようとした。私は力ずくで二人を引き離した。玄関を通り抜けて、トレベック・ストリートに出たときは、心底ほっとした。二台の四輪辻《つじ》馬車が待機していた。スコットランド・ヤードにはブラックマリアの呼称で有名な囚人護送用の大型馬車があるが、さすがにそこまでアメリカ人の体面を汚すわけにはいかないとジョーンズが判断したのだった。ドアのそばにいた従僕がモートレイクにマントとステッキを差し出したが、ステッキのほうはジョーンズが取り上げた。「これは預かっておく。なにが仕込んであるかわからないからな」

「ただのステッキだ。ふん、好きにしろ」モートレイクの目が怒りでぎらついた。「必ず仕返ししてやる。覚えてろ」

私たちは歩道へ踏み出した。通りはやけに暗く感じられ、夜空を背景にガス灯が弱々しい光をもがくように放っていた。霧雨がしとしと降るなか、濡《ぬ》れた石畳の路面が街灯代わりに光を反射している。一頭の馬がブルルと鼻を鳴らした。突然モートレイクがよろけた。つまずいて転びかけたようだったので、そばにいた私はとっさに手を差し出した。だが彼のほうを見て、事態はもっとはるかに深刻だとわかった。彼の顔から血の気がすっかり引いていた。目をかっと見開いて、苦しげにあえぎ、激しく歯ぎしりしている。まるで、なにか言おうとしているのにしゃべることができないかのように。おびえている……そう、なにかに死ぬほどおびえている表情だ、と私は瞬時に悟った。

「ジョーンズ――」私は言いかけた。

ジョーンズ警部もすでに異変に気づいて、モートレイクの腕と背中を支えていた。だが身の毛がよだつような恐ろしい音を発したかと思うと、モートレイクは口から白い泡を噴き、全身を痙攣《けいれん》させた。

「医者だ！」ジョーンズが叫んだ。

だがすぐに駆けつけてくれる医者はいそうになかった。がらんとした通りにも、〈ボストニアン〉のなかにも。モートレイクは路上にがくりと膝《ひざ》をつき、肩を大きく上下させながら顔を苦しげにゆがめた。

「どうしたんだ？　心臓発作かなにかか？」私は叫んだ。

「わからん。とにかく医者が来てくれるまで安静に寝かせておこう」

が、もはや手遅れだった。モートレイクは歩道の上にばったりとうつぶせに倒れ、それきり動かなくなった。そのとき初めて、街灯に照らされたそれが見えた。モートレイクの首筋から突き出している細くて短い葦《あし》に似たものが。「さわるな！」ジョーンズが怒鳴った。

「これはなんだ？　植物の棘《とげ》に見えるが」

「そうだ、棘だ。毒が塗ってある！　これとそっくりなものを前にも見たが……まさか……信じられない……あれと同じことが二度も起こるとは……」

「なんのことです？」

「ポンディシェリ荘だ！（『四つの署名』）」ジョーンズは倒れ伏したリーランド・モートレイクのかたわらにひざまずいた。すでに呼吸が止まり、顔が紙のように白くなっていた。

「死んでる」ジョーンズは言った。

「しかし、なぜ？　どういうことなのかさっぱりわからない！」

「吹き矢だよ。外へ出てくるあいだに、何者かがモートレイクの首をねらって筒から毒矢を発射したんだ。われわれがそばについていながら、こんなことになるとは。たぶん毒はストリキニーネかなにかだろう。即効性がある」

「犯人の動機は？」

「口封じだろう」ジョーンズは苦悩に満ちた目で私を見上げた。「しかし、こんなことはありえない。もう一度言うが、チェイス、これはありえないことなんだ。今夜われわれがここに来ることを知っている者は？」

「いないはずだ。私は誰にもしゃべっていない。本当だ！」

「ということは、この襲撃は警察がここにいるいないにかかわらず計画されていたわけか。吹き矢筒と毒矢をあらかじめ用意して。われわれが今日ここへ乗り込んでくる前からリーランド・モートレイク殺害をもくろんでいたのだ」

「やつを亡き者にしたがっているのは誰だろう？」私は立ったまま頭のなかを忙しく働かせた。「そうか、クラレンス・デヴァルーだ！　こういう汚い手は得意だろうから。やつはラヴェルを殺し、あなたの命もねらった……スコットランド・ヤードの近くに停まっていた馬車の男はやつ以外に考えられない。そして今度はモートレイクの口を永久につぐませた」

「スコットランド・ヤードの爆破はデヴァルーのしわざではない」

「なぜ？」

「あのあと御者は客を通りに降ろしたからだ。もしその客がデヴァルーだったのなら、門のなかに入るまで馬車から降りられなかったはずだ」

「やつじゃないなら、誰が犯人なんです？」私はすがる思いでジョーンズを見つめ返した。「もしや、モリアーティが？」

「ちがう！　絶対にちがう！」

二人とも雨に濡れそぼち、疲労困憊《こんぱい》していた。埠頭《ふとう》の倉庫へ行ったのがはるか昔のこと思えた。考えてみれば、あの遠征の旅も計画どおりには行かなかったのだ。愕然《がくぜん》とした警官たちが死体を静かに取り囲もうとしているなか、ジョーンズと私は互いに向かい合ってたたずんだまま、無力感に打ちひしがれていた。もうこれ以上かかわりたくないとばかりに、〈ボストニアン〉のドアが勢いよく閉まり、そこから漏れていた光が断ち切られた。

「巡査部長、現場の処理にあたれ！」ジョーンズが警官たちのなかの一人に向かって大声で命じた。私はジョーンズを見て、魂が抜けてしまったようだと感じた。顔はやつれきり、目は死んだ魚を思わせた。「遺体を運び出したあと、クラブ内の全員に事情聴取をおこなってくれ。前回もやったが、もう一度やるんだ！　供述をとり終えるまでは一人も帰してはならん」それから私のほうを振り向いて、少し口調を和らげた。「手がかりはなにも出てこないだろう。殺人者はとっくに逃げたあとだ。行こう、チェイス。こんな忌まわしい場所からはさっさと離れよう」

街路を歩いているうちに、シェパード・マーケットにさしかかった。通りの角に〈葡《ぶ》萄《どう》亭〉というパブを見つけた。暖かい店内へ入ると、半パイントの赤ワインを注文し、それを二人で分けることにした。ジョーンズは紙巻き煙草を取り出して、火をつけた。彼が煙草を吸うところを見たのは二度目だった。しばらくして、彼はようやく重い口を開き、慎重に言葉を選びながら言った。

「モリアーティが生きているはずない。断じてありえないことだ。あの手紙は動かしがたい事実なのだから。すべての出発点となった暗号文の手紙ですよ。あれはモリアーティに宛てたもので、死体のポケットから見つかった。よって、死体の男はモリアーティにまちがいない。そうでないと理屈が通らない。何事も正しい論理をもとに判断するべきだ。モリアーティが死んだからこそ、デヴァルー率いる組織は後釜《あとがま》にすわることができたのだ。ロンドンで我が物顔で悪事を働くことができたのだ。そもそも、あの手紙がなかったら、われわれの捜査はここまで進展しなかった」

「モリアーティ本人ではなくても、手下の誰かが報復に出たのかもしれない。きっとそうですよ。モリアーティはマイリンゲンへ発《た》つ前に、手下に指示を与えていったにちがいない」

「うむ、確かに一理ある。パタースン警部は手下どもを一網打尽にしたと言っていたが、網の目をくぐりぬけた残党がどこかに潜伏している可能性もなきにしもあらずだ。となると、われわれは図らずも敵対する二つの勢力と争っていたことになる。一方はラヴェル、モートレイク兄弟、クラレンス・デヴァルー。もう一方は……」

「ブロンドの少年と箱馬車に乗っていた男」

「ああ、おそらくは」

「これまでの努力はなんだったんだ!」濡れた服が皮膚に張りついていた。ワインはなんの味もしないうえ、身体を温めてもくれなかった。「私はクラレンス・デヴァルーを追って、はるばるアメリカからやって来た。そしてようやく居場所を突き止めたにもかかわらず、公使館という壁に阻まれて手出しができない。エドガー・モートレイクもあと一歩のところまで追いつめながら、まんまと逃げられた。スコッチー・ラヴェル、ジョン・クレイ、リーランド・モートレイクの三人は……死んだ。なによりやりきれないのは、私がここへ送り込んだ若いジョナサン・ピルグリムが、手がかりと引き換えに命を落としたことだ。どこへ行っても、モリアーティの影につきまとわれている気がしてならない。曲がり角ごとに不気味な影が目の前に立ちはだかっているようだ。ジョーンズ、もう降参だ。あなたがいなかったら一歩も動けなかったろうし、あなたの助けがあっても、このとおり失敗に終わった。アメリカへ帰ろうと思う。辞表を提出して、今後の身の振り方を考えたい」

「早まるな」ジョーンズは言った。「われわれの捜査にまるで進展がないような言い方だが、よく考えてくれ、デヴァルーの居所も正体も突き止めたじゃないか。しかも、やつの影響力は急速に衰え、計画していたチャンセリー・レーンでの金庫破りは頓挫《とんざ》した。やつはどこへも逃げられやしない。港という港に警官を配備して、この国から決して出られないようにしてやる」

「三日もすれば、あなたはスコットランド・ヤードを追われるかもしれない」

「三日もあれば、いろんなことができるさ」ジョーンズはそう言って私の肩に手を置いた。「気を落とすな。状況はまだ完全にはつかみきれていないが、徐々にはっきりしてきている。デヴァルーはもはや袋の鼠だが、凶悪な人間であることに変わりはない。悪さをしたくなって必ず穴から顔を出す。そうなればこっちのものだ。今度こそつかまえてやる。断言しよう。やつは近いうちになんらかの行動を起こす」

「本当に？」

「ああ、まちがいない」

結果的にアセルニー・ジョーンズの言うとおりだった。憎き敵は実際に行動を起こしたのである――ただし、私たちが予期した形ではなかった。

17 デッドマンズ・ウォーク

翌日、ヘクサム・ホテルに現われたアセルニー・ジョーンズの顔を見た瞬間、私はなにか予期せぬ恐ろしいことが起こったのだと悟った。彼の表情にはもともと長い闘病生活の苦悩が刻み込まれていたが、いつも以上に憔悴《しょうすい》の色が濃く、いまにも気絶するのではないかと思うほど青ざめていた。すぐに椅子に座らせ、熱いレモンティーを注文し、それが運ばれてくるまで私も彼のそばで黙って座っていた。最初に頭をよぎったのは、ジョーンズは早くも警視総監に呼ばれて解雇を通告されたのではないか、という懸念だった。だが彼の性分や、チルターン・ストリートの空き家で交わした会話を考えると、いまさらそれくらいのことで打ちのめされる男ではないだろうと思った。これはもっと悪いことにちがいない。解雇よりもはるかに深刻な事態に陥っているのだ。

彼の最初の言葉は私の予想が正しかったことを証明した。「ベアトリスがさらわれた」

「なんだって？」

「誘拐——されたんだ。娘を人質にとって何か要求してくるつもりだろう」

「そんなばかな！　本当ですか？」

「朝、妻から電報が来た。スコットランド・ヤードの電信室は修繕工事中で、当分使えないから、メッセンジャーがわたしのオフィスまで届けにきた。緊急事態なのですぐに帰宅せよとのことだった。慌てて家に戻ると、エルスペスはすっかり取り乱して、わけのわからないことを口走っている始末だった。気付け薬を飲ませてなんとか落ち着かせ、ようやく事情を聞くことができた。かわいそうに！　わたしの帰りを待っているあいだ、どんなに心細かったことだろう。誰にも慰めてもらえず独りぼっちで、不安に押しつぶされそうになっていたとは。

ベアトリスが連れ去られたのは今朝だ。娘が一歳のときから世話をしてくれているナニーのミス・ジャクソンと外出中に。二人は毎朝、家の近くにあるマイアット・フィールズ公園へ散歩に行くのが日課だ。今朝も出かけていったところ、年配の女性に道を尋ねられ、ミス・ジャクソンは少しのあいだベアトリスから目を離した。ミス・ジャクソンの話によれば、その女性はベールで顔を隠していたというから、誘拐の共犯にちがいない。うちの娘からナニーの注意をそらす役割だったのだ。ミス・ジャクソンが振り返ったときには、ベアトリスは消えていた」

「娘さんが一人でどこかへ行って、迷子になったのでは？」

「ナニーも最初はそう思った。ベアトリスの性格からはありそうもないことだが、それでも藁《わら》にもすがる思いで、きっと迷子になっただけだと自分に言い聞かせ、必死で捜し回ったそうだ。公園内はもちろん、その周辺も隅々まで。だがベアトリスはどこにもいないし、あの子を見かけたという者もいなかった。忽然《こつぜん》と、まるで煙のように消えてしまったんだ。こうなったら一刻も早く事態を知らせなければと、ミス・ジャクソンは急いで家に戻った。エルスペスはミス・ジャクソンから説明を聞く必要はなかった。ドアにはさんであった紙切れで、なにが起こったのかをすでに知らされていたのだ。その紙切れをここに持ってきた」

ジョーンズは折りたたんであった紙切れを広げ、私に手渡した。わずか数個の単語が、威嚇するような黒々としたブロック体の大文字で記されていた。

娘は預かった。家にいろ。誰にも言うな。今日中に連絡する。
(WE HAVE YOUR DAUHTER. REMAIN AT HOME. TELL NO ONE. WE WILL CONTACT YOU BEFORE DAY'S END.)

「これでは手がかりになりそうもない」私は言った。

「いいや、いろいろなことがわかる」ジョーンズがいらだたしげに言い返す。「教養のないふりをした教養のある者が書いたのだ。左利きだ。図書館に勤務しているか、出入りしている。めったに利用者のいない図書館に。性格は思い込みが強く、冷酷。同時に差し迫った状況におかれていて衝動的になりやすくなっている。このメッセージは逆上している状態で書いた。こうした人物像から思い浮かぶのは、クラレンス・デヴァルーだ。やつが書いたに決まっている」

「なぜそこまで確信できるんです？」

「見て明らかじゃないか。〝娘《DAUGHTER》〟からわざと〝G〟を抜いて、綴《つづ》りをまちがえている。ほかは一箇所もまちがいがなく、〝今日中《DAY'S》〟ではきちんとアポストロフィまで入っているのに。それから紙切れだが、本棚にあった本から見返し紙を破り取ったものだ。上下の端が機械を使ったとわかる切り口だし、裁断時に押さえていた装置の跡が残っている。読まれた形跡はない。うっすら埃《ほこり》をかぶっている。上部が退色しているのもわかる。日光に当たっていたせいだろう。ページを破り取る際に左手を使ったのは、斜め外へ向いた親指の跡がくっきりと残っていることから明らかだ。急いでいたこともうかがえる。そういう乱暴な迷惑行為は、頻繁に利用されている図書館ならば、必ず誰かに見とがめられたはずだ」そこまで言って、ジョーンズは両手で頭を抱えた。「こんなことを推理する能力があるなら、我が子が危険な目に遭うことをなぜ前もって予測できなかったのだ？」

「自分を責めてはいけない」私は慰めの言葉をかけた。「このような事態は誰にも予測できなくて当然だ。私もアメリカで長く調査員をやってきたが、ここまで非道な行為には一度も遭遇したことがない。デヴァルーのやつめ……あなたの家族をねらうとはなんという卑劣な男だ！　スコットランド・ヤードの仲間にはもう知らせましたか？」

「いや、知らせないつもりだ」

「知らせるべきです」

「娘の命がますます危険にさらされる」

私は少し考えてから言った。「ここにいないで、早く家に戻ってください。犯人の指示に従って自宅で待機したほうがいい」

「家にはエルスペスがいる。わたしがここへ来ることは妻も納得してくれた。やつらはこういう形でわたしを攻撃してきた。次はあなたが標的にされるかもしれない。だからすぐに警告しなければと思ったのだ」

「いまのところ私に接触してきた者は誰もいません」

「今日、外出は？」

「いや、まだ一度も。今朝はずっと部屋にいて、ロバート・ピンカートン宛の報告書を書いていた」

「よかった、では間に合ったわけだな。これから一緒にカンバーウェルまで来てもらいたい。かまわんだろう？　なにか起こった場合は、二人で力を合わせて立ち向かおう」

「あなたのお嬢さんが無事に戻ってくることをなによりも願っている」

「ありがとう」

私はジョーンズの腕にそっと手を置いた。「いくらなんでも幼い子供にまで危害を加えることはしないだろう。やつらのねらいはあくまであなたと私だ」

「しかし、なぜわれわれを？」

「わからない。とにかく、最悪の事態に備えておかなければ」私は立ち上がった。「部屋に戻ってコートを取ってくる。ニューヨークから自分の銃を持ってくればよかったよ。あなたはここでお茶を飲んで、少し休んでいてください。戦うには体力が必要です」

カンバーウェルへは再び鉄道を使った。汽車がロンドン郊外を走り抜けていくあいだ、どちらも無言だった。ジョーンズは半ば目を閉じて、考え事にふけっていた。私の脳裏に、彼とともにしたマイリンゲンからイギリスへの長旅がふっとよみがえった。私たちは終着点に近づこうとしているのだろうか？　目下の状況ではクラレンス・デヴァルーのほうが優位に立っているようだが、いよいよ本人がお出ましになったのかもしれないぞ、と考えて自らを慰めた。ジョーンズの家族にまで魔手を伸ばしたのは、それだけせっぱつまっている証拠だ。デヴァルーにとっては初めて犯した失敗といえる。相手が破れかぶれの行動に出れば、こっちの勝算は充分にある。

じりじりするほど遅く感じられた汽車は、ようやく目的の駅に着いた。そこからは急ぎ足でジョーンズ邸へ向かった。つい一週間前に私が夕食に招かれたばかりの家へ。エルスペス・ジョーンズは、私と初対面の挨拶《あいさつ》をしたのと同じ部屋で待っていた。前回は椅子に座って娘に本を読み聞かせていたが、今日はその椅子に片手を置いて立っていた。彼女は怒りを隠そうともしない目で私を見つめた。非難されてもしかたないだろう。夫を守ってくれと懇願する彼女に、最善を尽くして守り抜くと自信満々で請け合ったのはいったいどこの誰だ？　いまさらどんな言い訳も通用しない。

「あなた、なにか知らせは？」彼女は夫に尋ねた。

「ない。ここにはあったか？」

「いいえ、なにも言ってこない。マリアは二階で泣いているわ。あなたのせいじゃないからと慰めても、ずっと自分を責めているの」マリアというのはナニーのミス・ジャクソンのことだろう、と私は思った。「レストレイドさんには伝えたの？」

「いや」ジョーンズはこうべを垂れた。「わたしは判断を誤っているのかもしれないが、いまは犯人の指示に従わざるをえない」

「あなた一人で立ち向かうなんて無理よ」

「一人ではない。チェイスさんがいる」

「チェイスさんは信用できないわ」

「エルスペス！」ジョーンズが不快げに声を荒らげた。

「ずいぶん厳しいことをおっしゃるんですね、ミセス・ジョーンズ」私も横から言った。「私は今回の事件に全力を尽くしてきたつもり——」

「あいにくそれがわたしの本心なんです」ジョーンズ夫人はそうつっぱねて、夫のほうに向き直った。「状況を考えれば、わたしがこういう気持ちになるのは当然のことでしょう？　最初から、あなたがスイスへ旅立ったときから、いずれこういうことになるんじゃないかと恐れていたわ。悪魔が迫ってくる予感がしたのよ、アセルニー。ああ、あなたはそんなふうに首を振って、取り合おうとしないのね。でも教会で教わったはずよ。邪悪な存在は実体を持っていて、冷たい北風や嵐のようにはっきりと感じ取れるって。

『われらを悪より救いたまえ！』と、毎晩お祈りで唱えているでしょう？　いま必要なのはまさにその言葉だわ。あなたが招いた悪魔よ。悪魔がすぐそこまで近づいている。誰が気を悪くしようと、かまうものですか。わたしはあなただけは絶対に失いたくないの」

「やつらの求めに応じるほか手立てはないのだ」

「あなたが殺されたらどうするの？」

「やつらのねらいはわれわれの命ではないと思います」私は口をはさんだ。「そんなことをしても、なんの得にもならないですから。第一に、ジョーンズと私がいなくなっても捜査の手がゆるむわけではありません。別の警部が捜査を引き継ぐだけの話です。それに、ピンカートン社の人間が殺されたくらいではたいして注目されないでしょうが、スコットランド・ヤードの警部が死んだとなれば、皆黙ってはいません。向こうだって、わざわざ強敵を増やしたくはないでしょう」

「では、なにがねらいなんですか？」

「わかりません。われわれを脅すため、牽制《けんせい》するため——つまりは自分たちの力を見せつけるのが目的かもしれない」

「でもベアトリスを殺すつもりだわ」

「いや、それも考えられません。お嬢さんをおとりにしてわれわれをおびき寄せようという魂胆でしょう。私はあいつらがどういう人間で、どういう手を使うかよく知っています。ニューヨークでやってきたことと同じですよ。威嚇、脅迫、恐喝。しかし神に誓ってもいい、おたくのお子さんに危害を加えられる心配はありません――やつらが一文の得にもならないことをやるはずないからです」

エルスペス・ジョーンズはほんのかすかにうなずいたが、私のほうを見ようとはしなかった。私たち三人はテーブルの前に座った。そうして、私のこれまでの人生で最も長い午後が始まったのだった。マントルピースの上の置時計から秒針の音がはっきりと聞こえてくるほどに、一秒一秒を強く意識させられた。私たちには待つことしかできなかった。会話さえもはばかられた。小柄なメイドがお茶とサンドイッチを運んできたが、もちろん誰も手をつけなかった。外の通りから伝わる喧騒《けんそう》と、暗くなっていく空を意識の隅でとらえているうち、私はいつの間にか白昼夢へと滑り落ちたらしい。突然ドアに響いた大きなノックの音で、はっと目が覚めた。

「あの子だわ！」エルスペスが叫んだ。

「そうだといいが」ジョーンズは即座に立ち上がると、長時間じっとしていたせいで筋肉がこわばったのだろう、ぎくしゃくした動作でドアへ向かった。

私たちもジョーンズのあとについて行ったが、ドアが開いたとき、目の前に立っていたのはジョーンズ夫妻の娘ではなく、二通目のメッセージを差し出した縁なし帽の男だった。ジョーンズはそれをひったくるように取ってから、すごみを利かせた声で言った。

「どこでこれを預かった？」

メッセンジャーはむっとした表情になった。「パブですよ。〈カンバーウェル・アームズ〉って店です。知らない男から一シリングと一緒に渡されました」

「そいつの人相を言え！　わたしは警察官だ。隠し事をするとためにならんぞ」

「おれはなにも悪いことはしてませんよ。本業は大工なんです。その男とは知り合いでもなんでもありません。黒ずくめの恰好《かっこう》で、帽子をかぶってて、スカーフを顎《あご》の上まで巻いてました。おれに近づいてきて、一シリング稼ぎたくないかと訊《き》いたんです。届け先の家には男が二人いるから、そのどちらかに渡せと言われました。おれにわかるのはこれで全部です」

ジョーンズはドアを閉め、三人とも居間へ引き返してから手紙が開封された。最初のものと同じ字体、同じ筆跡で書かれていたが、今回の言葉はさらに簡潔だった。


デッドマンズ・ウォーク。二人とも来い。警察は呼ぶな。


「デッドマンズ・ウォーク！」エルスペスが身震いして叫んだ。「なんて恐ろしい呼び名。なんのことなの？」ジョーンズが答えようとしないので、彼女はさらに言った。「隠さないで、教えて！」

「わからない。だが索引帳を調べれば、なにか出てくるだろう。少し時間をくれ……」

エルスペスと私をその場に残し、ジョーンズは重い足音で二階の書斎へ向かった。彼が長年かけて集めた記事の綴《と》じ込み帳――言うまでもなくホームズの手法にならったのだ――を調べているあいだ、私たちは居間で立ったまま待った。ようやくジョーンズが階段を下り始めたときは、私だけでなくきっとエルスペスも心のなかで一段、二段ともどかしい思いで数えていたにちがいない。

「サザーク（川南岸《テムズ》）にあるとわかった」ジョーンズは部屋に入ってくるなり言った。

「どういう場所なの、あなた？」

「おまえの耳には入れたくないんだが……あまり気にしないで聞いてくれ。墓地だ。いまは使われていない。もうずいぶん前に閉鎖された」

「どうして墓地になんか。もしや、あの子はもう……」

「ちがう。やつらは人目につかない静かな場所を選んだだけだ。なにをやるつもりか知らんが、邪魔が入ってほしくないんだろう。閉鎖された墓地ならおあつらえ向きだ」

「行ってはだめよ！」エルスペスは夫の手からメッセージの紙をもぎ取った。短い文面から手がかりをもっと見つけ出そうとでもいうように。「犯人がそこへベアトリスを連れていくなら、あとは警察にまかせましょう。現場に張り込んでもらえばいいわ。さあ、すぐに警察に知らせて。あなたが危険へ飛び込んでいくのはわたしが許しません」

「犯人の指示に従わなければ、娘と会わせてもらえないかもしれないぞ。敵はずるがしこくて、抜け目がない。裏の裏まで読んでいる。いまもわれわれをなんらかの方法で監視しているかもしれん」

「まさか。どうしてそんなふうに考えるの?」

「最初のメッセージはわたし一人に宛てたものだった。二通目には〝二人とも〟と書いてある。メッセンジャーも、届け先の家には男が二人いると告げられた。つまり、やつらはチェイスがここにいるのを知っているということだ」

「とにかく、あなたを行かせるわけにはいかないわ」エルスペス・ジョーンズの口調は静かだったが、声には猛々《たけだけ》しい感情がこもっていた。「お願い、よく聞いて。あなたの代わりにわたしが行きます。いくら極悪人でも、母親の懇願を無視することはできないはずだわ。わたしが娘の代わりに人質になると犯人に――」

「やつらの望みはそういうことじゃない。チェイスとわたしが行かなければだめだ。やつらが話をしたがっているのは、われわれ二人なんだ。怖がらなくてもいい。さっきチェイスが言ったとおり、われわれに危害を加えたところで、やつらにとってはなんの得にもならん。クラレンス・デヴァルーはおそらく取引をしたいんだろう。目的はそれだけだと思う。いずれにせよ、ベアトリスが人質に取られているあいだは、こんな憶測などまるで役に立たない。われわれが指示にそむけば、やつらは最悪の行動に出るだろう。それだけは確かだ」

「この手紙では時刻を指定していないわ」

「だったらすぐに出発しなければ」

エルスペスはもう反論しなかった。夫の身体に両腕を回して、まるで最後の別れだとばかりにきつく抱きしめた。正直なところ、私はジョーンズがいま言ったことに疑念を抱いていた。もしクラレンス・デヴァルーの望みが単に取引を持ちかけることだけならば、わざわざ六歳の少女を誘拐して、その子をおとりに私たちを打ち捨てられた墓地へ呼び出したりなどしないだろう。われわれに危害を加えても、やつにとって得るものがひとつもないのは事実だが、やつがわれわれに手出ししない理由もなにもない。これまでのやり口からすると、あの男と議論するのはしょう紅熱と議論するようなものだ。話し合いが成立する相手ではない。われわれを煮て食おうが焼いて食おうが好きにできるとなれば、あいつはただ本性ゆえにそれを躊躇《ちゅうちょ》せず実行するだろう。

玄関の前でジョーンズ夫妻はもう一度抱き合い、しばらくじっと見つめ合った。そのあとジョーンズと私は家を出た。風はそよとも吹いていなかったが、今夜はやけに冷え込むなと私は思った。通りはがらんとして、人っ子一人いなかった。それでも、誰かに見張られている気配をひしひしと感じた。

「これから向かうところだ！」私は姿なき監視者に向かって言い放った。「ご要望どおり二人だけで乗り込んでやるとも！　デッドマンズ・ウォークへな。待ってろよ！」

「ここで叫んでも聞こえないさ」とジョーンズ。

「いや、必ず近くにいる。あなたもさっきそう言ったじゃありませんか。われわれを偵察して、こっちの動きを逐一把握しているにちがいない」

サザークまではたいした距離ではなかったが、途中で辻《つじ》馬車を拾った。ジョーンズは厚地のコートを着ていた。手にしたステッキは今回も初めて見る物で、握りにワタリガラスの頭部が彫刻されていた。墓地という目的地にふさわしいデザインだ。黙りこくって、ぴりぴりするほど緊張しているジョーンズの姿に、私ははっとした。彼はさっき妻に言ったことを自分ではこれっぽっちも信じていないのだ。私たちがいま死すべき運命へとまっしぐらに向かっていることを、ジョーンズは悟っているのだ。私をホテルへ呼びにきたときから覚悟していたのだろう。

〈デッドマンズ・ウォーク〉は閉鎖されて久しかった。今世紀の初めに建設された墓地のひとつで、当時はロンドンでどれくらいの数の人が生きていて、どれくらいの数の人が死んでいくか、まだ誰も把握していなかった。収容数をはるかに上回る遺体が次から次へと運び込まれ、墓地はあっという間にぎゅう詰め状態になった。本来は亡き人を静かに悼み、偲《しの》ぶための墓石や石碑は、狭い場所をめぐる永遠の争いのなかで奇妙な角度に曲がったり寄りかかったりして、とんだ醜い姿をさらしていた。長年にわたる強烈な腐臭が敷地全体に漂っている。おまけにあとから建てられた墓は、墓の役目を果たせないほど地面の穴が浅い。おそらく朽ちた棺《ひつぎ》の破片のみならず、人骨の一部までもが土から露出してしまったことだろう。そんな場所には当然、誰も寄りつかなくなる。ほかの墓地が新たにいくつも建設され、なかには気持ちのいい公園を備えたものもある一方で、〈デッドマンズ・ウォーク〉はますます寂れ、荒れ果てるにまかせていったのだ。場所は鉄道の線路と古い救貧院にはさまれた細長いいびつな形の土地だった。表と裏に錆《さ》びた鉄門がひとつずつあり、朽ちかかった木がまばらに生え、この世の光景でもあの世の光景でもないような暗く陰気な姿でたたずんでいた。

　馬車を降りたとき、ちょうど教会の鐘が鳴り出し、うつろな音を響かせて八時を知らせた。敵はすでに待ちかまえていた。連中を目に留めるなり、嫌悪感がこみあげた。総勢十二名ほどの凶漢集団が、墓の下から呼び集められたのかと思うようなぼろぼろの恰好で立っていた。ほとんどが身体にぴったりとしたジャケットに脂じみたコーデュロイのズボン、深靴というでたちだ。無帽の者もいれば、ボウラーハットをかぶっている者もいるが、棍棒《こんぼう》を手にしているのは全員同じで、握った棒の先を肩や曲げた肘《ひじ》にのせている。火をともした松明《たいまつ》が数本あり、そこから放たれた光があたりの墓石を赤く染め、地獄めいた光景を浮かび上がらせている。連中がいつからそこにいたのかは知らないが、この殺気立った場面に入っていくのは無謀すぎる行為だろう。意気阻喪しかけた自分を奮い立たせるため、ほかに手段はないのだ、一度決心したことは最後までやり抜けと言い聞かせなければならなかった。

　二人ともいったん門のそばで立ち止まった。

「娘はどこにいる？」ジョーンズが大声を放った。

「おまえたち二人だけだろうな？」そう訊いてきたのは、髪をくしゃくしゃに伸ばした顎ひげのある男だった。鼻が折れていて、顔にゆがんだ形の影が差している。

「そうだ。娘はどこだ？」

沈黙になった。突然、弱い風が墓地を吹き渡り、松明の炎が挨拶するようにうなだれた。そのあと、天使像をのせた記念碑の裏から人影がぱっと躍り出た。一瞬、クラレンス・デヴァルーかと思ったが、考えてみればそんなはずはない。広場恐怖症の人間がこういう場所に来るのは無理に決まっている。目を凝らすと、それはエドガー・モートレイクだった。テムズ川へ飛び込むのを見て以来の再会だったが、いかにも死人めいていて、動作ものろく鈍かった。水面と激突したときの衝撃で骨折したのかもしれない。彼に手を引かれて、泣きべそをかいているベアトリス・ジョーンズも現われた。髪はもつれ、青ざめた顔は煤《すす》で汚れている。ドレスも破けて土がこびりついている。だが、どうやら怪我はしていないようだ。

「このちっちゃいお嬢ちゃんはがらくたと同じだ!」モートレイクが怒鳴った。「用があるのはこの子の父親のほうなんでね。おまえに金魚の糞《ふん》みたいにくっついてるお友達もな!」

「だからこうして来てやっただろう」

「もっと近くへ来い。さっさと前へ進め!　お嬢ちゃんをこれ以上預かってもなんの得にもならん。家まで送るための馬車を用意してある。ただし、おまえらがおれの言うとおりにしなければ、見たくない場面を見ることになるぜ」モートレイクは空いているほうの手を掲げ、握っている刃渡りの長いナイフを少女の頭上に向けた。炎の明かりで鋭い刃がぎらりと光る。それがベアトリスから見えないのは幸いだった。私たちが逆らえば、血も涙もないモートレイクは容赦なく少女の喉《のど》をかき切るだろう。ジョーンズと私はちらりと目配せし合ってから、同時に前へ進み始めた。

あっという間に包囲された。ごろつきどもが私たちを取り囲んで、逃げ道を完全にふさいだ。そのあとでモートレイクがベアトリスを引きずるようにして歩み寄ってきた。ベアトリスは父親の姿を目にしても恐怖のあまり声も出せずにいる。「この子を家に送り届けろ」モートレイクは縮れ毛で片目にものもらいのできた手下にベアトリスを渡した。にやにや笑いを顔に張りつけたごろつきは少女を連れて去っていき、ほかの二人の仲間もそこに加わった。「ほら、わかったろう、ジョーンズ警部？　おれは約束を守る男だ」

ジョーンズは娘が墓地から出るのを見届けてから口を開いた。「この卑怯《ひきょう》者め。幼い子供をさらって、悪事の道具に使うとは、軽蔑《けいべつ》にも値しない最低のくずだ」

「おまえこそ、よくも兄を殺しやがって。まともに歩けもしない木偶《でく》の坊めが」モートレイクはさらに近寄ってくると、ジョーンズの鼻先に顔をぐっと突き出し、狂気じみた憤怒《ふんぬ》の形相でにらみつけた。「きっちり落とし前をつけさせてやる。必ずな。だがその前に質問がある。答えたくないとは言わせないぜ！」

モートレイクがうなずいて合図すると、手下の一人が前へ躍り出て、棍棒をジョーンズの後頭部に目にも留まらぬ速さで振り下ろした。ジョーンズは声もあげずにその場に倒れ込み、敵陣のなかに私はたった一人で取り残された。モートレイクがすでにこっちを振り向いていた。次にどうなるかはわかっていた。充分予想がついた。にもかかわらず、身構える暇もなく鋭い痛みが炸裂《さくれつ》し、私は死だけが待つ暗黒の淵《ふち》へと落ちていった。

18 ミート・ラック

目を開けるのが怖かった。自分が死に向かっている確信があったからだ。死にかけているのでなかったら、これほどまでに身体が冷え切っているわけない。

意識が戻ったときに真っ先に気づいたのは、自分が石らしき床に横たわっていて、どこか近くで明かりがちらついていることだった。どれくらい前から自分がそうしていたのかも、怪我の具合がどの程度なのかも皆目わからなかったが、強烈な殴打を食らった頭はまだずきずきしていた。ロンドンから別の場所へ移されたのではないか、とぼんやり考えた。骨まで凍りつきそうな尋常でない寒さに、全身の震えが止まらない。手の先の感覚がなく、歯の根がうずいている。心のなかでの自問自答が続く。北の極寒の土地へ運ばれて、氷原に置き去りにされたのだろうか？　いや、ちがう。ここは屋内だ。自分が倒れているのは氷ではなくコンクリートの上だ。私は力を振りしぼって起き上がり、座った姿勢を支えるため、そしてわずかに残ったぬくもりを保つため、両手で自分の身体を抱きかかえた。アセルニー・ジョーンズの姿が視界に入った。彼もすでに意識を取り戻していたが、私よりずっと具合が悪そうだった。レンガの壁にうずくまるようにしてもたれ、すぐ脇にステッキが転がっていた。彼の肩や襟や唇がきらきら光って、霜が付着しているのがわかる。

「ジョーンズ……？」

「チェイス！　よかった、目が覚めたか」

「ここはどこなんだ？」しゃべると口から白い息が出た。

「スミスフィールドだろう。でなければ、そこによく似た場所だ」

「スミスフィールド？　どんなところだ？」

それは尋ねるまでもなかった。私たちがいるのは食肉市場だった。室内には家畜の肉が大量に詰め込まれている。目には見えていても、感覚や意識が半ば麻痺《まひ》していたせいで、それがなにを意味するのか理解できずにいたのだ。ようやく物事をまともに認識できるようになった頭で、じっくり観察すると、家畜はすべて羊のようだった。皮を剝《は》がれ頭部を切り落とされ、脚を四本とも広げ、なんの動物かわかるのはわずかに残った毛だけという状態で、天井に届きそうなほど高く積み重ねられている。そこからぽたぽたと滴り落ちる血は、床に小さな血だまりを作って凍りつき、赤から藤色に変わっていた。あたりをぐるりと見渡した。正方形の部屋で、レールに取りつけられた可動式の梯子《はしご》が二つある。船舶の貨物室を連想させる。鋼鉄の扉が唯一の出口だが、施錠されているに決まっているし、表面の温度を考えるとさわっただけで指の皮膚が剝がれてしまうだろう。床に二本の獣脂蠟燭《ろうそく》が置かれている。そこ以外の場所は漆黒の闇に沈んでいる。

「どのくらいのあいだ、ここにいたんだろう？」私は寒さで回らない舌を懸命に動かして、ジョーンズに話しかけた。がっちりと組み合わさった歯はこじ開けるようにしないと離れてくれない。

「まださほど時間は経っていないはずだ」

「怪我は？」

「たいしたことはない。同じくらいだよ」

「お嬢さんは……？」

「無事だ……と信じている。そのことは神に感謝しないといけないな」ジョーンズは手を伸ばしてステッキをつかみ、自分のほうへ引き寄せた。「チェイス、すまない」

「どうして謝る？」

「こうなったのはわたしのせいだ。わたしに責任がある。別のやり方があったかもしれないのに……ベアトリスを取り戻す方法がなにかほかに……とにかく、あなたを巻き込むべきじゃなかった」彼は苦しそうに途切れ途切れの言葉を吐いた。まわりの死んだ羊たちと一緒に冷やされて、体温をどんどん奪われていく。一言しゃべるごとに身を切り刻まれるような寒さと戦わなければならない。

それでも私は答えた。「自分を責めないでほしい。二人で始めたんだから、二人で終わる。それでいいんです」

そのあと互いに黙り込んで、体力の温存に努めたが、生命の火が消えかかっていることはどちらも意識していた。やはり、われわれはこのまま血管のなかの血まで凍りつく運命なのだろうか？　ジョーンズの言ったとおり、ここは大きな食肉市場にちがいない。食肉市場にいくつも設置された冷蔵庫の内部だ。周囲の壁には炭が塗ってあるのだろう。近くで冷却装置の稼働音が聞こえる。回転する圧縮機が、生きている人間の命を確実に奪うほど冷たい高圧気体を室内へ送り出しているのだ。発明されてからまだ半世紀も経っていない新しい技術だから、私たちはその画期的な装置に殺される初めての人間になるのだろう。むろん、そう考えたところで、たいした慰めにはならない。

信じたくはないが、やつらは本気で私たちを殺すつもりだ——じわじわと苦しめる方法で。それに抗《あらが》いたい一心で、薄れゆく意識に必死でしがみつき、闇へ引きずり込まれまいとした。エドガー・モートレイクは私たちが答えなければならない問いがあると言っていた。ならば、いまの責め苦は尋問の序曲にすぎないのだろう。序曲ならば間もなく終わるはずだ。言うことを聞かない指をどうにか手なずけて、ポケットのなかを探った。だが、護身用にいつも持ち歩いているジャックナイフはなくなっていた。べつにかまわない。たとえあっても、この状態では満足に操れなかったはずだから。

どのくらい時間が過ぎただろう。ふと気づくと、床に大きく口を開けた深い亀裂《きれつ》のような眠りへ落ちようとしていた。ここで目を閉じれば、二度と開くことはないとわかっていたが、自分にはもうどうにもできなかった。すでに身体の震えは止まっていた。寒さと低体温の先にある未知の領域に達していたのだ。漂流しているようなふわふわした不思議な感覚に包まれたとき、突然、冷蔵庫の扉が開いた。そこから現われた男の姿を、ちらつく光のなかの影法師として意識の端にぼんやりとらえた。モートレイクだ。蔑《さげす》みをあらわにした目で私たちを見下ろしていた。

「まだ息をしてるか？」モートレイクは言った。「ここらで小休止をはさんでやる。ついて来い、紳士ども。おまえらのために手間をかけて準備した。会わせたい人間がいるんだよ。さあ、立て！」

私たちは自力ではもはや立ち上がれなかった。すると三人の男がなかへ入ってきて、処理された食肉を扱うような荒っぽい手つきで私たちを引きずり上げた。身体に触れられてもすぐにはなにも感じなかったが、扉が開いて庫内の温度がわずかに上昇したのと、無理やりであれ手足を動かしたおかげで、滞っていた血流がもとの調子に戻りつつあった。これならなんとか歩けそうだ。ジョーンズのほうを見ると、彼もステッキにすがりついてはいるが、踏ん張って立ち、出口へと急《せ》かされる前にかろうじて威厳を取り戻していた。ジョーンズも私もエドガー・モートレイクとは口をきかなかった。そんなことをしても言葉の無駄遣いだとわかっている。モートレイクが私たちに苦痛と屈辱を与えて楽しむつもりなのは火を見るよりも明らかだ。私たちをどういたぶろうが、やつの思うがままなのだから、こっちがなにを言っても、拷問という暖炉に石炭をくべることにしかなるまい。墓地にいたのと同じ顔ぶれとおぼしきならず者どもに付き添われ、私たちは食肉貯蔵庫から出た。扉の向こうは天井がアーチ形になった石の通路で、表面の仕上げが粗雑なせいか納骨堂を思わせた。感覚を失った脚で歩くのは容易ではなく、私たちは何度も前につんのめった。やがて下りの階段が現われた。足もとはガスランプの明かりで照らされていたが、二人とも抱えられるようにして下りていった。そうでなければ落ちてしまっただろう。階段の下は空気がだいぶ暖かかった。吐息はもう白くなくなり、再び手足に力が湧いてくるのを感じた。

階段の先にも通路が延びていた。かなり深い地下に下りている気がした。空気が重たく、耳を圧迫してくる奇妙な静寂が漂っている。私はもう支えられなくても歩けるようになっていたが、ジョーンズはまだステッキにすがってのろのろと進んでいた。モートレイクは後方のどこかにいる。これからなにが起こるかを知っていて、ほくそ笑んでいるにちがいない。

角を曲がった瞬間、ぎょっとして立ち止まった。目の前の珍しい光景に驚いたのだ。そこは地上を歩いている人たちには存在すら知られていないであろう、細長い洞窟《どうくつ》めいた空間だった。壁もアーチ形の天井もレンガでできている。ていねいな凝った積み方だ。頭上に鉄製の大梁《おおばり》がわたしてあり、そこからぶら下がった錆《さ》びた鎖の先に鉤《かぎ》が取りつけられている。床は何百年も前に作られた石畳で、擦り減った跡が目立つ。地中へ潜っていく作業車の軌道が敷かれ、急カーブを切ったり、交差したりしながら石畳の上を這《は》っている。隅々までガスランプに照らされ、あたりには光るもやが冬の霧のように垂れ込めている。空気は湿って腐敗臭を含んでいた。ジョーンズと私の前には、間近で見たくない不気味な器具が大量に載ったトレッスル・テーブルと朽ちかけた木の椅子が、それぞれ置いてあった。別の三人の男が私たちを待ちかまえていた。ごろつきの数はこれで合計六人だ。やつらはデッドマンズ・ウォークで顔を合わせたときよりも薄気味悪く見えた。それはいまの私が捕虜だからだろう。完全に敵の手中に落ちた。ジョーンズも私も、じきに墓場の住人の仲間入りだ。

敵どもは誰も口をきかなかったが、どこかで話し声が聞こえていた。ずっと遠く離れた場所だ。もちろん姿は見えない。鋼鉄がガチャンとぶつかり合う音もする。おそらく広大な工場施設の片隅にいるのだろう。つまり、大声で助けを求めても無駄ということだ。たとえ誰かが聞きつけて救出に来たとしても、声の出所を突き止めるのは困難だろうし、助けてくれと叫び終わる頃には私は息の根を止められているはずだ。どのみち間に合わない。

「座れ!」モートレイクが有無を言わさぬ口調で命令した。しかたなく私たちは椅子に腰かけた。突如、異様な音が聞こえた。鞭《むち》を鳴らす乾いた音、石畳をガラガラと転がる車輪の音、馬の蹄《ひづめ》の響き。私は音のするほうを振り向いた。そのとき目にした光景は死ぬまで忘れないだろう。なんと、黒ずくめの御者が手綱を握り、二頭の黒い馬に引かれたぴかぴかの黒い馬車が、猛然と近づいてくるではないか。まるで暗闇から切り抜かれて現われたかのようだった。まさにグリム童話の世界だ。馬車は私たちのそばで停止し、ドアが開いてクラレンス・デヴァルーが降り立った。

たかが小男一人のために、なんという手の込んだ登場のしかただろう! しかも観客はたった二人だというのに！　彼はわざとらしく悠然と歩み寄ってきた。シルクハットをかぶり、マントの下から派手な色のシルクのチョッキをのぞかせ、小さな手には子供用かと思うような手袋をはめている。彼は私たちから数フィート離れた場所で立ち止まると、青白い顔で、腫《は》れぼったい重たげなまぶたの奥から品定めの視線を送ってよこした。なるほど、ここならば彼も安心というわけか。広場恐怖症の男にとって、地下の狭苦しい部屋ほど安心できる空間はないだろう。

「おやおや、寒いのか。じゃあ暖かくしてやらないとな」デヴァルーの声には同情に見せかけたあざけりが詰まっていた。目を二回しばたたいて手下に命じた。「殴れ！」

　私は腕と肩をつかまれた。見ると、ジョーンズにも同じことが起こっていた。デヴァルーとモートレイクが眺めている横で、六人のならず者が私たちを取り囲んで代わる代わる殴り始めた。私は椅子に座ったまま、なす術《すべ》もなく拳骨《げんこつ》を食らい続け、一発見舞われるたびに目の奥で光がはじけ飛んだ。攻撃がやんだときは鼻血が流れ、口のなかも血の味がした。ジョーンズは苦しげに身体を二つ折りにしていた。目が片方閉じ、一方の頬が腫れ上がっている。殴られているあいだ、彼は一言も声を発しなかった。考えてみれば、それは私も同じだった。

「さっきよりましになったな」手下どもが仕事を終えて後ろへ下がると、デヴァルーは椅子の上であえいでいる私たちに言った。「誤解しないでもらいたいんだが、こういうやり方はわたしも好きじゃないんだよ。それからもうひとつ、あんた方をここへお連れするために用いられた方法も、心の底から嫌悪している。幼い女の子を誘拐するなどもってのほか。普段ならば決して選ばない手段だ。ジョーンズ警部、お嬢ちゃんは母親のもとへ無事に帰されたとお伝えすれば多少は慰めになるかな？　情け深いわたしに感謝してもらいたいね。あの子をもっと利用することもできたんだから。父親の目の前で拷問するとか。ともかく、あんたがどう思っていようと、わたしはそういう人間じゃない。まあしかし、哀れだな。あの少女は二度と父親に会えないし、父親との最後の思い出も愉快なものとは呼びがたかった。とはいえ、いずれ大きくなれば、あんたのことなどきれいに忘れるだろう。子供というのは驚くほど立ち直りが早い。だからわれわれも、あの子を解放できたんだがね。

警官や探偵を殺すのも、通常は好みのやり方じゃない。激しい反感を買うことになって、割に合わないのだよ。しかしピンカートン探偵社とスコットランド・ヤードは別物だ。わたしはいつの日かこの選択を後悔するかもしれないが、現在の状況を考えればやむをえない。あんた方は非常に厄介な存在なんでね。一番いまいましいのは、どんな手を使ってわたしの正体を突き止めたのか、わからない点だ。それでここへおいで願って、痛い目に遭っていただいた。しかしね、次に起こることを経験したら、いまの痛みがかすり傷に思えることだろうよ。おや、二人とも震えているじゃないか。好意的に解釈して、恐怖のせいではなく寒さと消耗のせいだということにしよう。ワインを持ってきてやれ！」

デヴァルーの口調は私たちを殴れと命令したときとまるで変わらなかった。ただちに赤ワインの入ったカップが私の手に押しつけられた。ジョーンズのほうにも。彼は口をつけなかったが、私は飲んだ。ダークレッドの液体が血の味を洗い流してくれた。

「あんた方はたった数週間でわたしの組織の中枢にまで踏み込み、通り過ぎた跡は死屍《しし》累々たるありさまだ。友人のスコッチー・ラヴェルは拷問の末に殺された。しかも非常に不可解なことに、使用人からなにから彼の家にいた全員が道連れになった。いいか、スコッチーは誰よりも用心深い男だったんだ。ニューヨークで大勢の敵に囲まれていたせいで、目立たないよう行動する術を心得ていた。郊外の閑静な住宅街に家を借りて、おとなしく暮らしていた。にもかかわらず、なぜあんた方に嗅《か》ぎつけられたのか不思議でならない。スコッチーが住んでいる場所を誰から聞いた？　まあ、もともと彼がピンカートン探偵社に目をつけられていたことを考えると、答えはあんただろうな、ミスター・チェイス。当然、彼の顔を知っていたはずだ。しかし、あの事件が起こったとき、あんたはまだイギリスへ来て二日しか経っていなかった。しかも、ねらいすましたようにまっすぐハイゲイトへ向かった。いったいどんな手を使ったのか、まるで見当がつかん」

カフェ・ロワイヤルからメッセンジャー・ボーイのペリーを尾行したのだと、ジョーンズが説明するだろうと思ったが、彼は沈黙したままだった。しかしデヴァルーは返事をほしがっている。もし彼に謎解きの鍵《かぎ》を与えなかったら、ジョーンズと私にとって状況はさらに悪化するだろう。なんとかしなければと思い、とっさに口を開いた。

「ピルグリムだ」

「ピルグリムだと？」デヴァルーが訊《き》き返す。

「ピンカートン探偵社の調査員だ。私の部下だった」

「ジョナサン・ピルグリムだろう？　知ってるよ」モートレイクが横から割り込んだ。

「おれの兄の秘書だった」

デヴァルーが面食らった表情になる。「彼はピンカートンの人間だったのか？　密告者であることは知っていた——集めた情報をどこかへ流そうとしていたからな。それで代償を払わせたわけだが、てっきりモリアーティ教授の子分かと思っていた」

「それはまちがいだ」私はきっぱりと否定した。「彼は私の指示で動いていた」

「だがイギリス人だった」

「いや、アメリカ人だ」

「じゃあ、彼があんたにスコッチー・ラヴェルの住所を渡したんだな？　なるほど、ピンカートンの調査員だったのか。ありえない話じゃないな。早くそれを見破れなかったことが残念でならない。彼の始末を急ぎすぎるなとリーランドに釘《くぎ》を刺した立場としては、内々忸怩《じくじ》たる思いだよ。しかしミスター・チェイス、本当なんだろうな？　わたしをだまそうとしているなら、悪いことは言わない、やめておけ。弱点をつかんでいるからといってわたしを甘く見ると、ろくなことにならないぞ。嘘をついているとわかったら、ただじゃおかない。なにかつけ加えたいことは？　ないなら、先へ進めよう。ピルグリムからスコッチーの住所を教えられ、あんたはブレイズトン・ハウスへ行った。まさにその晩だ、一家全員が寝込みを襲われ、皆殺しにされたのは。あれはどういうことだ？　なぜああいうことになった？」

「私たちに訊かれてもわからない」

「それはどうかな。スコッチーはあんた方になにもしゃべっていない。そう確信している。彼は相手が警察だろうと絶対に口を割らなかったろうし、尻尾《しっぽ》をつかまれるような記録や手紙のたぐいも残さなかったはずだ。さっきも言ったように、用心深い男だからな。ところが、彼が死んだ翌日、あんたら二人は今度はわたしのクラブに現われた」

「ジョナサン・ピルグリムから送られてきた報告書は、差出人住所がクラブのものだった。警察も、ピルグリムが〈ボストニアン〉に部屋を借りていたことはすでにつかんでいた」

「つかめるはずないものを、どうやってつかんだ？　死体の身元が割れたこと自体、不思議でしょうがない。われわれを素人扱いするなよ、ミスター・チェイス。死体を遺棄する前にポケットのなかを確認しなかったとでも思っているのか？　ピルグリムとわれわれのつながりを示すものはなにひとつなかったにもかかわらず、警察はそれを嗅ぎつけた。妙じゃないか。なにか裏があるに決まっている」

「だったら、このささやかな集会にレストレイド警部を呼んだらどうだ？　喜んで種を明かしてくれるだろう」

「レストレイド警部は必要ない。あんたら二人がここにいるんだからな」デヴァルーは一瞬考え込んでから続けた。「さらに、あのわずか二十四時間後、あんたらはチャンセリー・レーンに現われた。われわれが何週間もかけて準備し、莫大《ばくだい》な収穫を生むと期待していた強盗の予定現場に。あの計画ではロンドンの富裕層が預けた大金だけでなく、彼らの高価な秘密も手に入るはずだった。さあ、ではもう一度訊く。ごまかしは通用しないぞ。どうやって知った？　誰から手に入れた情報だ？　ジョン・クレイか？　ちがうだろうな。やつにそこまでの度胸はない。スコッチーか？　いいや、その可能性は毛筋ほどもない！　じゃあ誰だ？　どうやって突き止めた？」

「あんたと仲良しだったスコッチーの日記に書いてあったんだよ」とうとうジョーンズが血に染まった唇を開き、折れた歯のあいだから声を放った。相変わらずワインには手をつけようとしない。

「嘘だ！　絶対に信じないぞ、ジョーンズ警部。スコッチーがそんなばかなまねをするはずない」

「あいにくそれが偽らざる事実なんでね」

「そんなはったりがいつまでもつかな？　残りあと三十分、とくと見物させてもらうよ。われわれの画期的な企ては、あんた方のせいで暗礁に乗り上げた。それは潔く認めよう。もっとも、しょせんは九牛の一毛でしかないから、べつに痛くもかゆくもない。我慢ならないのは、公使館に乗り込んできたことだ。それに関しては今夜ここでなにがなんでも吐かせてやる。どうして公使館に目をつけた？　どこをどうたどって、あそこに行き着いたんだ？　この国でわたしが今後安全にやっていけるよう、是が非でも知っておかなければならない。おい、聞いてるか、ジョーンズ警部？　わざわざあんた方をここへ連れてきたのは、それが目的だよ。顔を突き合わせてじっくり話をするために、拙宅にお招きしたわけだ。あんた方はわたしの精神的苦痛につけ込んで、さんざん屈辱を味わわせてくれたが、それを恨んで罰しようというんじゃない。二の舞を演じないための措置を講じるだけだ」

「自分の能力を過信しているんじゃないのか？」ジョーンズは言った。「単純に考えれば、不思議でもなんでもないだろう。マイリンゲンからハイゲイト、ハイゲイトからメイフェア。通った跡をたどれば、公使館が臭いってことは自明の理だ。誰だって同じ結論に行き着く」

「だいたい、こっちに手の内を明かせと要求するほうが厚かましい。誰が教えてやるか！」私もジョーンズに加勢した。「デヴァルー、どっちみちあんたは私たちを殺す。四の五の言わずに、さっさと仕事を終わらせたらどうだ？」

長い沈黙がおりた。エドガー・モートレイクはそのあいだずっと怒りをくすぶらせ、無言で私たちをにらみつけていた。一方、まわりを囲んでいるならず者連中は議論の内容にこれっぽっちも興味がなさそうだった。

「いいだろう、だったらそうしてやる」さっきから手袋をはめたまま片方の中指をいらいらとひねくっていたデヴァルーは、両手を脇に下ろした。自分の言ったことを悲しがっている様子にも見えた。

「ここがどこかわかるか？　世界最大の食肉市場、スミスフィールドの地下だ。ロンドンという街は飢えた貪欲《どんよく》な獣でね。想像を絶するほど大量の肉を餌にしている。よって、毎日、世界中からあらゆる種類の肉が集まってくる──牛、豚、子羊、ウサギ、ニワトリ、鳩、七面鳥、家鴨《あひる》。スペインやオランダのほか、アメリカ、オーストラリア、ニュージーランドといった何千マイルも離れた国からはるばる運ばれてくる。われわれはいま、その巨大な市場の隅にいる。声や音が外に漏れる心配も、邪魔が入る心配も皆無だ。もっとも、あんた方が座っている場所からさほど離れていない場所で、半袖《はんそで》のシャツにエプロンをつけた作業員たちがこれから仕事に取りかかるところだがね。作業場では手押し車とかごが肉で満杯になるのを待っている。そうそう、すぐそこのカーブを曲がればスノー・ヒル駅だ。ご存じのとおり、この市場には専用の地下鉄駅があり、もうじきデットフォード埠頭《ふとう》を出発した直通の始発列車が到着する。デットフォードからは鉄道で一日五百トンの家畜が届く。それらはすべてこの市場で処理され、舌、尻尾、腎臓《じんぞう》、心臓、後ろ脚、脇腹、さらにはもっと細かい部位にまで切り分けられる。

なぜこんな話をしているか知りたいだろう？　じゃあ、最期を迎える前に、わたしの個人的な関心事について語り聞かせてやろう。わたしの両親はもともとヨーロッパの出身だが、わたしは幼少時代をシカゴのパッキングハウス地区で過ごした。食品加工工場が集まってる場所だよ。家はマディソン・ストリート沿いで、近くにブルズヘッド・マーケットと食肉処理場があった。当時の情景はいまも脳裏に浮かぶ。もくもくと上がる白い蒸気、行き交う冷蔵車、大量に運び込まれてくる、目に恐怖を浮かべた家畜。あれをどうして忘れられるだろう？　小さい頃に見た食肉市場は、わたしの人生の土台に染み込んだ。あそこで見た煙と嗅いだ臭いはわたしから片時も離れず、つねにまとわりついている。夏の暑い季節には、何万匹という蠅が大群で押し寄せ、地元の川は血で赤く染まった。作業員たちは腐った肉やくず肉を平気で川に捨てていたのだ。〝軍隊をまかなえるほど大量〟という言い回しがあるが、字義どおり、あの市場から出荷された肉のほとんどは、北軍の食糧に回されていた。まだ南北戦争の最中だったんでね」

デヴァルーの独白は続く。「そういう環境で育ったわたしが大の肉嫌いだと聞いたら、驚くかね？　自分で決められる年齢に達するとすぐ、いわゆるベジタリアンになった。ご参考までに、その言葉が生まれたのはここイギリスだ。わたしが生涯抱え続けるであろう恐怖症も、子供時代の体験に起因している。あの頃、よく悪夢を見た。窮屈な囲いに閉じ込められた動物たちが、切り刻まれる運命におののく夢だ。柵《さく》のあいだからじっとわたしを見つめる目がまぶたの裏に焼きついてしまった。家畜が感じていた死の恐怖がこっちに乗り移った気がした。そうしてまだ未熟な少年の心に、あの動物たちは狭い場所に閉じ込められているあいだは安全だが、檻《おり》や囲いから出されたら殺される、という概念が刻まれたのだ。気がつけば、わたしは広い場所や外の世界を極端に怖がり、ベッドカバーを頭からかぶらないと眠れない子供になっていた。まあ、本来カバーは上から覆うのが役割だから、正当な使い方とも言えるがね。

われわれ人間の食欲を満たすだけの理由で、動物がいかに大きな苦しみをこうむっているか、一瞬でもいいから考えてもらいたい。これは真面目な話だ。あんた方の近い将来と密接に関わることだからな。これを見るがいい」彼はテーブルに歩み寄って、そこに並べられている物体を身振りで示した。

これ以上見て見ぬふりはできず、促されるままに目を向けた。私は初めてそれらを直視した。自分たちのために用意されている道具を。のこぎり、ナイフ、鉤、鋼鉄の細い棒、焼きごて。

「動物たちは叩《たた》かれる。鞭打たれる。焼き印を押される。去勢される。目をつぶされる。皮を剝がれて、煮えたぎった湯に放り込まれる。まだ生きているかもしれないというのに。そうした残忍な手口でさんざんいたぶられたあげく、逆さに吊《つ》るされて喉《のど》をかき切られるのだ。わたしの知りたいことを話さなければ、あんた方もそっくり同じ目に遭わせてやる。わたしの居所をどうやって突き止めた？　わたしのやっていることをなぜ詳しく知っている？　そして、あんた方のボスは誰だ？」デヴァルーは片手を挙げた。「ジョーンズ警部、あんたはスコットランド・ヤードに所属している。それからミスター・チェイス、あんたはピンカートン探偵社に雇われている。しかし、わたしはこれまで双方の組織を相手にしてきて、どちらのやり方も熟知しているが、二人はそれにあてはまらない。あまりに型破りだ。国際協定を平気で無視して、公使館という不可侵の聖域にずかずかと踏み込むとは、とても法の番人のやることとは思えない。犯罪者と区別がつかないではないか。あんた方に尋問されたその日の晩、スコッチー・ラヴェルは殺された。あんた方に逮捕されたわずか数秒後、リーランド・モートレイクは首に毒矢を打ち込まれて死んだ。

つまり、あんた方とこうしてじかに話すのは、わたしにとっても多大な危険を伴うことなのだ。やらないで済めば、どんなによかったことか。わたしは現実主義者だ。あんた方の死後、イギリスでもアメリカでも警察当局が捜査を強化することは目に見えている。だが今回ばかりはやむをえない。どうしてもからくりを知っておかねばならないのだ。ひとつ取引しようじゃないか。協力して本当のことを話せば、苦痛のない速やかな死を与えてやる。雄牛の脊椎《せきつい》を切断するための小さな刃を使ってな。どうせ死ぬのにわざわざ手荒な扱いを受けたくはないだろう？　わたしが知りたいことを素直に話せ。そのほうが身のためだ」

またもや長い沈黙が流れた。遠くのほうで金属と金属がぶつかり合う音が聞こえたが、一マイルは離れているだろうし、そこが道路の高さより上なのか下なのかさえ定かでなかった。私たちは外部から完全に遮断された狭い空間で、これから筆舌に尽くしがたい行為に及ぼうとする六人の若者に包囲されていた。悲鳴をあげたところでなんの役にも立たない。偶然聞きつけた人がいたとしても、どうせ家畜の声だろうと思うに決まっている。

「あんたの知りたいことなど、われわれに話せるわけがない」ジョーンズは言った。「なぜなら、あんたは誤った前提に基づいて断定しているからだ。わたしはイギリスの警察官。チェイスはピンカートン社の勤続二十年の調査員。ともに不可解だと思いつつ臭跡を追い続け、その結果、公使館とチャンセリー・レーンに行き着いた。ただそれだけの話だ。あんたには知らない敵がいるのかもしれないな。そいつがわれわれに手がかりを与えて、あんたを追いつめさせたんじゃないのか？　そもそも、自分がどれだけ軽率なのかわかっていないようだな。モリアーティ教授に連絡を取ったりしなければ、われわれの捜査は始まらなかったろうに」

「わたしはモリアーティ教授に連絡など取っていない」デヴァルーが言い返す。

「手紙をこの目で見た」

「嘘だ」

「嘘のわけないだろう。あんたに言われるまでもなく、わたしはこのとおり囚《とら》われの身だ。この期に及んでつまらない嘘をついてなんになる？」

「手紙はエドガーかリーランドが書いたのかもしれないな」私は口をはさんだ。「でなければ、スコッチー・ラヴェルだろう。いずれにしろ、デヴァルー、あんたはいくつもへまをやらかしてる。確かにいまは優勢だが、私たちを倒しても、必ず別の誰かが捜査を引き継ぐ。あんたはもうおしまいなんだ。事実から目をそむけるのはやめたらどうだ？」

デヴァルーは私の顔を妙な目つきで見てから、ジョーンズのほうを向いた。「誰かをかばってるだろう、ジョーンズ警部。そうにちがいない。そいつらがどういう人間で、なぜそいつらのために進んで痛い目に遭おうとしてるのかわからないがな。いいか、わたしはこれまで長いあいだ、妨害しようと隙を虎視眈々《こしたんたん》とねらう競争相手も、司直の手も寄せつけなかった。なぜだかわかるか？　それは、鋭い直感の持ち主だからだ。あんた方は明らかにわたしをだまそうとしている」

「ちがう！」私は叫ぶと同時に、椅子から勢いよく身を乗り出した。その動きにモートレイクとごろつきどもはすぐには気づかなかった。デヴァルーの長広舌と私たちとの延々と続く問答に飽きて、だらけきっていたのだ。私は止められる前にデヴァルーに飛びかかり、片手で彼のシルクのチョッキを、もう片方の手で彼の喉をつかんだ。テーブルの上のナイフが手の届く距離になかったことはかえすがえすも残念だが、代わりにデヴァルーを渾身《こんしん》の力で床に突き倒し、喉をぎゅうぎゅう絞めつけてやった。複数の手が私をデヴァルーから無理やり引き離すまで。その直後、側頭部に重い一撃を食らった。それだけでは気絶しなかったが、続いて顔の横に誰かの拳《こぶし》がぐしゃりと当たった。私は再び鼻血を流し、くらくらしながら椅子に倒れ込んだ。

クラレンス・デヴァルーは怒りに青ざめて立ち上がった。このような攻撃を、ましてや手下どもが見ている前で受けたことは一度もないはずだ。「もはやこれまでだな」彼は腹立たしげに言い放った。「互いに紳士らしくふるまうことを期待していたのに、残念だよ。話し合いは打ち切りだ。二つの人体がずたずたに引き裂かれるところまで見届けるつもりはない。あとはほかの者にまかせる。モートレイク！　どうすればいいかはわかっているな？　本当のことを吐くまで死なせるなよ。すべて終わったら、こいつらのしゃべったことを報告するように」

「待て！」ジョーンズが叫んだ。

だがデヴァルーは耳を貸さなかった。背を向けて去っていき、馬車に乗り込んだ。御者は手綱を引っ張って馬たちを回れ右させてから、鞭の音を響かせた。動き出した馬車はもと来た方向へと遠ざかり、トンネルの向こうに消えた。

モートレイクがテーブルに歩み寄った。そして、そこに並んでいる物をひとつひとつ思わせぶりに手に取った。たっぷり時間をかけて選び出したのは、理髪師の剃刀《かみそり》に似た器具だった。彼はそれをひと振りして開くと、ぎざぎざの刻み目のある変わった刃を掲げ、光にかざした。墓場にいた手下どものうちの六人が、私たちの包囲網を一斉に狭めた。

「ようし」モートレイクの口から満足げな声が漏れる。「始めるとしよう」

19　光の復活

　私はしたたか殴られたせいで、動くことができなかった。剃刀《かみそり》を指でつまんだモートレイクが、どうだ美しいだろうというようにジョーンズの鼻先に差し出すのを、ただ傍観するしかなかった。生まれてこのかた味わったことのない底知れぬ無力感に襲われ、自分はこれまでおのれの能力を過大評価していたのだと思い知らされた。その瞬間は、自分のすべての計画と野望がこのまま血なまぐさい結末を迎えることを受け入れる気になった。完敗だ。私はクラレンス・デヴァルーに打ち負かされた。つかの間でもやつの首を絞めてやったのが、せめてもの慰めだ。しかし、喉《のど》に残っている私の指が食い込んだ痕《あと》は、彼が安全な避難所である公使館へ帰り着く頃には薄れているだろう。そして私のほうは、苦悶《くもん》の渦に巻き込まれ、のたうちまわっていることだろう。自分の肩に誰かのずっしりとした手が置かれるのを感じた。モートレイク率いるならず者集団のなかの二人がいつの間にか近づいてきて、私の左右に立っていた。一人は私の手首をつかみ、もう一人は手にしているロープで私をしばり上げようとするかまえを見せた。

　そのときジョーンズ警部の声が飛んだ。「彼に手を出すな！」その口調は驚くほど堂々として、揺るぎなかった。「モートレイク、時間の無駄だぞ」

「本当にそうかな？」モートレイクが言い返す。

「おまえの親分が知りたがっていることを話してやる。だからあさましいだけの非人道的なふるまいはやめろ。ここで死ぬことがもう避けられない運命なら、われわれも口をつぐんでいたってしょうがない。おまえたちの陣地深く到達するまでの道のりがどういうものだったか、これから順を追って説明してやろう。わたしの話に嘘偽りがないことはミスター・チェイスが証明してくれる。まあ、べつにたいした内容じゃないがな。あらかじめことわっておくが、聞いたところで、おまえにとっちゃありがたくもなんともない話だぞ」ジョーンズは拷問者たちとのあいだに境界線を引こうとでもいうように、引き寄せたステッキを膝《ひざ》の上に置いた。「われわれは隠し事などいっさいしていない。おまえがわれわれに対して神に嫌われるような卑しい行為をどれだけ重ねようと、ないものは出せないってことを覚えておけ」

モートレイクは考え込む表情になったが、ほんの一瞬だった。「わかってないようだな、ジョーンズ警部」すぐに脅しにかかった。「あんたは重要な情報を持ってるはずだ。それをこっちによこすまでは容赦しない。いいか、おれの兄のリーランドはあんたに身柄を拘束されてる最中に死んだんだ。殺したやつを知ろうが知るまいが、あんたに責任があることに変わりはない。きっちり落とし前をつけてもらう。まずは舌を抜くことから始めるかな。要するに、あんたの話になんぞこれっぽっちも関心がないってことだ」

「そういうことならば、こっちも手段を選んではいられないな」ジョーンズはそう言ってステッキをさっと振り上げ、石突きをモートレイクのほうに向けた。同時に握り部分のワタリガラスの頭をねじった。するとそれが栓のようにはずれ、空洞が現われた。なにが起こるのかと息を詰めて見守っていると、彼はステッキの先をモートレイクに向けたまま、空洞に人差し指を突っ込んですばやくひねった。その瞬間、すさまじい爆音がとどろいて、狭い空間を破裂させんばかりに震わせた。モートレイクの腹に真っ赤な穴が開き、ちぎれた内臓と砕けた骨が背中から噴き出した。胴体が真っ二つに引きちぎれそうなほどの衝撃だった。彼は両腕を前に投げ出し、身体を丸めた姿勢で立っていた。剃刀はすでに手から落ちていた。ジョーンズのステッキの先端から白い煙が立ちのぼっているのを見て、私はようやくそれが仕込み銃だったことに気づいた。モートレイクがうめき声を漏らし、唇から血があふれ出た。そのあと彼は床にばったりと倒れ、それきり動かなくなった。

銃に込めてあった弾は一発だけだった。

「いまだ！」ジョーンズの合図で二人とも立ち上がり、目の前で起きたことにまだ茫然《ぼうぜん》としている六人の用心棒どもに攻撃を開始した。ジョーンズは私が想像もしなかったような敏捷《びんしょう》かつ力強い身のこなしで、銃としてはもう使えないが棍棒《こんぼう》としては充分に役立つステッキを手近な敵の顔面に振り下ろした。相手は鼻血を噴き出し、よろよろとあとずさった。私のほうは、ロープをつかんで手前に引っ張り、私をしばり上げようとしていた敵の喉もとに肘《ひじ》鉄砲を食らわした。ならず者はたまらずによろけ、床で四つん這《ば》いになってごほごほと咳《せ》き込んだ。

ほんの一瞬、私は成功を確信した。形勢が逆転して、私たちはここから逃げられると。だが突然のどんでん返しという空想を突っ走るにまかせる一方で、私の理性は敵がまだ四人残っている事実を忘れてはいなかった。四人とも無傷で、うち二人はリヴォルヴァーをかまえていた。ジョーンズがステッキで顔面を殴打した男も武装している。だいぶかっかしている様子だから、道理など無視して容赦なく銃をぶっ放してくるだろう。だがジョーンズも私も連中には近づけない。早い話が、やつらが発砲するのをさえぎる方法はひとつもないということだ。

そのとき、明かりが突然消えた。

四方八方へ光の帯を伸ばしていたガスランプの火が、突風でも吹きつけたかのようにふっと消えたのだ。私は殺されるしかない絶体絶命の窮地から、いきなり完全なる闇へ突き落とされたので、自分はもう殺されたのではないかと意識の裏で思った。死んでいる状態はきっとこれとあまり変わらないだろうから。だが実際には、生きて呼吸をしていた。自分の心臓の確かな鼓動が聞こえていた。そして、いまは周囲のすべてから切り離され、自分の手さえ見えない状況なのだと悟った。

「チェイス！」

ジョーンズの声だ。続いて袖口《そでぐち》をつかまれ、下へ強く引っ張られた。結果的に、ジョーンズのその行動のおかげで私は命拾いした。促されるまま身を低くした直後、モートレイクの手下が発砲したのだ。銃口が真っ赤な火を噴いた。弾丸が私の頭と肩をかすめるようにして風を切って飛んでいき、背後の壁に埋まった。もしも突っ立ったままだったら、その弾丸は私の身体をずたずたに引きちぎっていただろう。また、弾が壁にめり込んだおかげで跳弾を避けられたのも幸運だった。

「こっちだ」耳もとでジョーンズがささやいた。私の腕をつかんだまま隣でじっとしゃがんでいた彼は、私を引っ張って拷問器具が並べられたテーブルから遠ざかり、漆黒の巨大な暗闇に向かってすり足で進んだ。二発目の銃声が響いたが、飛んできた弾はさっきよりも遠くに感じた。一歩前進するごとに撃たれる危険は小さくなっていく。手がなにかに触れた。壁だ。デヴァルーが演説をぶっていたときに私たちの背後にあった、通路につながる壁だ。ジョーンズの誘導に従って、私はかがんだ姿勢でレンガの壁にてのひらを押し当てた。まだなにも見えなかったが、手探りしながら壁づたいに進んでいけば、必ず出口にたどり着けるはずだ。

それは見込みというよりも希望にすぎなかった。私たちが次の一歩を踏み出す前に、突如ちかちかする黄色い光が床の上に広がり、室内全体を照らし出した。恐怖に駆られて振り返ると、モートレイクが大の字に倒れているのが見えた。その横に立っているのは、墓地で私たちに向かって最初に口を開いた顎《あご》ひげと折れた鼻の男だ。どうやって火をつけたのか、灯油ランプを掲げ持っている。あれだけの奮闘にもかかわらず、私たちは敵からたいして遠ざかっていなかった。たったこれだけかと思うほど、わずかな距離だった。しかもランプの明かりで再び丸見えの状態だ。

「いたぞ！　殺せ！」顎ひげの男が叫ぶ。

複数の銃口が自分に向けられるのを見て、私はあきらめに近い気分で終わりを待った。だが、今度も死んだのは私たちではなかった。

見えない物体が顎ひげの男を襲い、側頭部の頭蓋骨《ずがいこつ》が砕けた。飛び散った鮮血が男の肩に降り注ぐ。彼はランプをつかんだまま横によろめいて、残り五人の仲間をゆがんだ影の奥に沈めた。五人はそろって発砲のチャンスを逸し、顎ひげの男が床に倒れたときにはもはや手遅れだった。ランプの火は消えて、あたりは再び暗闇に包まれた。彼は撃たれたのだ。誰に？　なぜ？　だが、いまは答えを探している場合ではなかった。暗闇だろうと、明るい場所だろうと、私たちが死と隣り合わせである状況に変わりはない。ここを脱出して安全な地上に出るまで、命の保証はないのだ。

敵の動揺と混乱に乗じて――ならず者連中は、なにが起こったのかまだわかっていなかった――私たちは転げるように駆け出した。頭のなかで二つの矛盾した衝動がせめぎ合う。全速力で走りたい、だが真っ暗なので障害物にぶつかるのが怖い。横のほうにジョーンズがいるのは音で察せられたが、近いのか遠いのか距離感がつかめなかった。足もとがなだらかな上り坂に変わったと感じるのはただの気のせいだろうか？　それは生死のかかった重大な問題だった。地上へ近づけば近づくほど、逃げのびる可能性も大きくなるのだから。

と、そのとき、五十ヤードほど前方で光がひらめいた。誰かがマッチで蠟燭《ろうそく》に火をつけたようだ。しかし、そんなことがありうるのか？　いったい何者だ？　私は慌てて立ち止まり、ジョーンズにひと声放った。「あそこを！」その小さな炎は、まるで私たちを安全な港へ導く航路標識のようだった。そこまでの正確な距離はおろか、いま自分がどの地点に立っているのかもわからなかったが、私たちを助ける意図で蠟燭が置かれたことは確信できた。相手が悪魔だろうがなんだろうが、かまってはいられない。後ろに迫る追っ手の足音を聞きながら、私たちは懸命に前へ前へと突き進んだ。銃声がとどろいた。続いてもう一発。銃弾が壁に跳ね返ってレンガを砕き、舞い上がった埃《ほこり》が目に入った。追っ手の罵声《ばせい》が響く。そのあと別のものが、遠く離れてはいるが急速に近づいてくるのがわかった――重たい蒸気を噴きながら金属が轟音《ごうおん》とともに回転している。なにかを燃やしている臭いも漂ってきて、あたりに湿った暖かい空気が充満した。

地下鉄の蒸気機関車だ。鉄と金属の塊が、デヴァルーの言っていたスノー・ヒル駅を目指して走ってきたのだ。姿は見えず、雷鳴のごとき音だけが刻一刻と大きくなっていく。視界をふさぐ暗闇をびりびりに引き裂きたくなった。ひょっとして、自分は線路上にいるのではないか、いまにも轢《ひ》かれるのではないかと恐怖に駆られた。が、汽車は向こうのカーブを曲がって、これからこちらへ近づいてくるところだった。まだ輪郭は見えなかったが、恐ろしく巨大だということは音と振動でわかった。ふいに、前照灯の強烈な光線が私をのみこみ、アーチ形の支持壁と丸天井を照らし出した。そこに浮かび上がった光景は妙に神秘的で、ロンドンの食肉市場の片隅というより、亡霊と怪物の棲《す》む夢幻の王国さながらだった。

ジョーンズは私のかたわらに立っていた。汽車の前照灯のせいで私たちの姿は追っ手から丸見えになっているはずだ。いま立っているのは軌道と並行して延びる通路で、それらはアーチ形の支持壁に隔てられていた。そのためアーチ部分から出たり入ったりする汽車の光が不思議な視覚効果を生み、すべての動きが連続した静止画像に見えた。コニー・アイランドの遊園地でからくり箱をのぞいている気分だ。しかも汽車の煙突とシリンダーからもくもくと吐き出された煙が、恋人同士の幽霊のように互いに絡み合いながら立ちのぼっていく。汽車自体も幻想的で、近くで見るとその迫力はすさまじいとしか言いようがなかった。もしここが夢幻の王国ならば、汽車はドラゴンだ。

私は恐る恐るあたりを見回した。追っ手の四人が早くもすぐ後ろに迫っていた。やつらにすれば、いまが絶好の機会だ。汽車が通り過ぎてしまうまであと三十秒もないだろう。私たちをしとめられるのは、光の海が標的を照らし出しているあいだだけだ。猛然と駆けてくる敵どもの不気味な姿は、一秒おきに現われたり消えたりを繰り返した。息が詰まりそうな分厚い煙の隙間から光が断続的に射し込んで、悪夢のごときモノクロの世界を織りなしていた。

ジョーンズが私に向かってなにか叫んだが、私にはもう言葉を聞き取る余裕はなかった。そのとき、四人の敵が三人に減った。一人がいきなり両肩から血を噴き出して、前へ倒れ込んだのだ。汽車がさらに近づいてくる。後方のレンガの柱から人影がさっと現われた。例のペリー少年だ。悪鬼のような笑みを浮かべ、目をぎらぎらさせた顔が、光に浮かび上がった。彼は右手に持った大きな肉切り包丁を振りかざして、こちらへ突進してきた。私はあとずさった。だが標的は私ではなかった。私に忍び寄って襲いかかろうとしていたモートレイクの手下だった。その男の喉にペリーは包丁を深々と突き立てた。一度抜いてから、再びずぶりと刺す。両腕を返り血で真っ赤に染めながら、ペリーは甲高い声で笑った。至近距離にいる私には、彼の開いた口からのぞく真っ白な歯まで見えた。そのあと私の耳は汽車の轟音にふさがれ、息を吸っても煙の炭素と水蒸気しか肺に入らなかった。喉が焼けつくように痛んだ。

やがて暗闇が残された。機関車に引かれた貨車がガチャンガチャンと金属音を響かせて通過した。

「チェイス！」私の名を呼んだのはジョーンズだった。「どこだ？　どこにいる？」

「ここだ！」

「早くこの地下牢《ちかろう》から脱出しよう」

前方では案内役の炎が消えずにちらちら揺れていた。後方でなにが起こっているのか気がかりではあったが、とにかく前へ進むしかない。私たちは蠟燭の火に向かって一目散に駆けた。途中、銃弾がなにかに当たるくぐもった音が聞こえた。リヴォルヴァーではなく空気銃のたぐいだろう。ペリーとならず者連中の闘いは続いている。包丁が肉を切り裂くいやな音のあとに悲鳴が上がった。それを聞きながら、ジョーンズと私は腕を取り合ってひたすら走り続けた。もうもうと立ちこめる煙に激しくむせ、目から涙が流れるのもかまわず。足もとは明らかに上り勾配《こうばい》で、傾斜は一歩ごとにきつくなっていく。ようやく蠟燭のところに行き着くと、そこは曲がり角だった。向こう側をのぞいたとたん、月明かりの空が目に飛び込んできた。地上の出口まで金属階段が延びている。私たちは最後の力を振りしぼって階段をのぼり、夜明け間近の空の下に出た。

追ってくる者は誰もいなかった。恐怖の地下牢から生還できたのだ。モートレイクの用心棒どもは全滅したのだろう。たとえ生き残った者がいたとしても、これだけ人目のある場所では私たちに手出しできまい。食肉工場の作業員、市場の配達人、事務員、検査官、出荷業者、買受人などが続々と出勤してきている。巡査が一人いたので、私たちは急いで彼のもとへ駆け寄った。

「わたしはスコットランド・ヤードのジョーンズ警部だ」ジョーンズは息を切らして言った。「たったいま殺されかけた。ただちに応援を呼んでくれ。保護が必要だ」

私たちはさぞかし異様な姿に見えただろう。憔悴《しょうすい》して、あちこち痣《あざ》だらけで血まみれだ。そのうえ服はよれよれ、顔も手も泥と煤《すす》で汚れ、黒い筋がついている。巡査は冷ややかな目で私たちを見た。「さあさあ、落ち着いて」と彼は言った。「いったいなにがあったのか話しなさい」

空が薄紅色に染まる頃、私たちはカンバーウェルへと向かった。昨夜の死闘の結末を見届けるまではホテルへ戻れないと思い、私もジョーンズの家へ同行することにしたのだ。二人とも口をつぐんだまま、例の巡査を説き伏せてようやく手配させた馬車に黙って揺られていたが、デンマーク・ヒルにさしかかったあたりでジョーンズが私のほうを向いた。

「彼を見ただろう？」

「ブレイズトン・ハウスへの案内人、ペリーのことか？」

「そうだ。地下にいた」

「ああ、いた」

「狐につままれた気分だよ、チェイス」

「同感だ。彼はスコットランド・ヤードに爆弾を仕掛けて、あなたを殺そうとした。ところが、今回は逆に命を救おうとしたとしか思えない」

「馬車に一緒に乗っていた男の命令なんだろうな。それより、彼らはいったい何者なんだ？　どうしてわれわれがあそこにいると知っていたんだろう？」そう言ったあとでジョーンズは目をつぶり、考えに沈んだ。消耗しきっているのがわかった。この先なにが待ちかまえているのか不安でなかったら、疲労困憊《こんぱい》で眠りに落ちていただろう。デヴァルーはベアトリスを無事に自宅へ送り届けたと言っていたが、それを信用する根拠はどこにもないのだ。「デヴァルーにペリーのことを言わなかったね」ジョーンズは再び口を開いた。「われわれがどうやってハイゲイトにたどり着いたか訊《き》かれたとき。あの少年をカフェ・ロワイヤルから尾行したことも黙っていた」

「デヴァルーに真実を伝えてやる必要がありますか？」私は言った。「不安なままにさせておいたほうがいいと判断したんです。ジョナサン・ピルグリム殺しをやつに認めさせることのほうが私にとってははるかに大事だった。ねらいどおり、白状させることができてほっとしていますよ。あなたも私もデヴァルーのしわざだと確信していたが、本人による自供があれば法廷で断然有利ですからね」

「それはやつを法廷へ引っ張り出せればの話だ」

「なにがなんでも引っ張り出しましょう、ジョーンズ。いまに見ていろ、デヴァルー。二度と安眠はさせないぞ」

馬車がジョーンズ家の玄関前に到着した。すぐにドアが開いて、エルスペスが馬車を見るなり駆け出してきた。髪は乱れ、肩にショールを巻いていた。彼女はまっすぐ夫の腕に飛び込んだ。

「ベアトリスは？」ジョーンズが開口一番に尋ねる。

「二階よ。眠っているわ。ああ、死ぬほど心配していたのよ、あなたのことを」

「このとおり帰ったよ。もう安全だ」

「でも怪我をしているわ。まあ、顔が！　いったいなにがあったの？」

「たいした怪我じゃない。とにかく生きて帰ってきたんだ、それが一番大事だろう？」

私たち三人は家のなかへ入った。暖炉では火が盛んに燃え、朝食もすでに用意されていた。だが食卓に料理が並ぶ前に私は肘掛け椅子で眠り込んでしまった。

20　外交特権

長く苦しい追跡劇――アメリカからイギリスへ渡った極悪人を捜し出し、正体を暴こうとする私の努力と奮闘――が、数々の驚くべき展開を経たあとに三人の男とのあらたまった会見という静かな幕切れを迎えるのは、いささか不思議な気分だった。私たちはヴィクトリア・ストリートの公使館へ再び足を運んだ。今度は二人とも本名を名乗り、警視総監にもあらかじめ伝え、さらに外務大臣のソールズベリー卿《きょう》から与えられた許可を携えていた。そんなわけで、私たちはすんなり部屋へ通され、パーティーの晩に会ったロバート・T・リンカーンとその参事官ヘンリー・ホワイト、そしてもう一人の男を前に座った。三人目の人物とは公使秘書のチャールズ・アイシャムで、今日は藤紫色のジャケットを着てクラヴァットを締まりのない感じに巻いている。前回、エドガーとリーランドのモートレイク兄弟の命令で私たちを拘束した強情な男だ。

その部屋は普段、図書室として使われているにちがいない。二面の壁は上から下まで本で埋まっている。誰も読みそうにない分厚い大型の法律全集ばかりだが。それらと向かい合う、気の抜けた灰色に塗られた壁には、歴代の特命全権公使の肖像画が並んでいる。初期の頃の人物は高襟にスカーフというでたちだ。窓には目の細かい金属の網戸が下ろされていて、外のヴィクトリア・ストリートが見えないようになっていた。これはもしやデヴァルーの登場を意味しているのだろうかと私は内心でつぶやいた。ここに着いてから彼の姿はまだ見かけていないし、会話にも彼の名前は一度も出てきていない。が、あの男がスミスフィールド食肉市場から帰り着いた場所は公使館だろうから、いまも館内のどこかにいるはずだ。目下、この建物はジョーンズ警部が配置した巡査たちに包囲されている。目立たないよう全員が平服で、公使館に出入りする人間を一日中監視する手はずだ。

ロバート・リンカーンの印象は前に記したとおりである。外見は武骨で冴《さ》えない感じだが、パーティーでは招待主として圧倒的な存在感を示し、大勢の客を相手にていねいな態度で接しつつ会話を自在に操っていた。いまも前回と同じ強い存在感を放って、アンティークのテーブルが脇にある背もたれの高い椅子に座っている。この静かで秘密めいた雰囲気においても、場の支配権を握っているのは彼だった。黙って座っているだけで、あたりに威圧感を与えていた。彼ならば口を開く前に時間をかけてじっくり考え、簡潔に的を射た発言をするだろう。三人のなかで一番神経をとがらせている様子なのは端に座ったホワイトで、さっきからずっと用心深い目つきで私たちを見ている。会話の口火を切ったのはそのホワイトだった。

「ジョーンズ警部、どうしてもうかがっておきたいことがあります。先日、盗んだ招待状を持って偽名で乗り込んできた件です。いったいどういうおつもりだったんですか？

それがいかにゆゆしき行為か、思い至らなかったのですか？」

「いえ、重々承知していました。お詫《わ》びするしかありません。大変申し訳なく思っています。しかし、言い訳に聞こえるでしょうが、手段を選んではいられない状況だったのです。わたしは危険このうえない凶悪な犯罪組織を追跡中でした。大勢の人間を犠牲にしてきた、殺人をいとわない連中です。このわたしも危うく命を奪われるところでした。ご存じのとおり、スコットランド・ヤードの爆破事件では何人もの犠牲者が出ました」

「その犯罪組織のしわざだという確証はあるのですか？」リンカーンが尋ねた。

「いえ、残念ながら。確かなのは、チェイスとわたしが犯人の臭跡を追ったところ、この公使館にたどり着いたということだけです。爆発の直後、スコットランド・ヤード付近で乗せた客をじかに公使館まで運んできたと辻《つじ》馬車の御者が証言しています」

「御者の思いちがいかもしれない」

「その可能性もありますが、わたしは正しいと信じています。御者のガスリー氏は記憶がはっきりしていて、確信を持っていました。彼の証言に少しでもあやふやなところがあったら、わたしもあのような行動には出ませんでした」

「私が言い出したことなのです」と、そこで私は口をはさんだ。まだ気分がすぐれなかったうえ、自分がみっともない姿をしているのもわかっていた。モートレイクの子分どもから食らったパンチは思った以上に強烈だったようで、顔は醜く腫《は》れ上がり、目のまわりは内出血で黒ずみ、唇は裂けてしゃべるのもままならなかった。私に比べると、ジョーンズのほうがいくらかましな状態に見える。とにかく、二人ともきちんと服を着て座っているが、列車事故に遭ったばかりの人間に見えないこともないだろう。「責任は私にあります」なおも強調した。「思い切ってここへ乗り込もうとジョーンズ警部を説き伏せたのは、この私です」

「ピンカートン探偵社のやり方はよく知っていますよ」公使秘書のアイシャムが憎々しげに言った。彼は最初から反感をあらわにしていた。「暴動をあおる。きわめて合法的にストライキを起こした勤勉な労働者たちを悪者扱いする。それから――」

「私の認識では、ピンカートン探偵社は法に触れることはなにひとつやっていません。また、個人的にもシカゴの鉄道会社その他のストライキにはいっさいかかわっていません」

「チャーリー、いま論じるべきはその問題ではない」リンカーンが静かな口調で秘書を諭した。

「先日のわれわれの行動が違法だったことは認めます」ジョーンズが話を続けた。「しかし、その後の展開からすると、自分たちを正当化するつもりはありませんが、やむをえない部分もあったのではないかと考えます。少なくとも、あのときわれわれが主張したことは真実だったのですから。クラレンス・デヴァルーの名で知られる犯罪者は、コールマン・デヴリース三等書記官という名前と肩書でこの建物を安全な避難所に利用していました。ひょっとしたら、デヴァルーは別名で、デヴリースのほうが本名なのかもしれない。いずれにせよ、われわれはここに彼がいるのを見つけました。そして、それがゆえにわたしは法の執行者になって以来、最悪の報復を受けたのです」

「娘さんを誘拐された」

「そうです、特命全権公使」ジョーンズはリンカーンに向かってあらたまった口調で答えた。「やつの手下はわたしの六歳の娘を誘拐し、チェイスとわたしをおびき寄せる餌にしたのです」

「わたしにも二人の娘がいる」リンカーンは重々しくつぶやいた。「しかも、つい最近息子を病気で亡くしたばかりだ。あなたの苦しみはよくわかる」

「昨夜、スミスフィールド食肉市場の地下で、クラレンス・デヴァルーはわれわれを殺すつもりで拷問しました。幸い奇跡的に脱出することができましたが、その詳しい経緯はいまはまだ説明できません。いずれ別の機会にでも。いまはもっと重要な話があります。昨夜われわれを襲った男、それからあなたの国とわたしの国で発生した数々の犯罪の首謀者たる男は、あなたの三等書記官と同一人物です。わたしが今日うかがったのは、彼に対する尋問をおこない、そのうえで必要な手続きを経て法のもとに罰することをお願いする、いや要求するためです」

このあとは長い沈黙になった。皆、リンカーンの返答を待っていたが、公使は無言でホワイト参事官にうなずきかけただけだった。顎《あご》ひげを撫《な》でながら沈思黙考していたホワイトは、公使に代わって私たちにこう答えた。「あいにくですが、ご要望には添いかねます。あなたがお考えになっているほど簡単なことではないのです、ミスター・ジョーンズ。ここまでの話はあなたの個人的な言い分として一応うけたまわっておきましょう。真偽のほどはともかくとして」

「どういう意味だ！」彼の慇懃《いんぎん》無礼な言い方にかっとなった私は、すかさず反論しかけたが、ジョーンズが片手を挙げてそれを制した。

「べつにあなたの言葉を疑っているわけではないですよ」ホワイトがジョーンズに向かって話し続ける。「ああいう形で公使館へ侵入するなど、そちらのやり方には目に余るものがありますが、あなたも相棒のミスター・チェイスも本当に負傷しているのは見ればわかりますので。しかし、治外法権の原則はなにをおいても守られねばなりません。公使は主権国家の代表です。約一世紀前にペンシルベニア州の最高裁判所長官トーマス・マッキーンが起草した憲法において、海外に駐在する外交官は神聖かつ不可侵の存在であり、在外公館へ許可なく立ち入ることを禁ずるといった内容が定められています。ちなみに、こうした特権および保護は公使のみならず、公使のもとで職務を遂行する者全員に適用されます。公使の配下の人間にも同等の権利を認めないと、さまざまな不都合が生じ、ひいては公使の立場を揺るがすことにもなりかねませんので」

「お言葉ですが、もしご本人が必要と判断すれば、公使はそうした特権や保護の適用を控えることもできるのでは？」

「アメリカ合衆国の慣例には含まれていません。在外公館はいかなる場合も接受国の法律には服さない、というのが我が国の見解です。ま、イギリスは国というより島ですがね。とにかく、当公使館はいっさいの刑事裁判手続きを免除されています。よって、ミスター・デヴリースもミスター・アイシャムも、そしてわたしも、民事ならびに刑事の裁判手続きにおける証言を拒否できるのです。たとえわたしたちが拒否しないことを選択しても、公使の許可が下りないかぎり実行できません」

「つまり、われわれイギリス警察はデヴァルーを起訴できないとおっしゃるのですか？」

「そういうことです」

「しかし、人道的見地に立った、犯罪は平等に処罰されるべきという自然法には賛同なさるはずだ」

「証拠はありません」アイシャムが横から口を出した。「ミスター・チェイスは怪我を負わされた。あなたも娘さんを一時的に連れ去られた。しかし、われわれの知っているミスター・デヴリースが犯人だという証拠はどこにもないでしょう？」

「では逆に訊《き》きますが、わたしの話がすべて真実だったらどうしますか？　コールマン・デヴリースがあなたの知らないところで、特権を与えられているのをいいことに犯罪を繰り返していたとしたら？　それでもあなた方紳士は、ロンドン市民を恐怖に陥れるためだけにやって来た極悪非道な男をかばうおつもりですか？」

「われわれがかばうのではない！　法律でそう定められているのだ」

「あの男が庇護《ひご》されることに変わりはありません。共犯のエドガー・モートレイクも公使館のパーティーで偉そうにカクテルをすすっていましたが、わたしはやつが邪魔な相手の喉《のど》を刃物で切り裂くのをこの目で見ましたよ。わたしの娘をさらったのもエドガー・モートレイクです。それからやつの兄のリーランドは、ピンカートン探偵社の若手調査員ジョナサン・ピルグリムの殺害に関与しています。あの兄弟がいまも生きていれば、やはりあなた方はやつらの味方をするのですか？　わたしの友人のチェイスはイギリスへ来るにあたって、デヴァルー率いる犯罪組織がアメリカ各地で犯した悪事を詳細に記録した調査ファイルを持ってきています。わたしは隅々まで目を通しました。よろしければ、皆さんにもお見せしますよ。殺人、窃盗、脅迫、恐喝……挙げればきりがありません。それらすべての首謀者はクラレンス・デヴァルーです。昨夜わたしたちを家畜同然に殺してやると脅し、容赦ない暴力をふるったのもクラレンス・デヴァルーです。品性を重んずるあなた方が、そのような毒蛇のごとき凶悪犯とこれからも同じ屋根の下で暮らすおつもりですか？」

「ですから証拠がないと言っているでしょう！」アイシャムが語気を強めた。「起訴だ裁判だとおっしゃるが、わたしも法律にかけては専門家です。〝証拠は推定を制す《Probatio vincit praesumptionem》〟。証拠こそが最強なのです。反論できますか？」

「ラテン語とは、博識ですな。わたしはもっと易しい表現を使いますよ。〝最愛の娘を無理やり奪い去られた〟」

「起訴は無理でも、せめて事情聴取は許可してもらえませんか?」私は口調を和らげて言った。「デヴァルー本人からじかに話を聞く程度のことはかまわないはずです。場所はスコットランド・ヤード、公使館が選んだ弁護士つき、という条件で。そうすれば、われわれの申し立てが真実であることは必ず証明されますから、その時点で彼を帰国させ、アメリカの法で裁いてもらえばいいのでは? ジョーンズ警部の主張はきわめてまっとうであるにもかかわらず、皆さんは彼を目の敵にしている。私たちの話を本気で嘘だと思っているなら、どうかしているとしか言いようがありませんよ。これほどの怪我を負わされる原因がほかにあるわけないでしょう」

チャールズ・アイシャムはまだ疑わしげな表情だったが、ヘンリー・ホワイトは意向をうかがう目つきでリンカーンのほうをちらりと見た。腹が決まったらしく、公使はおもむろに口を開いた。「ミスター・デヴリースはどこにいる?」

「隣室で待機しています」

「では、ここへ来るよう声をかけてくれたまえ」

大いなる前進と呼べる展開だ。秘書のアイシャムは立ち上がって壁際へ行き、隣室に通ずる両開きのドアを開けた。低い声で短い言葉が交わされたあと、いよいよクラレンス・デヴァルーが部屋に入ってきた。もう彼に危害を加えられる恐れがない状況での再会に、私の体内で奇妙な興奮が湧き起こった。パーティーの晩に初めて見たときと同様、卑屈そうなぱっとしない男で、存在感がきわめて希薄だった。公使に参事官に公使秘書という錚々《そうそう》たる顔ぶれにさも驚いたふりをして、目をぱちくりさせた。ジョーンズと私の顔がわからないのか、こちらに向けた視線はまったく知らない相手を見るときのものだった。昨晩と同じ派手なシルクのチョッキを着ているが、服装を除けば昨晩とは別人のようだった。

「公使、お呼びでしょうか？」アイシャムがドアを閉めると、デヴァルーは畏縮《いしゅく》した様子で尋ねた。

「かけたまえ、ミスター・デヴリース」

デヴァルーはジョーンズと私から離れた椅子に腰を下ろした。「なぜ呼ばれたのか理由をうかがってもよろしいでしょうか？」そう言ったあと、私たちに二度目の視線を向けた。「おやっ、この人たちは！　先日の米英貿易振興記念パーティーで見た顔です。なぜまたここに？」

「彼らはきみに関して、ゆゆしき深刻な申し立てをおこなった」ホワイト参事官が説明した。

「申し立て？　わたしのことで？」

「ミスター・デヴリース、昨夜どこにいたか教えてもらえるかね？」

「もちろん公使館ですとも、ミスター・ホワイト。わたしがどこへも行けないことはご存じでしょう。やむにやまれぬ事情で外出する場合も、入念な準備なしには一歩もここ

「こちらの紳士方は、昨夜きみとスミスフィールド食肉市場で会ったと主張しておいでだが」

「事実無根のでたらめです。こう言ってはなんですが、パーティーでのことを根に持って仕返しするつもりなのだと思いますね。公使閣下の前でそのような嘘を並べ立てるとは、実に悪質だ。ですが、事を荒立てるつもりはないので、これはただの迷惑なまちがいとして受け止めることにします。要するに人違いです。別の人物をわたしと見まちえたのでしょう」

「クラレンス・デヴァルーという名に心当たりはないんだね?」

「クラレンス・デヴァルーですか? クラレンス・デヴァルー……」そこで目をぱっと輝かせる。「頭文字はC・D! わたしと同じですね。なるほど、このとんでもない誤解はそれが原因にちがいない。もちろん、そのような名前に心当たりはありません」

 リンカーンはジョーンズのほうを見て、発言を促した。

「つまり、昨夜われわれを監禁して、子分どもに手伝わせて暴行を加え、情報を得たいがためにわれわれに無理やり口を割らせようとした覚えはないというのか? シカゴで過ごしたあんたの子供時代の思い出話を、こっちはよく覚えているんだがね。肉を食わない理由や、広場恐怖症になった原因もたっぷり聞かされた。それでも否定するつもりか?」

「わたしは確かにシカゴ生まれだ。しかし、それ以外のことは全部あんたの作り話だ。公使、彼らは嘘をでっちあげ……」

「そこまで言い張るなら、いますぐカラーを取ってみろ」私は彼の言葉をさえぎった。「喉についている痣《あざ》がなんなのか説明してもらおう。私の手をそこにあてれば、大きさも形もぴったり合うはずだ。喜んで実践するよ。さあ、どうする？　説明できるのか？」

「ああ、そうだ、わたしはあんたに襲われた」デヴァルーは言った。「だが場所は食肉市場ではない。この公使館だ。あんたはパーティーが催された晩に身分を偽ってここへ侵入したうえ、追い出されるときにわたしに暴力をふるった」

「やはりそれを恨んでの言いがかりだったわけか。これではっきりした」アイシャムが口をはさんだ。やけにデヴァルーの肩を持つので、この秘書はデヴァルーに買収されているか脅されているかしているのではと勘ぐりたくなった。「二人の客人がミスター・デヴリースと反目し合っているのは明白ですね。その動機についても議論の余地はありません。しかしここは、人違いだったということで丸くおさめたほうがいいでしょう。そういうわけで、公使、ミスター・デヴリースはワシントンで六年、ここで七年働いてきたアメリカ政府の忠実なる公僕です。また、彼が特殊な症状に苦しんでいることも事実です。そのような病気を抱えた者に、国際的な犯罪組織のネットワークなど作れるわけがありません。彼は公使がいまご覧のとおりの人物です。見たままを信じるべきかと思います」

　リンカーンは沈鬱《ちんうつ》な面持ちで黙り込んでいたが、やがてゆっくりと首を振った。「こう申し上げるのは大変心苦しいのですが」と、私たちに向かって前置きした。「やはりあなた方の話は論拠に欠けるように思います。お二人とも立派な方々ですから、作り話だと疑うつもりはみじんもありませんが、アイシャムが言ったとおり、明確な物的証拠なしにはこちらも事を先へ進めるわけにはいかないのです。しかし、この件については今後われわれのほうでも調査するとお約束します。むろん、公使館の規則に従って、公使館内でおこないますが」

　公使の言葉は明らかに会見終了の宣言だった。ところが突然ジョーンズが立ち上がり、私がよく知っている以前のような精力みなぎる態度できっぱりと言った。「そんなに証拠、証拠とおっしゃるなら、お見せしますよ」彼はポケットから端がぎざぎざに破れている紙切れを取り出し、リンカーンの脇にあるテーブルに置いた。紙切れにはブロック体の大文字で、〝娘は預かった《WE HAVE YOUR DAUHTER》〟と書いてある。ジョーンズは続けた。「これはわたしを〝デッドマンズ・ウォーク〟という墓地へおびき寄せるために犯人がよこした脅迫状です。デヴァルーはこういう手口でチェイスとわたしを呼び出し、監禁したのです」

「それで？　どこが証拠なのですか？」アイシャムが訊く。

「これは本から破り取ったページです。一目見ただけで、ちょうどこういう図書室にある本だと気づきました」ジョーンズは本棚のほうを振り向いた。「この部屋では太陽の光が窓から偏った角度で射し込みます。よって、一番端の数冊だけが日焼けするはずです。実際にそうなっているのを、わたしは部屋に入ったとたん目に留めました。そして脅迫状の紙切れですが、ご覧ください、上部だけ変色していますね？」ジョーンズは無断で本棚へ歩み寄ると、隅のほうの本をためつすがめつした。「どれもしばらく読んだ形跡がありませんね。それから、ほかはまっすぐそろえて並べられているのに、一冊だけ曲がっているのがある。最近誰かがそれを手に取って、きちんと戻さなかったのだとわかります」ジョーンズはその仲間はずれの本を棚から抜き出し、リンカーンのそばへ行った。「なかがどうなっているか確認してみましょう……」そう言いながら本を開いた。

見返し紙はなくなっていた。破り取られたぎざぎざの跡がはっきりと見える。さらに、誘拐犯が書いた脅迫状のぎざぎざ部分と一致することは誰の目にも明らかだった。

開いた本は深い沈黙に迎えられた。いまの大胆な試みはまさに泣く子も黙るほどの威力があったようだ。リンカーンと参事官と秘書はそろって無表情ではあるが、人生の謎がすべてそこに詰まっているとばかりにくだんの本を凝視している。デヴァルーでさえ見るからに縮み上がって、敗北が近づいているのを覚悟したような顔つきだ。

「この図書室の本から破り取ったページであることは疑いようがない」しばらくしてリンカーンはおごそかに言った。「ミスター・デヴリース、どういうことか説明してもらえないか？」

「できません。これはでっちあげです！」

「そうだろうか。きみが答えるべき問題に思えるがね」

「ここから本を持ち出すことは誰にでもできます。この二人がパーティーの晩に自分たちでやったにちがいありません！」

「彼らは図書室には入っていない」アイシャムがぼそりと言った。彼は初めて私たちの側に立った発言をした。

デヴァルーは捨て鉢な態度に変わった。「公使、わたしは刑事裁判手続きを免れるとついさっきおっしゃったではありませんか」

「本来はそのとおりだ。また、そうあるべきだ。しかし今回ばかりは手の打ちようがない。法の執行者である二人の人間が犯行現場できみを目撃したと証言している。また、暴力事件や誘拐事件が現実に起こったことも否定できない。そのうえ、こうして物的証拠まで出されては……」

またしても長い沈黙になったが、それを破ったのは参事官だった。「外交施設の職員が警察の事情聴取を受けるというのは前例がないわけではありません」とホワイトは涼しい顔で言ってのけた。公使たちの変わり身の早さに私は仰天したが、考えてみれば当然なのかもしれない。彼らは政治家なのだと思ったほうがいい。「ミスター・デヴリース、きみに対して深刻な訴えが出されている以上、捜査への協力くらいはすべきではないだろうか？　身の潔白を証明するためにもそれが最善策だと思うが」

「公使館の敷地外であっても敷地内と同様の保護を受けられる」アイシャムがつけ加える。「無害通航《jus transitus innoxii》の権利を適用することも可能だ。きみをイギリスの管轄外に置いたまま事情聴取をおこなうようイギリス警察にいるわれわれの友人に申し入れておく」

「そのあとどうなるのですか？」

「きみの身柄はここへ戻される。もし充分な申し開きができなかった場合は、公使が次の対処法をお決めになるだろう」

「ここを離れるのは無理です！　わたしが外に出られないのはご存じでしょう」

「あんたのために特別な馬車を用意しよう」ジョーンズが言った。「イギリス警察が誇る囚人護送車、ブラックマリアを。通常の犯罪者はそれに乗せられると生きた心地がしないものだが、あんたにとっては安らぎの空間だろうよ。窓はひとつもないし、ドアは外から施錠されて、びくともしないからな。もちろんスコットランド・ヤードまで直行だ。なにも心配はいらない」

「お断りだ！　絶対に行かないぞ！」デヴァルーは叫んだあとリンカーンのほうを見た。彼の目に本物の恐怖が浮かぶのを私は初めて見た。「これは罠《わな》です、公使。こいつらは事情聴取などする気はありません。わたしを殺すつもりなのです。だまされないでください。二人とも見かけとは全然ちがう人間ですから」舌がもつれ、言いよどみ、どんどん早口になっていく。「最初はラヴェルが殺《や》られました。この二人に見つかった翌日、一家全員が犠牲になったのです。次はやり手の実業家、リーランド・モートレイクでした！　閣下もお会いになったことがある男です。彼は逮捕された直後、毒矢で殺害されました。わたしも同じ運命をたどるに決まっています。わたしをこの二人に引き渡したら、スコットランド・ヤードで、いや、スコットランド・ヤードに着かないうちに始末されるでしょう。もっと早く、ブラックマリアとやらに乗り込む前かもしれない！　わたしはやましいことはなにもしていません。申し開きをしなければならない理由などひとつもないのです。信じてくださいますよね？　公使のご質問にならどれだけでもお答えしますし、わたしの身辺を徹底的に調べていただいてけっこうです。ですから、どうか、わたしを死神に渡すことだけは思いとどまってください。この男たちに連れていかれたら、わたしの命はありません！」

おびえきった悲痛な声で訴えるので、全部デヴァルーのしわざだと知っている私でさえ、彼の無実の主張を一瞬信じそうになったくらいだった。そうなるとリンカーンも部下を哀れに感じて心がぐらつくのではないかと懸念したが、なにも言わず目を伏せていた。

「彼の身に危害を加えるつもりは毛頭ありません」ジョーンズは断言した。「われわれを信用してください。ただ話をするだけです。依然として未解決の疑問がまだたくさん残っていますので、それらすべてに明確な答えが得られ、そして本人の完全な自白が取れたら、外交上の取り決めに従って速やかにお帰しします。外務大臣のソールズベリー卿にもご同意いただきました。デヴァルーがイギリスの法律で裁かれようとアメリカの法律で裁かれようと、われわれにとってはどちらでもかまいません。肝心なのは、この男が犯した罪を償わずに逃げのびるのを阻止できるか否かなのです」

「そういうことでしたら、わたしも同意しましょう」とリンカーンは言って立ち上がり、急に疲れの出た顔で参事官のホワイトのほうを向いた。「ヘンリー、弁護士を手配するように。スコットランド・ヤードでの事情聴取に最初から最後まで同席してもらう――事情聴取は弁護士が到着するのを待って開始するよう先方に申し入れてくれ。ミスター・デヴリースが夜になる前に公使館へ戻されることを願っている」

「真相に行き着くまで一日以上かかるでしょう」ジョーンズ警部が言った。

「それは承知しているよ、ジョーンズ警部。しかし夜にはいったんここへ帰らせ、明日またスコットランド・ヤードへ行かせるという形にしたい。鉄格子のなかで夜を過ごさせるのはあまりに忍びない」

「ではそのように取りはからいます、閣下」

ジョーンズの返事を聞くと、リンカーンはデヴァルーを一顧だにせず、黙って部屋を出ていった。

「いやだ！　わたしは絶対にどこにも行かないぞ！」デヴァルーは椅子の肘掛《ひじか》けをつかんで目に涙を浮かべ、駄々っ子のようにわめき散らした。そのあとの数分間に私が目にしたのは、威厳も自尊心もかなぐり捨てた、見たこともないほど奇異な男の姿だった。ほかの職員たちを呼んで、デヴァルーを力ずくで部屋から出してもらわねばならなかった。ホワイトとアイシャムが当惑の面持ちで見つめるなか、デヴァルーは哀れっぽく泣き言を並べながら一階へ引きずられるようにして連れていかれた。玄関の開いたドアに近づくと、悲しげな声は鋭い金切り声に変わった。この男がつい昨日の晩は子分どもに囲まれて、私たちに残酷な死刑宣告を下したとは信じがたかった。とても同一人物とは思えないような変貌《へんぼう》ぶりだ。

大きな布がデヴァルーの頭にかぶせられた。そのあと彼は私たちに付き添われてブラックマリアが待つ門へと進んでいった。ホワイトもあとからついて来た。「当方の用意した弁護士が到着するまで、事情聴取は始めないでください」参事官はジョーンズに念を押した。

「わかっています」

「ミスター・デヴリースがアメリカ公使館の三等書記官としてふさわしい扱いを受けられるよう、お取りはからいのほどを」

「もちろんです。お約束します」

「では、またのちほど。夕方までには切り上げていただけますね?」

「そのように努力します」

クラレンス・デヴァルーを公使館から移動させるため、ジョーンズはあらかじめ次のような手配をおこなっていた。まず、ジョーンズがみずから選んだ五名の巡査をスコットランド・ヤードから連れてきていた。デヴァルーに近づくことを許されるのは、私たちを除けばその五名の巡査のみ。群衆から毒矢が飛んでくるというリーランド・モートレイクのときの二の舞を防ぐためだ。また、スミスフィールド食肉市場で私たちを救った例の少年にもこれなら襲われる心配はないだろう。デヴァルーはまわりがなにも見えない無抵抗な標的だから、門のすぐ外で待機しているブラックマリアに乗り込むまで、私たちが人間の盾となってしっかり警護してやらなければいけない。実際には真っ黒ではなく黒に近い青に塗られた囚人護送車は、金庫に車輪を四つつけた感じの見るからに堅牢《けんろう》そうな馬車で、怪しいところがないか前もって内側を隅々まで調べてあった。よって、デヴァルーはそこへ入りさえすれば安全だとジョーンズは確信していた。私たちは細心の注意を払って、デヴァルーを開いているドアへ促した。馬車の内部は暗く、端と端にベンチが向かい合わせで並んでいた。普段は護送される者たちにとって恐ろしい乗り物だが、デヴァルーにとっては皮肉にも我が家同然に感じられることだろう。私たちは外からドアを閉め、錠を下ろした。巡査の一人が後部の乗降用ステップに上がった。彼は目的地までそこに立って旅におともする。ここまではすべて計画どおりに進んでいた。

ジョーンズと私がブラックマリアから離れると、二人の巡査が馬車の前方へ回り、馬たちの後ろにある御者席に並んで座った。私たちのほうはすぐ後ろに停まっている二頭立て二輪馬車に乗り込み、ジョーンズが手綱を握った。残りの二人の巡査は先頭を歩いて、行く手に障害物がないことを確認する役目を務める。列の進みは遅かったが、スコットランド・ヤードまでさほど遠い距離ではなかった。公使館の周囲で見張りについていた巡査たちが、通りの角ごとに立って誘導することになっていた。ふと、これは葬列にそっくりだな、と思った。静かにたたずむ会葬者たちはいないが、この厳粛な雰囲気はまさしく葬儀のそれだった。

公使館が徐々に遠ざかり、やがて見えなくなった。歩道に立って、いかめしい顔で私たちを見送っていたヘンリー・ホワイトも、建物へ引き返していった。「やったぞ！」私は押し寄せる安堵《あんど》の波を抑えられなかった。「この国をも血で染めようともくろんでいた凶悪犯をとうとうつかまえた。それもこれもあなたのおかげだ。脅迫状があの本のページだと見破った推理は実に見事だった！　天才としか言いようがない。これでようやく終わった」

「果たしてそうだろうか」

「おいおい、ジョーンズ、いつまでも気を張っていないで、少しはほっとしたらどうだね？　いいか、私たちは成功したんだよ。あなたが正しかったんだ！　もうじきすべてけりがつく」

「しかし、まだ腑《ふ》に落ちないことが――」

「なんだって？　まだなにか疑問に思っていることでも？」

「疑問じゃ済まない。つじつまが合わないんだ。はなはだしく矛盾している。ひょっとして……」

ジョーンズは口をつぐんだ。前方を行くブラックマリアが急停車した。少年が押す野菜を積んだ二輪の荷車が、道を横断している途中で片方の車輪がわだちにはまり、馬車の真ん前で立ち往生してしまったのだ。先導役の巡査が、手を貸そうと荷車に向かって歩いていった。

少年が顔を上げた。ペリーだった。ぼろ布のようなチュニックを着てベルトを締めている。一秒前は両手とも空っぽだったが、突然手を振り上げたときには私を脅したあの手術用メスが握られていて、刃が陽光にきらりと光った。ペリーは無言で腕をひと振りした。巡査は路上に倒れ、血まみれになってもがいた。同時に銃声が一発。紙を引き裂いたような音だった。今度はブラックマリアの御者台で手綱を握っていた巡査が横ざまに吹き飛ばされた。二発目の銃声でもう一人の巡査も御者台から転げ落ち、路上に叩《たた》きつけられた。おびえた馬が後ろ脚で立ち上がって、もう一頭と激しくぶつかった。近くの商店から女性が歩道に飛び出して悲鳴をあげ始めると、そこへ突っ込んできた四輪自家用馬車が、危うく彼女を轢《ひ》きそうになってからレンガ塀に衝突した。

アセルニー・ジョーンズが銃を抜いた。規則違反にもかかわらず武器を携行していたとは。公使館にいるあいだもずっとポケットに入っていたにちがいない。

私は自分の銃を抜いた。ジョーンズは私を見つめた。ショックと狼狽《ろうばい》のあとに、あきらめに似た感情が彼の目に浮かんだ。

「すまないな」私はそう言って、ジョーンズの頭を撃った。

21 真相

親愛なる――本音を言えば、読者への親愛の情などあまり持ち合わせていないが――読者諸賢、皆さんはだまされたとお感じになっていることだろう。しかし、そうではない。これまで苦心惨憺《さんたん》して、偽りやごまかしを避けてきたのだから。早い話が、私は嘘はついていない。少なくともこれをお読みの方々に対しては。意見の相違があるとすれば、それは解釈上の問題だろう。表現方法とはさまざまで、たとえば、〝私はフレデリック・チェイスだ〟というのと、〝名前はフレデリック・チェイスと覚えてほしい〟というのとでは含む意味が異なる。冒頭で私が使ったのは後者だ。また、マイリンゲンの教会の地下室に安置されていた遺体をジェイムズ・モリアーティだと言った覚えはない。遺体の手首の札に書かれていた名前がジェイムズ・モリアーティだと述べたにすぎない。そう、もうおわかりかと思うが、語り手の私こそがジェイムズ・モリアーティ教授である。フレデリック・チェイスは私の空想でのみ存在する架空の人物だ――いまはあなたの空想にも棲《す》みついているだろうが。驚くほどのことではないだろう。表紙のタイトルがどちらの名前なのかを考えれば。

自己満足の意味合いもないではないが、私は終始一貫してフェアだった。実際に感じていないことを書いた箇所はひとつもないし、夢を見ればそれも出し惜しみせず記した。フレデリック・チェイスがライヘンバッハの滝で溺《おぼ》れかける夢など見るだろうか、と疑問を持たれるのは承知のうえで。とにかく、自分の考えや意見をありのままに提示してきたと断言できる。アセルニー・ジョーンズのことは本心から好きだったので、彼が既婚者だと知ったときはなんとか事件から手を引かせようと努力した。彼を有能な男だと思ったのも事実だ――まあ、限界があったのは明らかだが。例を挙げるなら、変装術はかなりお粗末と言わざるを得ない。ブラックウォール・ベイスンへ行った日、彼は海賊もどきの船乗りに化けて現われたが、私には一目で誰だかわかった。あのときは大声で笑いそうになるのを必死でこらえた。発言の内容は、自分のも他人のも正確に記録してきた。ところどころ詳細を伏せてはいるものの、ありもしないことを書き加えた箇所はまったくない。念の入ったお遊びだとお感じになるかもしれないが、私はひどく退屈な文章を書かねばならないこの作業を労働と受け止めてきた。机の前でタイプライターを叩《たた》くのに費やされた時間は、八千二百四十六語分（私の変わった癖というか特殊能力というか、作業しながら単語を数えて記憶できるのだ）の文章には釣り合うべくもない。酷使されたせいでいくつかのキーは詰まって動かなくなり、使用頻度が高い〝e〟の字は判読不能なほどかすれている。いずれ誰かがこの原稿を全部タイプし直さないといけないだろう。うらやましいことに、宿敵シャーロック・ホームズにはワトスンがいる。彼の冒険を細かく書き残す忠実な記録者が。自分がそのような幸運に恵まれていないことが残念でならない。いずれにせよ、私の本業の性質上、この原稿が自分の生きているあいだに公表されることは決してないとわかっている。

そろそろ私自身について説明しよう。皆さんにはここまで長いことおつきあいいただいたわけだから、別々の道へ進む前にできるだけ意思の疎通を図っておきたい。疲労の波が押し寄せているし、もう充分書いたという思いもあるが、ここは辛抱して出発点に戻ることにする。いや、出発点よりさらに前へさかのぼる必要があるだろう。全体を遠近法でとらえ、相関関係を正しく理解するために。遠近法と書いたら、ゲシュタルト理論が思い浮かんだ。実はマイリンゲンへ向かう汽車のなかでたまたま読んでいたのが、それについて述べた哲学者クリスチャン・フォン・エーレンフェルスの名著『ゲシュタルト質について』だった。脳と目の関係に疑問を投げかける一種の心理学だ。錯覚という言葉を使えばわかりやすいだろうか。たとえば、自分の目に映っているのは蠟燭《ろうそく》だと思ったとしよう。ところが近寄ってよく見ると、それは向かい合っている二人の人間だと気づく。まあ、これはかなり卑近な例だが、ある意味では今回の話と似ている。

私はなぜマイリンゲンにいたのか？　なぜ自分を死んだことにしたのか？　なぜアセルニー・ジョーンズ警部と会い、彼と旅をともにしたのか？　そして、なぜ彼の友人になったのか？　ちょっと失礼、電灯をつけて、ブランデーをもう一杯注ごう。これでよしと。さあ、準備はできた。

私は犯罪界のナポレオンだった。最初にそう呼んだのはシャーロック・ホームズだ。

開き直るわけではないが、立派な称号をいただき身に余る光栄である。しかし残念ながら、一八九〇年の終わりの時点では、自分が絶海の孤島のセントヘレナへ流されようとしているとは想像もしていなかった。あの男が私の経歴について述べた内容は基本的に正しいので、ここでは少し補足する程度にとどめたい。私は双子の兄弟の片割れで、アイルランドのゴールウェイ州にあるバリナスローの町で生まれた。父は法廷弁護士だったが、私が十一か十二の頃に危険を覚悟のうえでアイルランド共和主義同盟ＩＲＢに参加し、それを機に息子二人をイギリスの学校へ送ることにした。私が入学したのはウォディントンのホールズ・アカデミーで、天文学と数学で優秀な成績をおさめた。卒業後はアイルランドに戻ってコークのクイーンズ・カレッジに進み、名高いジョージ・ブール教授の指導のもとで勉学に励んだ。二十一歳のときに二項定理に関する論文を発表できたのは、ひとえにブール教授のおかげである。誇らしいことに、その論文はヨーロッパじゅうに旋風を巻き起こした。私は実力を認められて、ある大学の数学教授に迎えられたのだが、なんとそこが、のちに私の人生を一変させる大スキャンダルの舞台となったのだ。弟は私の味方になってくれたが、両親はそれ以後二度と口をきこうとしなかった。

〝悪魔のごとき残忍な性質を受け継いだ、遺伝的な犯罪性向を持った男……〟

私のことをそのように表現したのはホームズだったか、ワトスンだったか、いずれにせよ完全なまちがいだ。もし私の両親がそれを読んだら、死ぬほどつらい思いをしただろう。私は昔から代々続く旧家の生まれで、父も母も立派な人物であることは言うに及ばず、先祖の誰一人として悪事には手を染めなかった。普通の教師がわざわざ犯罪界へ入るというのは、読者諸氏にすれば受け入れがたいことだろうが、それが歴然たる事実なのである。当時、私はウーリッジで家庭教師をしていた。生徒の大半は近くの陸軍士官学校の学生だったが、ホームズの冒険譚《ぼうけんたん》に書かれている〝陸軍お抱えの個人教師〟とはちがうので、誤解なきように。教え子のなかに、ロジャー・ピルグリムという明朗で勤勉な若者がいた。不幸にもギャンブルの借金がかさんで身を落とし、物騒な連中とつきあうようになってしまった。そしてある晩、かなり深刻な顔で私のところへ相談に来た。彼が恐れていたのは警察ではなかった――少額の金をめぐって、ギャングとのあいだで貸した貸さないのもめごとになっていたらしい。このままでは八つ裂きにされてしまうと真剣に悩んでいた。それでしかたなく、私が彼のために仲裁役を引き受けることになった。

人生の針路が再び変わることになる発見をしたのは、そのときだ。ロンドンの底辺にはびこり、疫病のごとく世間を蝕《むしば》む犯罪者どもは、泥棒、強盗、偽造者、それから詐欺師も皆、救いがたいほど愚かだった。初めは連中を怖いと感じるだろうと思ったが、何度か顔を合わせるうちに、羊の群れを心配して見守る羊飼いの心境に変わった。彼らに決定的に欠けているものはなにか？　それは組織力である。組織化という役目に数学者の私は理想的といっていい。ばらばらだった彼らの違法な活動を系統立て、二項定理の係数と同じように扱えば、世界征服さえ夢ではない悪の一大帝国を築けるだろう。それは私にとって初めて興奮をかき立てられた知的挑戦だったが、腹の底ではすでに、それでたんまり儲《もう》けてやろうと考えていた。その日暮らしの生活にほとほとうんざりしていたからだ。

自分の定めた目標に到達するまで三年あまりかかった。その経緯について書く日が来るのかどうかは、わからない。実現しない可能性のほうが大きいだろう。ほかのことはさておき、自画自賛だけは私の性に合わない。これまでも成果をひけらかしたりせず、つねに匿名性を人生訓としてきた——存在を知られてさえいなければ、警察に追われる心配もないわけだから。よって、ロジャー・ピルグリムをそばに置いて、相手に言うことを聞かせる必要性が生じたときは私の手足となって動いてもらった、と述べるにとどめよう。もっとも、暴力に訴えることはめったになかったが。クラレンス・デヴァルーが率いるギャングのような強引なやり方はわれわれ向きではない。ピルグリムとは気心の知れた親友同士になり、彼の結婚式では花婿付添人を務めた。彼に第一子のジョナサンが生まれた日のことはいまでもよく覚えている。ということで、この物語の冒頭につながったわけだ。

一八九〇年末の私は、すべてが順風満帆で、自分の帝国は今後もますます繁栄していくと信じていた。ロンドンにいる犯罪者で私の配下に入らぬ者は一人もいなかった。流血沙汰《ざた》になることもたまにはあったが、厄介事は必ず片付いて、なにもかも私の思うままに操ることができた。末端の弱小犯罪者までもが、私の保護下で活動したほうが得策だと納得していたから、私の懐には大きな分け前が次々と入ってきた。むろん、持ちつ持たれつの関係だ。彼らが困った事態に追い込まれれば、私が駆けつけて保釈金や弁護士費用を気前よく支払った。それ以外にもいろいろな形で手を貸してやった。盗品を売りさばくため故買屋を探している泥棒や、ペテンや八百長の協力者を必要としている詐欺師のために。要するに、私は犯罪者たちを束ねて組み合わせることで、多岐にわたる便宜を図っていたわけだ。

　むろんシャーロック・ホームズの存在は知っていた。世界で唯一無二の諮問探偵が目に留まらないほうがおかしい。だが重要視はしていなかった。ばかげた〝マスグレイヴ家の儀式書〟や荒唐無《む》稽《けい》な〝四つの署名〟が私になんの関わりがある？　セント・サイモン卿《きょう》の結婚（『独身の貴族』）やボヘミア国のつまらぬ醜聞など、私にはどうでもいいことだ。ワトスンはあたかもホームズと私がその頃から宿敵同士だったかのように書いて、本の売れ行きを伸ばしていたが、事実はそうではない。あの探偵と私は別々の陣地で活動していた。あるひとつの出来事さえなければ、一生顔を合わせることはなかったかもしれない。

　その出来事とは、クラレンス・デヴァルーとその子分たち——モートレイク兄弟とスコッチー・ラヴェルがイギリスへやって来たことだ。彼らについて私がアセルニー・ジョーンズに話したことは全部真実である。アメリカで闇社会を掌握することに成功していた極悪人どもだった。だが、彼らが私と手を結ぼうとしていた事実はない。逆に私を排除して、私の帝国を乗っ取ることをもくろんでいた。イギリスへ渡ってきて数カ月もしないうちに、驚くべきスピードで猛威をふるった。汚い手を使って私の配下の者たちを寝返らせ、私を裏切ることに応じなかった者は容赦なく殺害した――見せしめにことさら残虐な方法で。また、警察の情報屋を利用して、スコットランド・ヤードとホームズに私のことを密告させた。その結果、私は同時に三つの戦線で戦うはめになったのである。嘆かわしいことだ。犯罪界の仁義はどこへ行ったのやら！　いま思えば私は自分の影響力を過信していたのだろう。慢心していたがゆえに不意打ちを食らったのだ。しかし自己弁護のためこれだけは言っておく。〝彼らは紳士ではない〟。まあ、アメリカ人だから当然だろう。私がつねづね尊重していたスポーツマンシップや礼節など、彼らは歯牙《しが》にもかけなかった。

先述のように、犯罪者たちは愚かだ。そしてもうひとつつけ加えると、損得勘定しか頭にない。風向きを敏感に察知して、抜け目なく優勢な側につこうとする。一人、また一人と、頼りにしていた側近たちが去っていった。責めるつもりはない。私も彼らの立場だったら、同じことをしていただろう。そうしてあれよあれよという間に形勢が変わり、四月に入る頃にはこの私が追いつめられた逃亡者になっていた。有利な材料はただひとつ、デヴァルーに顔を知られていないということだけ。知られていればただちに捜し出され、葬り去られていただろう。

その時点で、私に残されていた味方はわずか三人だった。いずれもこの物語にすでに登場している。

三人のうち最も非凡な人物がペリーだ。またの名をペレグリン、もしくはパーシーという。信じがたいことだが、彼はロモンド公爵の末息子として生まれた上流階級の人間だった。七歳のときに入れられたエディンバラの私立学校でこっぴどい目に遭いさえしなければ、公爵に甘やかされて気楽な一生を送っただろう。イエズス会が運営するその学校は、生徒に聖書だけでなく樺《かば》の枝鞭《えだむち》による体罰も与えた。ペリーは一週間で逃げ出して、南のロンドンへ向かった。両親は大切な末息子を血眼になって捜し、高額な報奨金つきで国じゅうに情報提供を求めたが、見つかるまいとする少年を捜すのは容易ではない。大都会の喧騒《けんそう》に安らぎを見出《みいだ》したペリーは、同じようにロンドンの路地裏で飢えをしのいでいる何千人もの子供たちにまぎれ、道端や建物の戸口で寝泊まりした。しばらくすると、これは皮肉な運命としか呼びようがないが、彼はベイカー・ストリート・イレギュラーズのメンバーになった。そう、ご存じのとおりシャーロック・ホームズがたまに捜査を手伝わせていた、貧しい悪たれ少年たちの集団だ。実入りは微々たるものだったが、ペリーはじきに自分はむしろ犯罪を楽しむ人間なのだと悟るに至った。私は彼のことが好きだが、不穏な一面の持ち主であることは確かだ。ロモンド一族が近親婚を繰り返してきた結果だろうか。初めて会ったときの彼は十一歳だったが、私が知っているだけですでに二度も人を殺していた。私の仲間に加わってからは、殺人を犯す頻度がいっそう増えた——歯止めが利かなくなったらしい。もっとも、彼の血に飢えた性質はときおり大いに役立ってくれたので、文句を言うつもりはないが。ペリーから足がつく心配は皆無で、誰の目にも小太りのブロンドの少年にしか見えなかった。そのうえ変装好きで芝居も得意だから、どんな場所、どんな状況にも巧みに入り込んだ。そうして彼は私のもとで天職に目覚めた。私も育ての親になったつもりで面倒をみてやり、互いに近しい関係を保ち続けた。権威的存在を憎んでいて、警察の人間を殺すことをなんとも思っていないペリーをそばにおくのは、爆弾を抱えているようなものだったが。

　セバスチャン・モラン大佐については、初めの章ですでに触れたので、ここでは手短に説明する。それ以上の詳しい情報はいずれワトスン博士が書くだろう。イートン校およびオックスフォード大学で教育を受けた軍人で、カードゲームを好み、猛獣狩りの達人でもあり、そしてめっぽう腕のいい狙撃手《そげきしゅ》だった。彼は長年にわたり私の実行部隊として働いてくれた。友人ではなく、あくまで腹心の部下だったのは、単に彼の性分による。私が気前よく与える高い報酬が目当てだったとはいえ、激昂《げっこう》しやすい偏屈な彼が私の配下にとどまり続けたことは、意外といえば意外だ。しかし、アメリカ人を——というより外国人すべてを——毛嫌いしていたから、デヴァルー一味に加わることは最初からありえなかった。ちなみに、覚えておいでかと思うが、モラン大佐が愛用する武器はドイツ人技術者のレオポルド・フォン・ヘルダーが作った発射音のしない空気銃である。本書で彼がどこで任務を果たしたかは、もうおわかりだろう。

三人目は言うまでもなくジョナサン・ピルグリム、私のかつての教え子ロジャーの愛息だ。ロジャーと私は途中から別の方向へ進むことになった――私と組んで大金を稼いだ彼は、まだ若いうちにブライトンで引退生活に入ったのだ。奥さんが結婚当初から彼の身を案じていたのは知っていたので、この世界から足を洗いたいとロジャーに打ち明けられたときは、驚きよりも寂しさのほうが大きかった。犯罪王には友人はおろか信頼できる相手さえほとんどいない。そんな私の人生において、ロジャーは友人であり信頼できる相手でもある貴重な存在だったからだ。しかし袂《たもと》を分かったあとも、たまに手紙をやりとりしていた。すると十六年後、ロジャーは昔の自分と同じように厄介事を起こした息子を私のもとへ送ってよこした。弟子入りさせたいとのことだった。奥さんがよく承知したものだと驚いたが、ロジャーによれば、息子が犯罪に手を染めるのは時間の問題だろうから、それならば私に面倒をみてもらうのが一番いいと判断したそうだ。ジョナサンは誰からも好感を持たれる、天真爛漫《らんまん》で快活な、とびきりの美少年だった。追いつめられていたとはいえ、彼をデヴァルー一味に潜入させたことは一生の不覚だ。ここまでお読みいただいた事のいきさつと私の取った行動はすべて、ジョナサン・ピルグリム殺しに起因する。

ハイゲイトでピルグリムの亡骸《なきがら》を目にした瞬間、私は地球上にたった一人取り残されたような孤独感に見舞われた。彼が集めた新情報を受け取るため待ち合わせ場所へ行ったところ、しばられ拷問を受けたあとに惨殺された哀れな遺体と対面させられたのである。私は彼のかたわらにひざまずき、涙を流した。クラレンス・デヴァルーに裏をかかれたのは明らかだった。もうおしまいだ、私の運は尽きた。いまならまだ間に合うから外国へ逃げよう。なにもかも捨てて、自分の痕跡《こんせき》を消してしまえばいい。これ以上踏みとどまるのは無理だ。

五秒くらいはそんな愚かしい考えに屈したが、それはすぐさま憤怒《ふんぬ》の炎に焼き払われ、復讐《ふくしゅう》への渇望が私をのみこんだ――まさにその瞬間である。確実に成功する大胆不敵な復讐計画を思いついたのは。私の状況をいま一度思い出していただきたい。残る手下はモラン大佐とペリー少年だけ。ほかに手助けを頼める相手は一人もおらず、たった三人の布陣は数のうえで絶望的に不利だった。以前味方だった者たちは、もはや全員が敵。そのうえクラレンス・デヴァルーを見つける手段が皆無ときている。私と同様、彼も決して正体を現わさなかったからだ。ピルグリムのおかげで、モートレイク兄弟や彼らが経営する〈ボストニアン〉の情報は入手していたものの、組織の結束は固く、私に寝返りそうな者はいなかった。ほかにはスコッチー・ラヴェルという男の存在もピルグリムから聞いていた。非常に用心深い男で、ピルグリムの遺体が発見された地点からほど近い場所に建つ、要塞《ようさい》のごとく徹底的に戸締まりされた家に住んでいた。それでも彼を殺すことは不可能ではないだろうが、重要なのはデヴァルーの組織を壊滅させるうえで有益な情報を本人からじかに聞き出すことだった。

そこで、情報が豊富に集まるスコットランド・ヤードを私の目的に役立てられないかと考えた。どちらの陣営にも正体を悟られずにスコットランド・ヤードを内側から操って、彼らに私の敵を倒させるのだ。偉大なる数学的理論——たとえば対角線論法や正則点の理論は、決まって学者の頭に突然ひらめく。今回の作戦もまさにそうだった。まず、私は助かりようのない状況で大々的に死ぬ。そのあと別人として生き返り、ロンドン警視庁に私に代わって仕事をさせる。それには機会を最大限に活用するため、身分を偽って彼らの内部にうまく潜り込まなければならないが、イギリス人のままでは私立探偵のふりも刑事のふりも無理だろう。簡単に経歴を調べられるから、すぐに嘘だと見破られてしまう。しかし遠い国から来た人間だとしたら？　そう考えた直後、ニューヨークのピンカートン探偵社が頭に浮かんだ。〝デヴァルー一味を追跡してイギリスへやって来たピンカートンの調査員〟というふれこみなら、少しも不自然ではない。また、スコットランド・ヤードとピンカートン探偵社のあいだに協力関係が欠如していることは有名な事実で、これも私にとって有利に働きそうだった。互いに交流がなければ、偽者だと判断するだけの材料も持ち合わせていない。捜査資料を携えてピンカートンの調査員だと名乗る者をいったい誰が疑うだろう？

　ここからは作戦をどのように実行したか順を追って説明したい。まず、ジョナサン・ピルグリムの遺体のポケットに〈ボストニアン〉の住所を含む書類を入れた。まちがいなく警察が見つけるはずだ。次に、自分が死ぬ準備に取りかかった。シャーロック・ホームズを計略に誘い込むのは実に痛快だった。舞台から華々しく退場するための共演者として、彼ほど望ましい人物がいるだろうか？　ホームズはデヴァルーに陰で手伝ってもらっているとは知らずに、私に関する捜査を進めていた。そして一月、二月、三月と、私の行く手を何度もさえぎった。警察にいずれ渡す目的で、私の関わった犯罪について膨大な記録を用意してもいた。とうとう四月下旬、私はベイカー街に彼を訪ねることになる。内心では、私が差し迫った窮地に陥っていることを気取られはしまいか、私の影響力などかけらも残っていないことを見抜かれはしまいかと不安だったが、幸い杞憂《きゆう》に終わった。ねらいどおりホームズに私を執念深い危険な敵と信じ込ませ、イギリスからの脱出を決心させることができた。

　ところで、ホームズと直接顔を合わせるにあたって、私は事前に初歩的な予防措置を講じておいた。彼がそのことに気づかなかったとは驚くほかない。それまでの私がつねに匿名性を重視していたことはよく知っていただろうに。当日の私は、いくぶん白髪交じりのかつらをつけ、背中を丸めて歩き、身長がさらに高く見える特別な靴を履いていった。ワトスンが私の外見をどう描写していたか思い起こしていただければ、変装の名人がホームズだけではないことは自明であろう。〝かなりの長身瘦軀《そうく》で、白い額が半球形に張り出し……〟むろん、実際の私とはまるきりちがう誤った記述である。あの時点では状況がどう転ぶか私にも予想しえなかったが、いつものようにあらゆる不測の事態に備えてあったのが功を奏したわけだ。

　ホームズとの会話の内容はここでは繰り返さない。すでにワトスン博士が書いているとおりである。ひとつだけ強調するならば、話し合いが終わる頃にはホームズは自分の生命が脅かされていると感じていた。私はその不安に追い打ちをかけるべく、彼に対していくつか襲撃を企てた。殺すためではなく、あくまで脅すために。

その甲斐《かい》あって、ホームズは私の期待どおりに動いた。まず、パタースン警部に私の元協力者たちのリストを送った。もはや全員がデヴァルーの手下になっているとはつゆ知らずに。次に、ヨーロッパ大陸へ逃げた。私もペリーとモラン大佐を連れてあとを追い、計画の最初の見せ場を実行に移す時を待った。その機会はマイリンゲンで到来した。そう、ライヘンバッハの滝で。

ホームズはあの凄烈《せいれつ》な滝をきっと訪れるにちがいないと私は予測していた。彼はそういう性分だ。地元の人間ではない旅行者は、身の危険を感じていればなおさら、怒濤《どとう》のごとく流れ落ちる滝をのぞき込まずにはいられないだろう。私は先に現地を下見して、断崖《だんがい》絶壁の狭い道を歩き、ここは私の筋書きにうってつけの舞台だと確信した。危険な作戦であることは百も承知だった。だが、逆巻く滝壺《たきつぼ》にのみこまれたとしか思えない状況で数学者だけが生き残るという設定は、想像するたびに胸が躍った。重要な種々の角度と滝の水量、正確な落下速度、そして溺れない確率および岩に激突しない確率を、優れた数学者以外に誰が綿密に計算できようか。

翌日、ホームズとワトスンが〈イギリス旅館〉を出発したときには、こちらはすでに万全の態勢だった。モラン大佐はなにか不都合が生じた場合に必要な防護手段をとるため、滝の上方に隠れていた。作戦で大役を務めたがっていたペリーには、スイス人の少年に扮《ふん》してもらった。そして私は、近くの丘の斜面で待ち伏せていた。いよいよホームズとワトスンがやって来た。続いてペリーが現われ、〈イギリス旅館〉の主人から預かったと言って手紙を渡した。ワトスンはただちに宿へ引き返し、ホームズは一人きりになった。そこへ私が満を持して登場、あとは皆さんもよくご存じのとおりだ。

私たちは言葉を交わし、最後の一騎打ちに向けて覚悟を決めた。私のほうも自分が百パーセント成功すると確信していたわけではない。滝は獰猛《どうもう》な野獣のごとく流れ落ち、あたりにはごつごつした岩が突き出ている。ほかに方法があるならば、喜んでそちらを選んだだろう。しかし、私は世間から確実に死んだと思われなければならなかった。ホームズに書き置きを残す時間を与えたのもそれが理由だ。実際に彼がしたためたのは別れの挨拶《あいさつ》というより、現状とこれから起こることの克明な記録だったので、いささか驚いた。あのときは彼のほうも自分の死をでっちあげるつもりだったとは思いもしなかったが、いま振り返れば、いくつか不自然な点に思い当たる。ともかく、私には彼の証言がどうしても必要だったので、彼がそれを岩に立てかけた登山用ストックのそばに置くのを見届けてから勝負を開始した。互いにロンドン・アスレチック・クラブのレスリング選手のようにがっちりと組み合った。作戦のためとはいえ、人の身体に触れるのが嫌いな私にとっては不快千万な行為である。しかもホームズには煙草の臭いが染みついていた。彼が華麗なバリツの技で私を投げ飛ばしてくれたときは、かえってほっとしたくらいだ。

　私はもう少しで死ぬところだった。思い返すと、あれほど不思議で恐ろしい体験はない。水面を突き破ったあとも深い滝壺のなかに延々と沈んでいった。四方を水にふさがれて息ができないのに、まるで空から墜落しているような感覚だった。なにも見えなかった。耳もとで水が轟々《ごうごう》と渦巻いていた。底に到達するまで何秒かかるか精密に計算してあったにもかかわらず、永遠にどこへも行き着けないのではないかと思った。岩が目の前に迫ってくるのを頭の隅でぼんやりと意識した。片方の脚が岩をかすめるのも感じた。軽く触れる程度だったからよかったものの、もしまともにぶつかっていたら骨が砕けただろう。やがてまわりの水は氷のように冷たくなり、肺に残っていた空気がすべて吐き出された。死後の世界で生まれ変わろうとしているのかと思うほど、私の身体は猛烈によじれ、旋回した。そのあと意識のどこかで、自分は助かったのだと悟った。しかしホームズが見ている前で水面に浮上するわけにはいかない。あらかじめモラン大佐には、石を投げつけるなどしてホームズの注意をそらすよう指示してあった。彼がそれを実行しているあいだに私はなんとか岸へ泳ぎ着いた。そしてこっそり水から上がると、くたびれ果てて震えながら四つん這《ば》いで進み、隠れ場所に潜り込んだのだった。

　それにしても、ホームズと私が自分の存在を世の中から抹消するために同じ出来事を利用するとは、不思議というべきか滑稽《こっけい》というべきか。私が世間に死んだと思われなければならない理由はすでに説明した。では、ホームズのほうにはいかなる事情が……？

残念ながら明確な答えはいまだ得られていない。しかし、ホームズが彼なりの目的から三年間消えたいと望んだことはまぎれもない事実だ。〝大空白時代〟と呼ばれたその三年間、私は彼がいつ現われるかと気が気でなかった。彼が生きていることを知っていたのは私以外にはごくわずかだったろう。ヘクサム・ホテルで隣の部屋にいた男をホームズではないかと疑いもした。一晩中、咳《せき》をしていた人物のことだ。彼はいまどこにいるのだろう？　あのときはヘクサム・ホテルに泊まってなにをしていたのだろう？　どちらも私の知ったことではない。重要なのは、彼は私の計画の妨げにはならなかったということだ。結局、姿を一度も見ていないし、声もあれ以降二度と聞いていない。大いに安堵《あんど》している。

私が無事に生還したところまで話を戻そう。あと必要なのは、ライヘンバッハの滝で起きた出来事の決定的な証拠、すなわち私の身代わりを務める者だ。死体は事前に用意してあった。当日の朝に出会った、ローゼンラウイの村へ戻る途中の地元の男だ。最初は羊飼いかなにかだろうと思ったが、話を聞いてみると、〈イギリス旅館〉でシェフをしているフランツ・ヒルツェルだとわかった。年恰好や外見上の特徴が私とわりあい似ていたので、遺憾ではあったが彼を殺した。人の命を奪って楽しいと思ったことは一度もない。相手がヒルツェルのような罪もない無関係な人間であればなおさらだ。しかし良心のとがめなどを感じていられないほど、事態は差し迫っていた。ペリーに手伝わせて私の服を死体に着せ、銀の懐中時計を添えた。それから前もってこしらえておいたジャケットの隠しポケットに、ロンドンで書いた暗号文の手紙を入れた。最後に死体を滝に投げ込み、速やかにその場を離れた。

アセルニー・ジョーンズがもっと注意深く考えていれば、クラレンス・デヴァルーがジェイムズ・モリアーティ教授に手紙で正式な会合を持ちかけるというのはありそうもない話だと気づいたはずだ。口頭で伝えるほうが安全だろうし、手間をかけて特殊な暗号を作成するのは不自然ではないか？　それに、なぜモリアーティはスイスまでその手紙を持ってきたのか、なぜわざわざジャケットの裏の隠しポケットにしまってあったのか、という疑問もジョーンズは抱いて然るべきだった。そんな具合にかなり胡散《うさん》臭い手がかりだったわけだが、実はあれは、私がイギリス警察をおびき寄せて計画に加担させるために撒《ま》いた最初の餌だったのだ。

ジョーンズ警部に会った瞬間、それまで長いこと神に見放されていた私にようやくツキが回ってきたと確信した。スコットランド・ヤードは私が腹積もりしていた任務にうってつけの人物を選んでくれた。どこを探してもジョーンズ以上の適任はいないだろう。観察力が鋭く博覧強記、それでいて妙に鈍いところがあり、実直でお人よし。奥さんからの打ち明け話で、彼が尋常でないほどシャーロック・ホームズに入れ込んでいると聞かされたときは、あまりの幸運に夢ではないかと思ったほどだ。実際にジョーンズは人に影響されやすい性格だった。不運にもそれが命取りになったのだ。結局、彼は自身が娘の土産に買った警官のパペットのように、私の操り人形でしかなかった。

マイリンゲンの警察署でジョーンズと初めて会ったときのことを振り返ろう。さっきも触れたとおり、イギリスから来る刑事のために餌を用意してあった。ジョーンズは私がわざとばらまいた手がかりを残らず拾い集めてくれた。ピンカートン探偵社のロゴマーク入り懐中時計（実際にはショアディッチの質屋で買った）、アメリカ訛《なま》り、独特のデザインのチョッキ、サウサンプトン発行の新聞、トランクにこれ見よがしに貼られていた税関の印紙。彼はほかにも証拠を挙げていたが、それらは完全に的外れだった。首の横の切り傷はパリのホテルの薄暗い部屋でひげを剃《そ》ったせいだ。船で荒れた大西洋を渡ったからではない。また、私が着ていた服は変装用に調達した物で、本当の持ち主はほかにいる。煙草の臭いや染みのついた袖口《そでぐち》についての推理はまるで見当違いだ。だが、彼が得意げに披露する種明かしに私はさも感銘を受けたふりをした。彼に私を信じてもらうためには、私が彼を信じているように見せかける必要があった。

　私はデヴァルーがモリアーティに送った手紙の話をして、ジョーンズにシェフの死体を念入りに調べさせ、計画どおり手紙が発見された。『緋色の研究』からの引用を使った暗号というのは少々わざとらしかったかもしれないが、私にとっては楽しい作業だった。また、すでに述べた別のありそうもない事柄から注意をそらしてくれると期待した。いずれにせよ、手紙をすらすらと解読したジョーンズの手並みには舌を巻いた。もし歯が立たなかったら、私が手助けするつもりだったが。実を言うと、あの暗号は簡単に解けるように作ってあったのだ。〝MORIARTY〟という単語に思い当たりさえすれば、すんなり先へ進む仕掛けになっていた。

そうして暗号から行き着いたのがカフェ・ロワイヤルだ。手紙、会合、ブレイズトン・ハウスと、手がかりを飛び石のように配置しておいたので、あとは必要に応じてそれらを順番どおり関連付けてやりさえすればよかった。ペリーは電報配達人の制服で店に現われ、クラレンス・デヴァルーの使いのふりをした。ペリーと私は練習どおりにあの場面を演じた。そのあと店を出たペリーは、ジョーンズにわざと尾行させるため急ぎすぎない速度で歩いた。明るい青のジャケットを着ていたのは、人込みのなかでも目立つからだ。ジョーンズに見失ってもらっては困るのでね。同じ理由で、ハイゲイトへ向から乗合馬車では屋根の上の席に座った。ブレイズトン・ハウスのなかへは入っていない。直前ですばやく裏手へ回って、植え込みの陰に隠れ、脱いだジャケットの上に身を伏せたのだ。ペリーの姿が突然消えたので、庭の門から屋内へ入ったにちがいないとジョーンズは思い込んだが、まったくなんという浅はかさだろう。なぜほかの可能性に気づかなかったのだ？

スコッチー・ラヴェルは私が単独で訪ねても家には絶対に入れなかっただろうが、翌日スコットランド・ヤードの警部に訪ねてこられると、つっぱねるわけにはいかなかった。私たちは使用人のクレイトンになかへ通され、ラヴェル本人にお目もじかなった。ジョーンズと私は共通の目的を持っているように見えただろうが、実際には正反対だった。ジョーンズの目的は最近起こった犯罪についての聞き込み、私のほうは近い将来に起こす犯罪の準備。ブレイズトン・ハウスの内部に足を踏み入れたおかげで、戸締まりの状態を下調べすることができた。

「ついでに家のなかを嗅《か》ぎ回ろうって魂胆か？」とラヴェルは言っていたが、まさにそのとおり。遠慮なくそうさせてもらった。

台所へ行くと主張したのも、勝手口から庭の門まで歩くよう仕向けたのも私だ。門についている金属の掛け金を見ておきたかった。私は数学者ならではの精密な認識能力で、その錠前の構造図を脳裏に焼きつけた。あとで錐《きり》を用意して戻ってきたとき、どこに穴を開ければいいか判断できるように。続く台所へ戻る場面で、私は読者に対してフェアプレイを演じた。最初に勝手口へ入ったのは私であることも、料理人たちは洗い場にいて、しばらく私の近くには誰もいなかったことも明確に記した。夕食用のカレーにアヘンをこっそり入れたことまではさすがに書かなかったが。これで準備はすっかり整い、計画は次の段階へと進む。

その晩の十一時過ぎ、私はこの種の冒険が大好きなペリーを連れて、再びブレイズトン・ハウスへ行った。錐を使って錠を破り、庭の門から侵入すると、ペリーは雨樋《あまどい》をつたって家の壁をよじのぼった。ジョーンズが推理したとおりだ。邪魔が入るはずないとわかっていたが、念のため物音をいっさいたてずに事を運んだ。ペリーが内側から台所のドアを開け、私をなかへ入れた。彼に屋内の鍵《かぎ》がまとめて保管してある場所を教えたあと、いよいよ仕事に取りかかった。

あの晩の行為を決して誇らしく思ってはいない。私は血に飢えた化け物とはちがう。しかし、切迫した状況ゆえに化け物になることを余儀なくされた。最初にクレイトンを黙らせ、続いて台所手伝いの若者、料理人、スコッチー・ラヴェルの愛人という順で始末した。彼らはなぜ死ななければならなかったのか？　それは単に、翌日の事情聴取で、電報配達の少年は家に入ってこなかったと証言してほしくなかったからだ。嘘をついてもなんの得にもならないので、彼らの証言は信憑性《しんぴょう》が高いと判断されるだろう。そうなれば計画全体が露呈する恐れがあり、私の苦労は水の泡となりかねなかった。ペリーが三人を殺した。その行為を楽しんでいるように見受けられた。私は寝ていたヘンリエッタを窒息死させ、まだぐっすり眠っているラヴェルを階下へ運んだ。椅子に彼をしばりつけてから、水を浴びせて目を覚まさせ、そのあとはたっぷり痛めつけた。愉快な仕事ではなかったが、あの時点ではクラレンス・デヴァルーの潜伏場所もたくらみもつかんでいなかったので、是が非でもラヴェルにしゃべらせる必要があった。ラヴェルの名誉のために書いておくと、あれは度胸のすわった男で、しぶとく抵抗し、なかなか口を割らなかった。だがどんな豪傑も膝頭《ひざがしら》を砕かれる拷問には耐えられない。彼が従順になると、チャンセリー・レーンでの強盗計画について聞き出した。ラヴェルはデヴァルーがアメリカ公使館にいることも教えてくれたが、どうせ手出しできっこないと言いたげに虚勢を張っていた。確かに、公使館に侵入するのは私といえども無理だろう。しかもデヴァルーは広場恐怖症だから、公使館の外へ出ることはめったにない。敵は殻に閉じこもったカタツムリなのだと私は悟った。固い殻から身をえぐり出すにはどうしたらいいのだろう？

ほうびとしてペリーにラヴェルの喉《のど》をかき切らせてやったあと、退散する前の仕上げに取りかかった。次の日にジョーンズに見つけてもらうため、日記に〝HORNER 13〟と書き込んでおいたのだ。それだけでは足りないといけないので、ひげ剃り用の石鹼《せっけん》を同じ抽斗《ひきだし》に入れた。普通は机の抽斗に石鹼などしまっておかないとのご指摘もあろうが、ジョーンズに理髪店を連想させるにはそうするしかなかった。さらに、アメリカ公使館で開催されるパーティーの招待状も、ジョーンズの目に触れやすい場所に置いた。

ブレイズトン・ハウスでの酸鼻をきわめる殺人はスコットランド・ヤードをにわかに活気づかせた。彼らは一致団結して事件解決の道を見出そうと、さっそく捜査会議を開いた。イギリス警察が持つ集中力とひたむきさの表われである。ジョーンズに捜査会議に出席しないかと言われたときは、願ってもない話だと思った。しかし、気がかりなことがひとつあった。もしジョーンズや彼の同僚たちがニューヨークのピンカートン探偵社に問い合わせたら、私が騙《かた》りを働いていることは一発で露見するだろう。電信室について尋ねたのはそれが理由だった。アメリカに報告書を送るには数日かかるとの返答だったものの、不安は払拭《ふっしょく》されなかった。私の計画が実を結ぶまで数日では足りない。しかも会議の席でレストレイド警部が、ピンカートン探偵社と個人的に連絡を取ると言い張った。ならばこちらも行動を起こすしかない。そのために知っておくべきことは、建物を出るときには全部知っていた。

言うまでもなく、翌日のスコットランド・ヤード爆破を命じたのは私だ。ジョーンズに爆発の標的は自分だったと信じ込ませる方法を取ったが、本当の標的は電信室だった――彼のオフィスと電信室が隣り合っていたのは幸いなる偶然だ。レストレイド警部がよけいなメッセージをしばらく送れないようにするための策である。ペリーが爆弾をスコットランド・ヤードへ運び込むあいだ、モラン大佐は外に停めた四輪箱馬車のなかで待つことになっていた。爆発の直前、私は彼らのほうへ注意を向けるため、わざと乗合馬車に轢《ひ》かれかけた。ペリーたちが四輪箱馬車でやって来たことをジョーンズに確認させるのは、計画の肝の部分だったのでね。わざわざあの型の馬車を指定したのもそれが理由だ。よって、事件後にジョーンズが警官を総動員して犯人たちの乗った馬車を特定するが、ブレイズトン・ハウスのときと同様、建物には入らない。目的地の近くで馬車を停めさせれば目的は充分に果たせる。

ジョーンズがアメリカ公使館のパーティーに潜入することをあっさり同意したときには、正直言って度肝を抜かれた。外交特権の聖域を侵して、自らの経歴を犠牲にする覚悟で身分を偽ろうというのだから。まあ、すでに私たちは親友同士だったし、ジョーンズはデヴァルーを見つけ出すためなら手段を選ばないつもりだったがね。爆破事件でかわいがっていた部下を亡くし、よけい気負い立ったんだろう。コールマン・デヴリースの仮面を剥《は》いだのはジョーンズだった。不自然でないよう私は驚いたふりをしたが、実はデヴリースを見てすぐにこの男がデヴァルーだと気づいた。

あれを境に、捜査の主導権はジョーンズが握り、私はほとんどやることがなく彼のあとをついて行くだけになった。ジョーンズがホームズ役を、私がワトスン役を演じたのだ。私たちは〈ボストニアン〉へ踏み込むときも一緒だった。おかげでリーランド・モートレイクと初めて会えたわけだが、私にとってあの強制捜査への立ち会いの最大の利点は、新しい手がかりを植えつける機会を得たことだった。スコットランド・ヤードの警部たちが、〝HORNER 13〟の意味を解明できずにいたのでね。一緒に見つかったひげ剃り用の固形石鹸について、薬剤師に関係があるのではと私がヒントを与えてやったにもかかわらず、なんという無能な連中。ホームズが彼らをしょっちゅうこきおろしていたのも無理はない！　しかたなく、ピルグリムの部屋で雑誌を調べるふりをして、そこに例の理髪店のチラシをこっそりはさんだ。ねらいどおりジョーンズがそれを見つけ、事態は再び動き出した。きっと彼ならこう言うだろう。〝獲物は飛び出した〟と。

チャンセリー・レーンの理髪店でジョーンズが披露した推理はまことに鮮やかで、偉大なる探偵と呼ばれるにふさわしい出来栄えだった。彼がブラックウォール・ベイスンの倉庫に仕掛けた罠《わな》も申し分のないものだ。ジョン・クレイが貸金庫会社から盗み出したことになっていた戦利品をデヴァルー本人が検分に来さえすれば、あそこで簡単にけりがついていただろう。だがデヴァルーは現われなかった。私たちはエドガー・モートレイクをあと一歩のところで取り逃がしたうえ、依然としてデヴァルーには手が届かずにいた。さらに一撃を加えて、もっと追いつめないかぎり、デヴァルーに隙を作らせることはできないと私は悟った。

リーランド・モートレイクの逮捕はまさにその一撃となった。リーランドの首に毒を塗った短い矢が刺さっているのを見て、犯人は吹き矢を使ったという結論にジョーンズは短絡的に飛びついたが、それは嘆かわしいとはいえ無理からぬことだろう。ワトスン博士が『四つの署名』で書いているとおり、以前ジョーンズは似たような死体を目にしていたのだから。だが真相は、私がいつも持ち歩いていた毒矢をそばにいた獲物に突き刺しただけのこと。クラブをあとにするとき、追いすがるウェイターからモートレイクを引き離した瞬間に。矢の先端にはストリキニーネと一緒に麻酔薬も塗ってあったので、当人はなにも感じなかったろう。本当はもっと痛い思いをさせたかったがね。やつの仲間がジョナサン・ピルグリムに味わわせたのと同じ苦痛を与えてやりたかった。リーランド殺しは挑発が目的だったが、その効果はてきめんだった。

しかし、まさかデヴァルーが報復にジョーンズの娘を誘拐するとは想像だにしなかった。そんな卑劣な手段は私でさえ使ったことがない。前に書いたとおり、彼と私は異なる掟《おきて》のもとで生きてきたのだ。ホテルへ来たジョーンズから誘拐のことを知らされた私は、ショックのあまり頭が真っ白になった。敵の呼び出しに応じてジョーンズに同行すれば、命の保証はないとわかっていたが、計画はちょうど山場を迎えようとしていた。

私も行くしかない。ここでまたしても運が味方してくれた。ジョーンズが訪ねてきたとき、私はたまたまペリーと部屋で打ち合わせをしていたのだ。さっそく事情をペリーに伝え、私を警護するための準備に取りかからせた。

その晩、ジョーンズと私は脅迫状の指定場所へと出発した。あのときジョーンズ邸の外にはペリーとモラン大佐が辻《つじ》馬車に乗って待機していた。ご記憶だろうか、通りへ出るなり私が誘拐者たちがそこにいるかのように声を張り上げたのを。あれはモラン大佐たちに目的地を知らせ、ただちにそこへ向かわせるためだった。よって、彼らは私たちより先にデッドマンズ・ウォークに到着し、そこで起こったことの一部始終を近くで見ていた。殴られて気絶した私たちがエドガー一味に連れ去られると、二人はそのあとを追って食肉市場へ行き、私たちを絶体絶命の危機から救ってくれた。ところで、デヴァルーと一対一で向き合った場面では、あわや正体を見破られるところだった。デヴァルーはジョナサン・ピルグリムが私の指示で動いていたことにうすうす気づいていたのだろう。ピルグリムがピンカートン探偵社の人間ではないことにも。まずいことに、デヴァルーは暗号文の手紙など書いていないと言い出した。そのまま続けさせたら、よけいなことを次から次へと暴露して、しまいには真相が明らかになってしまう。あのとき私がデヴァルーに飛びかかった理由はいたって単純だ。あとでどんな暴力を振るわれようと、彼の話をすぐさま遮断しなければならなかった。

この物語はもうじき終わる。ブランデーをあと一杯飲めば、終着点に到達するだろう。

さて……どこまで行ったかな？

地下から生還したあとは、クラレンス・デヴァルーを公使館から引きずり出すことに持てる力のすべてを注いだ。ジョーンズとともに公使館へロバート・リンカーンを訪ねたとき、モラン大佐とペリーはすでに現地で位置についていた。一人は近くの建物の屋上で待機、もう一人は外の通りで呼び売り商人に化けていた。あらためて振り返ると、彼らは初めから最後まで目覚ましい有能ぶりを発揮した。モラン大佐は私が支払う報酬にしか興味のない男だし、ペリーはあの年齢ですでに虫酸《むしず》が走るほど残虐だが、彼ら以上の仲間は得られなかったろう。

そして、忘れてはならないのがジョーンズだ！　最後は彼も察しがついていたにちがいない。私が誰なのかはわからなくとも、私が誰でないのかは気づいたはずだ。彼はずっと、なにかがおかしいと感じていた。腑《ふ》に落ちないならば、突き詰めて考えればよかったものを。ジョーンズ夫人の言っていたとおりだ。ジョーンズは本人が思っているほど賢くなかった。結局それが身の破滅を招いてしまったのだ。皮肉にも、奥さんのほうが勘が冴《さ》えていたよ。初対面のときから私を怪しみ、最後まで私への疑念をはっきりと言葉にしていたからね。夫人と幼い娘さんには気の毒だったが、致し方ない。ジョーンズには死んでもらうしかなかった。私は迷わず引き金を引いたが、別の方法があったらよかったのにといまでも思う。

ジョーンズは本当にいい人だった。尊敬していた。結果的には殺さざるを得なかったとはいえ、彼が私の友人であることはこれから先も変わらない。

22　続きから

　私は自分の銃を抜いた。ジョーンズは私を見つめた。ショックと狼狽《ろうばい》のあとに、あきらめに似た感情が彼の目に浮かんだ。

「すまないな」私はそう言って、ジョーンズの頭を撃った。

　彼は即死だった。横ざまに倒れ、道に落ちたステッキが石畳の上でカタカタと最後の乾いた音をたてた。スコットランド・ヤードから近い場所なので、速やかに事を運ばねばならない。私は二輪馬車から降りて、道の真ん中で停車しているブラックマリアへ近づいた。わずか数歩の距離だ。御者台の巡査は二人とも死んでいた。馬車の後部にいる巡査は律儀にもまだドアにすがりついていたので、背中を撃った。やっとドアから離れ、路上に崩れ落ちた。ちょうどそのときモラン大佐の三発目の銃声が響き、ペリーの横に立っていた巡査が身体を一回転させて倒れた。ペリーがしかめ面をするのが見えた。殺す相手が一人減ったので不満らしい。

　私は死体を押しのけて、ブラックマリアの御者台に上がった。通行人たちがこちらを指差して叫んでいるようだったが、誰一人として近づいてはこなかった。本当はそうしたくてうずうずしているのに、恐怖と動揺で行動に移せないでいる。私はあらかじめそれを見越して、逃走する時間は充分あると踏んでいた。ペリーがナイフを服でぬぐいながら駆け寄ってきて、私の隣によじのぼった。

「手綱を握らせてくれる?」彼は訊《き》いた。

「あとでな」

私は馬たちに鞭《むち》を入れた。どの馬もすでにおとなしくなっていた――騒がしい抗議の声や敵意を持つ群衆たちに囲まれていても動じないよう、警察で徹底的に訓練されたのだろう。馬車が動き出して、ヴィクトリア・ストリートを進んでいった。数ヤード走ったところで手綱をしぼり、急カーブを切らせた。ここでもアセルニー・ジョーンズの手抜かりが浮き彫りになった。スコットランド・ヤードへ向かう経路にしか部下を配置していなかったのだ。私はスコットランド・ヤードへ行くつもりなどない。角を曲がると、顔を紅潮させたモラン大佐が建物の戸口に現われた。フォン・ヘルダー作の空気銃はゴルフバッグにしまって肩にかけている。示し合わせたとおり、彼はブラックマリアの後部にしがみついた。

鞭が鳴って、馬車は再び走り出し、ヴィクトリア駅を通り過ぎ、チェルシーの方角へ向かった。街路の入口にはさらに大勢の人だかりができていた。異変が起きたことには気づいても、それがなんなのかはわかっていないようだった。私たちの行く手を阻もうとする者は誰もいなかった。路面にあいた穴で馬車が激しく揺れると、モラン大佐の悪態をつく声が聞こえた。目的地に着くまでモラン大佐は耐えられるだろうかと心配になる一方で、彼が高級住宅街で馬車から振り落とされる図を想像して笑いがこみあげた。また、なかにいる大事な乗客はどうしているだろうと気にかかった。銃声はデヴァルーの耳にも届いただろうし、馬車が方向転換したことにも気づいているはずだ。外でなにが起こったのかはおおかた察しがついているだろう。まあ、ドアが施錠されているので、彼にはどうしようもないわけだが。

チェルシーを抜けてフラム――住人たちはウェスト・ケンジントンと呼ばれたがっている――に入った。病院の前にさしかかると、手綱をペリーに持たせた。彼は嬉《うれ》しそうに馬たちを操った。そこからは速度を落として通行した。スコットランド・ヤードの警部たちがやかましい鵞鳥《がちょう》の群れのごとく出陣するのはまだ数時間先だろうから、いまは急がず、なるべく人目を引かないように行動するのが賢明だ。モラン大佐を呼ぶと、うめき声のような返事があった。まだなんとかしがみついているようだ。

一時間近くかかって、ようやくリッチモンド公園に到着した。一般用ではなく牧場の家畜用に使われているビショップ門からなかへ入った。私の腹積もりには開けた広い場所が必要なので、リッチモンド公園は理想的だった。四方を遠くまで見渡せる一番大きな野原へ馬車を進めた。テムズ川は丘に隠れているが、近くの村がはっきり見え、その向こうにロンドンの中心街を望めた。よく晴れた日で、待ちに待った春の太陽が明るく輝き、地平線の上にはほんのひとつか二つ小さな雲が浮かんでいるだけだった。馬車が停まった。モラン大佐が地面に降りて、腕を曲げ伸ばししながら馬たちのほうへ歩いてきた。

「わざわざこんな遠くまで来なくても」モラン大佐が不平がましく言った。

彼を無視して、馬車の後ろへ回り、ドアを開けた。クラレンス・デヴァルーはどんな運命が待ち受けているかをもう予想していただろう。突然まばゆい陽光が射し込むと、デヴァルーは縮こまって隅に寄り、目を覆い隠した。私は一言も話しかけなかった。黙ってなかへ乗り込んで、彼を引きずり降ろした。彼が武器を持っていないのは確かだった。広々した戸外へ出るなり力を失って、乾いた土の魚も同然になるのもわかっていた。

さあ、いよいよだ。ペリーに合図を送ると、彼は馬たちを別の四輪馬車が待っている木立へ連れていった。むろん、私があらかじめ隠しておいたのだ。ここでのペリーの仕事は、いったん馬たちを解放し、そのあと再び馬車につなぐことだった。まだ長い旅が待っている。はるばる南海岸まで行かなければならない。

私は地べたに這《は》いつくばっている敵のそばに立っていた。頰にあたるそよ風と、まわりで聞こえる鳥のさえずりで、デヴァルーには目を開けなくても自分がどこにいるかわかっているだろう。私はアセルニー・ジョーンズを殺すのに使った銃をまだ持っていた。ペリーにも愛用のナイフがある。しかも散歩中の人が偶然そばを通りかかる心配もない。二千三百六十エーカーという広さを誇る公園の、一番奥まった場所を選んだのだから。こういう目的がなかったら、私でさえここまで来る気はしない。

私の横で、モラン大佐がいつもの残忍さと軽蔑《けいべつ》の交じり合った表情でわれわれの囚人を眺めていた。額が禿《は》げ上がり、大きな口ひげを生やしたモラン大佐は、子供向けの芝居に出てくる悪党のイメージそのものだったが、当人は自分の外見が他人の目にどう映るかはまったく意識していないし、たぶん関心もないだろう。ふとこう思った。モラン大佐は初めて会ったときから感じのいい男ではなかったが、歳をとるにつれて、ますます怒りっぽく冷酷になっているようだと。

「次はどうしますか、教授？」モラン大佐は訊いた。「いまの状況にご満足かと思いますが」

「ああ、なにもかも期待どおりに事が運んだ」私は答えた。「公使は秘書の身柄引き渡しを最後まで拒否するのではないかと一瞬不安になったがな。あの連中はどうしてああも物わかりが悪いのだ？　幸い、亡きジョーンズ警部による最後の本領発揮でうまいこと切り抜けた。彼に一生感謝しなければ」

「で、この胸糞《むなくそ》悪い小男は……殺すんでしょうね？」

「殺すわけないだろう！　そんな極端な方法をこの私が選ぶと思っているのか？　こいつには生きていてもらわないとな。これまでのように。殺していいなら、わざわざこんな手間はかけなかった」

「なぜ生かしておくのですか？」

「いいか、モラン大佐、私がイギリスで再び権力を掌握するにはまだ何年もかかるだろう。まず組織を建て直さなければならず、それだけでも長い時間を要する。組織が完成したあとも、困難な壁が……」

「シャーロック・ホームズですか？」

「いいや。彼は舞台から退いた。正直なところ、予想もしていなかった強敵が見つかったのだよ。今回のことで、警察には用心しなければとつくづく思い知らされた」

「あなたの存在を知っているわけですからね」

「そのとおり。彼らが真相にたどり着くまで、さほど時間はかかるまい——集めた断片をはめ合わせることなら、あのレストレイドでもできるだろう。しかも、スコットランド・ヤードの警部たちはじかに私と会っている」

「捜査会議に出席して間近で顔を見られたうえ、彼らの仲間を一人殺したわけですから、向こうは血眼になってあなたを捜すでしょうね」

「それが私がこの国を出なければならない理由だ。三日後にニューヨーク行きのヴァンダリア号がル・アーヴル港から出航する。ペリーと一緒に乗船する予定だ。デヴァルーも連れていく」

「そのあとは？」

　私はデヴァルーを見下ろした。「目を開けろ」と命令した。

「いやだ！」アメリカの暗黒社会を牛耳る男がそう答えた。私を断崖《だんがい》絶壁まで追いつめたほどの極悪人が、いまはだだをこねる子供のようなありさまだ。両手で顔をきつく覆って、うめきながら身体を前後にゆらゆら揺らしている。

「目を開けろ」私は繰り返した。「命が惜しければ、言うことを聞け」するとデヴァルーのまぶたがゆっくりと開いたが、視線は草の地面に注がれたままだった。顔を上げるのが怖いのだろう。「私を見ろ!」

骨を折った末に彼はようやく命令に従った。そのとき私の脳裏をよぎったのは、この男は死ぬまで私に服従し続けることになるだろう、という確信めいた思いだった。彼は泣いていた。両目から涙が流れ落ち、鼻も頰も濡《ぬ》れていた。陽を浴びていない皮膚は真っ白だった。広場恐怖症のことは文献で読んで知っていたが、症例が明らかになったのはつい最近のことだ。こうして至近距離で目の当たりにして、感嘆に近い興味が湧いた。デヴァルーは恐怖で凍りついていた。たとえいま私のリヴォルヴァーを握らせても、引き金を引く力さえないかもしれない。木立の向こうからペリーが現われ、大きな船旅用トランクを引きずって歩いてきた。旅行中、デヴァルーにはそこにお泊まりいただく。

「こいつを入れますか?」ペリーが訊いた。

「いや、まだいい」私はそう答えたあと、デヴァルーのほうを向いた。「なぜこの国へ来た? アメリカの犯罪界で富と権力をほしいままにし、警察も探偵会社も手出しできない存在だったにもかかわらず。おまえにはおまえの、私には私の帝国があった。互いが衝突しても害しか生まないとわかっていながら、なぜイギリスへ乗り込んできた?」デヴァルーはしゃべろうと口を動かしたが、言葉が出てこなかったようだ。「自分がどういう結果を招いたか、よく考えるがいい。流血と苦痛以外になにがあった? 私の親友はおまえのせいで命を落としたのだぞ」脳裏にはジョナサン・ピルグリムだけでなくアセルニー・ジョーンズの姿も浮かんでいた。「なにより許しがたいのは、私をおまえと同じ俗悪なレベルに引きずり下ろし、私に不快きわまる手段を使わせたことだ。おまえに対しては憎しみしか感じない。いつか必ず始末してやる。今日ではないがな」

「なにをたくらんでいる？」

「おまえは私の組織を乗っ取りたかったんだろう？　お返しに私がおまえの組織を乗っ取ることにする。おまえのせいで、私はこの国にはいられなくなったんだからな。まずはアメリカにいる仲間の名前を残らず教えてもらう。これまでおまえに協力してきた者たちは、今後は私のために働くことになる。ほかには警察、弁護士、裁判官、新聞記者、それから腹黒い政治家に関する情報もよこせ。ああ、もうひとつ、ピンカートン探偵社についても詳しく聞いておかないとな。私にとって、イギリスの扉は当分のあいだ閉ざされるだろうが、アメリカはそうではない。新世界か！　心機一転、足場を踏み固めて揺るぎない地位を築き上げるつもりだ。アメリカに着くまで何日もかかるが、長旅が終わる頃にはおまえから必要な情報をすべて引き出していることだろう」

「この悪魔め！」

「いいや、私は犯罪者だ。二つはまったく別のもの……と思っていた。おまえを知ったあとでは考えが変わりそうだがな」

「そろそろトランクに？」ペリーが訊いた。

私はうなずいた。「そうだな、ペリー。こいつを見ていると胸がむかむかしてくる。もうしまってくれ」

ペリーは嬉々《きき》としてデヴァルーに飛びかかり、ロープでしばり上げて猿ぐつわをはめた。そのあと船旅用トランクに放り込んで、蓋《ふた》をしっかり閉めた。そのあいだ私はモラン大佐と言葉を交わした。

「報酬は払ってもらえますね？」とモラン大佐が訊く。

「もちろんだ」

「外国へ行くなら、いつもの二倍で」

「きみはその金額でも充分見合うだけの働きをした」

モラン大佐はうなずいた。「一カ月か二カ月後に合流します。アメリカへ行く前にインドへちょっと出かけてきますので。この時期、スンダルバンスのマングローヴの森には虎がうじゃうじゃしているそうですから。いつもの場所にメッセージを残していただければ、戻ってから読みます。それでよろしいですか？」

「大変けっこう」

私たちは握手を交わした。それからしっかりと施錠されたトランクを三人がかりで持ち上げ、馬車に積み込んだ。ペリーと私が御者台に乗り、手綱をペリーが握った。馬車は丘を下ってテムズ川の方角を目指した。あたりには輝く陽光が降り注ぎ、牧草の香りが漂っていた。一瞬、犯罪やらアメリカで私を待っている栄光やらは念頭からきれいに消え去った。測りがたい理由によって、まったく別のなにかに注意を奪われたのだ。私の頭脳がそのとき夢中で追い求めていたのは、コルトヴェーグ・ドフリース方程式の新しい解だった。時間さえあれば、たゆまず研究し続けていたであろう数理モデルである。

馬車は草地をがたごと揺れながら進んだあと、わだちのついた道に出た。隣には上機嫌のペリーがいる。馬車の後部には賓客がトランクにおとなしくおさまっている。やがて前方に川が見えてきた。薄緑色の野原をうねうねと縫う、青い水晶のような帯。私は頭のなかにx、t、ϕの変数を思い浮かべながら、水面《みなも》きらめく川へと進み続けた。

THE THREE MONARCHS

DR·JOHN H·WATSON

三つのヴィクトリア女王像

ジョン・H・ワトスン著

私は自分自身について細かく書きたいと思ったことが一度もないが、それはなぜかというと、私の人生で世間に知らしめる価値があるのはシャーロック・ホームズとの長く親密な関係と、光栄にも彼の探偵術と間近に接するなかで出合った数々の名推理だけだと承知しているからである。ホームズとは、若かりし頃、ロンドンで手頃な家賃の部屋を探していたときに友人の紹介で知り合った。もしもあの偶然がなかったら、私は筆を執ることなく医師の道をただまっすぐ進んでいたことだろう。

とはいえ、ホームズにまつわる物語には、私の個人的事情や私生活の断片もときおり必然的に盛り込まれる。たとえば、読者の方々は、私が壮絶なマイワンドの戦いで負傷したことや、そのせいで古傷にしばしば悩まされたことをご存じだろう。兄のヘンリーが本人以上にまわりの者たちを失望させたあげく、酒浸りになって若死にしたことも。明るい事柄を挙げよう。メアリー・モースタン嬢との結婚だ。彼女と初めて会った場面は、私の書いた物語のひとつで重要な出来事として描かれる。彼女がシャーロック・ホームズの依頼人という形でベイカー街の部屋を訪れなかったら、私と彼女の出会いはなかったのだから。私はたちまち彼女に心魅《ひ》かれた。読者に対してもそれを隠さなかった——隠す必要がどこにあろう？　あれから間もなく私たちは結婚した。彼女との結婚生活は長くは続かなかったが、夫婦としてこれ以上望むべくもない幸せな時間を分かち合った。

結婚して最初に住んだ家はパディントン駅に近い静かな通りにあった。高級住宅街ではないが、私が開業して医院をかまえるにはふさわしい場所に思えた。すこぶる快適な家で、一階には広くて風通しのいい診察室、二階と三階には私の新妻の趣味を採り入れた上品で落ち着いた夫婦の居室があった。けれども実を言うと、絵に描いたような家庭的な雰囲気に包まれ、なにもかも整然として余分なものがほとんどない暮らしに、最初のうちは形容しがたい不安をおぼえた。私を避けてばかりいるメイドの娘までもが、漠然とした脅威を抱かせた。それはなんとも奇妙な感覚だった。幸福の絶頂にありながら居心地の悪さを感じ、なにか大切なものを失くしてしまったむなしさにさいなまれていたのである。

あとで振り返れば、自分の不安の正体をなぜすぐに診断できなかったのかと忸怩《じくじ》たらざるをえない。それは、ベイカー街二二一Bで過ごした日々が私の心に残した刻印だったのだ。要するに以前の部屋が恋しかったのである。ホームズと同居していた頃は、彼の奇癖について困ったものだとしょっちゅうこぼしていた。たとえば、書類を一枚たりとも捨てようとせず、床のあちこちに積み上げていたこと、葉巻を暖炉の石炭入れにしまい、パイプ煙草をペルシャ・スリッパの爪先《つまさき》に入れていたこと、朝食用のテーブルを実験用の試験管やフラスコで散らかしたり、壁に銃弾を何発も撃ち込んだりしたこと。だがそれらすべてがいまは懐かしい。耳の奥によみがえるのは、階段を漂って私の部屋まで流れてきたヴァイオリンの旋律だ。ホームズが奏でるストラディヴァリウスの音色とともに、いくたび眠りについただろう。ホームズの朝一番のパイプの香りで、いくたび目が覚めただろう。私たちの部屋には、風変わりな人々がそれこそ引きも切らず相談にやって来た。ボヘミアの大公、タイピスト、教師などの依頼人。それから、捜査に行き詰まったスコットランド・ヤードの警部。

結婚してからしばらくは、シャーロック・ホームズとほとんど会わなかった。あえて近寄らないようにしていた。私が古巣へ足を運んだら妻は気を悪くするだろうと、心のどこかで遠慮していたからだ。それに、正直に認めてしまえば、ホームズも新しい人生へ踏み出しているのではないかと不安に思ってもいた。彼の経済状態からすれば、もう部屋代を一人で充分まかなえるはずだが、私の代わりに新しい同居人を迎えている可能性もないとは言えないのだ。こうした気持ちを私は一度も口に出さなかったが、愛するメアリーは聡明《そうめい》にもお見通しで、ある晩、針仕事の手を止めて唐突にこう言った。「ホームズさんを訪ねるべきだわ、あなた」

「どうして急に彼のことを考えたんだい？」と私は訊《き》いた。

「あら、それはわたしじゃなくてあなたよ！」メアリーは笑った。「さっきから彼のことを考えていたでしょう？　否定してもだめ。あなたはリヴォルヴァーがしまってある抽斗《ひきだし》に目を留めて、にっこりほほえんだわ。ホームズさんとの冒険を思い出したのよ」

「きみは探偵顔負けだね。ホームズが聞いたらきっと喜ぶよ」

「彼はあなたと会ったら、もっと喜ぶわ。さっそく明日にも訪ねてみたら？」

　メアリーの言葉で迷いは消えた。医院に来る患者はほとんどいなかったので、翌日の午後、ちょうどお茶の時間に着くよう家を出た。一八八九年の夏は特に暑さが厳しく、ベイカー街には強い陽射しが照りつけていた。以前の下宿に近づくと、にぎやかな音楽が聞こえてきた。じきに小さな人だかりが目の前に現われた。彼らの輪の真ん中で、芸を仕込まれた犬が飼い主のトランペットに合わせて踊っている。ロンドンではそういう大道芸人たちをあちこちで見かける。もっとも、ここは人でにぎわう駅から少し離れているのだが。私は歩道から下り、彼らを回り込んで見慣れた玄関へ向かった。ボタンのついた制服姿のボーイが階上へ案内してくれた。

　シャーロック・ホームズは肘掛《ひじか》け椅子に物憂げにもたれていた。窓は半分ブラインドが下り、影が彼の額から目のほうまで覆っていた。私を見ると喜びをあらわにして、なにも変わっていないかのように、まるで私がずっとここにいたかのように迎え入れてくれた。しかし少々残念なことに、部屋にいたのはホームズだけではなかった。暖炉の脇の私が愛用していた椅子に、がっしりした体格の男が汗だくで座っていたのだ。すぐにスコットランド・ヤードのアセルニー・ジョーンズ警部だとわかった。ポンディシェリ荘で起きたバーソロミュー・ショルトー殺しの捜査で、誤った仮定に基づく的外れな行動に走り、私たちを困らせも、おもしろがらせもした人物だ。ジョーンズ警部は私に気づくなり立ち上がって、帰ろうとする素振りを見せたが、ホームズがすかさず引き止めた。「やあ、ワトスン君、ちょうどいいところへ来た。われらが友人のジョーンズ警部を覚えているだろう？　ついさっき来たばかりでね。これから僕にある相談をするところなんだ。きわめて難解な問題だと彼は言っている」

「いえ、あの、もしご都合が悪ければ、また出直しますので」ジョーンズは恐縮して言った。

「ちっとも悪くないよ。この際告白すると、僕のボズウェル（伝記作家のこと）の友情と良き助言がなかったせいで、このところどうも調子が出なくてね。〝トレポフ殺人事件〟も〝ムーア・アガー博士の奇行〟も、首尾よく行ったのは単に偶然のおかげだ。そういうわけで、ワトスン、警部の話を一緒に聞いてもらってもかまわないだろう？」

「もちろんだとも」

「さあ、合意に達した」

が、ジョーンズの話が始まる前に部屋のドアが開いて、ハドスン夫人がお茶のセットを運んできた。トレイにはお茶のほかにスコーン、小皿に入ったバター、干し葡萄《ぶどう》入りのシード・ケーキがのっている。ボーイから私が来たことを知らされたのだろう、カップは三客用意されていた。だがホームズはトレイの観察から、まったく異なる結論を導き出した。

「ミセス・ハドスン、ドアのすぐ外にいる大道芸人にすっかり目を奪われていましたね？」

「そうなんですよ、ミスター・ホームズ」下宿のおかみは顔をぱっと赤らめた。「音楽が聞こえたので、二階の窓からしばらく眺めていました。どこかよそでやってちょうだいと追い払うつもりだったけど、犬のダンスが楽しくて、芸人たちも感じが良かったから、つい見入ってしまって」そのあと眉根《まゆね》を寄せた。「でも、お茶のトレイを見ただけで、どうしてわたしの行動がわかったんでしょう」

「たいしたことじゃありません」ホームズは笑った。「おいしそうなお茶だ。僕らの良き友人、ワトスンをもてなすのにふさわしい」

「またお会いできて嬉《うれ》しいわ、ドクター・ワトスン。あなたがいないと、まるきり別の家になったみたいで」

ハドスン夫人が部屋を出ていくのを待って、ホームズに言った。「ぼくも知りたいよ、ホームズ。スコーンとシード・ケーキがのったトレイから、どうやってさっきの結論に行き着いたんだい？」

「手がかりはスコーンでもシード・ケーキでもない」ホームズは答えた。「ミセス・ハドスンがバターのてっぺんにのせたパセリだよ（『六つのナポレオン像』）」

「パセリ？」

「あれをのせたのはわずか一分前だ。だがバターのほうは戸棚から出されたあと、しばらく太陽の光に当たっている。見てごらん、この気温で溶けているだろう？」

私はバターに視線を落とした。彼の言うとおりだった。

「一方、パセリはバターに沈んでいない。つまり、ミセス・ハドスンの作業はなんらかの理由で中断されたことになる。二人の訪問客を除けば、彼女の注意をそらすものは外から聞こえる音楽と見物人の拍手だけだった」

「お見事！」ジョーンズが叫んだ。

「初歩的だよ」ホームズはそう返した。「僕の推理の大部分は単純にこういう観察のうえに成り立っている。さて、いまはもっと重大な問題に取り組もう。警部、どんな話か聞かせてもらいましょう。ワトスン、お茶を注いでくれるとありがたいんだが」

私は喜んで引き受けた。お茶がカップに注がれているかたわらで、アセルニー・ジョーンズは相談事の内容を語り始めた。以下がその記録である。

「今朝、わたしは捜査のためノース・ロンドンのハムワース・ヒルへおもむきました。事件は殺人ではなく、いわば不慮の事故です。わたしの目にはそれが最初から明らかでした。事件が発生した家は連棟式住宅のうちの一軒で、アバーネッティという年配の夫婦が所有しており、住んでいるのは彼ら二人だけです。夫妻のあいだに子供はいません。二人は夜中に木材の割れる音で目を覚ましました。階下へ行ってみると、黒っぽい服を着た若い男が室内を物色しているところでした。泥棒です。それはわたしも確認したのでまちがいありません。その男は棟続きのほかの二軒にも侵入していたことが判明しています。ハロルド・アバーネッティがガウン姿で部屋の入口に立っていると、それに気づいた侵入者は家の主人に飛びかかりました。猛然と襲いかかったのです。が、アバーネッティはリヴォルヴァーを持っていました。こういう場合にそなえて以前から手近な場所に用意してあったそうです。彼は一発撃ち、若者は即死しました。

以上がアバーネッティ本人の供述による事件のあらましです。彼の印象はどこから見ても、年配の真面目でおとなしい男です。奥さんのほうは彼よりいくつか年下で、事情聴取のあいだ肘掛け椅子に座ってずっとすすり泣いていました。二人はその家を前の所有者、故ミセス・マティルダ・ブリッグスから相続しました。アバーネッティ夫妻の長年の奉公に感謝して、ミセス・ブリッグスが進んでそのようにあんばいしたそうです。夫妻は六年前からそこに住んでおり、暮らしぶりはいたって静かで、もめごとはいっさい起こしていません。すでに仕事はやめて、地元の教会に通い、尊敬すべき立派な夫婦の鑑《かがみ》ともいうべき人たちです。

家の持ち主に関してはこんなところです。次に被害者についてお話しします。年齢は三十代で、肌の青白い、落ちくぼんだ目の男です。スーツを着て、泥のはねた革靴を履いていました。わたしはその泥に注目しました。事件の二日前から雨が降り続いていましたので。アバーネッティ家には裏手に小さな四角い庭があり、ただちに調べると、そこが侵入経路だとわかりました。死んだ男の足跡が難なく見つかったうえ、裏口のドアにはこじ開けた跡が残っていました。さらに、ドアをこじ開けるのに使った道具も見つかっています。バールです。その男が持っていた鞄《かばん》に入っていました。盗んだ物と一緒に」

「ほう。その若い男は年配の真面目でおとなしいアバーネッティ夫妻からなにを盗んだんだろうな」ホームズが口を開いた。

「ホームズさん、そこなんですよ！　わたしがここへうかがったのは、まさにそれが理由でして」

ジョーンズは大型の旅行鞄を持参していた。おそらく死んだ男の物だろう。警部は鞄をゆっくりと慎重に開け、なかから陶製の置物の人形を三体取り出し、私たちの目の前に並べた。なんとそれらはそっくり同じ、大英帝国の君主にしてインド帝国の女帝であるヴィクトリア女王の小立像だった。かなり粗雑な造りの安物だ。高さは九インチほどで、派手に着色されている。儀式用のドレスを着て、頭に小さなダイヤモンドの宝冠とレースのベールをつけ、胸には肩帯を斜めにかけている。ホームズはそれらを一体ずつ手に取って調べた。

「即位五十周年の記念品だな」ホームズはつぶやいた。「ロンドン市内の土産物屋ならどこでも売っているから、たいした価値はないだろう。これらは三軒の家から一体ずつ盗み出された。ひとつ目は、少なくとも一人は小さな子供のいる忙しくて散らかった家から。二つ目は、妻と一緒に記念式典を見物した芸術家か貴金属商の家から。よって、三つ目はアバーネッティ家からということになる」

「そのとおりですよ、ホームズさん!」ジョーンズ警部は興奮の声をあげた。「アバーネッティ夫妻の家は棟割りになった建物の一番端にある六番です。捜査の結果、ほかの二軒は同じ建物だとわかりました。五番のダンスタブル家と、一番のミセス・ウェブスターのお宅です。同じ晩に被害に遭いました。それからアバーネッティ家の隣のダンスタブル家は二人暮らしで、夫は時計職人でした。ミセス・ウェブスターは未亡人の一人の小さな子供のいる家庭です。いまは留守にしていますが。それにしても、三つともこれだけそっくりなのに、どうして見分けがついたんですか?」

「単純なことだよ」ホームズは言った。「ひとつ目をよく見ると、埃《ほこり》で汚れていて、子供のものとしか思えない小さなべたべたした指紋が複数ついている。我が国の君主をおもちゃにしていたようだ。二つ目の像には、割れた箇所を苦心して器用に直した跡がある。そこまで手間をかけるのは、妻と記念式典に出かけたかなにかして、即位五十周年に特別な思い入れのある持ち主だけだろう。ああ、奥さんはいまは未亡人とのことだったね。で、警部、ほかにはなにも盗まれていないんでしょう?」

「そうなんですよ、ホームズさん。相談したいのはそこなんです。ハムワース・ヒルの現場に着いたときは、思わぬ悲劇的な結果に転びはしたものの、ありふれた窃盗事件だろうと思いました。ところが、捜査を進めるうちに不可解な謎に突き当たったのです。まだ若い男が、ちっぽけな三つの置物のために自らの将来と生命を危険にさらすでしょうか？　ホームズさんがおっしゃったとおり、同じ物は数シリング出せばロンドンのどこでも買えるんですからね。その謎の答えをぜひとも知りたいと思いました。それであなたのことを思い出し、勝手ながら力をお貸し願えないかとうかがったわけなんです」

ホームズは黙り込んだ。彼がスコットランド・ヤードの男にどう返事をするか、私は期待しながら見守った。ホームズには気まぐれなところがあって、エドガー・アラン・ポーの小説みたいな謎を出されてもつまらなそうに椅子にもたれたままだったり、逆になんの変哲もなさそうな事件に俄然《がぜん》張り切ったりと、どう反応するか予測がつかないのだ。ようやく彼が口を開いた。

「きみが持ってきた問題には、興味をそそる特徴がいくつかある。そして、犯罪がおこなわれたと判断しうる材料はひとつもない。アバーネッティという男は、自暴自棄になった危険な若者と一対一の状況で、我が身と妻の安全を守るための行動を取ったわけだ。ところで、遺体はいまどこに？」

「セント・トーマス病院の遺体安置室へ移しました」

「それはまずい。遺体には多くの手がかりが残されているというのに。ジョーンズ警部、ひとつ訊きたいんだが、盗難の被害に遭った三軒——つまりアバーネッティ家とダンスタブル家とミセス・ウェブスターは、どの程度のつきあいだったんだろう？」

「互いに親しく行き来しているようですよ、ホームズさん。ただし、さっきも言いましたが、ダンスタブル氏の供述はまだとれていません。彼は株式仲買会社に勤務していることがわかっていますが、いまは一家全員が出かけていて留守です」

「ほぼ予想どおりだ」

「ではホームズさん、この事件に興味をお持ちになったんですね？　捜査にお力添えいただけると考えてよろしいんですね？」

またしてもホームズは無言だったが、お茶のトレイに注がれた彼の目に、私が知っている例の輝きが宿っていた。

「ハムワース・ヒルはここからさほど遠くないが、この暑いなか出かけていくのは気が進まないな」ホームズは言った。「そんなわけで、現場の捜査は有能なきみの手にゆだねるとしよう、警部。ただし、いいかい、くれぐれもバターのなかのパセリにご注意を。微々たるものに見えても、事件に重大な関係があるかもしれない」それを聞いた私は、冗談を言ってジョーンズ警部をからかっているのだろうと思ったが、ホームズの態度は真剣そのものだった。「きみのためにこの件を調べてみるよ」ホームズは続けた。「今日はもうなにをするにも遅い。明日、午前十時に待ち合わせよう」

「ハムワース・ヒルで？」

「遺体安置室で。それから、ワトスン、話を聞いたからにはきみにもつきあってもらうよ。いやとは言わせない。医院のほうは長時間でなければ放っておけるはずだ」

「ああ、いいとも。いやとは言えないからね、ホームズ」そう答えたが、本当は私も大いに好奇心をかき立てられていた。目の前に並んでいる三つの女王像に秘められた謎を、なんとしても知りたいと思った。

翌日、私たちは冷ややかな白いタイルの遺体安置室で再び顔を合わせた。死体となって横たわっている不運な泥棒は、ジョーンズ警部が話したとおりの外見だった。銃弾は心臓のすぐ上に命中していた。私の見立てでも、即死と断言できた。しかし、ホームズの関心は別のところへ向けられているらしく、傷口はまったく調べなかった。片手を顎《あご》の下にあてて考えながら、押し黙っているジョーンズ警部を振り向き見た。

「死体からどんなことがわかるか、きみの意見を聞かせてほしい」ホームズは言った。

「すでにお話ししたこと以外はありません」ジョーンズは答えた。「彼はまだ若く、たぶん三十代でしょう。イギリス人と思われます」

「ほかには？」

「いえ、ありません。わたしはなにか見落としているんでしょうか？」

「刑務所から出てきたばかりの男だ、ということくらいかな。つい数日前だろう。だいぶ長い刑期を務めた。死ぬ前にシェリー酒を飲んでいる。ほら、ここに付着しているのは血痕《けっこん》だが、こっちはちがう。実におもしろい」

「なぜ刑務所に入っていたとわかるのですか？」

「一目瞭然《りょうぜん》だと思うけどね。色がこれだけ白い男がいたら、長いあいだ日光を浴びない場所にいたと考えるのが自然だろう？　それから、髪はかなり短く刈り込まれている。

爪のあいだにこのとおり細かい繊維がはさまっている。松脂《まつやに》の匂いもするね。となれば、彼がまいはだを作っていたのは明らかだ。囚人の作業だよ。靴は真新しいが、流行遅れだ。逮捕時に履いていた靴を出所する際に返してもらったのだと考えられないか？　おっと！　左の靴下に折り目ができているぞ。これはきわめて重大な手がかりだ」

「わたしには少しも重大には思えませんが」

「それはきみが重大なものを探そうとしていないからだよ、ジョーンズ警部くん。捜査に関連のなさそうなことは片っ端から切り捨てている。真実は、最も小さな最も取るに足らないことから見つかるというのに。さて、ここでやるべきことはもう済んだ。続きはハムワース・ヒルで」

四頭立て四輪馬車でノース・ロンドンへ向かうあいだ、ジョーンズ警部はふさぎ込んだ様子でずっと無言だった。目的地に着くと、静かな通りに面して連棟式の六軒の家が建っていた。どれも見た目がそっくりで、レンガと白い化粧漆喰《しっくい》の古めかしい建物だ。玄関は道から引っ込んだ場所にあり、二本の柱で支えられている。アバーネッティ夫妻が住んでいるのはジョーンズの説明どおり一番端の家だった。傷みが激しいのは見てすぐにわかった。正面の壁はペンキがところどころ剝《は》げ落ち、漆喰も数箇所ひび割れ、窓も汚れてくもっている。早急に補修工事が必要だろう。

「変だと思わないか、ワトスン？」ホームズが言った。「めぼしい物を盗もうとする泥棒がこの家に目をつけたのは」

「ちょうど同じことを考えていたよ。どう見ても、金持ちの住んでいそうな家じゃないからね」

「犯行は夜だったということを思い出してください」ジョーンズ警部が言った。ここへ移動するだけで疲れ切ったかのように、赤くほてった顔で馬車にぐったりともたれている。「この界隈《かいわい》は郊外の高級住宅街で、裕福な人たちが多く住んでいます。あたりが暗ければ、近隣と同じ瀟洒《しょうしゃ》な家に見えてもおかしくはありません。べつにこの家だけをねらったのではなく、一番と五番の家にも盗みに入っていますし」

「ミセス・ウェブスターが住んでいるのは一番の家でしたね。まずは彼女から話を聞こう」

「アバーネッティ家ではなく？」

「アバーネッティ夫妻との対面は、あとのお楽しみということに」

そういうわけで、さっそく年配の婦人、コーディリア・ウェブスターの家へ行った。彼女はころころに太った背の低い女性で、ドアを開けるなり私たちを快く迎え入れ、表側の気持ちのいい居間へ案内してくれた。夫が亡くなってから、彼女が孤独な暮らしに甘んじてきたのは明らかで、泥棒に入られたことや、その男が数軒隣で死んだことさえ、胸躍る出来事と感じているようだった。

「そんなことが起きたなんて、最初は信じられませんでしたよ」彼女は言った。「夜のあいだ不審な物音はなにも聞こえませんでしたから、次の日におまわりさんが来たときも、きっと勘違いだろうと思ったくらいです」

「お宅の裏口のドアがこじ開けられていました」ジョーンズが言った。「裏庭には足跡も。アバーネッティさんの庭にあったのと同じ足跡です」

「泥棒が入ったと聞いて、すぐに宝石のことを心配しました」ミセス・ウェブスターの話が続く。「寝室に金庫があって、宝石はそこにしまってあるんです。でもまったく手を触れられていませんでした。なくなったのは、ピアノの上に置いてあったヴィクトリア女王の小さな像だけでした」

「さぞかし気を落とされたでしょうね。大切な物ですから」

「そうなんですよ、ミスター・ホームズ。即位五十周年の記念日、夫と一緒にセント・ポール大聖堂の礼拝に出かけて、女王陛下の行列がお着きになるのをこの目で見ました。本当に立派なお姿でした！　女王陛下と同じ痛みを分かち合っているのだと思えば、夫に先立たれた不幸も乗り越えられる気がします」

「ご主人は最近お亡くなりに？」

「昨年です。結核で。でもミセス・アバーネッティがとてもよくしてくださって。お葬式のあとの数日間は、ちょくちょくここへ訪ねてきました。わたしが途方に暮れて――気が動転していたときも、親切になにくれとなく世話を焼いてくれたんです。料理を作ったり、そばにいて一緒に過ごしたり……どんなに心強かったことか。きっとミセス・ブリッグスにも同じようになさったんでしょうね。この世にアバーネッティさん夫妻ほど思いやり深い人たちはいませんよ」

「確かミセス・ブリッグスはあなたの昔の隣人でしたね」

「はい。アバーネッティさんたちの雇い主でした。ミセス・アバーネッティはミセス・ブリッグスの看護を、ミスター・アバーネッティは雑用をすべて任されていました。それで二人はあの家に住むことになったのです。マティルダ・ブリッグスとはとても親しかったので、彼女があの夫婦にどんなに感謝していたかはよく知っています。マティルダはそれほど裕福ではありませんでした。ご主人は事務弁護士をしていらして、事務弁護士会《ロー・ソサイエティ》の著名な会員でしたが、八十三か四で亡くなり、以来マティルダは独りぼっちだったんです」

「お子さんはいらっしゃらなかったのですね？」

「夫婦二人だけでした。マティルダの妹さんに息子が一人いましたが、アフガニスタンで銃弾に倒れて亡くなったそうです。兵士でした」

「ミセス・ブリッグスの甥御《おいご》さんにあたるわけですね。歳はいくつくらいでしたか？」

「二十歳そこそこで戦死したそうですよ。わたしは会ったことはありません。彼の話をするたびに、マティルダはひどく取り乱していました。血を分けた最後の親族だったのに、おかわいそうに。その子の写真さえそばに置いていなかったほどですから、よほどつらかったんでしょうね。死が間近に迫ったとき、あの家を相続させる身内が誰もいなかったので、長年奉公してくれた感謝のしるしにアバーネッティ夫妻に譲ることにしたんです。とても寛大なはからいだと思いましたよ」

「驚かなかったのですか?」

「ちっとも。アバーネッティ夫妻がその件でマティルダと話し合っていたことは、彼女本人の口から聞いていましたから。これは自分で決断したことだとはっきり言っていましたしね。最終的に現金は教会に寄付し、家はアバーネッティ夫妻に贈与しました」

「非常に明快で役立つお話をありがとうございました、ミセス・ウェブスター」ホームズは感謝の言葉を述べた。そのあとジョーンズ警部に向かって手を差し出し、ヴィクトリア女王の置物を受け取った。「盗まれた物をお返ししたいと思いますが、これでまちがいないでしょうか? 三つともそっくりで見分けにくいので」

「ええ、ええ、まちがいありませんよ。これがうちのです。掃除の最中にわたしがうっかり落として、割れてしまったんですが、夫が直してくれたんです。わたしのお気に入りだと知っていたので、それはそれはていねいに手間をかけて」

「同じ物を買うこともできたでしょうに」

「同じ物だと思えなかったでしょうね。思い出の品でしたから。夫はわたしのために喜んで直してくれました」

残るはこじ開けられたドアを調べる作業だけだった。私たちは家の裏側へ回った。ジョーンズが示して見せた泥棒の足跡は、花壇の土にくっきりと残っていた。ホームズは間近でそれを眺めたあと、壊されたドアの錠を調べた。

「かなり大きな音がしたはずだが」とホームズは言って、そばに立っているミセス・ウェブスターのほうを振り向いた。彼女は質問を待っているような期待の表情で捜査を見守っていた。「なにも聞こえませんでしたか？」

「ぐっすり寝ていたものですから」ミセス・ウェブスターは申し訳なさそうに答えた。「たまにアヘンチンキを少しだけ服用しているんです。それに、数カ月前から、ミセス・アバーネッティに勧められたラクダの毛が入った枕を使っています。彼女の言ったとおりでしたよ。よく眠れるようになりました」

私たちは暇《いとま》を告げ、次に反対端の家へ向かった。その途中、いまは不在のダンスタブル家の前を通りかかった。

「この家の人たちから話を聞けないのは残念だね」私はホームズに言った。

「たいした話は出てこないだろう、ワトスン。アバーネッティ家の人たちにも同じことが言えそうだが、一応会ってみるとしよう。ここが正面玄関か……ペンキを塗り直さないといけないな。家全体に手入れが行き届いていないようだ。それでも家を一軒遺贈するというのは、非常に気前のいい格別の配慮だよ。呼び鈴を鳴らしてくれないか、ワトスン？　ああ、足音がする。誰か出てくるぞ」

ドアが開いて、ハロルド・アバーネッティが現われた。長身で猫背の、動作が緩慢な男で、顔には深いしわが刻まれ、銀髪を長く伸ばしている。年齢は六十代だろう。正直に言うと、彼の姿は葬儀屋を連想させた。沈鬱《ちんうつ》な表情で、やや擦り切れた地味なモーニング・コートを着ている。

「ジョーンズ警部！」アバーネッティは私たちのスコットランド・ヤードの友人を見るなり声をあげた。「なにか新しい事実が見つかったんですか？　お越しいただき恐縮ですが、一緒にいる紳士方はどちらさまでしょうか？」

「こちらは有名な探偵のシャーロック・ホームズさんだ」とジョーンズは答えた。「そしてもう一人は彼の相棒のワトスン博士」

「ミスター・ホームズ！　もちろん、ご高名はかねがねうかがっております。ですが、こういうささいな問題にあなたほどの方が乗り出されるとは、意外ですね」

「男が一人死んだことを、ささいな問題とは呼びません」ホームズは淡々と言い返す。

「ごもっともです。わたしは置物の人形が盗まれたことを申したのですが、思慮が足りませんでした。よろしければ、なかへお入りになりませんか？」

アバーネッティ家は広さはミセス・ウェブスターのところと同じだったが、陰気くさくて温かみに欠けていた。人が住んでいるにもかかわらず、廃屋めいた気配を漂わせていた。客間へ通されると、ミセス・アバーネッティが私たちを迎えた。たいそう小柄な女性で、座っている肘掛け椅子にのみこまれそうに見えた。ハンカチで目を押さえ、しゃべるのもままならないほど動揺している様子だ。

「本当に恐ろしい出来事です、ミスター・ホームズ」アバーネッティが話し始めた。

「なにがあったのかは警部さんにすべてお話ししましたが、あなたの捜査に役立つなら何度でも繰り返します」

「わたしが悪いのです」ミセス・アバーネッティがすすり泣いて言った。「夫はわたしのせいであの若者を撃ったのです」

「妻に起こされて目が覚めました」アバーネッティが話を続けた。「ドアをこじ開ける音がすると妻に言われ、階下へ行って調べることにしました。銃を持っていきましたが、使うつもりはまったくありませんでした。しかし、あの男がわたしを見たとたん、いきなり飛びかかってきたので……なにも考える余裕はなく反射的に引き金を引きました。気がついたら、男が倒れていて――怪我をさせただけで、若い命を奪ってしまったのでないことを、全身全霊で祈りました」

「男が倒れたあと、どうしましたか？」

「急いで妻のもとへ行き、自分は無事だと知らせました。それから服を着て、一番近くにいる警官を呼びにいこうとしたとき、初めて男の鞄が目に留まりました。証拠品には手を触れるべきでないとわかっていましたが、ついなかをのぞいてしまいました。すると、入っていたのは三つの陶器の人形でした。横に並べてあったんです。ひとつはうちのだと一目でわかりました。わたしが妻への土産に買ってきた即位五十周年の記念品です。食器棚を調べたところ、やはりいつも置いてあった場所から消えていました。しかしもっと驚いたのは、同じ物がほかに二つもあったことです。が、少しして、片方はミセス・ウェブスターの居間にあったものだと思い当たりました。見覚えがありましたので」

「ピアノの上に置いてあったわ」ミセス・アバーネッティが言った。「その瞬間、泥棒に入られたのはうちだけではないと思いました」それが事実だったことは、ジョーンズ警部の捜査ですぐに明らかになりました」

「夫に責任はありません。なにも悪いことはしていません。相手を傷つけるつもりはなかったんです」

「心配なさらないように、ミセス・アバーネッティ」ホームズがなだめた。「先ほど、ご近所のミセス・ウェブスターに会ってきました。あなたのことをほめたたえていましたよ」

「ミセス・ウェブスターはとてもいい方です」アバーネッティが横から言った。「昨年の八月にご主人を亡くして、いまもおつらそうですが、人は誰しも歳をとります。大事な人と死に別れるのは避けられないことなのです」

「ミセス・ウェブスターはマティルダ・ブリッグスについても話していました」

アバーネッティはうなずいた。「では、わたしたち夫婦が彼女から多大な恩を受けていることもご存じなのですね。ミセス・ブリッグスは長年わたしたちの雇い主でした。エミリアは……」妻のほうを向いて続けた。「病に伏していたミセス・ブリッグスをずっと看病していました。そのことへの感謝と、近親者が一人もいなかったという事情から、ミセス・ブリッグスはこの家をわたしたちに遺《のこ》してくれたのです」

「近親者はいたはずですよ。甥御さんが」

「彼は第九十二歩兵連隊に所属する軍旗護衛下士官で、アフガニスタン南部のカンダハルの戦いで戦死しました」

「彼女にとっては大きな打撃だったでしょうね」

「ひどく落ち込んでいました。もともと仲は良くなかったらしいですが」

「財産のうち現金はどうなったんですか？」

「ミセス・ブリッグスが地元の教会に寄付しました。貧しい人たちのために役立ててほしいと」ミセス・アバーネッティが言った。「彼女はとても信心深くて、王立妊産婦慈善協会、禁酒会、婦女子救済協会といったさまざまな慈善団体のメンバーでした」

ホームズはうなずいて椅子から立ち上がった。これで終わりという合図だ。もっとほかに質問しないのかと私は驚いた。この家へ来る前から、たいした話は聞けないだろうとは言っていたが、今回は裏口のドアも裏庭も調べないつもりらしい。ところが、辞去しようというときになってホームズは突然振り向き、年配の夫婦にこう尋ねた。

「最後にもうひとつだけ。隣に住んでいる株式仲買会社にお勤めの方とその家族は、いまどちらに？」

「トーキーにいます」ミセス・アバーネッティが答えた。「ミスター・ダンスタブルのお母様のところに」

ホームズはにっこりした。「ミセス・アバーネッティ、まさに僕の知りたかったことを教えてくれました。しかも予想していたとおりの答えでした。それではごきげんよう。良い一日を」

私たちは黙々と丘を下っていった。だがたいして行かないうちに、スコットランド・ヤードの男がしびれを切らして口を開いた。

「ホームズさん、なぞなぞの答えは出ているのですか?」思いつめた口調だった。「隣近所の三軒の家から、同じ晩に、ほとんど価値のないちっぽけな像が一体ずつ盗まれた。目的はいったいなんでしょう? ぶしつけながら、あなたはわたしがすでに質問したことしか質問しなかったし、わたしがすでに見たものしか見なかった。わざわざご足労いただきましたが、無駄足を踏ませただけではないかと心配です」

「そんなことはないよ、ジョーンズ警部。だが、まだ問い合わせなければならないことが二、三あってね。それを済ませないことにはすっきりと片付かないんだ。明日の朝、ベイカー街の僕の部屋で会おう。十時でどうかな?」

「必ずうかがいます」

「では、それまで解散ということに。ワトスン、駅まで一緒に歩かないか? このあたりは空気がわりあいきれいだからね。ジョーンズ警部、また明日。これはきわめて珍しい特異な事件です。駆り出してくれたことに感謝しますよ」

ホームズが言ったのはそれだけだった。ジョーンズ警部は狐につままれたような顔で、待っている馬車へ戻っていった。正直に言うと、私もジョーンズと同様にさっぱりわけがわからなかったが、まだ答えが得られないとわかっている質問を慎むくらいには分別があった。どうやら、医院を続けて三日休むことになりそうだ。〝三つのヴィクトリア女王像〟が秘めた不思議な謎の解答編は、絶対に見逃すわけにはいかない。

翌日の午前十時、再びベイカー街へ出かけていった私は、玄関でちょうどジョーンズ警部と顔を合わせた。一緒に階段をのぼってホームズの部屋へ入ると、当人はガウン姿で朝食を終えたところだった。

「さて、ジョーンズ警部」私たちを見て、ホームズはそう切り出した。「死んだ男の身元が判明したよ。名前はマイケル・スノードン。わずか三日前にペントンヴィル刑務所を出所したばかりだった」

「罪状はなんですか？」

「恐喝、暴行、窃盗。スノードン閣下は身を持ち崩した末に短い生涯を終えたわけだ。しかし殺人にまでは手を染めていない。それがせめてもの慰めだ」

「そういう男がなんのためにハムワース・ヒルへ行ったんでしょう？」

「正当な権利を主張するためだよ」

「三つの小立像の所有権ですか？」

ホームズはほほえんでパイプに火をつけ、使い終わったマッチ棒を暖炉に投げ入れた。

「家の所有権だよ。伯母《おば》のミセス・ブリッグスが遺してくれた家の」

「つまり、そいつがミセス・ブリッグスの甥だと言うんですか？　ホームズさん、いったいどこでそれを聞いてきたんです！」警部は声を張り上げた。

「聞く必要はないよ、ジョーンズ警部。論理的な推理で突き止めたんだ。あらゆる証拠が考えうるただひとつの方向を指し示しているならば、そこを進んだ先に必ず真相があると信じていい。マイケル・スノードンは兵士などではなかったし、アフガニスタンで戦死してもいない。それはミセス・ウェブスターの話から明らかだ。彼女によれば、マティルダ・ブリッグスは甥の死にひどく取り乱し、家のなかに彼の写真ひとつ置いていなかった。僕はそれを聞いて大いに疑問を持った。軍隊に入って、国のために戦って死んだのなら、ミセス・ブリッグスの反応は正反対になるはずだ。甥を誇りに思い、彼の思い出を大切にするだろう。しかし、教会に熱心に通う、慈善活動にも積極的な信心深い女性が、刑務所に入れられた放蕩《ほうとう》者を甥に持っていたとしたら――」

「それで外国で死んだことにしたのか！」私は思わず叫んだ。

「兵士だとでも言えば簡単だからね。よくできた、ワトスン。身の回りに甥の写真が一枚もなかったのはそれが理由だ」

「しかし彼女は結局、家をアバーネッティ夫妻に遺した」ジョーンズ警部がきっぱりと言う。

「アバーネッティ夫妻がそう主張しているだけだ。これについてもミセス・ウェブスターの話が役立った。彼女はとびきり優秀な証人だね。物事を細かい部分まで鋭くとらえている。家の遺贈について、彼女はこう言った。アバーネッティ夫妻はその件でマティルダと話し合っていた、と。ミセス・ブリッグスのほうから持ちかけた話ではなく、その逆だったのだ。それですぐに察しがついた。年老いて病床にあった御婦人は、自分の看護人と、その夫である怜悧《れいり》狡猾《こうかつ》な使用人から、遺言状を彼らにとって有利な内容に変更するよう迫られたのだろう。アバーネッティ夫妻のねらいは、雇い主の甥を追い出して、家を自分たちのものにすることだった。

しかし、ミセス・ブリッグスは情け深い性格だった。最後になって気が変わり、甥に手紙を書いた。現状を説明して、財産はすべて彼に譲りたいと伝えたのだろう。彼が入っていた刑務所の看守に話を聞いてきたよ。数カ月前にスノードンが手紙を一通受け取ったと証言してくれた。〝血は水よりも濃い〟ということわざがあるが、ミセス・ブリッグスは亡くなる間際まで甥が改心することを願っていたんだ。もっとも、手紙が届いた時点ではまだ刑務所にいたから、マイケル・スノードンにはどうにもできなかった。だが長い刑期を務め終えて釈放されると、すぐに伯母の家へ行き、財産を横取りした夫婦とあいまみえることとなった」

「あれは殺しだったんだ！」私は叫んだ。突然なにもかもが腑《ふ》に落ちた。

「初めはスノードンへの説得を試みたんだろう。シェリー酒をふるまっているからね。しかし相手が頑としてあとへ引かないので――二人を脅迫したのかもしれない――アバーネッティはリヴォルヴァーを抜いて発射した。スノードンは倒れ、シャツにシェリー酒がこぼれて大きな染みになったが、本人の血で隠れたのでそのままにした」

ジョーンズはここまでの話にどこか悲しげな表情で耳を傾けていた。「ホームズさん、おかげさまで真相ははっきりしました」と警部は言った。「ただ、どうやって正解にたどり着いたのかが、まだわからないのですが」

「謎を解く鍵《かぎ》は、三つのヴィクトリア女王像だ。アバーネッティには殺人を正当化する理由が必要だった。しかも、相手は見ず知らずの人間だったことにしなければならない。一番手っ取り早いのは、若者を泥棒に仕立て上げることだった。しかし、高価な物などひとつもなさそうな荒れた状態の家を泥棒がわざわざ選ぶだろうか？　アバーネッティは窮地に陥った。

頭をひねった末に考えついた方法は、実に独創的だった。自分が近所のほかの二軒に忍び込んで物を盗めば、警察はスノードンをただの窃盗犯だと見なすだろうと考えたのだ。なぜ一番と五番の家を選んだのか？　アバーネッティはダンスタブル家がトーキーに行っていて留守だと知っていた——妻の話からそれは明らかだ。また、ミセス・ウェブスターがアヘンチンキの服用とラクダの毛の枕のおかげで熟睡していて、少しくらいのことでは目を覚ましそうにないことも知っていた」

「しかし、なぜ三つの小立像なんです？」

「それしかなかったからさ。もとよりアバーネッティ自身の家には盗む価値のあるものなどなにもない。ミセス・ウェブスターの家の金庫を開ける技術もない。だが、三軒ともたまたま同じ即位五十周年の記念品があり、注意をそらすのにもってこいだと気づいた。我が家主のハドスン夫人が、お茶の用意をそっちのけで踊る犬に見入っていたのと同じ原理だよ。アバーネッティの思惑はまんまと図に当たり、警察は窃盗が実際に起こったかどうかはまるで疑いもせず、害もなければ役にも立たない三つの小立像に気を取られた。彼にとって唯一の誤算は、ジョーンズ警部が僕のところへ事件を持ち込んだことだね」

「庭の足跡はわざとつけたわけですか」

「そのとおり。泥棒が家に侵入した形跡をあれほどはっきり残すだろうかと不審に思ったよ。もちろんアバーネッティがマイケル・スノードンの靴を履いて、わざと花壇の土を踏んだんだ。しかし、死んだ男の靴を脱がせる際に、靴下に折り目ができてしまった。そのことは遺体安置室で僕が指摘したとおりだ」

「ホームズさん……ぐうの音も出ません」ジョーンズはくたびれきった様子で立ち上がった。そういえば、彼はハムワース・ヒルに着いたときも体調が悪そうだった。「これで失礼します」彼は言った。「逮捕の手続きに取りかかりますので」

「逮捕するのは二人だよ、警部。夫人も共犯だ」

「わかりました」ジョーンズはそう答えて、ホームズをまじまじと見た。「実に鮮やかな手並みでした」嚙《か》みしめるように言った。「学ぶところがたくさんありそうだ。いや、必ず学び取らねばと思っています。今回のわたしはいかに多くのことを見落としていたことか――なにも見えていないも同然でした。決して同じ過ちは繰り返しません」

それから間もなく、アセルニー・ジョーンズは病に倒れて休職したと聞かされた。アバーネッティ家の恐ろしい事件が身体にこたえたのかもしれないとホームズが言うので、私は気の毒な男への配慮から、その事件に関する記録は発表しないことに決めた。原稿はチャリング・クロスにあるコックス銀行の金庫にほかの文書とともに保管し、ジョーンズ警部に対しても、患者たちに対するのと同じ守秘義務を自らに課した。ジョーンズ警部の名誉が傷つかないよう、いつか将来、この事件が世間から忘れ去られた頃にでも公表してもらうつもりだ。

訳者付記

本書は、イギリスの小説家で、人気ドラマの脚本も数々手がけてきたアンソニー・ホロヴィッツによるシャーロック・ホームズ・シリーズ第二弾である。

前作『シャーロック・ホームズ　絹の家』（角川文庫）の付記では、著者が〝コナン・ドイルによるホームズ物語〟（以下、正典）を尊重するため自身に課した十箇条のルールを紹介した。本書では第八章のスコットランド・ヤードの捜査会議に焦点を当て、出席した警部の氏名と、各人が登場する正典のタイトルをまとめてみた。人物名が言及されているだけの作品や、州警察の同名の警部という可能性のある作品も含んでいる。

＊捜査会議の警部たち（判明している者のみ）
・レストレイド：『緋色《ひいろ》の研究』、『四つの署名』、『三人ガリデブ』、『ボスコム谷の惨劇』、『ブルース・パーティントン設計書』、『ボール箱』、『恐喝王ミルヴァートン』、『空き家の冒険』、『バスカヴィル家の犬』、『レディ・フランシス・カーファックスの失踪《しっそう》』、『独身の貴族』、『ノーウッドの建築業者』、『第二の血痕《けっこん》』、『六つのナポレオン像』

・バートン：『唇のねじれた男』
・グレグスン：『緋色の研究』、『四つの署名』、『ギリシャ語通訳』、『赤い輪』、『ウィステリア荘』
・ラナー：『入院患者』
・ホプキンズ：『アビィ屋敷』、『ブラック・ピーター』、『金縁の鼻眼鏡』、『スリー・クォーターの失踪』
・ブラッドストリート：『青いガーネット』、『技師の親指』、『唇のねじれた男』
・フォレスター：『ライゲイトの大地主』
・グレゴリー：『シルヴァー・ブレイズ』
・パタースン：『最後の事件』
・ヨール：『マザリンの宝石』
・マクドナルド：『恐怖の谷』
・アセルニー・ジョーンズ：『四つの署名』

◎本書の内容と関わりのある『赤毛連盟』にもジョーンズ警部が登場し、名前はピーター。外見の特徴からも、アセルニー・ジョーンズ警部とは別人と思われるが、同一人物とする説もある。本書中、アセルニー・ジョーンズ警部がホームズと会った三度きりの機会に『赤毛連盟』は含まれておらず、兄の名前としてピーターが言及されている。

駒月　雅子

解説——期待に応え、予想を裏切る

有栖川《ありすがわ》　有栖《ありす》

『モリアーティ』。

大胆で、迫力のあるタイトルだ。

BBC制作のドラマ『SHERLOCK／シャーロック』の大ヒットもあって、それがシャーロック・ホームズの宿敵の名前であることが今では広く知られるようになった。もちろん、ホームズの熱心なファンにとっては以前から常識であったが。

映画『ヤング・シャーロック　ピラミッドの謎』（一九八五年公開／バリー・レヴィンソン監督）では、エンドロール後にある男がホテルにチェックインする場面になり、彼はモリアーティと署名する。その意味が判らず「これは誰？」と首を傾げる観客が続出したのも、遠い過去の話になったようだ。

本作は、コナン・ドイル財団が初めて公認したホームズ譚《たん》の続編『シャーロック・ホームズ　絹の家』に続く第二弾。作者は同じくアンソニー・ホロヴィッツだが、前作の続きではなく、独立した物語になっている。

『絹の家』は、わけあってワトスンが発表を控えていた事件の記録という体裁をとっていた。ホームズもののパスティーシュではお馴染《なじ》みの設定ながら、事件の真相を知ってみると「なるほど、これは公にできない」という強い説得力があり、しかも現在の作家ならば書き切れる、という事件になっているのも巧みだった。ホームズとワトスンがいきいきと描かれ、彼らしさが存分に出ていた点でも申し分なし。また、ドイルが遺《のこ》してくれた四作の長編はどれも長編としては短いことを私は残念に思っていたのだが、ボリュームでも渇を癒《いや》してくれた（それでいて、長すぎないのがまたいい）。

前作でロンドンの光と闇の中を縦横無尽に駆け抜けたホームズとワトスンが、『モリアーティ』ではどんな活躍を見せてくれるのか？　タイトルからして、ホームズとモリアーティとの壮絶な直接対決を想像してしまうのは当然だろう。

モリアーティは、世紀の名探偵と同等の頭脳を持つ悪の権化であることがホームズの口から紹介されているが、その実像はさっぱり判っていない。ホームズ譚でジェイムズ・モリアーティ教授の名前が初めて登場するのは、第二短編集『シャーロック・ホームズの回想』の掉尾《ちょうび》に置かれた「最後の事件」である。そこでワトスンは、恐ろしく邪悪な天才がロンドン中で起きる犯罪の半分の裏で糸を引いている、と初めて聞かされる。リアルタイムで愛読していた人たちは、ワトスンと同様に「えっと、そんな奴がいるとは聞いてないよ」と面食らったに違いない。

ご承知のとおり、この時点で作者のドイルはホームズ譚を書くことに嫌気がさし（歴史小説など、他に書きたいものがあったため）、ホームズが作中で死ぬ最終話を書こうとしていた。そのため急ごしらえで〈すごい宿敵〉を創り、スイス・ライヘンバッハの滝で劇的な相討ちを遂げさせたのだ。発表後に読者の怒りを買い、ホームズを生還させてシリーズを再開させたのも、すでに皆様ご存じのこと。

事情を知った目で読むと（いや、知らなくても）、「最後の事件」で姿を現わしたモリアーティの造形のいい加減さは明らかだ。ドイルにすれば「どんな奴かくわしく描かないよ。何も考えてもいないし。とにかく〈すごい宿敵〉と思ってくれたらよい」であったと推察する。

ホームズが生還した後の作品で、かの名探偵は何度かモリアーティの名を出しているが、作者のドイルは書きながら苦笑していたかもしれない。「〈すごい宿敵〉として創ったからには、多少はフォローしておこうか」と。

というわけで、〈すごい宿敵〉のモリアーティには中身がなく、がらんどうのキャラクターなのだ。これは、ホームズ譚のパロディやパスティーシュを書く場合、まことに都合がいい。作者が自由に空想の羽を広げる余地があるからだ。ホームズのお墨付きがあるため、モリアーティは実はあんなこともしていた、こんなこともできた、と書き放題。

創作とは面白いもので、自分の手を汚さずに悪事を為《な》す天才という造形は、後続の多くの創作者を刺激して、ホームズ譚のパロディやパスティーシュを離れて幾多の名キャラクターが生まれた。ドイルの隠れた功績かもしれない。

本作の話に戻る。『モリアーティ』というタイトルなのだから、どんなすごいモリアーティが作中で描かれるのか、と期待しながら読み始めたら——おや、どうも様子が変だ。ホロヴィッツは予想を裏切ってくる。私はてっきり、ワトスンの知らないところで知の死闘を繰り広げる二人が描かれる、と思っていたのに。

物語の幕が上がると、ホームズとモリアーティが滝壺《たきつぼ》に転落した（と思われる）直後で、すでに千両役者が二人とも退場してしまっているではないか。代わりに舞台に上がるのは、アメリカのピンカートン探偵社のフレデリック・チェイスなる男。彼は、アメリカ版モリアーティのようなデヴァルーがモリアーティと接触しているとの情報を摑《つか》み、調査のためにライヘンバッハまでやってきたという。ピンカートン探偵社といえば、ドイルがある長編でフィーチャーしていたことでも知られる。ホロヴィッツは『絹の家』でも同探偵社を出していたので、「またか。好きだな」と思わないでもない。

ホームズ死すの報《しら》せを受け、ロンドンから同地に馳《は》せ参じるのは、『四つの署名』に登場したアセルニー・ジョーンズ警部。デヴァルーは、モリアーティとその仲間たちが壊滅したイギリスを手中に入れようとするだろう。それを阻止せんとして、私立探偵と警部は手を組む。ホームズの流儀に倣って推理を巡らすジョーンズは名探偵になり得るか？　チェイスはワトスン役を務めるのか？　あるいは……。

これから読む方の興を削《そ》いでしまわないよう、内容には立ち入らないことにする。読者は起伏に富んだストーリーを追い、紙上でヴィクトリア朝ロンドンへの旅を満喫し、随所で〈いかにもホームズっぽい推理〉が語られるのに感心し、ホームズと馴染みのある警察官が勢ぞろいする会議などを楽しみながら、衝撃の結末までぐいぐい導かれていくことだろう。ホームズもワトスンも、モリアーティまでも舞台に立たないというのは渋すぎる、と思ったことなどすっかり忘れて。

ホロヴィッツは、ITV制作のドラマ『名探偵ポワロ』シリーズ他で脚本家として活躍する一方、イアン・フレミング財団の公認を得て『007 逆襲のトリガー』を書くなど、〈続編の達人〉だ。対象とする作品を大摑《おおづか》みに理解し、それらしく器用に模倣するだけでも元ネタのファンは大喜びしてくれるだろうが、その期待に応《こた》えながらも、まったく予想外のアイディアで攻めてくる。プロの技、プロの姿勢と言うしかない。

併録の短編『三つのヴィクトリア女王像』も上質の本格ミステリだ。

さて――。

謎解きや冒険的な捜査は、いつの世でも変わらず面白いものだが、ドイルがホームズ譚を書いていた時代と現在では、様子が変わったこともある。ドイルの時代には、まだミステリにおけるフェアプレイの概念が発達しておらず、探偵が握った手掛かりを結末まで読者に隠しておいても非難されなかったし、虚偽の記述によって作者が読者を騙《だま》すこともあった。面白ければOKで、今日のように「アンフェアだ」の誹《そし》りを受けずにすんだのだけれど、『モリアーティ』は現代の作品だから、ホロヴィッツはその点に心を砕いている。

はたしてこの作品はフェアか、アンフェアか、判定は読者に委《ゆだ》ねられている。ページを繰り直して、探偵のごとく作者の工夫の跡をたどっていただきたい。

本書は、二〇一五年十一月に小社より単行本として刊行された作品を文庫化したものです。

本作品中には、コナン・ドイルが生きた当時の習慣や風俗を再現するため、今日の人権擁護の見地に照らして不適切と思われる語句や表現がありますが、シャーロック・ホームズの世界観に従い、原文のとおりとしています。

モリアーティ

アンソニー・ホロヴィッツ　駒月雅子《こまつきまさこ》＝訳

平成30年 4月25日　初版発行
令和4年 9月10日　7版発行

発行者●青柳昌行

発行●株式会社KADOKAWA
〒102-8177　東京都千代田区富士見2-13-3
電話　0570-002-301(ナビダイヤル)

角川文庫 20903

印刷所●株式会社暁印刷
製本所●本間製本株式会社

表紙画●和田三造

ISBN978-4-04-105874-9　C0197

角川文庫発刊に際して

角川源義

第二次世界大戦の敗北は、軍事力の敗北であった以上に、私たちの若い文化力の敗退であった。私たちの文化が戦争に対して如何に無力であり、単なるあだ花に過ぎなかったかを、私たちは身を以て体験し痛感した。西洋近代文化の摂取にとって、明治以後八十年の歳月は決して短かすぎたとは言えない。にもかかわらず、近代文化の伝統を確立し、自由な批判と柔軟な良識に富む文化層として自らを形成することに私たちは失敗して来た。そしてこれは、各層への文化の普及滲透を任務とする出版人の責任でもあった。

一九四五年以来、私たちは再び振出しに戻り、第一歩から踏み出すことを余儀なくされた。これは大きな不幸ではあるが、反面、これまでの混沌・未熟・歪曲の中にあった我が国の文化に秩序と確たる基礎を齎らすためには絶好の機会でもある。角川書店は、このような祖国の文化的危機にあたり、微力をも顧みず再建の礎石たるべき抱負と決意とをもって出発したが、ここに創立以来の念願を果すべく角川文庫を発刊する。これまで刊行されたあらゆる全集叢書文庫類の長所と短所とを検討し、古今東西の不朽の典籍を、良心的編集のもとに、廉価に、そして書架にふさわしい美本として、多くのひとびとに提供しようとする。しかし私たちは徒らに百科全書的な知識のジレッタントを作ることを目的とせず、あくまで祖国の文化に秩序と再建への道を示し、この文庫を角川書店の栄ある事業として、今後永久に継続発展せしめ、学芸と教養との殿堂として大成せんことを期したい。多くの読書子の愛情ある忠言と支持とによって、この希望と抱負とを完遂せしめられんことを願う。

一九四九年五月三日